图书在版编目（CIP）数据

麦子的盖头 / 胡学文著 . -- 北京 : 现代出版社，2019.5
ISBN 978-7-5143-7661-6

Ⅰ. ①麦… Ⅱ. ①胡… Ⅲ. ①中篇小说－小说集－中国－当代
. ① I247.5

中国版本图书馆 CIP 数据核字（2019）第 043451 号

的盖头

者：胡学文
编辑：王传丽 阎 欣
发行：现代出版社
地址：北京市安定门外安华里 504 号
编码：100011
话：010-64267325 64245264（传真）
址：www.1980xd.com
邮箱：xiandai@vip.sina.com
刷：三河市宏盛印务有限公司

本：880mm×1230mm 1/32
张：11.5 字 数：268 千
次：2019 年 5 月第 1 版 印 次：2019 年 5 月第 1 次印刷
号：ISBN 978-7-5143-7661-6
价：55.00 元

麦
著
责
出
通
邮
电
网
电
印
开
印
版
书
定
版

CONTENTS

目录

麦子的盖头

1

那风确实很怪，先是沿着地面无声地奔走，之后突然转向，泼泼辣辣地卷过来。正在窖口捡土豆的麦子猛地打了个寒噤，脸一下紫白紫白的，鼻梁上那几粒雀斑几乎要跳起来。她下意识地拽了拽头巾，头巾才没飞走。

麦子关于风的记忆太深刻了，她就是在一个刮大风的日子遭暗算的。麦子患有严重的恐风症。难道又有什么事情要发生了吗？麦子惊恐地向四周望望。一辆马车在土路上咣叽咣当地颠着。麦子的目光被马车牵住了。车是破车，马却是好马。麦子盯的不是车，也不是马，而是车上的汉子。麦子的目光涩涩的，她想起了自己的男人。男人离家已半年多了，一点信儿也没有。

车在门口停下，汉子从车上跳下来，拍打着木栅门。

麦子的心嗖地惊了一下，汉子拍的是她家的院门。麦子愣怔片刻，丢了筐往坡底疾走。她想汉子肯定是走错门了。窖口与院门也就几十米远，麦子却觉得这段路突然伸长了许多。日光青得发黑，轻轻一触，便纷纷扬扬落到脚面。麦子不敢往男人身上想，可男人还是执拗地钻进她的脑壳里，怎么扯都扯不出来。麦子暗骂自己，真没出息，都三十岁的人了。麦子想让自己轻松起来。

麦子和汉子撞了个满怀。

麦子看到一张陌生的看不出年龄的脸。汉子目光生硬，像是眼窝里戳了几根铁棍，样子很冷酷。

麦子喘了一口，迎着铁棍问，你找谁？

汉子面无表情，这是马豆根家吗？

麦子点点头，反问，你是谁？麦子的眼里闪过警惕的神色。

汉子没有回答，却说，你是马豆根女人吧？

麦子既没摇头，也没点头。汉子笑了一下，因为突然，那张脸烫了似的一缩。汉子说，我叫老于，是马豆根的朋友。麦子“哦”了一声，还是被不祥的预感罩住了。麦子问，他……在什么地方？麦子结巴起来，两条腿突然间就软了。老于又笑了笑，说，他在店里呢，也没大事，生了点儿小病，他想你，让你去。麦子想，男人肯定是病得不轻，不然也不会叫人来接她。男人不能倒下，他是家里的多半个天呢。麦子不再问老于什么，她的心已经乱了。

麦子匆匆收拾了一下，就要跟老于走。老于搓搓手，我一天都没吃饭了。麦子顿了一下，系起围裙，麻利地给老于做饭。这当儿，老于一边抽着烟，一边有一搭无一搭地打量着麦子。麦子没有抬头，她没看到老于眼里那种奇怪的神色。麦子不是那种漂亮女人，但麦子耐看，身材匀称，无论从哪个方向看，都容易使男人想入非非。

老于吃饭时，麦子垂着手在一旁站着。老于说路远着呢，让麦子也吃些。麦子摇摇头。老于不再理麦子，不紧不慢地吃着。麦子盯着老于，恨不得眼里长出一双手，替老于把饭扒拉进嘴里。看样子，老于确实是饿了，那些饭被他很不客气地吃了个精光。麦子长吁了一口气。老于说，家里有啥事，你再安顿一下。老于像是暗示麦子什么，但麦子没听出来，她的感觉已经变得迟钝了。麦子轻轻摇摇头，这个家没啥安顿的。

马车颠起来，秋风被甩到后面。

2

那天的风很大，屋顶上呜咽不绝。麦子坐在炕沿边纳鞋垫，鞋垫上的图案是一只开屏的孔雀，就剩一只眼睛没绣了，用不了十分钟就可以完成。可是，呼啸的风声使麦子莫名地慌起来，她的手有些不听使唤。这样的天，马豆根会不会回来？麦子盼他回来，又怕他老是往回跑，来回那么远的路，多费人呀。

马豆根在三十里外的煤矿干活，以前每周回来一次。可自从发生了那件事，他就每天回来了。那件事说大不大，说小也不小：村长在莜麦地里抱了麦子。麦子又慌又急，挣脱了村长，跑出莜麦地。麦子记得碰见两个人，可当时她太紧张了，没看清是谁，或者说，没敢往人家身上看。她低下发烧的脸，急匆匆地走着。马豆根听到风言风语，回来套问麦子。马豆根也是半信半疑的，语气就没那么强硬。麦子坚决否认，还装出生气的样子，说给自个儿女人扣屎盆子的男人都是蠢货。马豆根不问了，但从此就每天往回跑。男人回来，麦子自然是欣喜的，哪个女人愿意独自待在家里？况且，村长不断地纠缠麦子。白天，麦子可以躲着走，要是村长黑夜扑进来，麦子真不知怎么办。但时间久了，麦子又觉得委屈，马豆根明摆着是不相信她。马豆根瘦小，干一天活儿，再骑三十里自行车，回到家脸都是紫的。每天回来，他都是先嗅着鼻子，四处瞅着，企图发现点儿蛛丝马迹。确信没问题了，方懒洋洋地松口气。马豆根这样不间断地往回跑，也遭人耻笑。笑的不只是马豆根，麦子也是被嘲笑的对象。在别人眼里，麦子是个不安分的骚货，一天不看着都不行。有一天，马豆根回来时被雨浇成了卤水豆腐，碰一碰就会烂掉似的。麦子给他熬了姜汤，给他盖了两条厚被子，他仍不住地哆嗦。麦子叫他变天就别回来了。马豆根沉下脸，哪有女人不让男人回家的？麦子就不说了。马豆根根本不在意麦子是不是受得了，呼呼睡了。麦子心有怨气，暗骂他不识好歹。可冷静想想，也不怪马豆根，村长老是那个死样子，马豆根肯定听说了。

马豆根不敢惹村长，麦子也不敢惹村长，村长毕竟没把她咋样。当然，她害怕村长是因为村长握着她的把柄。麦子结婚不久，一天一个人去镇上，回来的路上失了身。那天的风嗖嗖地响，麦子一点儿也没注意到那个家伙是怎么到身边的。她奋力挣扎，还是被拖进地里。麦子哭了半天，回村时脸上连泪渍都没留下。她没告诉任何人，决心让那耻辱烂在肚子里。两年后，那个家伙落入法网，他交代两年来在那条路上强奸过二十七位妇女。而真正报案的只有三位妇女。公安局长在接受县电视台采访时，说犯罪分子正是抓住妇女不敢声张的心理屡屡得手，令人欣慰的是罪犯落网后又有几名妇女站出来做证，他希望更多的受害者冲破世俗，出来做证，让罪犯得到应有的惩罚，并强调他们会采取严格的保密措施。麦子看完电视，冲动起来。她抹不掉那片伤痕，她想既然能保密，去做个证怕啥的？于是她悄悄去了派出所，可进门时她突然后悔了，还没等公安询问便跑出来。就是那一刻，她和村长撞了个正着。村长咦了一声，问麦子来这儿干啥。麦子慌慌地说不干啥，逃了。麦子隐隐有些后怕，怎么也没想到会碰见村长。第二天，村长在路上截住麦子，问她是不是去做证的？麦子佯说，没有呀，我做什么证？村长嘿嘿笑了，说麦子你别哄我，我看出来了，你吃过大亏。村长的眼睛果然厉害，麦子的心几乎不会跳了，她说村长你别瞎说，低着头走了。从此，村长就缠上了麦子，今儿说派出所找他了，让他说服麦子出来做证，明儿说要告诉马豆根。村长以此相要挟，他要干啥麦子岂能不明白？麦子恨透了村长，却又无可奈何。万一村长告诉马豆根……她不敢往下想，马豆根疑心重，就算她死不承认，以后的日子肯定是疙疙瘩瘩的。

麦子对付村长的办法就是和他周旋，既不惹恼他，又不让他得逞。

麦子听着风的尖叫，那段记忆便残忍地跳出来。麦子的心突然乱了，举着鞋垫，一针也没缝下去。

麦子听见拍门声，放下鞋垫走出去。刚丫了一道缝，村长就挤进来，连着呸了好几口，这天，刮死人了。麦子撵不走他，便和他隔开距离，问他有啥事。村长说没事就不能来了？麦子说别人说闲话呢。村长嘿嘿笑，麦子你会装啊，这么多年马豆根也没看出点儿苗头？麦子打断他，村长说啥呢？我听不懂你的话。村长说，等我告诉马豆根，你就听懂了。麦子本来心烦，忍不住寒碜了村长几句。村长火了，冷笑着说，不给你点儿颜色，你就不知道马王爷几只眼。

麦子意识到危险，忙又说软话。村长趁机抱住她。村长说，麦子我想你想死了，就这一次，我保证以后绝不缠你，我说话算数。麦子的反抗便缓下来，她实在是让村长缠怕了。如果村长不再缠她，马豆根就不会奔着命往回跑了。麦子心疼马豆根。结果，麦子的衣服被村长扒开了。

马豆根就在这个时候撞进来。

村长溜了。马豆根狠狠揍了麦子一顿。马豆根要去告发村长，后来村长找了个中间人说情，又送来五百块钱，马豆根便将告状的念头咽下了。但他没饶过麦子，得空儿就审问麦子和村长从什么时候开始的，几次了。任麦子怎么解释，马豆根都不相信。他骑在她身上，瞪着僵灰色的眼睛，嚷，说呀，你倒是说不说？麦子没怨恨过马豆根，她一点儿都不怨恨他。马豆根打她，她咬牙撑着，心里把村长骂了一百遍。

可是，马豆根忽然不打她了。他说不想在煤矿干了，要去后草地贩牛。贩牛这种活儿要体力也要脑子，马豆根哪一样也不沾边，但麦子没有反对，她知道反对也是白搭。麦子把家里所有的钱都拿出来，马豆根临走，麦子忍不住嘱咐了几句。马豆根黑着脸，不耐烦地唔了一声。

马豆根一走就再没回来。麦子方悟出马豆根贩牛只是个幌子，他是想躲开她。

麦子别无选择，她只有等下去，等马豆根把钱花完了，自然会回来的。没想到他病在了外面，是因为生病，他才这么久没回家的吗？坐在颠簸的马车上，麦子一厢情愿地想。

3

秋风嚓啦啦地卷过。

麦子先前是坐着的，后来就半仰在那儿。躺着要舒服一些，可面对一个陌生的男人，她觉得躺着样子太难看。直坐着，肩又酸痛酸痛的，于是她采取了这种半躺半仰的姿势。麦子的膀子缩着，有些轻微地哆嗦。

一直没说话的老于回过头，问，冷吗？

麦子说，不冷。老于盯着麦子看了一会儿，脱下褂子，丢在麦子身上。麦子说我不要，把褂子拽下来。老于没说话，重又把褂子丢在麦子身上。麦子感觉到了来自褂子的力量，没再动。

土路上只有风声和车轱辘声。

转过一个坎儿，老于忽然问，你俩结婚几年了？

麦子像被这个问题难住了，半晌才说，几年？七八年了吧。

老于意外地看了麦子一眼。

老于问，他对你好吗？

麦子把头往高抬了抬，脸上掠过一丝警觉。静默了好一会儿，麦子反问，你问这个干啥？

老于说，没啥，没啥，随便问问。

麦子确信老于没别的意思，才说，他没打过我。说这话时，麦子感到脸颊火辣辣地疼。

她和村长被马豆根撞见以前，马豆根确实没打过她。

老于说哦。老于的声调很冷淡，是啊，马豆根打不打她，和别人有什么关系？

老于似乎觉得光是哦不太妥当，又补充道，路远着呢。

麦子问，一天到不了？

老于说，到不了。

麦子叹了口气。

老于说，你急也没用，再说，他不是什么大不了的病。

麦子说，这个家就指望他呢。

老于问，他每年挣很多钱？

麦子说，不多。

老于不再说话。麦子觉出老于是个沉默少言的人。老于目光生硬，可他的眼底却藏着一丝忧郁。麦子从自己的情绪中走出来，琢磨老于。

麦子问，你也去后草地贩牲口？

老于很敏感，他知道麦子想问什么，就说，是呀，我和马豆根挺合得来。

麦子问，嫂子她咋样？

老于说，死了。

老于说得很突然，语气中含着一丝粗暴。麦子一下不知说什么好，她觉得自己犯了个错误。麦子虽然看不到老于的表情，但能感觉到老于的脸阴下去了。

老于半天没听麦子说话，以为麦子睡着了。他回过头，却见麦子坐直了，正呆呆地望着遥远的天际。

当晚，老于和麦子住进一家车马大店。说是车马大店，其实只有两个客房，其中一间已住了人。两人简单吃了饭，老于把麦子送到客房，出去了。过了一会儿，老于进来，坐在麦子对面。麦子以为老于有事，便询问地望着他。老于说，早点歇着吧，明天还要赶路。麦子点点头，却不见老于走。老于说，没闲屋子了。麦子听出老于的意思，有些紧张。老于说，我没别的意思，出门在外，凑合吧。麦子没吱声，一丝愠怒却爬上脸颊。老于说，你睡吧，我睡门口就行。抱着被子出去了。麦子暗吐一口气，拉被子盖在身上。夜慢慢静下来，麦子却怎么也睡不着。麦子心里乱糟糟的，眼前一会儿是马豆根的面孔，一会儿是老于的面孔。后半夜，麦子跳下地拉开门，老于脑朝后跌进来。老于跳起来，愣怔怔地望着麦子。麦子说，进屋睡吧。老于也没推让，将被子抱到床上。麦子一直警惕着，她知道老于没睡着。麦子和别的男人挤在一张炕上睡过，但那是马豆根在的时候，单独和陌生男人睡一张床的事还没经历过。

天蒙蒙亮，两人就上路了。老于说，这是抄近路，天黑就到了。麦子只记着是朝北走的，别的什么也记不清了，车辙道两旁一片荒凉的景象，扎得人眼疼，想打瞌睡。

起风了，一波一波的黄沙旋过。麦子想起那个刮风的日子，眼泪不知不觉地流下来。

老于回头和麦子说话，见麦子落泪，猛然吃了一惊。他将马勒住，问，怎么了？

麦子说，眼里进沙子了。

老于问，疼不疼？要不我给你看看？

麦子说，不疼，走吧。

老于说，有啥，你就说。

麦子说，我没事。

老于不再说话。

傍晚时分，马车走进一个稀稀拉拉的村庄，然后在一个院落前停下。干打垒院墙，土坯房。那匹马兴奋地打着响鼻。老于让麦子下车，麦子疑疑惑惑地问，马豆根不是在店里吗？老于说进屋吧，进屋就知道了。麦子拖着酸麻的腿走进院子，又走进屋子。

麦子打量了一下简陋的屋子，问，马豆根在哪儿？

老于站在门口，他的脸呈现出古铜色，很肃穆的样子。老于说，到了这个份儿上，该和你说实话了。

麦子一下紧张起来，她已经意识到自己被蒙了，紧盯着老于，大气都不出。

老于说，马豆根死了。

麦子突然被雷击了似的，身子猛一哆嗦。继而大叫，你胡说。嗓子似乎被撕裂了，那叫声特别刺耳。

老于说，我没骗你，他就埋在村后的山岗上。

麦子恨恨地骂，你这个骗子！然后狠狠朝老于撞去。老于猝不及防，被麦子撞倒。麦子想跑出屋子，老于发现了麦子的企图，一把将她拉住，粗暴地把她推搡到炕上。麦子叫着，骂着，撕着，咬着，然而老于没放开她。一通歇斯底里的发泄后，麦子的力气用尽了，终于消停下来，只用仇恨的目光剜着老于。

老于说，我说的都是真的。

麦子冷笑，他都埋了，你还接我干啥？

老于说，马豆根让我照顾你。

麦子骂，鬼话！

老于说，你看我像坏人吗？他不说，我怎么知道你？

麦子说，马豆根的身体好好的，咋一下就死了？

老于叹口气，唉，我也说不准。

麦子不甘心，他得的啥病？

老于说，我不清楚，他只发高烧，怎么也退不下来。

麦子又叫起来，你骗我！

老于说，我是马豆根的朋友，怎么会骗你？

麦子猛地坐起来，你带我去他坟上，我要亲眼看看。

老于拦住她，今天不行，太晚了。

麦子犯犟，不，我偏要去。

老于推麦子，麦子猛地咬住老于的手腕。老于让麦子松口，麦子不松，老于狠狠推了麦子一下，麦子仰面摔在地上。

4

这一夜麦子基本没怎么睡，一会儿清醒一会儿糊涂的。马豆根虽然瘦弱，但她不相信他这么轻易地死去。就算他真死了，怎么会什么话也没留下，单单把她托付给一个陌生的男人？若说这一切是假的，老于怎么会跑那么远的路找她？麦子想不明白，可她拼命去想，脑袋几乎被撑破，一阵阵地涨痛。

天一亮，麦子就去喊老于。麦子住东屋，老于住西屋。麦子担心老于半夜闯进来，她已经不相信他了。在这一点儿上，老于倒像是马豆根的朋友，他没来骚扰她。麦子头发乱着，眼窝红着，嗓子哑着，霜打了一样。老于问，怎么，一夜没睡？麦子冷冷地说，我要见马豆根。老于叹口气，说了句女人呢。麦子不知老于为什么感叹，再说了，老于的感叹关她什么事？

从村里出来，走了二里多路，到了一片满是乱石的山岗。老于指着一个土包，说那就是马豆根的坟。麦子望去，果然是一座新坟。麦子觉得自己的眼窝被掏空了，向前挪了几步，软软地倒在地上。麦子想哭，却怎么也哭不出来，想骂，连嘴唇都拉不开。她像一摊泥，一点点儿地向四周渗着，怎么也收拢不起来。

老于想把麦子拽起来，可麦子咋也站不住。老于说，死的死了，活的还要活，你别犯傻。后来，老于把麦子背在身上。麦子没有反抗，她的脑袋乱哄哄的，已支配不了身子。快到村口时，麦子说，放下我。老于没理她。麦子又说，放下我。麦子的声音把秋风搅得沙啦啦响。老于放下麦子，又怕麦子站不稳，顺手扶了她一下。麦子狠狠地甩开。老于跟在麦子后面，一直看着她走进小院。

麦子睡了两天。

第三天，麦子早早地起来了。麦子的精神恢复了些，脑袋也清醒了一些。躺在这里不行，麦子要回去。麦子出来，却见老于正拿着扫帚在院门口有一下没一下地扫着。明显是堵她的。麦子像是没看见，径直走过去。老于问，你去哪儿？麦子冷着脸说回家。老于说，马豆根让我照顾你。麦子冷冷地说，我不需要。老于挡在她前面，说，由不得你了。麦子退后一步，怎么，你要抢我？老于执拗地说，不是抢，是照顾。麦子冷笑道，就这么照顾？你是他什么狗朋友？老于说，只要你别出这个门，怎么都行。老于的声调粗暴、蛮横，没一点儿商量的余地。这时，一丝疑惑闪过麦子的脑子，老于不是马豆根的朋友，马豆根怎么会交这种朋友？麦子想冲过去，老于却一把将她抱起来，麦子乱抓乱咬乱骂，老于无动于衷，将她抱回屋子。老于把麦子扔在炕上，将门反锁住。麦子奋力拍打着门板，叫老于开门。门板是榆木的，已有些年头，很有些吃受不住的样子，咣咣得像要裂开。可直到麦子拍木了巴掌，用尽了力气，破木板依然歪歪扭扭地挺着。

麦子不再动了。看来，老于是铁了心要关她。麦子分析了自己的处境，想，来硬的是肯定不行了，不如先和老于周旋，等待时机逃走。麦子想不明白的是，马豆根怎么会把自己托付给这么一个家伙？

麦子喊老于开门，她说，我不走了，我有话问你。

老于打开门，凝视着麦子的眼睛，问，想通了？

麦子说，我问你句实话。

老于说，问吧，我从来不说假话。

麦子问，马豆根怎么认识你的？

老于说，我不是说过了吗？

麦子说，我问的是实话。

老于说，我没说假话。

麦子问，他到底得的什么病？

老于说，我不知道，知道他得的什么病，他就不会死了。

麦子又问，他为啥把我托付给你？

老于说，我是他的朋友嘛。

麦子突然就火了，声音提高了好几度，朋友哪有你这样的？！

老于说，你安心待着吧，我会好好照顾你的。

麦子说，别绕弯子了，你到底要把我怎样？

老于说，和我过。

麦子呸了一声，死了你的心吧，我才不呢。

老于说，你会同意的，这也是马豆根的意思。

麦子问，他当时咋说的？

老于说，让我照顾你嘛。

麦子冷笑一声，骂，你是个骗子，是个无赖。

老于说，只要你不走，怎么骂我都行。

麦子强忍着没让自己哭出来，冷声道，你走吧，让我想想。老于盯着麦子看了一会儿，转身走开。

晚上，麦子正懒懒地躺着，老于进来了。麦子闻到了酒味。刚才吃饭时，老于并没喝酒。肯定是在外面喝的。老于的脸有些红，他冲麦子笑笑，用灼热的目光狠狠地箍住麦子。麦子不由得紧张起来，作为一个女人，她太知道老于这种目光意味着什么。麦子感到了危险，她坐起来，往后挪了挪。麦子想抓住件什么东西，可她的手抓了抓，什么也没摸住。麦子说，你……你要干啥？老于说，你知道我要干啥。麦子的话音里带出了明显的恐慌，我要喊了。老于嘿嘿笑起来，喊吧，你就是喊破嗓子，也没人救你，你现在是我的女人。麦子退到墙角，再没地方可退了。老于移过来，将一张粗涩的脸触在麦子面前，嘴里喷着浓重的酒气和烟味。麦子觉得自己的身子正一点点儿沉下去，沉进一个黑暗的无底洞。老于试图亲麦子的脸，麦子举起双手蒙住了。老于便抓麦子的肩膀，往下扒麦子的衣服。麦子惊醒过来，开始反抗。麦子没有喊叫，老于也不说话，两人无声地动作着。先是在炕上翻腾，后来就滚到了地上。从炕上摔下去的时候，麦子是先摔下去的，可在落地的时候，老于用胳膊架了麦子一下，结果先落地的是老于。老于哎哟叫了一声，松开手，麦子趁机爬起来。麦子的褂子被撕开了，白白的胸一闪一露。麦子将胸掩了，冷冷地盯着老于。老于躺在地上，喘着粗气说，你咋这么有劲？我还没碰见过你这样的女人。麦子骂，畜生。老于说，要是畜生就好了，我早就把你……哼！麦子说，你是无赖。老于龇牙咧嘴站起来，四下瞅瞅，然后将丢在墙角的一根铁棍捡起来。他冲麦子晃了晃，轻轻一折，铁棍就弯了。老于说，你是我的女人，我下不去手。麦子吸了口冷气，她的胳膊无论如何没有铁棍硬。老于不再理麦子，看样子他要离开。

就在老于推门的时候，麦子喊住他。

老于回过头。

麦子问，这是怎么回事？

老于装不懂，什么怎么回事？

麦子说，你是个骗子。

老于说，我？……你说是就是吧，现在，你说什么也没用了，我不会害你，只让你和我过日子。

麦子说，我还想去马豆根的坟上看看。麦子的声音很平静，好像刚才什么事也没发生。

老于想了想，说，好吧，我陪你去。

麦子说，不，我一个人去。

5

一连数日，老于没来骚扰麦子，可越是这样，麦子越是不踏实。她不知道老于要用什么招数对付她。老于表面上粗鲁，实则是一个极有心计的男人。那天，麦子独自一人去了马豆根的坟上。麦子弄不清老于的话是真是假，她想亲自证实一下，一到那儿就不顾一切地挖起来。挖了两下，她忽然想，马豆根死了，她挖出来有什么用？若是马豆根没死，这不成挖别人的坟了？无论如何，老于是不会放她走的。老于没有跟来，快逃！这样想着，麦子便绕过村庄，朝来的方向猛跑，是的，麦子要逃，她决不能困在这儿。麦子边跑边回头看，老于没有追来。也不过跑了两三里，麦子突然发现老于竖在路中央。老于抱着膀子，没有表情地望着她。麦子一下就泄气了，她软软地坐在地上，用袖子擦着汗。秋风中，麦子脸颊上跳跃着一抹霞光。老于脸上渐渐浮起一层清晰可见的温情。老于说回吧，麦子顺从地站起来。麦子不想让老于碰她。

晚上，麦子像往常那样没脱衣服就躺下了。麦子实在太疲惫了，躺下没几分钟，眼皮子就厚厚地拉不开了。梦里，麦子拼命地跑着，像一只野兔。可四周是茫茫的草原，根本望不见尽头。后来，麦子竟被浓重的烟雾包围，怎么也跑不出去。麦子想喊，却喊不出声。浓烟钻进麦子鼻孔，她咳嗽了两声，醒来。屋子里烟雾沉沉，老于正坐在炕沿上吸烟。老于眉头紧锁，心事重重的样子。麦子惊了一下，想坐起来，却发现自己的双手被反捆了，而她的衣服，不知什么时候已被老于扒光。麦子羞愤难忍，骂了一句，眼泪直流出来。老于心硬得很，看都不看麦子，只是吸烟的动作越发猛了。

麦子哭求道，大哥，放了我吧。

一支烟燃完了，老于又接了一支。灯光下，老于的脸青油油的，像是化了妆。

麦子说，大哥娶个好女人吧，我不合适你，我不会跟你一条心。

老于终于回头看了麦子一眼。老于说，我不在乎，只要你别离开。

麦子僵了一下，说，我死也不会同意。

老于叹口气，你是个好女人，可惜……

麦子央求不成，声音便硬起来，你松开我，你凭什么绑我？

老于说，一会儿我会放你的，我还让你离开这儿。

麦子在老于脸上探寻了一会儿，猜测着他的心思。

老于说，马豆根没死。

咚的一声，麦子的心响了一下。她睁大眼睛问，什么？……你说什么？她拼命拽着，眼球才没滚出来，可她的眼肌终因用力过度，弓一样拉弯了。

老于又说，马豆根没死。

麦子问，你说的是真的？他在哪里？快放开我！

老于说，我不知道他在哪里，他去哪里与我无关，和你说实话吧，马豆根把你输给我了。

麦子嚷，胡说！马豆根从来不赌钱。

老于苦苦一笑，我骗你马豆根死了，是想让你死心塌地和我过，没想到你这么固执，你不跟我，我骗你还有啥用？我琢磨了好几天，决定放了你，可……我不能白白地放你走，就算一夜，我也要当回你男人，你放心，我说话算数，明天肯定让你走。

麦子惊恐地叫了一声，不，这不可能。

老于说，你看了会伤心的。说着，老于从怀里掏出一个信封，从信封里抽出一块折叠的纸。老于展开，伸到麦子眼前。麦子的目光变直了，她认得马豆根的字，那确实是马豆根写的。纸上清清楚楚地写着马豆根欠老于一万六千块钱，愿将女人杨麦子抵押。纸下面还有马豆根血一样的红手印。

麦子感到一阵撕心裂肺的痛，眼一黑，昏了过去。

麦子醒过来时，发现自己身上盖着被子。老于依然在她面前坐着。麦子的脸寡白寡白的，冰镇了一样。麦子说，拿过来，我再看看。

老于把纸伸到麦子面前。麦子的目光坚硬起来，在白纸上扎满了一个个窟窿。

麦子问，到底是怎么回事？

老于说，他输红了眼。

麦子说，他去了哪儿？我要见他。

老于说，我真不知道，不过，那个家，他肯定是不回去了。

麦子问，你怎么知道？

老于说，他是这么跟我说的。

麦子问，他还说什么了？

老于摇摇头，又说，马豆根是条汉子，眼睛都不多眨一下。

麦子冷笑一声，像是对老于，又像是对马豆根。

老于说，其实想开了，男人和女人就那么回事。

麦子骂，你这个王八蛋。

老于垂下头，不理麦子。

麦子说，你现在就要吗？那就来吧，你说得对，男人和女人就那么回事。

老于坐着没动。

麦子催促道，来呀，你不就图这个吗？

老于说，算了算了，我给你松开吧。

麦子脸上擦过一丝古怪的表情，很坚决地说，老于，马豆根把我输给了你，我就是你的女人，就算你是一条狼，我也跟你，我不反悔。

老于怔住，很意外地看着麦子。

麦子说，我愿意做你的女人，可是现在你不能碰我，我给你做饭，给你缝衣服，不过你不能跟我睡一个屋。我要找马豆根，我要听他亲口说出来。找不见他，我不会做你的女人，你要硬来，我就碰死。我说到做到，麦子最后强调说。

老于说，我不知道他在哪儿。

麦子说，只要他活着，我就能把他挖出来。

老于说，好吧，等找见他，你就知道我没骗你。老于把麦子松开，说，好好睡一觉吧。

麦子独自出了一会儿神，然后套上衣服走出去。秋夜，已杀出彻骨的寒气，可麦子却感觉不到冷。麦子站在院子里，望着满天的繁星，与麦子过去看到的一模一样。那时候，麦子是马豆根的女人，现在，麦子是老于的女人。仅仅几天的工夫，麦子却觉得那是上辈子的事。麦子不知道马豆根这时候在干什么，老于说马豆根死了，麦子悲伤极了，现在想想还不如他死了呢。马豆根死了，麦子还能想他，现在麦子连恨都恨不起来了。就算她有千般的错，他也不该把她作为赌注，她是他的女人，不是一件破褂子。这样一个男人，恨他有什么用？

6

老于的身影消失后，麦子疯跑起来。脚底扑扑地响着，像是踩碎了一个个气泡。她怕他反悔，把她逮回去。他以为她还会回来？做他的鬼梦去吧。麦子没骗过人，可为了逃出老于的手心，她不得不编出理由。麦子找马豆根不是为了往他脸上吐痰的，她想让马豆根跟她回去。起初，麦子确实挺恨马豆根。输掉女人的事麦子只听老年人说过，哪想这种事会落到自己头上。可很快，麦子就不恨她了，还有些想他。马豆根死要面子，他一定是绝望了，不然，干不出这种事。

望见小镇灰白的影子，麦子才慢下来。衣服被汗洇透，紧紧裹在身上。老于没骗她，小镇果然没多远。麦子回头望望，无际的荒滩，没有一个人影。老于没有追上来。这个老于倒是好骗，无论能不能找见马豆根，她也不会回到这个鬼地方。

麦子在小镇等了一个多小时，终于有一辆破旧的中巴驶过来。车主问麦子去哪儿，麦子反问你们到哪儿，车主说到白水县，麦子说我就到白水县。擦着车主的身子挤进去。一车硬辣辣的目光戳在身上，麦子很不舒服。这个地方缺水，人的目光也缺水，荆皮一样。只有地名例外，个个水汪汪的，啥细水镇、白水县，笑死人了。让麦子待在这么一个地方，会把她渴死的。中巴熄了火，发动时显得十分吃力，就像一头半死不活的猪，哼一声，停停，再哼一声。车上的人司空见惯，一脸的淡漠。麦子不耐烦了，低低地骂了句这破车。没想到让车主听见了，他说就这玩意儿，坐不坐随你。麦子不敢吭声了，她怕这个厚嘴唇的车主把她撵下去。十几分钟后，中巴终于慢腾腾地启动了。

第二天中午，麦子就到了家。一进屋，先从怀里掏出马豆根写给老于的契约，几下子撕碎，嫌不解恨，又将纸片捡起来，划火柴点着。其实，就算老于追来，他也奈何不了她了。他总不敢把她抢了去。那个老于真是死笨，字条是麦子偷的。麦子长长地舒了口气，几天来，还是第一次露出笑脸。有惊无险，麦子就当是出了趟远门。

人问麦子找谁。麦子一说，蒜头鼻就笑了，他仔细打量了麦子几眼，说这儿四处透风，不能住人。麦子说我不怕。蒜头鼻指了指旁边的简易棚，说，他们刚搬走，你去那儿凑合一夜吧。麦子十分感激地点点头。

简易棚里乱糟糟的，床板还没拆走。蒜头鼻给麦子抱来一床脏兮兮的被褥。麦子没资格挑剔，脏被子总比没有强。麦子实在太累了，往那儿一栽就迷糊了。

麦子觉出动静，蒜头鼻已站到她面前。麦子紧张地问，你干啥？蒜头鼻嘿嘿笑着，抓住麦子。麦子醒过神儿，惊恐地往后缩着。蒜头鼻把麦子逼到墙角，捏住麦子的乳房。麦子一阵痉挛，顺着墙蹲下去。蒜头鼻弯下腰，伸手解麦子的衣扣。麦子惊叫一声，跳开。蒜头鼻趔趄了一下，马上站稳了。麦子的力气早已耗尽，哪是蒜头鼻的对手，最终被那家伙扑倒在床上。麦子的脑袋嗡嗡响着，耳边全是凛冽的风声，那可怕的记忆再次浮现出来，她知道自己完了。

麦子想起了老于，她在这个时候没想马豆根，竟想的是老于。老于也曾撕破过她的衣服，现在她才明白，老于那是让着她。

蒜头鼻快得逞时，麦子忽然大喊，你等等。蒜头鼻愣住。麦子急促地说，你别动我，我给你钱。蒜头鼻咧嘴笑了，给我钱，你有多少钱？麦子摸索着掏出一张五十元的票子。蒜头鼻接过去，来回弹了几下，打着嗝儿说，就这么点儿？麦子的眼睛蓄满了泪水，央求蒜头鼻放了她。蒜头鼻说，那就都拿出来吧。麦子下意识地抱紧了胳膊。蒜头鼻冷笑一声，掰开麦子的手，将她身上的钱一股脑儿搜了去。

7

冬日的一天，老于去村后的山岗看虎子。这几天，老于烦得要命，嘴边的泡像蘑菇一样疯长，几乎把嘴吃掉。虎子走了以后，老于常常莫名其妙地烦躁。虎子是老于心爱的猎犬。老于曾骗麦子说那是马豆根的坟，为此还懊悔了好几天。马豆根算啥，怎么可以和虎子比？这是对虎子的侮辱。可是，老于实在是想让麦子留下来，不是被迫地，而是死心塌地地。老于没想到麦子对马豆根痴情得要死。这天底下的女人，真是说不清楚。

老于曾有过一个女人。那个叫婉儿的女人是旗杆镇铁匠的闺女。那时，老于常去铁匠那儿买刀。铁匠是位打铁好手，能打出各种形状的刀。老于从铁匠手里低价买来，然后出售给骡马贩子、皮毛贩子、盐茶贩子。贩子们喜欢老于的刀，也喜欢老于这个人。老于常给他们带路。婉儿是铁匠的独生女，长得不像北方人，脸白白净净的，嘴唇鲜艳欲滴。老于第一次见婉儿就被她迷住了，往铁匠那儿跑的次数频繁起来。买了刀，老于不急着走，而是磨磨蹭蹭地帮铁匠干活。作为回报，铁匠常留老于吃饭，有时也留老于过夜。一来二去，老于和婉儿有了意思。由于铁匠很少让婉儿离开他身边，老于和婉儿没有进一步的发展。

一天晚上，铁匠和老于喝酒时回忆起往事。因为高兴，喝多了。睡下不久，铁匠就打起了呼噜。老于兴奋而紧张，他拉着婉儿往外走，可没等迈出门槛，两人就走不动了。有了第一次，一切顺当起来。他们尝到了甜头，所以总是想方设法哄铁匠多喝点儿酒。等铁匠发现，婉儿的肚子已经大了。铁匠让婉儿跟了老于。孩子生下没多久就夭折了，可是老于和婉儿都没有过多的伤痛。老于和婉儿年轻气盛，两人没日没夜地创造欢乐，创造生命，只是婉儿的肚子再也没有鼓起来。那时，老于在后草地已有些名气，贩子们都知道老于。老于人缘好，讲义气，常把贩子领回家。直到有一天，婉儿和一个骡马贩子私奔。

婉儿走后，老于再没有找过其他女人，他和虎子相依为命。老于一直等着婉儿回来，可是许多年过去了，婉儿再也没露面。老于由希望而失望，于是迁怒于贩子。老于不相信贩子了，不再给他们带路，他整日泡在旗杆围子的大店里，和过往的贩子赌博。老于把赌博作为报复的手段，并发誓要从贩子手里赢回一个女人。老于和马豆根就是在赌场上认识的。在老于的印象中，马豆根不言不语，一副腼腆相，老于并不想打马豆根的主意。可是马豆根输掉本钱后，突然提出要把女人押上。老于知马豆根输昏了头，劝他下次再来，但马豆根执意要押。让老于更为惊异的是，马豆根把女人输掉，竟然长长地吐了口气。老于的感觉是马豆根对自家的女人厌倦透了。那一定是个引不起男人兴趣的女人。可老于一见麦子就喜欢上她了。

冬天快过去了，麦子没有回来，老于对麦子的归来没抱任何希望。他知道这个女人和他玩把戏，但他放走了她。老于不想强迫一个自己喜欢的女人。

老于久久地站在虎子坟前，他的身影像一棵枯干的树。

一个人爬上山岗，在老于身后站定，咳嗽了一声。老于转过身，目光呆了一下，站在他面前的是乔金牙。去过旗杆围子的人都知道乔金牙的大名。乔金牙嘿嘿笑着，露出一嘴假牙，问老于是不是想媳妇了。老于说，我说呢眼皮子直跳，这不就碰见鬼了？哦，你来干吗？乔金牙说，老于，咱说正经话，你要不要女人？乔金牙就是靠贩女人发财的。老于的目光阴阴地拧着乔金牙，没说话。乔金牙说，我弄回两个，在满子家呢，你去相一相。老于说，不要。丢下乔金牙往山下走。乔金牙喊，等等我。他追上来，咬在老于身后。乔金牙说他弄来的女人货真价实，奶子肥、屁股大，干活、使唤、生孩子都是好手，又恭维说全村的光棍就老于识货。老于猛地顿住，恶狠狠地说，你他妈滚远点儿，我——不——要。

老于走进自家小院，咣地将门摔了。老于知道乔金牙没跟来，这是摔给他自己听的。乔金牙的话刺痛了他。老于没有女人，可老于从不把自己看成是光棍。光棍是和无能画等号的。乔金牙的话提醒了他，在外人眼里，他老于不是光棍又是什么？

老于躺了一会儿，脑子里全是女人。乔金牙的话一下一下撞击着他。老于骂了一句，猛地坐起来，觉得该去满子家看看。他不会从乔金牙手里买女人。乔金牙是什么东西，他经手的女人能有好的？老于只是去看看，解解闷而已。

满子女人在院里喂鸡，看见老于便惊惊乍乍地叫起来，是于哥呀，随后又神神秘秘地说，两人都还没主呢，圆鼓鼓的胸脯几乎蹭到老于膀子上。一股鸡粪味窜进鼻孔，老于烦躁地哦了一声。满子女人在身后说，在西屋呢。这娘们儿嘴贱，难怪满子老是揍她。老于脑里闪过婉儿的影子，他从没打过婉儿，可是婉儿还是跑了。满子成天揍女人，女人却像胶黏在了满子身上。

屋子里已有三四个青年光棍。乔金牙靠在椅子上，正夸自己的“货”：看中了，别搞价，钱是什么？钱是王八蛋，没了再去赚。一个光棍说，关键是咱没王八蛋呀。乔金牙说，妈的，没诚意，别来这儿起哄。抬头看见老于，乔金牙眼睛一亮，说识货的来了。老于扫了一眼，问，人呢？乔金牙起身打开西屋的门，老于探进头。地上蹲着两个女人，一个脸皮子光亮些，另一个低着头，老于没看清她的脸，可是老于的心还是动了一下。

老于死死盯着低头的女人，几乎不敢出气。

乔金牙喊，抬起头来。

女人没有抬头，将头沉得更低了。乔金牙骂了一句，走过去，扯住女人的头发，将她的头拎起来。

老于哆嗦了一下，喊，麦子？！

麦子伸直了目光，盯住老于，竟是一脸的迷茫。老于说，是我呀，麦子。麦子的眼泪一下就出来了，你是老于？这是真的？老于抱住麦子，是真的，走，跟我回家。

一直呆愣的乔金牙醒悟过来，问，怎么回事？没等老于说话，麦子扑上去，咬住了乔金牙的胳膊。乔金牙咧着嘴大叫，想推开麦子，可膀子被老于抓着。乔金牙动弹不得，脸扭得猪肚子似的。

老于说，行了，行了。麦子抬起头，愤怒地瞪着乔金牙。

老于说，咱们回吧。

乔金牙扭着脸问，怎么回事，老于？

老于说，你再不识相，我就把你的牙敲掉。

老于的样子很凶，乔金牙捂着胳膊不吱声了。这时，一直蜷缩在墙角的女人喊，姐！

麦子猛地甩回头。女人说，姐，你不能丢下我。麦子说，起来，跟我回家。

乔金牙这下急了，喊，不行!

麦子骂，你这个骗子，就等好吧，哪天得让狼撕了你!

乔金牙说，老于，你不能砸了我的饭碗子呀。

老于看看麦子，想说什么。麦子看出来了，咬着牙骂乔金牙，你这个遭雷劈的畜生!

乔金牙堵住门口，叫，老于，咱可别坏了规矩。

老于看看被麦子拽着的女人，又看看乔金牙。麦子说，老于，我俩是一块儿的。

麦子的声音像是碎裂的玻璃，狠狠地扎了老于一下。老于的身体陡地硬了，冲乔金牙说，走开!

乔金牙没动。

老于吼，滚开!

乔金牙刚张开嘴，老于猛地扯住他的衣领。乔金牙忙挤出一丝干巴巴的笑，算了算了，为一个半个女人，不值嘛。老于领着麦子和那个白脸女人离开。

麦子和白脸女人跟在老于身后。麦子像是做了一场梦，她没了路费，想找个活儿干，糊里糊涂跟着乔金牙上了车，然后就到了这儿。白脸女人紧紧抓着麦子的胳膊，几天前，她和麦子还不认识呢。

一进门，麦子的腿就软了。老于把麦子抱到炕上，麦子竟有些羞涩，盯着老于的眼睛说，我以为见不到你了。

8

老于烧了一锅水，掩门出去了。听老于走远，麦子冲白脸女人笑笑，跳起来将门锁牢。

麦子和白脸女人将衣服脱了，开始洗澡。白脸女人告诉麦子，她叫陆梅，是出来打工的，没想到让人骗了。陆梅动情地说，多亏了姐夫，要不我这辈子就完了。麦子说，你歇两天，让他送你回去。

老于回来时，麦子和陆梅已收拾利索了。老于的脸色很不好看，麦子和陆梅都看出来了。陆梅说，姐夫再晚去一会儿，我俩恐怕就让人买走了。老于谁也不看，闷声说，天不早了，睡吧。陆梅忙站起来，说，我去西屋。麦子一把拽住陆梅，咱俩睡一屋。陆梅一脸尴尬，那怎么行？麦子说，有啥不行的？陆梅低着头不敢看老于。老于无言退了出去。

尽管连日颠簸劳累，麦子和陆梅都没有睡意。两人都知道对方没睡着，再次翻身时，麦子小声问，想家了？陆梅说，我是怕姐夫怪我呢。麦子沉默了半晌，说，睡吧，别管他。陆梅问，你离家多长时间了？麦子说，几个月了。陆梅问，你不想？麦子说，不……想。陆梅以为麦子害羞，劝，姐，我心里不安呢，咱都是过来人，你过去吧。麦子替陆梅掖了掖被子，别胡说了，好好睡吧。

第二日，陆梅说什么也要走。麦子没有硬挽留，让老于去送。老于稍稍迟疑了一下，但什么也没说。麦子嘱咐老于一定要把陆梅送到家里。老于走出几步，又折回来，小声说，晚上把门插好。麦子说，你放心，我不跑。老于生气地说，我没拴你的腿。

老于走后，麦子本来可以离开的，但她没走。她没找到马豆根，绕了半天，又绕回老于手里，也许这是定数。但麦子不相信命。麦子没有离开，是因为她没和老于道别。况且，麦子也累了，她想歇一歇。麦子里里外外把家收拾了一番，然后拆洗被褥。干这些活儿时，麦子又找到了家的感觉。院里有口压水井，麦子压水时，一个男人走进来。男人光着头，穿一件很脏的皮袄，贼眉鼠眼的。麦子觉得男人面熟，很快想起昨天她和陆梅就是关在他家的，男人还在她屁股上摸了一把。男人嬉皮笑脸地问，压水呢？麦子没理他，而是夸张地甩着胳膊。男人问，老于不在？麦子依然没理他。男人似乎并不需要麦子回答，又问，老于去哪儿了？麦子冷冷地说不知道。男人说，嫂子火气挺大呀，咱们还是一家人呢，于哥能耐够大的，什么时候把你弄到手的？水桶满了，麦子沉着脸提回去，砰地摔了门。

晚上，麦子早早躺下了。可是，她像是得了健忘症，一进屋就想不起门是否关上了，连着出去了好几次，确信门闩插牢了，才放心。躺在那儿，麦子盘算老于到了什么地方，不知不觉间，她开始惦念老于了。

院里传来重物触地的声音，麦子一下就听出来了。她爬起来，悄悄撩开窗帘一角，不由得吸了口冷气，两个黑影正轻手轻脚地逼过来。麦子的身子老半天都麻木着，直到黑影逼近窗前了，她才醒悟，这两个人是冲着她来的，他们肯定知道老于不在家。麦子往后挪了挪，从锅沿边摸见菜刀。麦子的心嗵嗵跳着，她想好了，黑影若是进来她就豁出去了。黑影站了一会儿，轻轻地往开弄窗户。麦子突然想，自己根本不是黑影的对手。麦子灵机一动，喊了声谁？而后又大声说，快起，外面有人。院里响起急促的脚步声。麦子撩开窗帘瞧时，那两个黑影已跃出墙头。麦子不敢大意，她麻利地穿好衣服，握着刀，一直坐到天亮。

三天后，老于风尘仆仆地回来了。麦子一边听老于说经过，一边打了盆水，让老于洗脸。然后麦子把水端到脚下，要给老于洗脚，老于说什么也不洗。麦子小声说，我是你女人，怕啥？老于顺从地把脚伸进盆里。麦子轻轻地搓着，可是她渐渐地觉得什么地方不对劲，猛一抬头，和老于火辣辣的目光撞在一起。麦子的脸倏地红了，她想躲开，可老于猛地踢翻脸盆，将她揽在怀里。老于的力气很大，麦子觉得自己的骨头被他勒碎了。老于在麦子的脸上嗅着，麦子闻到了一股儿马样的味道。麦子想挣扎，却怎么也使不上劲，僵直的身子慢慢软下来。老于腾出一只手，解麦子的扣子。麦子闭着眼，浑身抖个不停。她在心里反复念叨，我是他女人，我是他女人。可就在老于攥住她丰满的乳房时，她尖叫一声，从老于怀里挣脱。

老于显然没防住，一只手还在空中停着。麦子一边系扣子一边解释，我有点儿难受。老于没说话，摸出烟点了一支。麦子蹲下去，轻轻地擦拭着老于的脚，眼泪无声地淌下来。

老于瞅着麦子说，我也没把你咋样嘛，哭啥？

麦子说，对不起。

老于说，算了，说这些有啥用呢？

麦子知道老于不爱听，老于需要的是一个女人。

9

麦子每天不歇着，该拆的拆了，该洗的洗了，该缝的也缝了。除了不和老于在一个炕上睡，麦子哪一点儿都是一个贤惠的妻子。老于没再强迫麦子，麦子对他又敬重了几分。麦子干活时，老于就坐在一旁和她说话，目光暖暖地淌到她身上。麦子有些不自在，又不忍给老于难堪，心里总是慌慌的。麦子觉出这个男人是喜欢她的，可麦子仍无法接受做他女人这一事实。就算他救了她，她也不能。老于挺怪，与麦子接触过的男人不一样，他似乎要用耐心俘获麦子。麦子不住地给自己打气，千万别动心，千万！可每当夜深人静，麦子孤零零地躺在那儿，老于的目光总是在她脑里跳跃。

老于屋里再找不出活儿干了，麦子又想离开了。麦子想不出理由，上次的理由已不能再用。麦子烦躁不安，院里站一会儿，屋里站一会儿，出出进进，像是丢了什么东西。老于的目光里渐渐显出了异样，后来，他问麦子是不是想离开。麦子点点头，她觉得底气不足，故意放大声音，是，我想家。老于问，还要找马豆根？麦子点头。老于说，你不是想听马豆根说那句话的，你还想着马豆根，还想和他一块儿过，是不是？麦子故意伤他的心，是，我就是不想跟你。老于将脸扭开，好一会儿，老于很伤感地说，我想象不出来，马豆根怎么会把你这样的女人输掉。麦子说，他肯定中了你的套子。老于笑笑，没想到你这么想，噢，你打算去哪儿找他？你看这样好不好？你先留下来，等有了马豆根的信儿你再走，我说话算数，肯定让你走。麦子说，马豆根的信儿会自个儿掉出来吗？老于说，我帮你打听。麦子说，不，我要自己去找他。老于迟疑了一下，说，你想走就走吧，要是找不见他，你还回来，好不好？老于的态度让麦子意外，对这么个要求，麦子就不忍拒绝了，她说，好。

老于给麦子拿了些钱，麦子本来不想要，可想到自己身无分文，就收下了。她说，你不怕我骗了你？老于淡淡一笑，没有回答。临走，麦子说，这钱，我会还的。

麦子仍然是先回家，尽管马豆根不会回来，可麦子一定要回去看看。麦子住了一夜，第二天就去了市里。这一次，麦子警惕多了，不肯再随便找个地方睡觉了，她也不怕再被别人骗。可是几天后，麦子病倒在小旅店。浑身无力，脑袋涨痛，说话都有些困难。麦子托店主买了些药，过去有个头痛脑热，吃几片药就好了。谁料吃了药，一觉醒来，反而更重了。身上没有一个部位不疼，连抬胳膊的劲儿都没了。店主让她去医院，麦子翻了翻，她的钱已花得差不多了。店主问麦子家里还有什么人，他帮她打个电话。麦子摇摇头，马豆根没有消息，她能找谁？麦子也想过老于，但她不想再麻烦老于了，说到底，她和老于没一点儿关系。到最后，她的钱花光了，却还是起不了身，店主让她离开，不然就往收容所送她。麦子只好让店主给老于拍个电报，那地方不通电话。

老于很快赶来了。他带麦子到医院输了几天液，没啥大病，可麦子差点丢了命。老于说麦子这个样儿不能留在城里，让她回家养一段。麦子同意了，她的精神像是被耗尽了，看上去软绵绵的。

麦子跟着老于回了家。老于不让麦子下地，一日三餐侍候着她。老于杀掉了仅有的几只鸡，麦子天天有鸡汤喝。麦子过意不去，让老于也喝，老于说他身子骨好，喝了浪费。麦子休养期间，老于依然用暖暖的目光包裹着她。麦子担心老于提出什么要求，可到了晚上，老于便独自去了西屋。麦子先还插门，后来就不插了。夜里，麦子竖着耳朵听外面的动静，她的心情很复杂，害怕声音，却又期待着声音。但没有，一直没有。

麦子的脸被老于喂得红润起来。麦子寻找马豆根的念头没那么强烈了，但她还是要走的。麦子不想这么快就离开，那样对老于太绝情了。

一天晚上，老于起身去西屋时，麦子叫住他。老于问麦子有什么事。麦子说，今儿你别去那边睡了。老于怔住了，他当然明白麦子的意思，他早就等着这一天了。老于发怔，是不明白麦子为什么这样，他看着她，想把目光插进她心里。

麦子表面平静，其实内心紧张极了，她咬着牙，还是控制不住哆嗦。

老于伏过来时，麦子突然恐惧地坐起来，同时重重推了老于一下。老于尴尬地僵着。麦子的心一下软了，忙解释，我不是故意的……重又躺下去。老于粗重的喘息一点点逼近，麦子猛地感觉到尖锐的刺痛，怎么会这样？她拼命忍着，还是叫出了声。

10

麦子在东坡的洼地种了一片豌豆。为种这片豌豆，麦子和老于还发生过争执。老于从不种地，他的口粮都是从坝上换的。当地土质差，根本不适宜种庄稼。可麦子不听，执意要种。老于说你需要多少豌豆，我给你弄来。麦子不要，就要自己种。麦子的许多行为在老于看来都是不可思议的。麦子头天种，第二天就从院里挑了水浇。垧旱，不浇水豌豆是不会发芽的。从家里到东坡两三里的路程，麦子来回得一个多小时。老于要帮麦子挑，麦子不让。老于让麦子等等，早晚要下雨的。麦子开老于玩笑，等啥呀，老天爷又不是你家亲戚。

老于出去了。麦子捶着酸胀的腰，注视着老于渐行渐远的背影。老于的背影像马豆根，麦子想怎么会呢，她晃了晃头，想看得清晰一些。可马豆根已经远去了，麦子的眼前飘着一抹淡淡的雾。

麦子把第七担水挑到地头，一群麻雀飞过来，叽叽喳喳地嚷着。麦子说，口渴就喝吧，叫啥呀。麦子放下担子，坐在一旁。一只麻雀鬼鬼祟祟地窜过来，跳上桶沿。见麦子没有反应，那群麻雀呼啦一下全过来了。麦子瞧着麻雀的顽皮相，无声地笑了。

在麦子的意识深处，她已经不忍再离开老于了，可死乞白赖地待着，算怎么回事啊？她总得有个事儿做，有个待下去的理由，于是不顾老于反对，种下这片豌豆。再者，麦子勤快惯了，整天无所事事地闲着，还真享不了这份清福。

一天中午，麦子挑了水正要出门，却见门口站着一个衣衫褴褛的汉子。麦子以为是要饭的，放下担子要进屋取食物。汉子叫了声麦子，麦子愣了愣，突然一阵晕眩，晃了晃，终是没有摔倒。

竟然是马豆根。

如果不是马豆根喊她，她绝对认不出他。麦子惊喜、慌乱，伴着阵阵心痛。她想摸摸马豆根的脸，马豆根绕着弯儿往屋里走，有啥饭，饿死了。麦子手忙脚乱地热了饭，她想趁马豆根吃饭的时候和他说说话，他在什么地方躲着？怎么把自己弄成了这个鬼样子？……麦子有太多的话要问明白。可马豆根只顾低着头狼吞虎咽，麦子的目光便从他乱草样的头发上滑落下去。她渐渐冷静了，深藏在心底的怨恨慢慢浮上来。马豆根竟然有脸来找她！

一大堆饭被马豆根风卷残云般装进肚里。他终于抬起头，看了麦子一眼。意识到麦子的冷漠，他尴尬地问，你还好吧？

麦子没好气地说，好呀，谢谢你把我输给老于，他懂得心疼人。

马豆根愧疚地说，我也是昏了头。

麦子冷笑，骗谁呢？咋不把自个儿押上？

马豆根争辩，我一个大男人，谁要我？我本来想过些日子就把你赎回去，可干啥赔啥，我……没脸见你呀。

麦子讥讽，现在有脸了？她的气已消了大半，但没说自己去找他的事。

马豆根说，我不能把你扔在这儿。

麦子说，别说好听的了，我是你输给人家的。

马豆根说，你都和他过一年多了……我错了，我不是东西，以后我对你好好的，啊？

麦子轻轻叹了口气。她心里已拿定了主意，和马豆根回去。

麦子吃不准老于会不会放她走。老于是许诺过有了马豆根的信儿就放她，可毕竟此一时彼一时。不管老于是啥态度，麦子是不会被他拦住的。

老于是黄昏时分回来的。看见马豆根，老于的脸上卷过意外和惊愕，不过很快就调整好了。老于热情地打招呼，豆根兄弟来了？马豆根没应声。麦子本来做好了和老于交锋的准备，现在却不知从何谈起，她心里突然酸酸的。老于看着桌上的菜，责备麦子，怎么不弄点肉？反身出去提回来一块干肉，让麦子煮。麦子说吃过了。老于说晚上吃嘛，又找出一瓶酒。一切准备妥当，老于说，我再去买点菜。转身出去了。麦子想留住他，可张不开口。

老于没回来。一直没回来。麦子便和马豆根睡下了。麦子心里空落落的，像是孤身走在旷野上，辨不清方向。马豆根猴急猴急的，恨不得一下将麦子吞了。麦子把自己卷在被子里，你不是累了吗？别折腾了。马豆根不听。麦子说，这是别人家，你还有那份心？马豆根一下沮丧起来，挤在麦子身边，一口一口地叹气。过了一会儿，又翻身起来，而且比先前强硬了许多。麦子生气了，你不是躲我吗？这么长时间你都躲着，这么一会儿就忍不住了？马豆根说，你还真把自个儿当他女人了？麦子恨恨地说，我就是他女人，是你不要我的。

麦子以为马豆根会负气离开，孰料他扭过身，没一会儿就扯起了呼噜。麦子想，他确实累坏了，有啥事，明天再说吧。

麦子心乱如麻，一夜无眠。

第二天一整天，老于也没露面。麦子出去找了一大圈，没见着他的影儿。麦子不知老于是什么意思，马豆根一来他咋就躲了呢？马豆根提醒麦子，老于是不是挽什么套子，他想趁老于不在带麦子离开。麦子想了想，终是没跟马豆根走，她要等老于回来。

第三天，老于依然没回来，像是彻底消失了。

几乎是突然之间，麦子明白了老于“失踪”的缘由。他不拦她，他是让她离开的。他不露面，是为了避免尴尬。他是替麦子着想。老于和麦子生活了不长时间，但他处处维护麦子，尽最大可能满足麦子。一时间，麦子对自己产生了怀疑，离开老于，是不是犯了一个致命的错误？

麦子最终和马豆根离开了。

两人一路无语，快到小镇时，马豆根回头看看，忽然诡秘地笑起来。麦子问他怎么了，马豆根说回去再告诉你。麦子瞪他一眼，你别又耍什么鬼吧？马豆根从怀里掏出一个钱夹子，在麦子眼前晃了晃。麦子觉得这个钱夹子眼熟，想了想，是老于的。那次老于给她路费，就是从这个钱夹子里拿的。麦子突然紧张起来，厉声问，从哪儿弄的？马豆根说，厉害啥？你猜！麦子说，快说，从哪儿弄的？马豆根说，从他衣柜里翻出来的。麦子大叫，马豆根！马豆根见麦子的脸都红了，问，怎么了？麦子说，你可真够有出息，都会偷了。马豆根怪怪地说，他捣鬼赢我的钱，还偷了我的女人，拿他个钱夹子算啥？我以为里头怎么也得装个万八千的，肏！才几百块钱。麦子冷冷地说，送回去！马豆根觉出麦子确实动气了，说，你没发烧吧。麦子提高了声音，送回去！见马豆根不动，麦子劈手抢过钱夹子，转身离去。

马豆根嚷，你给我站住！

麦子停住，回过头，看着气急败坏的马豆根。

马豆根说，你要去见他，就不要再来见我！

麦子再次转身，大步走开。

荒野上，麦子娇小的身子很快缩成一个点……

半 坝

1

春雨一过，沟沟坎坎的植物铆足了劲儿，一夜之间便疯长起来。丫丫坟墓四周高高低低的杏树更是迫不及待，吐出满枝豆粒大小的芽苞。芽苞们鼓溜溜的，恨不得马上把身体炸开。风被清香引过来，围着芽苞荡几下，又不声不响地离去。

郑一全给每棵杏树都筑了半尺多高的土坝，不然，雨是存不住的。去年种下的一棵，弱弱柔柔的，郑一全以为活不了，没想到也吐绿了。郑一全摸黑爬起，干完活儿，天刚放亮。他歇了一会儿，点了一支烟。听到微细的声响，他慢慢扭过头。几米远的地方，一只雪白的兔子冲他仰着脑袋。白兔的眼睛红得透明，和毛色一样，没有半丝杂质。郑一全突然就呆了。他没见过雪白的野兔。秋天的野兔毛色深黄，春天的野兔毛色略浅，虽有差异，但大抵如此。但就是这些很常见的野兔，郑一全也好些年没见到了。郑一全不知野兔从哪里来，他半张着嘴巴，和那抹红对视着。烟火燃尽，郑一全的手抖了一下。兔子受到惊吓，往后缩了缩，转瞬消失。郑一全嗨了一声，跳起来。他追了几步，哪儿还有兔子的影？他把白兔吓着了？肯定是吓着了。郑一全后悔不迭，不点那支烟就好了。

郑一全又坐了好一会儿。仍想抽烟的，但终是忍住。可那只雪白的兔子再没有返回。

郑一全拎着铁锹从沟底往回走的时候，日头已照到半山腰了。山野的颜色一层一层的，涂抹了阳光，层次就更加分明。坝底已被深深浅浅的绿淹没，村庄所在的半坝仍然灰扑扑的。而在坝头，寒风仍然料峭，白马山峰顶的积雪还没有消融。坝顶与谷底的气候相差至少一个月，就像一个人，脚沐浴在春风里，脑袋却被寒风侵袭。

郑一全上到半坝，鲁老汉和罗花的儿子罗顺顺已在井边候着了。鲁老汉像受了风寒，不停地撸着鼻涕。罗顺顺则瞪着牛卵眼，明显有怨气，一下又一下踢着空桶。鲁老汉没好气地说，还以为你让狼叼了呢。郑一全掏出烟给鲁老汉点了一支。鲁老汉催促郑一全快点取桶，他和罗顺顺等俩小时了。郑一全问罗顺顺吸不吸，罗顺顺偏过头，又狠狠踢一下桶。罗顺顺虎背熊腰，一身蛮力，那一声格外响。郑一全不再多言，匆匆离开又匆匆折返。

半坝原先有二十三户人家，街上鸡飞狗跳，隔几日还有商贩来一趟。后来，陆陆续续的，都搬到别处了，半坝日渐荒芜，只剩了三户。说是三户，加起来也就四个人：郑一全、鲁老汉、罗花和罗顺顺。村里有两口井，其中一口三年前就枯干了，郑一全特意下去瞅了瞅，井底的泥已经发硬。另一口井，就是罗顺顺和鲁老汉围着的那口，水脉细瘦，每天只能吊上六桶。就这六桶，前两桶还清亮，三四桶已显混浊，最后两桶则澄半天才可饮用。三户打水的顺序轮着来，今天该郑一全第一个打，明天郑一全便是最后一个。虽然没有写在纸上，但心里的约定更牢固。每天清早打一次水，一户两桶，如果谁半夜三更悄悄打了，另两户就吃不上了。顺序也没乱过，虽然鲁老汉和罗顺顺对郑一全迟到不满，也仅仅是不满而已，没有坏了规矩。规矩是大家的，坏了对谁都不好。

郑一全打了水，却没有马上走，想对两人说点儿什么。可鲁老汉和罗顺顺根本不理他，一个朝东一个朝西。郑一全怅然起身，将厚重的木板盖在井口。

郑一全进院，二全便欢叫起来。二全是郑一全的驴，褐背白腹。二全肯定是渴坏了，若不是拴着就冲过来了。二全还算克制，甩了甩头，又用前蹄在地上砸出一个印记。郑一全将桶拎进屋，倒在脸盆里，端出去。二全立时埋下头，直到舔净最后一滴水，才仰起脖子，讨好地蹭郑一全几下。郑一全在二全脑袋上拍拍，行了行了，你这个贪心的家伙。

郑一全正准备生火造饭，罗花闪进来。奇异的香顿时在屋里弥散开。她的搽脸油是郑一全买的，但平时舍不得用，只有特别的时刻和场合，她才往脸上拍。郑一全稍一怔，下意识地窥窥门口。罗花说，顺顺吃饭呢。他和她不需要暗示，只有口令。郑一全跳起来，揽住罗花，另一只手迅速伸到她裤腰边。罗花却往后缩了缩，虽然没挣脱，郑一全却觉出她的抗拒。郑一全松开，怎么了？罗花微喘着，脸竟有些红。他吃饭快，顿了顿又解释，他最近盯得紧。郑一全没说话，她大早跑过来，就是告诉他这个？

罗花从怀里拽出颜色发暗的笼布，笼布里是两张发面饼。糖饼，我刚烙的，罗花的语气里有着明显的讨好。郑一全咬了一口，焦黑的糖便涌出来，他忙吮了一下。罗花舀起半舀子水，喝完，又舀了半舀子。她怕是从昨晚就没好好喝过水了。突然意识到她刚才的抗拒不是罗顺顺盯得紧，而是渴坏了。他边吃边打量，据说生在江南水乡的女人水灵，罗花虽然长在半坝，也一样的嫩。四十出头的人了，脸色黝黑一些，但眼角仅有很浅的几道纹，唯一的缺憾是她个子太矮，也就一米五多一点，还有些驼。谁能十全十美呢？他倒是修长，可一条腿是假的。若她身材好一点，就去城里当明星了，不会窝在缺水的半坝。

郑一全吃完两张饼，罗花也灌饱了。她打了一个嗝，说，这头一程水就是好喝。郑一全摸摸钥匙，犹豫一下，又缩回手。倒不是担心他不在的时候她闯进来糟蹋他的水，她不会那么做的。和她好了这么多年，这点他心知肚明。他总是想到丫丫。丫丫怕见生人。对于丫丫，郑一全以外的人都是生人。

一个吃饱一个喝足，情欲却被说不清的东西削薄了。罗花欲走，却又不甘地看看他。罗一全抱住她，但并没有进一步的动作，只是晃了晃。他听到水在她肚里回荡的声响，似乎装着万千条溪流。然后，小声说，回去吧，顺顺该急了。他的语气透着温柔和体贴，借以掩饰自己的烦躁。听到溪流肆无忌惮的回响，他突然就烦躁了。他并不心疼水，两人好一场，除了买过几次搽脸油，他并没给过她什么。水再金贵也仅仅是水。他不是吝啬的男人。如果一定要算，还是他占的便宜大。那烦躁是没法言说的。他不知怎么回事。再待下去，她会觉出来，可能她已经觉察到。走到门口，又回头看看他，目光比进门时重了许多。门口空了，郑一全仍然盯着，或许……一缕风荡进来，又一缕风荡进来，将屋里残剩的那点异香吸得干干净净。她始终没有转回，郑一全悄悄叹口气。

耕种的日子快到了，郑一全原计划平整一下地，像给杏树一样四周筑一道土坝。半坝的地都是斜坡，不筑坝老天爷的雨就白下了。只是春天筑，秋冬季节便被风磨平，所以年年筑。但临出门，又将铁锨放回。他牵着二全往沟底去。准确地说，是二全牵着他。这家伙肯定闻到了鲜嫩的草香，掩不住的兴奋。牛吃高，马吃低，毛驴啃地皮，青草只要冒芽，就是驴的盛宴。郑一全虽然安一条假肢，但常年上梁下沟，行走如平地，只是他跟不上二全的节奏。他不时抻一下，喝令二全听话。下到沟底，郑一全竟然出了一身汗。绳索有二十余米长，一头拴着驴，一头系着铁钎。郑一全把铁钎钉在一个树木较少的地方，便离开二全。

郑一全先去看杏树林。半坝的野杏树很多，开花时节，四野茫茫。和野杏树不同，杏树林的每一棵杏树都是郑一全栽种的。紧靠丫丫的杏树十多年前就种上了，树冠肥厚。外围是逐年种的，整个杏树林就是一把撑开的伞。虽然早上才离开，却觉得分别了很久。郑一全在杏树林盘桓了一会儿，然后沿着沟底的支岔寻寻探探。他的脑袋一会儿被雪白覆盖，一会儿被猩红淹没，两个颜色交替闪回，一张一合，像巨大的扇子。

2

饭后，郑一全再次牵着二全下到沟底。沟底支岔多，转遍怎么也得三五日。昨日一无所获，郑一全很不甘心。白兔不会离开沟底，肯定在某个角落躲着，或许还有洞穴。他不会捉它，更不会伤它。他多年没打猎了，当然也无猎可打，只是想确认一下，他看到的就是一只纯白的野兔，而不是幻觉。

临近中午，郑一全在一块石头上歇息。都说人杀生多了阴气重，因而猪狗见了屠夫都躲着走。还是猎人的时候，每年他都猎杀几十只野兔，白兔一定从他身上嗅见了什么，才逃得那么仓皇。这么一想，郑一全有些气馁。这么多年过去，他身上的阴气还没有散去？他抬起胳膊闻了闻，又拍了拍，虽然他什么也没闻到。嘴寡了，郑一全不由得摸摸兜。兜是空的，出门那一刻，他把烟放回去了。他没有戒烟的打算，漫长的夜晚，烟就是他的女人。

歇着竟有些犯困。郑一全闭了眼，试图打个盹儿。他没挪窝儿，坐着也可以睡的。坐睡的好处是耳朵能保持灵敏，辨析细微的声音出自何处，眼睛可以突然睁开，并顺手摸枪，猎物瞬间丧命。没枪，但耳朵仍一样好使。丫丫夜晚来来去去，他都能听到。

青草拔节，微风浅唱，有零星的唧唧声，还不到求偶交配的时候，昆虫叫得软绵绵的。在混杂的声音中，郑一全辨到轻微的脚步，不由得一怔。他并没睁眼，但睡意全无，耳朵竖得更直了。香气，丝丝缕缕的，他熟悉的香。

郑一全睁开眼，罗花已在面前立定。她走得急了，整个人汗腾腾的，面带红潮。罗花环顾四周，说坝底可真热。她解开扣子，用手掌扇着。你下来干什么？郑一全问。罗花的脸咯噔沉下去，我不要脸，想你了，不行吗？郑一全意识到自己生硬了，忙嬉笑道，我出门的时候，喜鹊在身后追了好一阵子，这么快就应验了。罗花的目光就有些幽幽的，还以为你烦我了。郑一全拍拍腿，坐上来。罗花却蹲下去，从夹在腋下的编织袋里掏出一个粉红色塑料袋，袋里包了三张烙饼。罗花说罗顺顺这几天馋糖饼，她今早多烙了两锅。

你这么早下来干什么？罗花埋怨道，给你送的时候还热着，现在凉透了。那只雪白的野兔闪出来，但郑一全没和罗花说。于是笑笑，寻个地儿吗？

郑一全吃饭，罗花从编织袋里掏出一条褥单，一块方形的垫子，铺在地上。罗花心思细密，郑一全是知道的，但她从未像今天这么周到。她顶多带一块垫子，有时什么都没有，一块石头就是两人的床。

罗花铺展褥单，郑一全的心便开始摇晃，有些按捺不住。可直到罗花坐在褥单上，把整排扣子解开，双乳忽隐忽现时，他仍坐着，慢慢地嚼。若是以往，他早猴急地扑上去。可能是罗花太正式了，仪式感让他别扭。最后一块饼吞掉，郑一全舔舔嘴角的糖。罗花幽幽的目光再次探过来，郑一全的心不再摇摆，快速起身。

郑一全伏到罗花身上的时候，仍有些说不清的不适。但很快，郑一全便进入状态。罗花双脚勾着他的后背，手指几乎掐进他的骨肉。呻吟搅拌着白花花的阳光，两个人像一堆盛开的泡沫。

自去年入冬，郑一全和罗花还没这么放肆过。半坝的冬日虽然不像坝上动辄零下三四十度，但也零下二十几度。野外是不可能的，只能在屋里。当然是在郑一全这边，虽然躲开了罗顺顺，但罗花总担心罗顺顺追过来，所以多是匆匆忙忙的。

郑一全出汗了，罗花的脸也湿漉漉的。郑一全试图替她抹掉，她一把捏住郑一全的手腕，小声道，别动！……没准会吸进皮肤里呢。郑一全怔了半晌，手缓缓展开，挡住垂泻的阳光。每一粒汗都是从她身体里渗出来的，这一番折腾要耗掉半舀子水吧，也难怪她心疼。

阳光无孔不入，虽然郑一全替她挡着，片刻工夫，额头脸颊光洁如初。郑一全手还遮在上空，不忍挪开。罗花拍他一下，坐起来，摸摸他的后背，不无心疼地说，你像洗澡了。郑一全说得很郑重，夜里过去，我给你好好洗洗。顿顿又说，草泛青，二全就省水了。罗花的目光闪了闪，旋即又摇摇头，算了，我怕顺顺……郑一全声音略高，就这么让他盯着也不是办法啊。罗花说，我过来，也是想和你商量商量。

郑一全怔住。罗花没往下说，她把褥单叠起，和垫子一道装进编织袋。郑一全仍坐在石头上，罗花则坐在编织袋上，和他相隔一米左右。她的扣子已经严丝合缝，连同她的表情也平平展展，展出一种仪式和庄严。郑一全几乎怀疑，刚才就是这个女人在他身下大呼小叫的，几乎掐破他。

罗花要说的话其实去年就说过。罗顺顺不小了，她想给他讨个媳妇。那是夏天，在田埂上，她没带垫子，她的腿被皮尖草划了个口子。郑一全没把她的话放在心上，以为她也就说说。罗顺顺从小患有羊角风，犯病的时候像陀螺一样旋转，口吐白沫。跑过多家医院，都没治好。在大同，罗顺顺差点被人拐走，结果在车站，罗顺顺突然犯病，拐他的人吓跑了。罗花渐渐死心，后来讨了一个偏方，倒是有些作用，未能把罗顺顺的病治好，罗顺顺发病的频率降低了许多。低是低了，但发作起来仍很吓人。讨媳妇？恐怕是说笑，谁家的闺女愿意嫁给一个羊角风？而且是半坝这么个水比油金贵的地方，出一趟村来回上百公里。

罗花再次提及，郑一全明白她是认真的，而且她一直做着准备。她说前几天她托的人捎来话，最近就可以把女孩带过来。罗花其实是不用和他商量的，更不需要他批准。他算她什么人呢？不过是个拉边套的，甚至拉边套也算不上。干活光明正大，幽会却偷偷摸摸，但她仍然用商量知会的口吻，她在乎他，用心良苦。

顺顺老大不小，也该讨了。郑一全说不清几分是诚心的，又有几分是被罗花感动的。他想起她为罗顺顺做的那些事，作为母亲，她耗去的何止是心血。

罗花的目光同样平平展展，直视着郑一全。需要九万块钱，我凑了七万，还差两万。

原来如此，郑一全想，早该想到的。讨媳妇自然要花钱，何况像罗顺顺这样的。

算我借你的。罗花放低声音，带了些乞求。又像保证似的，声音略微提高，我会还的。

郑一全瞅瞅她屁股下的编织袋，难怪她准备得这么周到。

他讨了媳妇，我也就踏实了。哀愁漫出来，她的脸不再平整，目光也夹带了水汽。

什么时候要？郑一全问。

有些突然，罗花被惊着似的，身子前倾，微微抖着。从郑一全的角度望过去，她一副顶礼膜拜的样子。就这两天吧，越快越好，当然，看你……她生怕哪句话说得不对，郑一全会反悔。

郑一全说，你过来。

罗花凑近。

郑一全摘掉她头发里夹的一根柴棍，说，赶紧回吧，一会儿顺顺该追到沟底了。

罗花说，他找鲁老汉下棋去了……讨了媳妇，他就不会追我了。

郑一全笑笑，仿佛灿烂诱人的前景已经铺展开。

暮色四合，郑一全才离开沟底。既然吃饱了，就想多转转，还有，他暂时不想见到罗花。一刻拿不到钱，她一刻不踏实，虽然他应下来。和这个女人好这么多年，他还没见过她这么卑贱，那一刻他提任何要求，她恐怕都会答应。他明白她的心情，可仍然有点难过。他并不是想掂量他和罗顺顺在她心里的分量，他没那么傻，从未有过那样的念头。可是，他为什么这么难过？

3

早饭是和罗花、罗顺顺一起吃的，玉米粥，锅巴饺。罗花喊郑一全干活，郑一全就可以大模大样地和这对母子坐在一起。他并不怀恋这样的场景，但只要罗花喊，他随叫随到。他无意证明什么，但罗花和罗顺顺需要他，这是事实。罗顺顺虽然五大三粗，却空有一身蛮力，家里的精细活都是郑一全干。罗顺顺牛卵眼瞪得没那么硬了，埋着头，喝出很响的声音。罗花煮了三颗鸡蛋，每个人面前放一颗。她剥的时候，罗顺顺那一颗已进肚。罗花将自己那颗推给罗顺顺，罗顺顺也不客气。郑一全暗暗叹口气，将自己那颗推给她，罗花却又推过来。这么推了两下，罗顺顺突然说，你们不吃，给我算了。郑一全说你娘——罗顺顺抓过去，皮没剥净就吞下去。罗花向郑一全投来歉意的笑，但她丝毫没有责怪罗顺顺的意思。这个女人，罗顺顺喝她的血，她会毫不犹豫地划开脖子。

罗花喊郑一全掏炕。半坝寒冷，没炕过不了冬。平时烧的都是秸秆，炕洞很容易积灰，每年开春郑一全都要给罗花掏炕。掏炕和打炕不同，打炕要把整个炕皮掀掉，新打的炕自然容易烧热，但打炕费水，所以很多年了，郑一全只给她掏炕，掀三块炕皮即可。即便这样也需要和泥，郑一全从自家拎过来一桶水。每年都这样，根本用不着罗花说。

罗顺顺给郑一全当帮手，他确实有力，那么重的土坯，他一个胳膊便夹了。罗顺顺的拳头握紧就是一把铁锤，核桃放在膝盖上，只需一下。这个石疙瘩要讨媳妇了，郑一全不知那会是什么样的女孩，罗顺顺的胳膊拢紧，她的骨头该不会断了吧。望着罗顺顺的背影，郑一全不由得走了神儿。

犯什么呆呀。

郑一全醒过神，罗花已把搪瓷杯伸到嘴边。郑一全笑笑，欲接，罗花却不让，非要喂他。她有点撒娇的意思。自郑一全把钱借给她，她的眉眉眼眼便糊了糖似的，又甜又黏。郑一全不怎么习惯，他瞄瞄门口，罗顺顺还未转回来。罗花催促，快点呀。郑一全便咬住瓷杯的边沿，罗花喂急了些，可能担心罗顺顺看见，一绺水流到下巴，罗花凑上前，柔软的舌头在郑一全嘴角、下巴紧舔几下，发出很响的声音。水里放了糖，黏糊糊的，罗花舔过，郑一全的脸越发黏了。罗花自是心疼洒在外面的水，但她的动作不无偷欢的成分，不，简直是放浪。郑一全被她弄呆了。罗花莞尔一笑，说我打扫西屋去了。半晌，郑一全伸出舌头，舔舔嘴角。

掏几围炕，不费什么事，晌午前就干完了。罗花让郑一全把院角的原木锯开，削成木条。原木是郑一全替她砍的，当时他还问，又不做家具，砍这玩意儿干什么。罗花说放到院子里，没准能用得着呢。郑一全没再多说，她让砍就砍吧，半坝有的是树。现在，她让他把原木削成木条，他仍不明白她要做什么，但又隐隐有所猜测。因为这个猜测，反不好问她了。

罗顺顺替郑一全问了，对罗花的意图，他显然和郑一全一样费解。罗花突然来了脾气，与早餐时判若两人，让你干你就干，问那么多干什么。罗顺顺嘟囔，鲁老汉还等我下棋呢。两个大字不识半箩筐的人却有着文雅的爱好，闲着的时候，罗顺顺总是和鲁老汉凑在一起。罗花说，鲁老汉给你讨媳妇，你就找鲁老汉去。仿佛意识到说漏，她虚虚地瞄瞄郑一全。罗顺顺蛮归蛮，到底不是傻子，清楚鲁老汉不会给他讨媳妇，于是规规矩矩蹲到郑一全对面。

郑一全已经猜到大半。她并不是要刻意遮掩，那不可能，因为终究要摆到明处。但有些事可以做，却不适合说出来。

黄昏时分，两根原木变成长短不等的木条。木条仍堆在墙角，白花花的，像剔光肉的骨头。郑一全惦记二全，说晚饭就不在这儿吃了，但罗花已经炒了菜，还烫了酒。郑一全说改天吧，罗花让罗顺顺拦住郑一全，罗顺顺便抓住郑一全的胳膊，我娘让你在，你就在。郑一全说看看二全就过来，罗顺顺松开手。

片刻郑一全返回来，罗花将扣在菜上的碗拿开。罗花节俭，不是每次干活都给郑一全喝酒，她自有厚谢郑一全的方式。酒是两年前郑一全从张北县城捎回来的，十斤酒，现在也就喝了一半。那一半也是郑一全喝的，她和罗顺顺不沾。可那个晚上，罗花主动给自己斟了一杯，她也没闲着，打扫一整天家，也累了，喝口酒解解乏。郑一全有些意外，说原来你能喝呀。罗花撇嘴，喝酒谁不会。郑一全当然听出她的话外音，说，顺顺也该能喝一点儿。郑一全没多想，只是随口说说。顺着郑一全的话，罗顺顺说长这么大还没喝过酒呢，不知酒是什么味，也想尝尝。罗花沉了脸，说酒是辣的，没什么好尝的。但罗顺顺执意要喝，他指着郑一全和罗花，不好喝你们还喝？！顶撞得巧妙，郑一全轻轻笑了，说让他舔一舔吧。罗花把自己的杯推给罗顺顺，警告，辣了不许叫哦。罗顺顺端起杯，罗花十分紧张，就像罗顺顺端的是炸药包。罗顺顺舔了舔，又抿了一小口，龇了牙说，不喝了，真难喝。罗花抢过杯，一口干了。

几分钟后，罗顺顺突然叫了一声，又尖又细，像被捏住嗓子，几乎同时，他弹起来，脑袋与柜面撞出沉闷的声响。太快太突然了，罗花和郑一全还没反应过来，罗顺顺已经在地上打起转。地面窄小，不是柜就是桌子，烤火季过了，炉子还没拆，罗顺顺转不开，丁零当啷乒乒乓乓。炉子被撞倒，炉筒斜横下来，触到罗顺顺，又往一旁弹去。

郑一全不是没见过罗顺顺发病，但旋转得如此迅疾猛烈，还是第一次看到。罗花也有些惊骇，脸色惨白。愣了好一会儿，她跳下地，试图去抱罗顺顺。刚刚靠近便被罗顺顺撞开。罗顺顺越转越快，几乎要飞离地面。快点啊，愣着干什么？罗花大嚷。郑一全大梦初醒。

罗花抱住罗顺顺，郑一全摁住罗花。罗顺顺的节奏慢下来，最终停止旋转，只是手脚仍不停地抽搐。罗花推开郑一全，从柜里抱出一个黑罐，那应该是给罗顺顺配的偏方。她抓了一撮，用手搅拌数下，让郑一全扶罗顺顺坐起。罗顺顺不再抽搐，眼睛半睁半合。罗花抹抹他嘴角的白沫，将药汤灌进嘴里。罗花已经不慌了，她沉着冷静，命令郑一全盛水，拿毛巾，先后有序，不错不乱。

罗顺顺恢复了正常，只是尚有些虚。发一次病是很损耗人的。他还想去找鲁老汉，被罗花喝止。罗顺顺还算乖，没再说什么。

郑一全深感内疚，罗顺顺发病未必与那一口酒有关，那么一点点，即便是毒药也毒不死人的，可罗顺顺毕竟是舔了酒才发病的，而罗顺顺舔酒有他怂恿的成分。郑一全几乎不敢看罗花。罗花倒没责备郑一全，反而安慰他，睡一觉就没事了。

郑一全帮罗花收拾。遍地狼藉，几乎无从下脚。郑一全走的时候，罗花灌了半瓶酒，说你没喝好，回去慢慢喝。郑一全不拿，罗花硬塞他手里。

走到院里，郑一全不由得往角落投去一瞥。天已经黑透，那堆被郑一全削好的木条被夜色裹住，面目模糊，但郑一全仍能感觉到它们的森森阴光。

4

罗顺顺媳妇进门那天，郑一全在沟底转了一整日，这个沟岔出来，再进入另一个沟岔。寻找未果，那只白兔好像蒸发了。郑一全不甘心，只要没事就下到沟底。

白兔不会无缘无故跑来，更不可能无缘无故失踪，至少该再露次脸啊。

中午，郑一全返到杏树林，在沟底，这就是他的家。芽苞快胀破身子了，一个个神气活现的，娇羞又蛮横，故意迎着浓烈的阳光，阳光躲闪不及，碎裂在枝头，如无数蝴蝶上下飞舞。郑一全走得热了，钻进杏林，顿觉甜丝丝的凉意。郑一全吃了自带的干粮，躺下去眯了一会儿。没想竟然睡了一大觉。一群麻雀落在枝头，叽喳声把郑一全吵醒。他站起来，轰跑麻雀，又坐了一会儿，习惯性地摸摸衣兜。自撞见白兔后，郑一全下沟底再没带过烟，嘴寡得不行，就嚼一块树皮或草根。

郑一全刚刚进院，二全便嘎嘎地叫起来。郑一全晓得什么意思，说你急什么，我比你还渴呢。虽然这么说，还是先让二全饮了，不然这家伙叫起来没完没了。然后，他舀起半舀子水，喝了一口便听到声响，转过头，看见罗花站在门口。天色已经很暗，郑一全仍然感觉到她的目光她的脸庞笼着的喜悦。我等你好久了，怎么才回来？罗花抱怨着，跨进来。郑一全没有任何犹豫，顺手把舀子递给她。罗花也不客气，把抓着的东西放在灶台上，接过舀子。喝了几口，她抬起头，重复，我等你好久了。她不是来和他约会，至少不完全是，不然，她就不会反复强调等他好久了。她一定有别的事，郑一全直定定地望着她。他没问，他知道用不着问，等着就是。

果然，罗花说了。

郑一全问，什么时候？

罗花说，就在下午。

郑一全暗暗吃惊。虽然罗花早就说过给罗顺顺讨媳妇，几日前她向他借钱，她喊他掏炕，他知道快了，但没想到这么快。不，让他吃惊的不是速度，而是她把这个喜日子隐藏得严严实实。他以为，那天他会为她分担许多活儿呢。可是，她悄没声息就把媳妇娶进门了。没有鞭炮，没有唢呐，没有酒席，甚至征兆都没有。讨的过程，罗花没对郑一全透露过，当然更谈不上商量，她不想让郑一全参与，郑一全也不想参与。但人都要进门了，总该透个风吧。那是她家的事，也是半坝的事，村里就三户人家呢。

郑一全说，你真了不起，不声不响，事就办了。

罗花往前靠靠，轻轻捶郑一全一拳，还不亏了你，钱凑够，人就送来了。

郑一全注意到她说的是送。其实，早该猜到的。被人遗忘的半坝，又是罗顺顺那样的人。

罗花展开笼布，郑一全瞅瞅，明白了她的用意。她是来给他补酒席的。罗花说，我放开了陪你喝，可不许把我灌醉哦。罗花麻利地把菜和酒摆到桌上，从碗柜抓出两双筷子。郑一全愣愣地站着，直到罗花催促，他才醒过神儿，不好意思地啊了一声。

两杯酒灌下去，郑一全的不悦慢慢淡去。毕竟是她的家事，放不放炮，吹不吹唢呐，与他无关。毫无声息地进门，自然有毫无声息的道理。他，不过是罗花的相好，没必要也没资格指手画脚。这不，罗花主动过来补办酒席，他还要怎样？但郑一全仍然好奇，九万块钱，也不是小数目，罗花讨来的是个什么样的媳妇？

罗花问郑一全这些日子怎么老往沟底跑，郑一全说杏花快开了，讨厌的麻雀老爱啄花苞，前脚轰走，后脚又来了。罗花问，今年还种？郑一全说当然种。罗花说整个半坝都成杏树林了。郑一全说到那时半坝就是仙境了。罗花说杏花开的时候你告诉我，我领顺顺媳妇看看去。郑一全问，人挺好吧。罗花的目光就有些重，从郑一全脸上扫过，只是点点头，随后岔开话。郑一全不好再问，好奇越发重了。

罗花情绪极好，喝酒比郑一全还猛。郑一全劝她，她投过来的目光略带歪斜，有些挑衅又有些撒娇，怎么？怕我喝醉赖你这儿？郑一全嘿嘿傻笑，我求之不得，就怕你——郑一全往外指指，罗花说，顺顺讨了媳妇，我过来就方便了。郑一全小声说，你还是早点回去吧，罗花瞪他，目光里并没有怒气，放心，里外门我都锁了。

似觉失口，别有意味地说，儿子不省心，也是儿子。又叹口气，这孩子，唉。又摆摆手，不说了吧……

蓦地，罗花竖直上身，面带惊慌，听见了什么吗？

郑一全摇摇头，他的耳朵远比她灵敏。

罗花一动不动，像被焊住。突然间，她跳起来，不行，我得回去一趟。动作过猛，几乎将桌子撞翻。

郑一全追出去，但到院门便停住。他没听到任何声音，只有罗花细碎的脚步，脚步声由近而远，却没有由远而近。

没有月亮的夜是黏稠的，像缓缓流动的泥浆，所有的声音都被泥浆覆盖。郑一全不只耳朵好使，视力也好，站了一会儿，他的目光便刺破泥浆，一条条地拉展伸长，在荒杂的街上蜿蜒。

起风了，郑一全哆嗦一下，缩进院子。

次日，郑一全去拎水，鲁老汉已在井边候着。鲁老汉穿了件看不出颜色的棉袄，扣子早就掉光了，平时用尼龙绳系着，天转暖，他就这么敞着。鲁老汉的脸和他的棉袄一样很难看出颜色。他极少洗脸，冬天胡乱用雪抹两把，夏天就等老天落雨，一个月不落一个月不洗，两个月不落两个月不洗。三户人家，鲁老汉的水应该是最充足的，但他最节俭。牙齿倒是有颜色，因为他从来不刷牙。郑一全把桶放在鲁老汉后边，鲁老汉嘟囔，你们俩，不是你迟来就是他迟到。郑一全说，等等吧，谁还没个事。郑一全掏出烟，丢给鲁老汉一支。

一支烟吸完，各又点了一支。罗顺顺仍没影子。今天罗顺顺第一个打水，他不到，郑一全和鲁老汉只能等。

郑一全若无其事，目光却有意无意地往路口摆。罗顺顺娶了媳妇，睡过头，这有可能，罗花该不会睡过头吧。鲁老汉说，不会出什么事吧，他家昨天可是来人了。郑一全的心猛地一跳，我去看看。

半路遇见罗花。她一手抓着扁担，另一手抓着两只桶。罗花个矮，自然挑不起来。两只桶绊着脚，她走得有些趺撞。郑一全接过桶，很认真地看着她。罗花面带歉意，说睡过头了。她双眼泛红，不是睡过头，是没睡好。她没提罗顺顺，郑一全也没问，她睡过头，罗顺顺和媳妇自然更睡过头了。郑一全没让罗花到井台，到了那儿也得他帮她拎。罗花也不客气，说我准备饭去。

郑一全的水向来是手拎，他不用扁担。肩挑容易晃，再者，他的肩有毛病，怕压。另外，手拎可走得更快一些。但那个早上，郑一全走得磨磨蹭蹭。他揣了好奇，想瞅瞅罗花给罗顺顺讨来的是什么样的媳妇。只是想看看。所以得拖延时间。在路上拖延的时间越久，目睹罗顺顺媳妇的可能越大。

进院，郑一全便看见钉在西屋窗户上白花花的木条。没彻底封死，但密密麻麻的。那团模糊的红忽隐忽现，该是贴在玻璃上的喜字。里面还有一层窗帘，所以郑一全看不到屋里，但他清楚，此刻，在白花花的木条内，在新掏的土炕上，睡着罗顺顺，还有他的……女人。

罗花正忙着煎鸡蛋，屋里一片刺啦声。罗花眼圈发暗，脸却亮亮的，被油泼了似的。罗花让郑一全留下吃饭，郑一全说水桶还在井边，罗花让他送了水再过来，郑一全说不了，一会儿还得下沟。罗花便夹起一个煎好的蛋，递到郑一全嘴边。郑一全摇头，罗花瞪住他，吃！声音很轻，却不容置疑和推托。命令，也是亲近。郑一全往后撤撤，瞭瞭西屋的门。

罗花悄声说，还睡着呢。郑一全再无退路，咬了一口，罗花怕煎蛋掉地上，伸出另一只手替郑一全挡住。一只煎蛋，郑一全竟吃出一身汗。

离开时，郑一全又往西屋瞟瞟。在阳光的照射下，木条格外刺目。不是横七竖八钉的，排列有序，间距均匀。显然是罗花的杰作。

几年前，从让他砍树那个时刻，罗花就谋划好了。一切在她的密谋中有条不紊地进行。他知道她心细，却不知道她的心这么深。那么，她和他好，也是她计划的一部分？

5

郑一全和鲁老汉等了没多久，罗顺顺来了，步子有些摇晃。他喜欢横着挑，两只桶一左一右。村庄没了人烟，角落的蒿子草、老牛疙瘩渐渐向街中央入侵，占去了大片地方，街道成了细瘦的干肠子。横挑容易触碰蒿子草老牛疙瘩，虽不至于撞翻，但蒿子上的粉尘却容易落在桶里。郑一全说过罗顺顺，但罗顺顺不屑，用牛眼翻他。他对郑一全始终怀有敌意。郑一全不再说，只是看到他横着扁担，心里便有泡浮上来。

郑一全看到罗顺顺脸上的抓痕，又深又长。还有他的脖子，趴着蚯蚓似的。指甲很长，郑一全暗想。鲁老汉凑上前，试图去摸，罗顺顺偏偏头，躲开。鲁老汉嘿了一声，又嘿一声。罗顺顺手臂、腕部也伤痕累累。那一夜，或那两夜，罗顺顺怕都是在战斗中熬过来的。罗顺顺虎背熊腰，不发病就不可能吃亏，那女孩……郑一全脑里有什么闪过，他抓了一下，没抓住。

拽上桶，罗顺顺仍旧横挑着离去，自始至终没说一句话。他的眼睛没有任何内容，不是刻意掩饰，他的眼睛常常光秃秃的，像剃过的草滩。鲁老汉冲罗顺顺的背影嘿一声，又嘿一声，说女人不好对付。郑一全怔了怔，鲁老汉看似不着调，其实什么都知道。

那一整天，郑一全心神不宁，下到沟底，没有如往常一样去沟岔里寻找，而是围着杏树林转圈。他暗暗自嘲，还真是驴呢。他给自己的驴取名二全，罗花不解，鲁老汉和罗顺顺也挤眉弄眼地笑话他。郑一全不予理睬，喊得更勤。他们以为他下作得成了驴，其实他还不如驴。转了一上午，脑袋涨着，隐隐地疼，心里仍旧乱糟糟的。

天麻麻黑，郑一全才去牵二全。二全早就等急了，山谷里全是嘎嘎声。二全撞撞郑一全，负气地扬起脑袋。郑一全在二全脖子上拍拍，这是他致歉的方式。二全的嘴唇触触郑一全的脑门，郑一全说行了行了，我知道你渴了，以为就你渴？二全或许是渴得厉害了，走得急躁。郑一全跟不上二全的步子，就把缰绳往胳膊上缠了几圈。过一个沟坎，二全跃得幅度有些大，郑一全被拽个跟头，恰好摔在壕沟里。二全听到郑一全的惊叫，自知闯祸，退至沟沿，试图将郑一全拽出来。郑一全哎呀的声音很响。二全不再动，傻傻地定住。郑一全侧翻身子，将挤压的胳膊腾出来，支撑住地，慢慢仰起。大喘几口气，郑一全抻抻缰绳，骂，没良心的东西，想害死我呀。二全不停地蹭郑一全的脸。再往上去的时候，二全亦步亦趋地跟在郑一全后面，像个随从。郑一全气呼呼的，你巴结我也没用，今天罚你渴着。不比别人，他是残腿，经不得跌撞。但刚刚进院，郑一全就舀了水先饮二全。他没有惩罚过二全，从来没有。

郑一全胡乱吃了些东西。还剩半桶水。一天两桶水，郑一全和二全基本够用，当然是节俭着用。偶尔，会剩半桶。罗花日日登门，并不仅仅是和郑一全说话。等了片刻，不见罗花，郑一全便拎着半桶水出门。

两个屋都亮着灯，罗花却在黑魆魆的院里坐着。郑一全走至近前，她站起身。罗花欲接过水桶，郑一全说我来吧。罗花没说什么。堂屋的角上紧挨着放了两只半大缸，均盖着木板。罗花心细，两只缸分别盛净水和污水。她养了猪，养了鸡鸭，污水也得省着用。

郑一全把水倒进缸里，还未退出，西屋一声爆响。郑一全惊了一跳，紧接着是稀里哗啦的声音，还有罗顺顺的叫骂，夹着噼噼啪啪的声响。罗花冲至门口，惊慌中带了几分紧张。她伸出手，似乎要阻止什么，但颤了颤，她咬住手指。她的目光不再抖了，轻轻扫过郑一全，反身退至院子里，坐在先前坐的地方。郑一全在她身边站了站，想说些什么，又不知说什么好。罗花重重叹口气。两人终是无言。

我走了，郑一全低低地说。

走至门口，罗花突然叫住他。她快步进屋，又快步出来，手上多了只盘子。中午蒸的，素馅儿，不怕凉。郑一全说，我吃过了。罗花往他怀里一杵，带了气似的。郑一全就接了。

包子是干萝卜干野菜馅儿的。罗花在饭菜上很有一手，又擅长就地取材，能做出很多花样。半坝旱，野菜却多，黄花蕨菜野葱蘑菇灰灰菜……当日吃不了，她就腌了或晒干，留待秋冬季节用。

包子很好吃。罗顺顺讨了媳妇，罗花自然更用心。只是……郑一全没有缘由地叹口气。三个包子，只吃下去一个。

腿疼得厉害，但郑一全仍一瘸一瘸地出了屋。和罗花的院子一样黑魆魆的，郑一全站了一会儿就适应了夜色。郑一全住在西南角，地势较高，从院子可以看清半个村子，包括罗花家。但现在看不清，虽然她的屋有灯光。他不知道是否还有噼啪声，不知她是否还在院里坐着。那与他没什么关系。顺顺讨了媳妇，咱俩就方便了，罗花说。他相信她真这么想。确实，罗顺顺不盯着她了，但她自己把自己拴住了。这个夜晚，她绝不会过来找他。之前有过的，她半夜过来找他。她睡不着了。她烦了。她感到寂寞。在他怀里睡一觉，天亮前悄悄溜回去。那时她既忧伤又调皮。但今天，她绝不会过来，把自己坐成石头也不会过来。他并没有等她，也没打算等她，可他站在黑乎乎的院里干什么？他不知道。他有点烦，他睡不着。这是理由，又不是理由。为什么一定要个理由？这是他自己的院子。

起风了，一阵紧赶一阵，郑一全打个寒噤，缩回屋。他卸下假肢，茬口处红肿得厉害。这一阵下沟上坡，走的路太多，又被二全拽了个跟头。假肢已经用了多年，他一直想换，还去问过，得八万块钱，好的要几十万呢，他换不起。如果说罗顺顺讨媳妇和他有什么关系的话，这才是。借给罗花，他至少再等一年。他犹豫过，就因为这个。但还是把钱借给罗花。讨媳妇总归比换假肢重要。他没和罗花说这些，没必要说。

6

罗花几乎是撞进来，她波光潋滟，光彩照人。吃了，她大声宣告，生怕郑一全不明白，郑一全确实有些蒙，她挥舞着胳膊，用更大的声音说，吃饭了呀，顺顺媳妇！郑一全吸了口凉气。这该是顺顺媳妇嫁过来的第五天，她撑不住了，还是……郑一全想从罗花眼里挖出内容，和罗花再好，有些话也不能直接问。但罗花已转向水桶，她舀了一瓢，灌出咕咚咕咚的声响。顺顺媳妇吃饭，这日子才算正式开始，难怪她这么兴奋。

罗花捶郑一全一下，发什么呆？郑一全笑笑，摸摸罗花的头。她脸圆，是看不到颧骨的，就这么几日，她脸颊被削了一圈。你瘦了，郑一全说。罗花的眼角突然一闪，把头抵郑一全怀里，拱了拱，又踮起脚亲亲郑一全的鼻尖。郑一全揽她，她却往后缩着，小声说，我得回去了，改天，改天好吗？郑一全故意说不好，手却松了。罗花问杏花开了没。郑一全说开了一些。罗花说，你给我折几枝回来。郑一全迟疑一下，点点头。罗花似乎松了口气，我走了，别忘了啊。

罗花自是看出郑一全的迟疑。郑一全种的杏树虽多，但从来不摘，更别说折花枝了。花开花谢，杏熟杏落。这些，全部，只属于丫丫，属于丫丫和大地，而郑一全不过是管理看护。罗花未必不清楚，但在她心里，现在没有什么比顺顺，比顺顺媳妇更重要。

郑一全转了大半日，想掰几枝野杏花给罗花。沟底的野杏虽然很多，但花开得没那么浓烈。郑一全折了几枝，又丢掉。他硬着头皮回到杏树林，转了一圈，又转一圈，顺顺娶媳妇了，我答应了你罗花姨。我保证，就折一次。郑一全悄声诉说着，小心翼翼地折了一枝，涂了些唾沫在伤口处。

郑一全没等罗花来取，直接送过去。西屋的窗户依然被白花花的木条封着，但西屋的门却敞开着。罗花欢喜着，将花枝插在瓶子里。瓶子早就准备好了，还放了水。罗花心思缜密，大小事均如此。罗花示意罗顺顺端进去，罗顺顺问，这能活得了吗？罗花狠狠瞪他，罗顺顺挠挠脖梗儿，接了。

风箱坏了，出不了风。郑一全取下，拆开，箱板上的鸡毛快磨秃了。罗花并不是什么都靠郑一全，但有些活儿她干不了，比如修风箱。折腾了一个多小时，郑一全整出一身汗。罗花递过毛巾，突又缩回去，左右瞅瞅，在郑一全额头猛擦几下，才塞给他。

罗花要包饺子，让郑一全留下来吃。郑一全干活，罗花在罗顺顺面前就理直气壮。郑一全摆摆手，说这么点活儿，吃啥饭呢。罗花大声说，顺顺，把你郑叔拽回来。郑一全本已走至当院，终是不抵罗顺顺的蛮力，妥协了。郑一全边给罗花打下手，边暗暗猜，罗顺顺媳妇该出来吃饭吧，还没见过她呢。

但郑一全想错了，罗顺顺媳妇没出来。罗花和罗顺顺把煮好的饺子和小米粥端到西屋，罗花退出来。郑一全想象不出会是什么样的情景，罗顺顺喂她，还是她自己吃？郑一全的心思自是被罗花猜透。罗花戳戳他的额头，吃饭还走神儿？想谁？郑一全故意一本正经，除了想你，还能想谁？罗花撇撇嘴，鬼话，谁信？她给郑一全夹了一个饺子，说，这是奖你的。郑一全问，就这？罗花瞪他，还想要什么？郑一全嘿嘿干笑。罗花的脸竟然有些红，又给郑一全夹一个，小声说，夜里过来，我等你。

郑一全以为她说笑。幽会过多少次已经无须记忆，除了没有证，和夫妻没什么区别，但因为罗顺顺，两人一直偷偷摸摸，在他那儿或者野外。从不在她屋里。她可以半夜找他，却不允许他过来。可她此时的样子像是认真的。她的目光多了些挑逗，怎么？吓着了？郑一全怔了怔，我怕吓着你。罗花说，顺顺讨了媳妇，什么都顺当了。她要兑现自己的承诺了，她不是逗他，他可以过来。但郑一全明白，这方便里有着另外的不方便，她不会轻易长久地离开这座院子，特别是在夜晚。

郑一全一直撑到午夜才过去。西屋漆黑一片，东屋的灯还亮着。罗花在院里坐着，像一尊木雕。郑一全走至身边，她站起来。然后牵着郑一全的手，轻手轻脚地进屋，掩上门。

第一次在罗花的炕上幽会，并没有意外惊喜，草草的，很快就结束了。郑一全躺了躺，就想离开。他惦记二全，虽然半坝没贼。还有，他得给茬口处涂药膏。但罗花摁着他，让他陪她说会儿话，郑一全就不再动。

真要说话，却似乎无话可说。静默了一会儿，罗花碰碰他，想什么呢？郑一全说，想……想你。罗花掐他一下，黑天半夜，倒是可以说瞎话。郑一全说，还剩半桶水，我明早拎过来。罗花的手掌在郑一全前胸缓缓移动着，我想和你商量个事，你别吓着。郑一全握住她的手，她的手正好搁在他心脏部位。罗花说，家里多了个人，水不够用，你能不能匀一桶给我？每天。她特意强调，是每天。

郑一全大大吃了一惊。她一下就要去他一半，还是每天。在缺水的半坝，这就是狮子大开口。郑一全没说话，攥她的手慢慢松开。

罗花说，两桶水，三个人，你想想。我和顺顺苦点儿没什么，我不想委屈顺顺媳妇。

郑一全虚虚地笑笑，她一个人能喝多少？

罗花说，喝是喝不了多少，可她是女孩，用水的地方总归多些。

郑一全不知怎么应对，沉默着。

罗花轻轻叹口气，我知道你难，可……女娃不比你们，总是爱干净的。她那个地方不缺水，我不想亏了她。

那么他的二全呢？就能委屈了？在罗花心里，顺顺和顺顺媳妇自然是天，可二全也是他兄弟呢。郑一全忍了又忍，终是忍住。他没言语，没言语就是态度。她邀他半夜过来，幽会不过是幌子，目的是算计他。这令郑一全不快，非常不快。

罗花拱拱他，除了委屈你，我能找谁？

倒是实话。鲁老汉虽是一个人，但惜水如命。鲁老汉是花痴，屋前屋后种了大片西番莲，结余的水都用来浇花。天旱的时候，他宁可自己不喝也要喂花。即使秋冬季节，鲁老汉也照浇不误。浇过再用成捆的树枝覆盖住，他认为这样保墒。让罗花找鲁老汉？当然不能。

罗花说，女娃不容易，我绝不能亏了她。

…………

罗花说，摘星星摘月亮咱没那本事，可水……再金贵，也是水，怎么能委屈了她呢？

…………

罗花半伏到他身上，我就是你的，只要你不嫌弃，永远是。

一粒水珠滴到脸上，啪嗒。又一粒，啪嗒。

郑一全的脸很快湿漉漉的，整个人也软下去，似乎被浸透了。他伸出胳膊，揽紧罗花。

7

七八天后，郑一全第一次见到顺顺媳妇。在井边。罗顺顺挑水，她跟在后面。个头比罗花略高，窄脸，肤色暗黄，眼睛有些冷，有些散，看上去漫不经心的。郑一全看她，她也看郑一全，却没有对视感。就那么一下，便闪过去，像擦身而过。倒是长了一头秀发，显然刚刚洗过，湿漉漉的，乌黑闪亮。

顺顺，有福气呀。鲁老汉龇着大板牙说。罗顺顺伸出手，在媳妇头上摸了摸，有点显摆。媳妇没躲，但也没表情。她是来帮罗顺顺提水的，不过，走出一小截，就被赶过来的罗花抢过去。鲁老汉嘀咕，娶了个奶奶，金贵着呢。郑一全没理他，转过身，将井盖盖住。

转天，罗花领顺顺媳妇下沟底看杏花。郑一全早就在杏树林候着了，始终不见罗花身影，正待走开，听到哧溜一声。几分钟后，罗花与顺顺媳妇一先一后闪出来。罗花抓着顺顺媳妇的手。郑一全瞟瞟，完全是无意识的，罗花解释，玉走不惯山路，滑了一跤。然后蹲下，在顺顺媳妇膝盖处拍打着，像极了奴仆。

顺顺媳妇没有任何难为情。她根本没察觉到罗花在干什么。她完全被怒放的杏花吸引住，双眼迷离，嘴巴半启，显然，她没想到半坝有这样的盛景。她挪过去，摸摸这棵，再摸摸那棵。

都是你叔种的，结了果的时候更好看。罗花讲解。

顺顺媳妇似乎没听到，没有任何回应。她仰着头，看样子要把所有杏树都摸个遍。

郑一全暗暗纳闷，也见过几次面了，却从未听见她说话，难道是个哑子？她看罗花，罗花跟在顺顺媳妇身后，随时等吩咐的样子。罗花忘了郑一全，心里眼里只有她的天。

蓦地，顺顺媳妇立住。她看到丫丫的坟，以及坟前的石碑。坟顶落散了些早谢的花瓣，几株鹅黄的草弱弱柔柔的。丫丫的坟就被花瓣覆盖住。顺顺媳妇回过头，罗花说，这个……你叔……罗花斟酌着，不安地看着郑一全。

丫丫。郑一全说，他不想多言。

顺顺媳妇的目光在郑一全脸上停住，似乎含了些什么东西。郑一全试图抓住，她快速闪开。

顺顺媳妇摸了个遍，大大小小的树。似乎没看够，她仍仰着头。

罗花说，你喜欢哪枝，让你叔掰下来。

罗花很随便，像她自己的杏树。郑一全很是不悦。几日前，他已经折过。顺顺媳妇想砍一棵，罗花也会答应吧。

顺顺媳妇的目光再次游移过来，郑一全不言，冷漠明明白白地挂在脸上。

罗花说，相中哪枝了？我来掰！你叔没那么小气。

郑一全虽然不快，罗花要掰，他是不好拦的。顺顺媳妇摇摇头。罗花说，回去插花瓶里，开好几天呢。罗花毫不在意郑一全的态度，踮起脚，抓住一条耷拉下来的长枝。顺顺媳妇抓住她，扯了扯，又扯了扯。罗花松开手，叹口气，这孩子。

顺顺媳妇自是觉察到郑一全的冷淡，抑或，她也心疼花枝。但不管怎么说，杏树没受伤，郑一全甚是欣慰，对这个叫玉的女子多了一丝感激和好奇。

沟底春意盎然，顺顺媳妇被熏蒸得没那么死板了，间或泛个波纹。一个花瓣落到她乌黑的头发上，她摸了摸，又嗅了嗅，竟然浅笑了一下。罗花提出带她到沟岔里转转，她顺从地跟在身后。郑一全忽然想到那只雪白的野兔，若被罗花撞见，她怕要给顺顺媳妇捉了回去。便叮嘱道，别走得太远。罗花和郑一全对视在一起，说不会走远的，天阴了，这雨说下就下。

每个早上，顺顺媳妇都会跟着罗顺顺到井台，用鲁老汉的话说是寸步不离。她当然不是离不开罗顺顺，郑一全心知肚明。似乎这口几近半枯的井吸引着她，散漫的目光落在井口处，便会停那么一会儿。郑一全心上掠过一丝阴影，他没敢和罗花说，花三天时间做了一个能锁的井盖。之前的井盖用石头压着，只能防风沙和落叶。

郑一全没给鲁老汉和罗顺顺钥匙，鲁老汉不满，还怂恿罗顺顺朝郑一全要。罗顺顺胡拉着大眼，井不是你家的，凭什么你一个人拿钥匙？郑一全没法和他理论，那等于对猪弹琴，发誓道，我若偷一瓢水，你剁了我的手。心想你这个莽货，我何苦去偷？罗顺顺最担心的就是郑一全偷水。郑一全做了保证，他便偃旗息鼓。罗顺顺不出头，鲁老汉嘟囔过几次，井水又没异样，也就作罢。

又一个早上，罗顺顺在前，顺顺媳妇在后——那桶水早就属于罗花，照例没走几步，被追过来的罗花夺过去。罗花生怕顺顺媳妇受累，但从不拦她，只在中途接替。鲁老汉神神秘秘地告诉郑一全，罗顺顺差点把女人的奶头咬下来。郑一全一惊，狠狠瞪着他，你少胡说。鲁老汉发誓，都是罗顺顺告诉他的，罗顺顺不和他下棋了，但常去他那儿转。罗顺顺还说——郑一全猛地盯住他，你套他话了？鲁老汉被戳穿，略显不安，其实，我……郑一全打断他，你一把岁数的人，别为老不尊。鲁老汉叫，你这是咋说话呢？郑一全锁了井，扬长而去。狗东西，郑一全暗骂。你他妈真是狗东西。他气鼓鼓的，却不清楚气从何来。

尚未进院，便听到二全嘎嘎地躁叫。每天一桶水，郑一全更加精打细算，事实上，二全再未喝饱过。最近一段日子，二全格外狂躁。郑一全心中带愧，二全叫，也只能听着。可那个早上，郑一全莫名火起，将水桶撂在当院，呵斥二全，叫什么叫？叫也不给你喝！虽然有气，郑一全并没有惩罚二全的意思，他进屋拿了盆子，打算倒了水给二全喝。不知二全怎么挣断了缰绳，或许是揣着比郑一全更大的怒气。郑一全返回，二全的半个脑袋几乎扎进桶了。郑一全大喝一声冲过去。二全往后一撤，下巴把水桶带倒。郑一全手疾眼快，还是没接住。他反身拿了水舀，方意识到自己的愚蠢。水倾洒在地上，舀子根本派不上用场。他忽地跪倒，试图用手掬起来。疯狂的土根本不给他机会，霎时吸得干干净净。半晌，郑一全抬起头。二全自知闯祸，呆呆地站着。郑一全怒不可遏，照二全的长脸抽了一掌。

8

沟底的杏花快谢幕了，半坝的春天方姗姗来迟。

人跟着忙碌起来。鲁老汉扒掉盖着西番莲的树枝，焐了一冬，灌了一冬，西番莲毫不费力地拱出新芽。鲁老汉跪在地上，一棵一棵地察看，每天如此。昆虫比西番莲苏醒得早，最爱吃西番莲的叶子。有时鲁老汉饭都顾不上吃，得空儿才胡乱点些玉米。对鲁老汉，种西番莲是主业，种玉米倒成了业余爱好。如果脖子可以系住，鲁老汉怕是一粒玉米也不会点。

郑一全当然要点玉米，除了他和二全的口粮，玉米也是他的经济来源。他想早点换假肢，所以不但要种，还得多种。每天早出晚归，再没有时间追寻那只白兔，沟底也是五六天去一趟。往年他还要帮罗花种，今年怕是没工夫了。

当然，罗花有了帮手，也用不着他了。每日下田，罗花都带着顺顺媳妇，人再金贵，活儿还是要干的。顺顺媳妇在身边，罗花才能踏实。除了玉米，罗花种向日葵最多。洼里种，梁上也种。葵花盛开时，半坝的大地就像贴了一枚一枚金币。葵花也确实是罗花的金币。当初种葵花，只为要葵花的花蒂，那是给罗顺顺治病的偏方，但无心插柳柳成荫。罗花给罗顺顺讨媳妇，向日葵也是立了功的。罗花不声不响的，攒的钱比郑一全和鲁老汉加起来还多。

半坝唯一的闲人就是罗顺顺。罗花也曾让他帮忙，但有一次罗顺顺突然发病，差点滚落到沟底，幸亏被一棵树卡住，罗花就再也不用他了。鲁老汉没时间和他下棋，罗顺顺这儿转转那儿遛遛，或者干脆躺在家里睡大觉。

郑一全和罗花常常见面，在井台边，或者下地途中，夜晚她也经常过来，但仅限于说话，有时，她会问他，过来不？或者，她干脆告诉他，她会留着门儿。郑一全自然愿意和罗花在一起，但每次半夜溜到她炕上，他都别别扭扭的。不这样他又没有和罗花在一起的机会。不像以前，现在罗花日日带着顺顺媳妇。约，还是要赴的，不过次数渐少，春日的忙累正好给了郑一全借口。

一天中午，郑一全有些困，便枕着田埂睡过去。他梦见丫丫了，丫丫提着小筐，捡拾掉在地上的杏。遍地散落着金光闪闪的杏，映得丫丫的脸都带了彩。杂沓的脚步和呼喊碎石般击中郑一全，郑一全倏然惊醒。罗花冲他跑过来，她手臂前伸，恨不得立刻抓住他。某个春日，罗花就是这么撞进他怀里，他当时还骂她疯女人。郑一全以为旧戏重现，呼吸突然就急促了。他迎上去。

罗花并没有撞进郑一全怀里。距离几米远的时候，她猛地立住，大叫，跑了！……

郑一全这才觉出罗花的异样。浑身尘土，脸上也是。她大约是摔了跤，还不止一跤。郑一全打个激灵，还没等他说什么，罗花又叫，顺顺媳妇跑了！

怎么回事？郑一全盯住她。

罗花挥舞着胳膊，声带哭腔，跑了呀！身子突然一歪，瘫在地上。

郑一全抢上去，试图挟她。还未近身，罗花又充了气一样弹起来。她死死抓住郑一全，天塌地陷般地，这可咋办呀？

罗花讲得断断续续，顺顺媳妇要撒尿的，眨眼工夫人就没了影儿。这大约是一个小时前的事。她跑了，她肯定跑了呀。罗花叫着，郑一全快被她掐破了。郑一全让罗花回村，顺着出村的道追，他抄小路。她不会跑远的，你放心，郑一全安慰。罗花丢下郑一全就跑。

半坝出村的路只有一条，除非顺顺媳妇长了翅膀。她跑得再快，一两个小时也跑不出多远。抄近路是可以截住她的。

郑一全腿不方便，但毕竟常年上坡下沟，知道哪儿好走哪儿不好走。他连爬几个大坡，从半坡直插到路上，低头细寻，不见脚印，他肯定赶在她前头了。路跟羊肠子似的，折了好几道弯，很难跑的。

约莫一刻钟，郑一全瞥见了她。她跑得很快，头发在脑后飘荡，像一面旗帜。郑一全想看得清楚一些，她拐弯了，树影挡住了郑一全的视线。郑一全抓着刚掰的树棍，立在路中央，听着踢踏声由远而近。

顺顺媳妇的脚突然生根，而身子却往前倾，差点摔倒。晃了几下，慢慢定住。脸颊红紫，喘息粗重。鞋裤、橘红的衬衣都灰扑扑的，脸颊的伤却很耀眼。她肯定没想到郑一全堵在前面，她的目光噼里啪啦的，变换着惊恐、绝望、乞求。她不再漫不经心。她终于和郑一全对视了。有那么一刻，她的目光几乎插进他眼底。

叔。她叫了一声，很低，害羞似的。

郑一全第一次听她说话。只有一个字，但终是开口了。郑一全略有些惊讶。

叔！仍然是一个字，但不再犹豫。

郑一全的心颤了颤，也只是颤了颤。她是罗花娶来的，花了九万块钱。还有两万是借他的。他和罗花不是一家，但和夫妻没什么区别。他清楚她消失对罗花意味着什么。

叔……她的声调里有了内容。

郑一全叹口气，罗花对你不错，回去吧。

叔……呀。人和声音一样，瑟瑟的。

回去吧，罗花还会把你当宝贝。郑一全扭开脑袋，不再看她。顺顺媳妇没说话。逃出这么远，她自是不甘。但郑一全横在中央，她闯不过去。

几分钟后，郑一全转过头，突然被晃着。她仍在原地站着，这么个工夫，她把自己剥光了。白白亮亮地竖在那里。

你……穿，穿上！郑一全喝道。

叔……

炫目的白逼过来，郑一全被撞着，退了几步。停了停，他缩到路的边缘，挥挥手，让顺顺媳妇走。

顺顺媳妇反应倒快，鞠了一躬，抱了衣服就走。

没跑几步，郑一全又喝住她。白白亮亮的人哆嗦一下。郑一全说顺路跑，一会儿就被追上了。他叫她躲进半坝深处，天黑再上路。记住，不要躲太远，不然就找不见路了。顺顺媳妇点点头，眨眼消失在沟坝下。

郑一全虚脱一般，难以站立。罗花快追上来了，他听到脚步声，那么重，每一步都似锤子。郑一全抹抹脑门，并没有汗。若罗花知道他放跑顺顺媳妇，非活吃了他。他并不是故意的。他自己也没想到。他努力平静着。

罗花追上来，身后是罗顺顺，两人都大汗淋漓，上气不接下气。

怎么？……罗花嘴巴大张。

郑一全歉意地摇摇头。我没看到她。她跑得太快了。对不起，我尽力了，还是晚了一步。

罗花的脸瞬间变白，没往上追？

郑一全说，到这儿追不上就追不上了，我这该死的腿……

罗花突然拔脚。郑一全张张嘴，却什么也没说。她怎么会放弃呢？郑一全呆呆地定着，不知自己做了一件什么样的事，不知该庆幸还是该难过。他双目虚空，如同他的心。

罗顺顺骂骂咧咧的，原路返回。郑一全当然不能走，得等罗花。他很担心，从未这样担心。担心罗花，也担心那个叫玉的女子。

太阳落山，暮色四合，郑一全终于等到罗花。她的脚步不再有力，残了一样在地上划拉着。郑一全看不清她的脸。看不清，反可直视她了。她站定，什么话也没说。郑一全倒是想说什么，但又觉得此时什么话都多余，便闭嘴。

两个人闷声走路，谁也不吭声。回到村庄快半夜了。罗花身心俱疲，仍要生火做饭。罗顺顺连连喊饿，此时饥饿比女人更重要。郑一全也饿了，但不想留下吃饭。罗花没了午间的慌张，冷静了许多。她的冷静让郑一全紧张。罗花执意要郑一全留下，郑一全没再违拗。

吃过饭，罗顺顺睡觉去了，桌边只剩下他和她。罗花盯住他，我快追到坝头了，她真能跑那么快？郑一全明白她留下他就是为了问他。她心中有疑。郑一全说，不快，你就追住了。这个回答等于没回答。可是，郑一全怎么回答她呢？

9

整整一天，郑一全的心像在树上挂着，来回晃荡。甚至二全的叫声都能惊他一跳。他不是贼，可比贼还贼。他骗了罗花，这个世界上唯一和他有关系的女人。他不是蓄谋的，那种时候，他能怎么办呢？他并不后悔，若丫丫在身边，也会让他那么做。只是……那不是九万块钱的事，他捅塌了罗花的天。他不知接下来会发生什么，一个人没有天，日子就成了空壳。

天黑透，郑一全才往回走，自然是为了躲罗花。但进屋不久，罗花就过来了。不过一天工夫，她的脸便缩了许多，灰灰的，没有任何光泽。白发冒了出来，一根根弯翘着，像螃蟹的爪子。郑一全暗暗惊心，比他想象的还要严重。罗花将拎着的水放在地上，说用不着了。郑一全虚虚地说，留着吧，你洗涮多。罗花拽过马扎坐在门口，望着漆黑的夜。她不说话，就那么望着，仿佛郑一全院里的夜景很美。郑一全思忖着，她还会问的，干脆承认算了，活吃活剐由她。郑一全喉咙火辣辣的，水桶就在旁边，他没有动，任由火烧火燎。罗花坐了足有一个时辰，然后吃力地站起来，靠着门板定了片刻，轻声道，你歇着，我回去了。她并没问他，她眼里似乎也没了疑惑。郑一全的心反而更重了。

夜难熬，总算熬过去了。清早，郑一全拎着水桶到井边，罗顺顺和鲁老汉已经候着。轮到郑一全第一个打。郑一全开了井盖，示意罗顺顺先来。罗顺顺以为郑一全逗他，往后退退，我才不上你的当呢。郑一全拽过罗顺顺的桶，我不骗你，骗你干什么？鲁老汉突然喊，快看，那是什么？郑一全和罗顺顺同时顺着鲁老汉手指的方向望去。街口，一段鲜艳的东西慢慢蠕动，一起一伏，又一起一伏。

郑一全哎呀一声，扔下水桶就跑。

果然是顺顺媳妇。触及那鲜艳的一刹，郑一全马上想到了她。除了那件橘红的衬衣，她浑身上下全是脏污的。她张张嘴，似乎要说什么，但没发出任何声音。

郑一全和罗花赶着驴车把顺顺媳妇送到张北医院。顺顺媳妇摔折了腿，膝盖和肘部都磨破并发了炎。罗花留下陪护，郑一全独自返回。半个月后，郑一全赶着驴车把罗花和顺顺媳妇接回。伤筋动骨，一百天之内，顺顺媳妇都得在炕上躺着了。

顺顺媳妇一定是慌不择路，掉进了沟里。若是深沟，两天两夜未必爬得出来。野兽少了，沟也吃人呢，想想就后怕。郑一全很想问问，但罗花始终不离左右，郑一全就想，若是问，他似乎就成了她的同谋，不问也好。她捡回命，比什么都强。

罗花的天又撑起来，而且撑得更高了。她的眼睛有了活气，整个人都被气吹了似的。她没有苛责或冷淡顺顺媳妇，对顺顺媳妇更好了。罗花往返于田间和家里。地里的活儿不能不干，那不只是吃喝的营生。顺顺媳妇看病的钱都是郑一全垫付的，还有之前借的，都得还呢。顺顺媳妇也得照顾，罗顺顺指望不上，她也不指望罗顺顺，每一样她都亲自干。宝贝失而复得，她更加珍惜。

饭一顿一换，饼，饺子，面条，疙瘩汤，五天之内绝不重复。即便重复，也变换着花样，今儿吃青菜馅儿饺子，下顿吃饺子必定是别的馅儿。鸡呀鸭的，更是隔阵子就杀一只。正是下蛋的时候，若是往常，她绝不这么奢侈。

某日，罗花截住郑一全，问他能套住野兔不。郑一全吃惊地看着她，问她套野兔干什么。罗花说给顺顺媳妇补身子，野的补得快。郑一全忽然想到那只雪白的兔子，紧张得几乎结巴。他说甭说套了，这两三年他就没见过。罗花显然不信，不可能吧，几天前我还看到呢，所以才问你。郑一全蒙了，啥……样？罗花往前凑凑，你怎么了？兔子自然是兔子样，还能像狗？郑一全慌着，我是问你真看清楚了？灰的？白的？罗花戳戳郑一全，你发癔症了？郑一全摊摊手，好久不干了，我向丫丫发过誓，不过要是碰见，你喊我。罗花问，喊你做什么？郑一全说，你喊我就是。

连着数日，郑一全的心都慌着。不过，罗花没再提起。她说见到野兔，或许是诓他吧。要是真撞见，她肯定会缠着郑一全，软磨硬泡郑一全就范。这个女人，为了顺顺媳妇，什么都能做出来。

仲夏到了，老天的红舌头从早到晚舔着半坝。偶尔落一场雨，施舍似的，来不及流就被干渴的土地吸干了。郑一全盼着下几场痛快雨。没几场透雨，歉收是肯定的。当然，盼雨的不止郑一全，除了罗顺顺，谁不盼呢？那天，郑一全看到在田埂飞奔的罗花，她边跑边抓着草帽扇。日光飞溅，她要焚烧掉了。她是急于回去给顺顺媳妇做饭，他明白。可大热天的，不至于如此狂奔吧。他呆呆地望着她的背影，直到她消失在火光尽头。

没等到大雨，却等来一场冰雹。半坝像一面战鼓，被擂得震天响。雹子小如拇指，大如鸡蛋，有的简直就是拳头。没敲多久，可院子里一层疙疙瘩瘩的白。郑一全惊惊颤颤地伸出手，想把冰雹收集到桶里，化了也是水呢。突然一声长号传来，郑一全突然跳起来，往街上蹿去。罗花也刚跑出院子。两人同时奔往一个方向。

鲁老汉跪在地上，仰头号哭。西番莲被摧残得不成样子，开花的没开花的，有的折断了茎，有的成了光杆，有的粉身碎骨。绿、红、粉与白色的冰雹搅混在一起，越发地刺目。

啊呀呀……我的花呀……

我的花呀……啊呀呀……

两人呆立片刻，几乎同时转身。这次他们是往不同的方向。

郑一全快至玉米地时，放慢脚步，然后往沟底去。

杏树林未能幸免，地上到处是落叶、残枝、杏果。有的树枝折了，但没有完全与树体断开，头朝下耷拉着，祈祷似的。郑一全像鲁老汉那样跪在地上，只是没有长号。他把脸埋进去，深深地埋进去。脑里白光一闪，他蓦地打个激灵。它在哪里？

10

当然是灾难。但不会咬着不放，伤口也会在不知不觉间愈合。西番莲从折断处长出新的枝杈，东倒西歪的玉米和向日葵渐渐挺直了腰，杏树虽然过早地泛了黄，但树影的红却更加醒目。

特别对于罗花，这根本不算什么，金灿灿的日子在等着她。

夏季快结束时，顺顺媳妇康复了。罗顺顺打水，她又跟出来。她胖了一些，也白了一些，头发更加地乌黑闪亮。这当然要归功于罗花，她的鸡鸭快杀光了。顺顺媳妇的目光仍旧是散散漫漫的，但似乎湿润了一些，因而有了弹性。她在郑一全脸上停了停，露出些许笑。准确地说，应该不是笑，她的嘴角几乎没有变化。但郑一全明白，她对他笑了，就在罗顺顺和鲁老汉面前。郑一全也回了笑，同样没让鲁老汉和罗顺顺察觉。她和他曾经是同盟，至少在那一刻，郑一全和她结成同盟。郑一全意识到这个秘密把她和他拴在一起，已经没了之前的紧张。当然也无兴奋可言，只是心微微有些飘忽。

依然是罗顺顺挑，她拎单桶的。在她摸到桶梁时，郑一全问，能行吗？她点点头。郑一全说，要不，我帮着送过去？她低低地，不用了。郑一全说，还是我来吧。但顺顺媳妇已经拎起。刚刚起步，就被赶过来的罗花接替过去。这幕景象与几个月前一模一样，不同的是顺顺媳妇步态重了些，可能是发胖的缘故。郑一全想起羊肠道上奔跑的身影，如果再有机会，她跑得不会那么快了。似乎有什么东西挤压过来，郑一全不由得缩了缩。环顾左右，鲁老汉也已经离去，只剩他自己孤零零地立在井台。

顺顺媳妇又随罗花下地了，她在前，罗花在后，或罗花在前，她在后。罗花穿得素净，自媳妇过门，她就把自己带花的衣服藏起来。顺顺媳妇衣装明艳，花蕾一般。表情正好相反，顺顺媳妇是素净的，罗花的脸长满了花瓣。郑一全和两人遇见几次，顺顺媳妇从不和他说话，有时点点头，有时只是看看他。当然，她的目光是有内容的，但也不是多么复杂的内容，一种礼节性的问候。郑一全想，这样挺好。虽然事情过去了，郑一全还是怕罗花觉察到蛛丝马迹。

罗花喊郑一全过去吃饭，她又杀了一只鸡。罗花当然经常给郑一全端，即便她忙得像个风葫芦，也要瞅空过来一趟。有时郑一全懒得生火，就坐着等。想罗花或许会送来什么吧，罗花果然就会过来。过去吃饭则意味着要和罗花的家人坐在一起，太正式了。以往，他都是干完活儿留下来，不管怎样，是有合理借口的。这时不时节不节的，又没干活儿，吃哪门子饭？郑一全迟疑，罗花拽他，怎么，等轿子抬啊？郑一全说，我是怕添乱。罗花嗬一声，怕给我添乱，还是怕给自己添乱？随后目光就有些异样，几日没吃，有情绪了？这是只有他和她才懂的暗语。郑一全舔舔嘴唇，嘿嘿笑起来。

一群小鸡在院里跑来跑去，叽喳声清脆悦耳。母鸡立在石头上，警惕地注视着郑一全。郑一全暗暗叹服，罗花什么都没耽误，哪样都想在了前面，哪样都像模像样。

小鸡炖蘑菇，南瓜炖土豆，肉炒蕨菜，凉拌粉皮，白面烙饼，小米稀粥。郑一全意识到，如此丰盛，这顿饭应该是有说头的。顺顺媳妇坐在了桌边，而不是由罗顺顺送过去。她正式成了这个家庭的一员，或许？郑一全第一次和顺顺媳妇离得这么近，比在羊肠道上还近。郑一全在罗花家吃饭不是第一次，可因为添了新成员，他有些不适。

罗花给郑一全斟满酒，自己也倒了一些。你们就别喝了，她轻轻地说，多吃。罗花夹了一条鸡腿放在顺顺媳妇的碗里，又夹了一块给郑一全。罗顺顺举着筷子，拿不定主意夹哪块似的。顺顺媳妇很自然地把自己碗里的鸡腿给了罗顺顺。罗花瞪他，自己动手。罗顺顺乐呵呵的，媳妇疼人。罗花迅速给顺顺媳妇夹了两块。顺顺媳妇未有什么反应，显然已经适应。

郑一全等待罗花宣布些什么，至少也要说些什么，但和以往没什么不同，连仪式都略去了。郑一全不明白罗花葫芦里装的什么药，这让他不踏实。他看着罗花，罗花淡淡的。他再看，根本就不信这顿饭没有理由。罗花当然察觉到郑一全的疑惑。玉，你倒上水，敬敬你叔，你叔忙前忙后的，可没少帮你。罗花语气平淡，顺顺媳妇便端起水杯，什么也没说，浅浅地笑笑。郑一全有些慌，也没帮什么，不是应该的吗？他瞥瞥顺顺媳妇，便把责怪的目光投向罗花。他耳根发热，热得厉害。罗花说，那就不说了，你多吃点。果然就不说了。郑一全松口气，却又存疑，难道她只是为了这个？郑一全接罗花和顺顺媳妇回来的路上，罗花已经谢过郑一全，现在又让顺顺媳妇谢，是什么意思呢？是暗示他什么，还是暗示顺顺媳妇什么？抑或，同时暗示他和顺顺媳妇什么？罗花个子不高，心却比井幽深。郑一全不得不往别处想。

桌边只剩下郑一全和罗花时，罗花突然问，你紧张什么？郑一全脑袋轰的一声，谁……紧张了？罗花轻笑，都结巴了，还说不紧张！郑一全摸摸下巴，我有什么好紧张的。罗花说，以为我又要借钱吧，瞧把你吓的，放心，我都能还上的。郑一全讪讪地，瞧你，我是小气的人吗？罗花踢踢郑一全，带着亲昵，当然不是，你是我的半个天呢。郑一全干笑几声。罗花压低声音，想知道为啥请你吃饭吗？郑一全咬住她的目光，不言。罗花脸上的花瓣格外鲜艳，今儿是个喜日子呢。等于没说，郑一全的好奇被吊起来。猜猜！罗花又踢踢他。郑一全的脑子几乎生锈，半晌，他摇摇头。罗花让郑一全把脑袋伸过去，咬着郑一全耳朵说，顺顺媳妇没来红。郑一全被烫了似的，猛地一闪。他当然清楚这句话的意思。罗花探过头，没凑到郑一全耳根，但离得很近，神秘中包裹着兴奋，我算着呢，超过十天了，错不了。郑一全半张着嘴，样子看上去有点傻。罗花捅捅他，发什么呆呢？郑一全掩饰着慌乱，言不由衷地，你大可放心了。罗花说，晚上过来，我等你。郑一全没接茬。罗花的脚趾在郑一全腿肚上拧拧，怎么，不乐意？郑一全瞄瞄西屋，罗花会意，我都不怕，你怕什么？他们睡得沉，放心好了。

午夜，郑一全如约而至。好几个月没和罗花在一起了，也有点想了。

次日清早，郑一全在井台边见到顺顺媳妇，有意扫扫她的肚子。当然看不出来，现在什么都看不出来。郑一全忽然想，罗花摸得透透的，顺顺媳妇自己未必能意识到。郑一全嘴里涩涩的，像嚼了青果子。

那夜之后，郑一全又去了几次，日子又恢复了过去的节奏。一个人的夜晚，郑一全坐在院里一支接一支抽烟。烟是自制的，又胖又长，几支抽完，夜就深了。回屋卸下假肢，涂些药膏，然后举着猎枪——假肢在夜晚的另一个用处——瞄准，扣动扳机时，他适时止住自己。丫丫走后，郑一全的扳机再没扣动过，但还会举枪，这个熟悉又陌生的动作能带他走进过去。有时，郑一全也去街上走走。白天见不到人，夜晚就更见不到了。狩猎时，郑一全曾整夜整夜地在野外，所以并不恐惧黑暗。相反，黑暗让他的耳朵更加灵敏，让他的目光更加锐利。地鼠在行走，昆虫在交配，归错巢的夜鸟睡得不踏实，不时扇动翅膀。可……它们都有伴儿。他很少在野外过夜了，想起来就到街上走走，虽然有时什么都听不到，村庄比山野更安静。

那个夜晚，郑一全睡不着，起身出来。郑一全的房子地势高，院墙外是个急坡，所以他开的是侧门。半坝，只有郑一全这样开门。

出门，照例望望半睡半死的村庄。这一望，他的心脏几乎停止跳动。一个黑影正从罗花的院里出来。虽然看不清，但郑一全知道黑影揣着小心，走得很慢。郑一全顿住，不知往前还是缩回院子。那该是顺顺媳妇，她又要逃走了，在罗花放松警惕的时候。像上次一样帮她？不然她绝无可能。可是，他马上想到罗花长满花瓣的脸，还有她在田埂上跳跃的燃烧的背影。郑一全不知怎么办，犹豫间，黑影已经出了院子，朝井台方向去。郑一全心下一惊，迅速跟过去。要有事发生了，直觉告诉他。

黑影再次进入郑一全的视线范围，郑一全看到黑影拎了个物件，似乎是桶。经过井台，黑影并未停留。这时，郑一全已辨出黑影不是顺顺媳妇，而是鲁老汉。竟然是鲁老汉！这一发现让郑一全更加吃惊。黑影径直朝鲁老汉院子走去，郑一全确信无疑。

进屋。关门。

郑一全愣住。一切归于寂静，没有任何事发生。

11

定了多久？郑一全完全傻了。他能记清的是浓腥的海海漫漫的花气扑过来，瞬间将他淹没，他几乎窒息，与此同时，耳边轰隆隆作响。待回转神儿，却怎么也找不见回家的路。他迷失了方向，围着井台打转，或在残垣断壁间折腾。后来，是二全的叫声救了他。二全叫一声，他迈一步，二全叫两声，他迈两步。进了院，郑一全抱住二全的头，没让自己栽倒。郑一全没卸假肢，躺了躺，天就亮了。

到井台提水，郑一全已经恢复正常，似乎什么事也没发生。确实也没发生什么事。郑一全暗觑鲁老汉，有一次和鲁老汉对视在一起，鲁老汉笑了笑，郑一全也笑了笑。

郑一全照样下地，黄昏在村口碰见罗花和顺顺媳妇。他还和顺顺媳妇点点头。夜晚来临，郑一全出院左转，在一个地势突起处坐下。郑一全掏出烟，并没有点燃。他咬一口，又咬一口，慢慢嚼着。黑暗渐渐黏稠，郑一全的脸像涂抹了胶，目光反被黑暗洗得更加明亮。

几天后，郑一全再次捕到黑影。嚼的烟多了，嗓子辣齁齁的，正欲咳嗽，黑影出现了。郑一全突然捏住嘴巴，死死地。黑影步子依然轻缓，郑一全判断，拎着的水桶应该是满的。走到罗花家门口，黑影停了停——郑一全能想到他此时的表情，然后闪进院。等候的罗花站起来，接过水桶。她是不是也牵着鲁老汉的手？喉咙被撕裂，似乎有血喷出来，郑一全双手护住，悄声喘息。再次抬起头，院子里只剩下黏稠的黑暗。

郑一全还欲再嚼，兜已经空了。他伸出胳膊，缩回，手上多了截植物。满嘴苦涩，是艾蒿。

黑影闪出来。当然是一个人。轻手轻脚。黑影朝来的方向走去，轻快了许多。或许，还哼着小曲呢。

郑一全顿了顿，突然跳起。虽然安着假肢，脚下依然可以生风。他为黑夜而生，黑夜是他最天然的掩护。非把狗日的鼻血打出来不可。他竟敢？他胆敢？

郑一全当然能追住鲁老汉。走到中途，他忽然停住。就这么追上去，暴打一顿？当然可以，但这有损他猎人的名节，虽然他是过时的猎人。

不知这样的画面从什么时候开始的，但可以确定，不止三回两回。想到和鲁老汉共用一个女人，要命的是这么长时间竟全然蒙在鼓里，郑一全说不出的愤怒和羞辱。自然，罗花是冲着鲁老汉的水，可他已经分一桶给她，她还不满足吗？这个贪得无厌的女人！

次日，罗花给郑一全送过几个包子。野葱馅儿的，她下午回来掐的。罗花手脚麻利，那些住户没迁走时，没有哪个女人比得了罗花。郑一全当然不可能把她轰出去。但他刚刚吃过，不想碰。罗花嘁一声，吃过就不能再吃了？郑一全说，我肚量没那么大！罗花的情绪丝毫未受影响，抓起一个非要郑一全尝尝。自然有些撒娇的意思，她的神情与动作协调得恰到好处。若是往常，郑一全早投降了，但那天他违拗着。罗花把包子伸到他嘴边，乞求着，一口，就一口，行吗？咽不下，你吐出来。郑一全再不好摆臭脸，只得咬了一口。他要吐的，要在罗花面前吐。但罗花先张开嘴巴，让郑一全吐她嘴里。她伸出红红的舌头，等待着。神情既狂野又谦卑。郑一全嚼了几下，吞咽下去。

好吃吗？

郑一全点头。不知罗花给鲁老汉下了什么药，爱花如命的鲁老汉肯把水匀给罗花，自然是被罗花拿下了。

罗花说，那就再吃一个呗，顺顺媳妇特别爱吃野葱馅儿的。说到顺顺媳妇，罗花脸上的花瓣便生机勃勃地艳起来。

为了她的天，就可以把自己卖了？就可以引诱鲁老汉？一个声音拱着郑一全的心脏。当然是引诱，鲁老汉绝对不会主动招惹罗花，这点郑一全心里有数。

郑一全很听话，又吃了一个。他想让她早点离开。他不吃，她是不会走的。

罗花解开扣子，扇了扇。

郑一全垂下目光，故意不看。

罗花说，我得回去了。夜里过来，我等你。罗花压低声音，虽然不会有人听到。她和鲁老汉也神神秘秘，提前发出暗号？当然是。郑一全突然反胃，真要吐了。

郑一全说，这几天腿疼得厉害。

罗花说，那我过来。

没等郑一全回应，她便闪出去。郑一全愣怔住。本以为他不动声色的冷淡会拉开和她的距离，但罗花不吃这一套，他不方便，她可以过来。郑一全想起白森森的木条，她放得下心吗？

半夜时分，罗花果然过来了。她很主动，什么都主动。也很放浪，就像在野地那样。郑一全则是呆板的、机械的。但麻木的郑一全很快被她激活。草压倒了，玉米压断了，他和她从田埂滚落到沟里。然后她爬起来，麻利地穿上衣服，拍拍他的脸，飘然离去。

郑一全躺了许久，等罗花的气息散尽，他下了炕，找出藏在柜底的猎狐夹。几年前郑一全把猎枪上缴了，但猎狐夹还留着。也只是留着，并没想派什么用场。已经灰头土脸，锈迹斑斑。郑一全擦拭一会儿，猎狐夹隐隐地闪亮了，一副冷面杀手的表情。

夜幕垂落，郑一全蹲在高坡，巡视着寂静的村庄。

等到第三日，鲁老汉又幽灵般闪进茫茫夜色。依然很慢。当然拎着水桶，那是和罗花交换的金币。

待鲁老汉消失后，郑一全迅速溜下去。繁茂的杂草把村庄原本还算宽的街道吞噬得仅剩窄窄的一条。鲁老汉的必经之路，郑一全根本不用动脑子，除非鲁老汉永远住在罗花那儿。也无须做什么，在高坡等待即可。连候望都略去了，郑一全枕着双手，望着夜空。

咔嚓一声，随之是鲁老汉的惨叫。

12

后半夜，郑一全是在沟底熬过的。院子都没进，直接就下坝了。在那里，他什么都听不到。清早，郑一全回到村庄，罗花正在门口等他。她也是一夜未眠吧，很浓重的黑眼圈，脸上的花瓣脱落了，光秃秃的灰。他突然有些疼，脸却冷着，有事？罗花声音冷冰冰的，还以为你躲月亮上去了。郑一全佯愣，躲？躲什么？罗花讥他，装得倒像！郑一全边往屋里走边说，我真的听不懂你在说什么。罗花的声音忽地软下去，你给他把夹子取了吧。郑一全盯住她，谁？罗花说，鲁老汉，行了吧，你还要怎样？她的眼睛有些红，边缘则闪闪发亮。郑一全忙扭过脸，顿了顿，说，二全渴了。

郑一全拎回水，饮了二全，才随罗花去鲁老汉家。鲁老汉半卧在炕上，嘴巴咧成一个极其难看的形状，像正嚼着滚烫的食物。他肯定试图自己取狐夹来着，有个铁钩掰断了。他努力的结果是狐夹更紧。

郑一全原想损损他，见状也就作罢。狐夹不难取，几秒钟的事。鲁老汉的脚和脚踝都红肿了。郑一全摸摸，鲁老汉杀猪样叫起来。郑一全把他的裤口往上挽挽，鲁老汉的腿黑得快结痂了。鲁老汉可怜兮兮的，我会残吗？鲁老汉躲闪的目光终于停在郑一全脸上。郑一全顿了顿，非常肯定地说，不会！这是狐狸夹子，没那么大杀伤力。鲁老汉说，我觉得腿要断了。郑一全问，我替你把水拎回来？我要锁井盖了。鲁老汉欲爬起来，脚刚刚触到地面，立马缩回去。郑一全说，歇着吧，今儿就别动了。

郑一全拎回水，转身便走。他没看罗花，就像罗花不存在。走出没几步，罗花追上来，问，真的没事吗？郑一全踢踢倒伏的蒿子，该是鲁老汉压倒的，心疼了？没听到罗花回应，郑一全缓了口气，皮外伤，没大碍。你要不放心，我那儿有药膏。罗花仍未说话，只是紧紧跟着他。

郑一全把药膏递给罗花，面无表情地说，涂抹前用温水洗一洗，不然不起作用，真他妈的……罗花已迈出门槛，那个音儿悬了好久才滚落下去。

郑一全睡了一上午，直至饿醒。爬起来煮了碗白水面，想再睡一觉，却困不着了。就想割些草给二全。到地头没多久，罗花便追来了。她一个人。显然，她是故意把顺顺媳妇留在家里的。

郑一全看到她腋下的袋子。若是以往，他早像闻见酒香的酒徒，心摇神荡了。但现在，郑一全不但无动于衷，反有一种被羞辱的愤怒。她彻底把他当成驴了。郑一全没理她，弯腰割草。

罗花从背后抱住郑一全。郑一全顿了一下，继续割。罗花用了些力气，郑一全的胳膊用不上劲，低喝一声，放开！罗花不但抱得更紧，还把脸贴住他的后背。郑一全突然竖直，往后猛挺。罗花猝不及防，弹出去，仰面倒下。她一声未吭，迅速爬起，再次抱住郑一全。

郑一全大喝，走开！

罗花不言，紧紧抱着他。

郑一全说，别影响我割草。

罗花毫不理会。

郑一全奋力甩，但罗花有了准备，双手死死扣在一起，他甩出一身汗，到最后他也跌倒了，也没把罗花甩脱。仰面摔的，她被他压在身底。他气呼呼地质问，你想干什么？

罗花说，别离开我！被他压着的缘故，她的声音拐了好几个弯儿。

郑一全担心她窒息，让她先松开。

罗花说，你先保证不离开我。

郑一全便又火了，她竟然威胁他。他看着天空，一朵云彩正飘过。你愿意抱，抱着好了。

罗花的手指扣得越发紧了。她不再说话，郑一全看不到她，但清楚她不可能坚持太久。她的喘息渐渐微弱。

她会死在他身底的。他央求，你松开。

别……离……

郑一全说，好，我不离开，我保证。她的双手突然松开，他迅速翻到一边，再看她，脸和嘴唇乌紫乌紫的。郑一全惊出一身冷汗。

罗花大口喘息。

郑一全叹口气，你这是何苦。

罗花又长长地吐出一口气，坐起来，捋捋头发。这么久了，你知道的。

郑一全冷笑，我知道什么？我他妈就是个傻子！

罗花说，有多少怨气怒气，你都发出来吧。我……我……顺顺媳妇要洗澡，我不能苦了她啊。眼泪弹出来，有一粒射到郑一全脸上，击出很大的声响。

郑一全眼睛睁圆了，她还……洗澡？

罗花说，窝这么个破地方，摘不下星星摘不下月亮，就洗个澡……我知道你恨死我了，我今天来就是让你出气的，你想咋就咋，好吧？罗花乞求。

郑一全僵僵地摇摇头，我不恨你。

罗花说，你恨我吧。

郑一全再次摇头，我不恨。

罗花往前挪挪，跪在郑一全身边，你打我，狠狠打！

轮到郑一全窒息了。好半天，他说，你赶紧回吧。

罗花叫，打啊！

郑一全说，我怎么能打你呢？回，回吧。

罗花大叫，你他妈打呀！

郑一全也大嚷，我他妈就不打。

我偏让你打！

我偏不！

罗花瞪郑一全一会儿，好，你不打，我替你打。突然抽自己一下，然后问，你解恨了吗？

郑一全结巴着，你……你……

罗花再次扬手，郑一全抱住她。罗花问，你解气了？郑一全说解气了。罗花问，不离开我？郑一全说不离开。郑一全当然不是因为罗花的“要挟”，他确实舍不得她，她不过是把他藏在心底的东西挤压出来。罗花便往郑一全怀里拱，一拱又一拱。两人很快倒在地上。

罗花离去，郑一全想再割些草。这时，瞥见罗花丢下的编织袋，那里面的东西还没派上用场，他就被她融化了。他愣愣地盯了许久，有种做梦的感觉。

13

日子周而复始，一切恢复如初。

清早永远是湿漉漉的，就如顺顺媳妇的头发。她爱惜自己的头发，似乎每天都要洗。

郑一全没在那个清早看到罗顺顺，来提水的是罗花和顺顺媳妇。罗花不让顺顺媳妇来，到了井边还撵她，我一个人能行，用不着你。顺顺媳妇不回应，但脸上的固执让郑一全心里发热。知道罗顺顺感冒了，郑一全接过罗花的水桶，罗花马上把顺顺媳妇的桶夺过去。

几日没过来，罗花的院子竟然有些陌生。郑一全怔了怔，突然明白过来，西屋窗户上白森森的木条不见了，整个院子都跟着亮堂起来。他觑觑角落，并没有看到。莫非罗花烧了？这么说，罗花的天撑牢固了？返回井台，鲁老汉还没走，脚旁只有一桶水，另一只桶和郑一全的并排在一起。郑一全的目光搭过去，鲁老汉就有些躲闪，自被夹伤，鲁老汉的目光就这么躲躲闪闪的。郑一全问，这是干什么？鲁老汉说，给……罗……罗花，花谢了，我用不着了。郑一全甚感意外，那你送呀。鲁老汉往后缩缩，我不去！郑一全说，你的水，你送合适。鲁老汉连连摆手，我不去，我肯定不去。然后拎了自己的水桶慌慌张张地离开。郑一全是要鲁老汉怕的，但他怕到这种程度，郑一全反而不适。

秋天快结束时，郑一全在杏树林造了一间兔窝。郑一全寻遍了沟沟坎坎，再没见到白兔的踪影。白兔或是躲他，或是识破他曾经的猎人身份，藏了。沟底风小，但冬日也很寒冷，特别是夜晚。有了这个窝，他就不用那么担心了。

第一场雪降落半坝，鲁老汉离去了。没有任何征兆。清早，郑一全和罗顺顺等候多时，不见鲁老汉过来，便去家里喊他。鲁老汉尚在被窝躺着，但人早已凉透。那两日，郑一全和罗花累得够呛，或许是这个原因，两人几乎无话。鲁老汉的坟包垒起时，雪又沸沸扬扬了。据说人积了德，辞世后老天才会雪封大地。郑一全不由得想到那一片一片的西番莲，这个花痴其实是有福的。

回家后，郑一全拽出猎狐夹，挖个坑埋掉了。

鲁老汉离去，意味着井水充裕了。郑一全没和罗花商量，重新分配了水的数量。他两桶，罗花四桶。如果省下来，他还会给罗花。但七八日之后，井水渐渐变少，最后两桶基本是打不满的。郑一全的心被阴影笼罩，照这么下去，井水很快会枯竭，他们将不得不离开半坝。又过了几天，井水渐稳，但只能打上四桶。老天带走了鲁老汉，也带走了鲁老汉的水。只要不枯竭就好，四桶水也能活命。当然，水还要重新分配。

某天夜晚，罗花在郑一全怀里喘息未定，突然问他想不想和她搬到一起。郑一全顺口说想啊，夜夜都想搂着你。罗花在他胸口划划，说明儿就可以，她已经和顺顺说妥。郑一全被烫着，突然往后撤去。他以为罗花说笑，两人疯过后她常常胡言乱语，还说过要给他生个孩子呢。可此时罗花显然是认真的。罗花感觉到郑一全的紧张，怎么，吓着了？郑一全说，顺……罗花点头，他同意了。郑一全犹不甘，那顺顺媳妇呢？罗花说，她更没意见，搬到一起，就不用偷偷摸摸的，你早晚都能吃上热乎饭。郑一全说，还有二全呢。罗花喊一声，牵过来呀，这还不简单？

郑一全沉默了。罗花不是心血来潮，她谋划已久。所有的，她都考虑过了。那么他的丫丫呢？他之所以不离开半坝，就是为了丫丫。他得让家永远暖和着。

罗花蹬蹬他，你倒是说话呀？郑一全依然像块石头。罗花说，借你的钱，我会一分不少地还上，你放心好了。郑一全低低地，我不是那个意思。罗花脸有些青，你他妈是什么意思？她从未这么恶狠狠的，她气坏了。郑一全说，我想想，你容我想想。他被慌乱包围，套了衣服，匆忙离开。身后追来罗花的呜咽。

出来，郑一全突然愣住。他在自家院子。这才记起，是罗花过来找他，她和他是在他的炕上折腾。二全适时叫了一声，似乎在提醒他。

罗花在他的炕上，在哭。郑一全不知该进去，还是离开。其实，郑一全最为恐惧的，是井，是井水。他不敢和罗花说，怕吓着她，更怕一语成谶。

但罗花在等他。她的呜咽折磨着他。

郑一全立着，整个人如一尊冰雕。一波一波的黑暗漫过来，郑一全渐渐被淹没。

苦水淖

1

初识乔灯，是在棺材铺。

那时，我睡得正香，他粗声大气的吆喝惊扰了我。我抽回跷在写字桌上的腿，但并没有回应他。他似乎没有看到窝在老板椅上的我，喊了几声便推开通往后院的门。那是放成品和半成品的地方。木匠请假，现在只有觅食的麻雀。棺材未上漆，特别招麻雀，它们固执地啄着木板的缝隙，仿佛在替老马验收合不合格，有时夜晚还赖着不走。几分钟后，他返回来，仍老马老马地喊着。他瞥了瞥我，也可能没瞥。他要推里间的门，我终于忍不住了。里间是老马睡觉的地方，现在是我的寝宫。我起得晚，被子还在床上团着。当然，这不是关键问题。他的目光这才落到我脸上。

老马呢？他个儿不高，还有些驼。脑袋倒是不小，与身板不怎么相称。脸褐紫褐紫的，像烤焦了。

不知道。我漫不经心地打个哈欠。

你是谁？他的神情带着审视和警惕。

我懒洋洋地，别管我是谁，你要干什么？

他说，我要两副棺材。

我暗暗吃惊。难怪老马说三年不开张开张吃三年，可能是哪儿又出了矿难。距营盘镇百十公里即是产煤大省，我们那儿好多人都在矿上。矿难当然是免不了的，死人也就难免。可是他脸上看不出任何悲伤。他口气平淡，像买大白菜。我有疑虑，却没有多问，告诉他棺材在后院，自己去挑。

不挑了。他不再看我。

我越发愕然，买棺材没有不挑的，虽然挑也挑不出什么来。刷了漆外观都差不多。我盯住他，想瞅出些端倪，可他硕大的脑袋扭来扭去，故意避开的样子。终于，他的目光停住。准确地说，停在写字桌抽了多半的玉溪烟盒上。我抽出一支抛给他，他没接住，掉在脚边。他迅速捡起，却没有抽，夹在耳朵上。

现在拉吗？我尽量保持着客气，顺手拿起计算器。

不，让老马送去。这三两天就行。钱让老马算。他把话拆成数段，但语速极快。老马知道。他又补充。

我皱皱眉，拨老马的电话，想问个清楚。电话不通，想必还睡着，也不知在哪个女人的床上。自我回来，老马就做了甩手掌柜，要么在麻将桌上厮杀，要么找女人厮混。这两个乐子是连在一起的。

哎呀……你莫不是……他突然叫起来，吓我一跳。你是老马的公子？没错，肯定是！你和老马挺像的呢！他兴奋过度，目光把持不住，稀里哗啦乱抖。

这么文绉绉的词从他嘴里跑出来，很让我意外，也令我别扭。第一次听别人这么说我和老马的关系，似乎老马多有权势，他的儿子须是公子。我没说话，算是默认。他伸出双手，想和我握的，但他胳膊太短，隔着写字桌够不着。于是，他绕到侧面，走到我坐的这一侧。好像是多么重要的仪式，非握不可。我被他搞得莫名其妙，也有些隐隐的不快。所以，我立起来，但没有动，更没有伸出手。但他没有丝毫难堪，硬是够到我的手，握了握。

我知道你的，早就知道你了。他大声说。

我瞧出来，他的仰慕是冲我，而不是老马，我反而更加糊涂。我曾有些名气，比如初二那年一篇作文曾被登在报纸上，但那已是很老的皇历，老马都不再提及，他绝不会知道的。也就那么一点点光彩经历，后来我渐渐成了反面教材。我失手伤人，老马上下周旋，还是劳教半年。是这个让他刮目相看？又想怎么会呢，如果这样他岂不是对杀人犯顶礼膜拜？他是有些不同，但也不是多么不正常。

你在城里做大事，我知道的。他的兴奋没有衰减，似乎还添了得意。那情形像盗墓贼突然掘到珠宝。

原来如此。一定又是老马吹嘘。老马总是这样，一面千方百计引诱我回来继承他的大业，一面又爱炫耀，生怕别人不知道他的儿子在城里做事。其实我做什么老马并不清楚。可不管我做什么，他一个买棺材的，和他又有什么关系呢？

我叫乔灯，苦水淖的。他自我介绍。

我不禁哦了一声。苦水淖我知道。那个村在三省交界，据说村里的人个子都不高，鲜有一米六的。我记得班上有个苦水淖的，个儿虽不高，力气却大，拔河比赛从来是主力。除此，没有别的印象。

我点点头，说，你把订金交了。

我没带，赊上吧。乔灯并不显得难为情，随随便便的。他的兴奋还在我身上。

我这才意识到，自始至终他没问过价格。

乔灯倒也敏感，说，老马知道的，我打个欠条，年底统一结。他逡巡着，从笔筒抓起一支笔，在手背画了画。纸呢？他问。我没理他。他毫不在意我的态度，开始翻那沓旧报纸。老马从不看报，却订了一份报纸。平时是和报纸放在一起的，乔灯自言自语，熟门熟路。报纸下面还真放了一沓 A4 纸，我在桌前坐十多天了，居然没有发现。我想拦他的，但说不清为什么，我没有动，就那样看着乔灯写下欠条。

2

结识乔果果当然是因为乔灯。

老马让我送棺材，我没有二话，没有如往常那样讨价还价。我的态度令老马满意，他拍着我的肩说，这个行业绝对是有前途的，你干几年就知道了。他以为我生出兴趣，肯下村跑业务了。其实是乔灯，还有那个叫苦水淖的村子让我好奇，想一探究竟。云南贵州好些古村落是游人意外发现的，苦水淖不是古村，甚至不是完整的村，不会有什么价值。但这个村子是特别的，有几分奇诡的色彩。

次日，老祁早早地守在后院的侧门。老祁有辆轻卡，常为老马送货。没想到棺材那么重，看来老马没偷工减料，我搬着小头，仍龇牙咧嘴。老祁不得不跑到街上喊人。上了路，我的气还没喘匀。老祁斜我，没干过这么重的活儿吧？我含含糊糊地嗯一声。我确实没干过重活儿，可我的那帮弟兄哪个都比老祁力气大。那又怎么样呢？他们都听我的。

三月的口外，一切都是灰的，只有树杈挂着的塑料袋鲜艳刺目。我问多久到苦水淖，老祁说两个多小时吧。我啊一声，这么远？老祁说，不只远，路还不好走，一会儿你就知道了。我掏出手机，昨天乔灯留了号的。老祁猜到了，说那里信号不好，打不通的。我没理他，没有信号要手机干什么？果然不通，再拨还是忙音。我盯那个号老半天，终是作罢，闭目歪靠着。老马讲了大半夜乔灯的故事，我睡不着，翻了会儿《鳄鱼街》，天就亮了。

乔灯算得上传奇人物，老马这样评价。苦水淖又叫矬子村，这是绰号，却是实话。两个名字把苦水淖的特点都概括出来了。没有谁认为苦水淖的苦水有什么问题，也没有谁认为苦水淖的人个子长不高有什么问题。二十世纪九十年代，经专家检测，苦水淖的水苦是因为含了一种他处没有的矿物质，但个子高矮是否与饮这种水有关，难以确定。几番论证均无结果。后来上面做出搬迁的决定，这是最简单的办法。怎奈苦水淖的人喝惯苦水，谁也不愿意搬。政府也用了招，终于说服乔灯带头搬。乔灯是村长，在他的带动下，苦水淖的人搬离家园，被分散到各个村庄。没多久问题就来了，有些人水土不服，也不是多大的不服，就是口角生疮、舌尖起泡。喝下火药好了，但停药马上就犯，而且更严重。无端多了开支。还有，苦水淖的人虽然有力气，也有手艺，但因为身高常遭歧视。一个苦水淖的人偷牛被抓，所有苦水淖的人都被打上小偷的印记。一年后，苦水淖的人又陆陆续续搬回去，无论政府怎么劝说，他们再不肯离开。第一个搬回去的居然是乔灯。

苦水淖的男人很少能娶到外乡女人，即便娶到高挑的外乡女人，女人肯定有别的缺陷。乔灯的老婆不但个高，长相还蛮好。是乔灯去后草地贩牛时领回来的。女人在街上走一圈，整个村庄都跟着发亮。怎么把她弄到手的，乔灯绝口不提。好些人认为女人喝不惯苦水会离开乔灯，可女人一喝就是十年。老马特意强调，我见过那个女人，细声细语的。搬出苦水淖几个月后，乔灯女人车祸身亡。她牵着女儿过马路，被撞的瞬间把女儿推出去。乔灯把女人埋葬到苦水淖，再也不肯离开。

咯噔一声，我颠了一下，差点撞到挡风玻璃。抓好了，真他娘的不好走，老祁抱怨。路面遍布大小不一的坑，深的地方足有半臂，轻卡像麻花一样扭来扭去。若是碰到下雨天，车肯定进不去。乔灯提前买棺材，买两副，也算是未雨绸缪。怎么不修修？我问。老祁用鼻腔哼了一声，仿佛我问了非常幼稚的问题，不屑回答。到苦水淖地界了？这次老祁没哼我，说别的地方没这么多的枸杞。我的目光竭力往远处伸，所及之处确实除了枸杞还是枸杞。苦水淖的枸杞全是野生，粒大汁甜，收枸杞的贩子最爱往苦水淖跑。

终于到了，我觉得腰快颠断了。车一停，乔灯跑出来，我刚探出腿，乔灯便伸过手臂，做了个护的架势，好像我是微服私访的皇帝。马公子，你亲自来了？乔灯褐紫的脸爬满惊喜。我说你那个破电话怎么回事？根本打不通。乔灯嘿嘿着检讨，这怪我这怪我。

院墙半人高，好几处豁口，院子倒是很大。三间正房两间西房，倒是挂了瓦，但颜色不一，有红瓦有灰瓦，红瓦也是深浅不一。拐角处一架长梯直达房顶。乔灯引我进屋，我说先站站。乔灯抓住我的胳膊，风硬，别吹着马公子，屋里歇。我回头瞅瞅轻卡上的棺材，乔灯说有人卸的，硬把我拽进屋。屋内极其简陋，后墙挂了三块镜子，还有几张明星照片。果果，快给马公子倒水！乔灯一边喊一边推我上炕。我说不习惯炕，乔灯说上去就习惯了，不由分说脱掉我的鞋。我只好爬上炕。乔灯双目放光，怎么样？热乎吧，你歇着，我指挥他们卸车。他手里仍拎着我的皮鞋，我哎一声，他已闪出去。

难道怕我跑了？我纳闷中间，门帘一挑，乔果果进来了。

那是我第一次见她。此后的很多年，那个场景不时在我脑里闪现，像突然横跨长空的彩虹。她身材高挑，长发披肩，我几乎以为是哪个明星从墙上飘下来。只是她的脸色黝黑了些，穿着也普通，墨绿色褂子显小，与她的身高不相称，与她的年龄也不相称。她瞥瞥我，目光立刻垂下去。我看出她有些紧张，捧着水杯的手在抖。她走得很小心，绝不是捧了水的缘故。我自己反而盯得不好意思，搓了搓脸。乔灯在指挥人往院里抬棺材，隔着玻璃仍能听到乔灯的声音。

乔果果总算走到炕沿边了，我似乎听到她松了口气。你是乔……村长的女儿吧？我没话找话，她飞快地看我一眼，没说是也没说不是。我吓着你了？我试图开个玩笑，我不吃人的。乔果果的头垂得更低了，像在瞅地上的什么东西。我不大自在，端起杯喝了一口。怎么是凉的？我问，乔果果说凉凉的。这就是说，她早就把水准备好了。为什么不重新倒一杯呢？没容我再问，乔果果已转身离去。我又喝一口，明显放了糖，很甜。

我承认，我留下来吃饭是因为乔果果。不然，就算乔灯拿走我的鞋，我赤着脚也要爬到车上。我不是什么好货，但也没那么坏。我不是打乔果果的主意。乔果果长得不错，但也就是在苦水淖这个地方。在城市，比她漂亮的女孩多了去了。与她们相比，乔果果是怪异的，但吸引我的恰恰是她的怪异和特别。说吸引其实也不准确，她没那么大的魅力，可我想不出更妥帖的词，可能好奇的成分更多些。

老祁嘟嘟囔囔不大情愿，说什么路上的坑像嘴一样，天黑了就要吃人。我甚为不快，说老祁你靠前。老祁像乔果果一样紧张，说他耳朵好使得很，我说什么他都听得见。我又招招手，他终于往前靠了靠。我怎么可能在乔灯家打人呢？我又不是暴徒。我掏出一百块钱塞他上衣口袋里，他惴惴地看看我，老老实实闭了嘴。

乔灯就在旁边站着，愣怔怔地，不过什么也没说。

一个炒鸡蛋，一个炒土豆丝，均放了辣椒。乔果果端上来的时候，乔灯哎呀一声。乔果果出去，他才不安地解释，他平时爱吃辣的，嘱咐她别放了，她忘了呢。见到陌生人，她有些紧张，马公子，你多担待些。我不在意地说，无辣不成菜，我吃得惯。酒是自酿的枸杞酒，颜色微红，甜丝丝的。但这酒明显上头，几杯下去脑袋便有了感觉。我摇手说不喝了，乔灯硬是给我满上。后来，他喊躲在外屋的乔果果给我斟酒。我说算了吧。乔灯不依，马公子是贵客，怎么也得让果果倒杯酒。乔果果抓起酒瓶，我端起杯。乔果果本就抓得不稳，我这个动作加重了她的慌乱，酒径直倒在我腕上。她更慌了，若不是乔灯抢得快，那半瓶酒就摔地上了。我以为乔灯要发火，他的脸色变了，他心疼酒或觉得冒犯了我，但他只是啧啧两声，说你这孩子，便打住。乔果果抓了抹布，小心翼翼地擦洒在桌沿的酒。她不看我也不看乔灯，但我看出她极度不安，黝黑的脸一阵一阵地白。我笑笑，哪来这么多规矩，自己倒好了。乔果果出去后，乔灯说，她不爱说话，你莫见怪。我问，一直这样吗？乔灯说，小时候可欢实着呢，自打我那口子……她就不怎么说话了，不过心性亮着呢，她还会画画。如果不是我制止，乔灯就要招她表演了。我不忍再为难她。

吃饭中间，一个枯瘦的老汉扒着玻璃往里瞅。乔灯挥手让他离开。老汉不理，像吸在玻璃上。乔灯咕哝了句什么，我没听清。然后起身出去了。乔灯把老汉扯开，可走到当院，老汉说什么也不走了。不知乔灯说了些什么，然后乔灯就不见了。老汉坐在院子里，翘首望天。乔果果端上烙饼，我说你也吃吧，乔果果似乎没听见。我吃完两张烙饼，乔灯仍没回来。我等了一会儿，出了屋。

原来乔灯在屋顶打电话。我知道那梯子的用处了，也明白了为什么打不通乔灯的电话。乔灯声音很大，那边该是老汉的儿子。对老汉的来意也猜到了几分。

枸杞酒后劲足，我回去就睡了。若不是青雨打电话，没准一觉就到天亮了。她每天都打，不知是想我还是借想的名义查岗。响了三遍才接，你是故意的吧。我似乎看见青雨噘嘴的样子，说已经睡了。青雨叫，这么早就睡了？你不会……我说喝了些酒，困了。青雨说谁这么大能耐，能把你灌醉了？我的头隐隐地疼，懒得解释，问她有什么事。青雨自是听出我的不耐烦，嘴怕是噘得更高了，但她随即换了顽皮的声调，猜我晚上吃什么了？我瞥见床头的《鳄鱼街》，说不会是吃了鳄鱼吧。青雨大叫，真恶心！快一个月没见了，也不给人家说句好听的。我问今天收入怎样，青雨的声音顿时欢快起来。青雨曾说我能带给她快乐，对此我始终存疑，但有一点可以肯定，她需要我。当然，我也需要她。

我的睡意渐渐离去，不全怪青雨，主要是枸杞酒搞得脑袋发沉。青雨说得没错，我的酒量没那么差劲。亏得乔果果把酒倒洒了，如果我和乔灯全喝下去，可能当场就趴窝了。乔果果就这样浮上来，高个儿，长发，一脸的惊慌。现在，她也该睡了吧。我终于知道什么是惜字如金，这样的人在梦里也守口如瓶吗？我很想知道，虽然与我没什么关系。

我抓起《鳄鱼街》翻了翻，又丢在一边，在黑夜里瞪着眼睛发呆。

乔灯找我是两天后了。他拎了两串蘑菇、一小袋枸杞，说那天就打算给我的，可一激动记性就让狗叼了。我瞅着灰头灰脸的他，问他是不是还想赊两副棺材。乔灯说够了够了，多了也没处放，我是特意来谢马公子的。我扫扫他的礼物，虽然不值多少钱，肯定是苦水淖最好的东西。他进屋，满屋皆是蘑菇的浓香。我有什么好谢的？他瞧出我的疑惑，那么远的路，又难走，马公子亲自跑一趟。可就算这样，他也没必要讨好我。我问他是不是有什么事，乔灯往前蹿蹿，马公子火眼金睛呢。我说甭废话，有事直说。乔灯嘿嘿着，不好意思的样子。我叼了支烟，顺便抛给他一支。他仍然夹耳朵上，然后快速从怀里掏出一盒没开启的烟，也是玉溪。抽我的，抽我的，他小心翼翼地把烟放在桌上。到底有什么事啊？我提高声音。乔灯嘿嘿着，想请马公子吃顿饭。我差点跳起来，他拎了蘑菇枸杞讨好我，就为请我吃顿饭？乔灯解释，乔果果手艺差，为此他很过意不去，所以想请我在镇上的饭馆补一顿。乔灯当村长多年，对上有招对下有策，据说镇长见了他都头疼，而且能让一个俊俏女人死心塌地跟他喝苦水，自是有几把刷子，“传奇”两字不是平白无故得来的。我不能上他的当，可又一想，在偌大的北京我都能混饭，弟兄们跟着我没有谁饿了肚子，乔灯怎值得我设防？吃一顿饭又能怎样？反正快中午了，只是让他掏钱我不忍。我说吃饭可以，但必须我请他。有些话，正好趁这个机会问问他。乔灯不同意，说那怎么行呢？跑这么远的路，让你请，我不白跑了？我说一顿饭，别争了。乔灯说那我交个实底吧。讲是乔果果差他来的，那天把酒洒我胳膊上，她很不安，这两天一直自责。她自责的方式就是不肯吃饭，他都急死了，所以才……我想起惶恐不安寡言少语的乔果果，心生疑惑。为了一个陌生客人，因为一丁点芝麻粒的事，她当真会绝食？可是，乔灯褐紫脸上的忧虑不像装的。我说你告诉她请我吃过饭不就得了？何必……乔灯哎呀一声，别看她不说话，邪着呢，我根本哄不了她，到那时不定闹出什么事呢。马公子，这个忙你一定要帮我啊。已经不是接受谢意，而是帮忙，帮的还是乔果果，若再推辞，岂不冷酷？

3

乔灯落座便从怀里掏出酒瓶。先是烟，又是酒，好像他怀里揣了个大口袋。喝咱自己的酒痛快。他很得意似的。一瞅酒的颜色，我的脑袋先涨起来。我想换酒，可这样他就得多掏腰包，便忍了。少喝点不会有事的。可喝起来就由不得我了，乔灯敬酒的花样很多，菜还没上，我和他各自喝了六杯。乔灯软磨硬泡，我稍有迟疑，他便抓住我的手腕央求。他生怕我喝不好，我喝不好，他没法向乔果果交代。若换了别的酒，我早把他灌趴下了。那几个弟兄领教过我的量，我在一个下午喝掉二十四瓶啤酒，整整一筐。枸杞酒让我发怵，但数杯之后也就不当回事了。我不只为帮忙，还想从乔灯嘴里掏些东西出来。他和妻子，他和苦水淖，还有关于他的种种传说。我问第一个问题，乔灯直摆手，老皇历了，咱还是喝酒吧。那就喝，不信撬不开他的嘴巴。再问，乔灯终于透了点点口风。再后来，乔灯的话就像拧开的水龙头。

一瓶酒很快见底，我正要招呼服务员，乔灯竟然又掏出一瓶。我几乎跳起来。你揣了几瓶？乔灯嘿嘿一笑，这你别操心了，管够。我说换啤酒吧，乔灯用胳膊一挡，不换，喝白的，白的过瘾。既然水龙头打开了，白的就白的，我奉陪到底。

从中午喝到下午，从下午喝到黄昏。灯亮起来，乔灯方意识到，哎呀一声，不能再喝了，我附和，是不能喝了。

差点忘了差点忘了，乔灯拍了几下脑袋，懊恼中带着庆幸。我问他有什么事，他突然抓住我，马公子，这个忙你得帮哟。他攥得死死的。我叫，你倒是说呀。乔灯满含期待，你帮帮我吧，求你了。他那样子，好像正被仇家追杀，他必须把身家性命交到我手上。好奇与急躁卷裹着，我爆了粗口，你他娘的说还是不说？

乔灯受了惊吓，手突然松了，我说我说。

虽然喝了酒，但我还没糊涂。他请我喝酒不过是幌子，这捎带的事才是真正目的。他居然要我把乔果果带到城里。我狠狠盯住他，他褐紫色的脸在酒精的刺激下，竟现出一坨一坨的红。他有些紧张，但并不是因为我凶恶的目光。

僵持几秒，我突然笑了。我咬了截大葱，夸张地大嚼，说你开什么玩笑。乔灯讲了乔果果许多事情，说实话，我挺同情她，甚至想留点钱给她。可带她到城里，她能做什么？我抛出这个问题，乔灯当即道，什么都可以啊，帮她找份活儿干，给她找个人家，都可以啊，只要离开苦水淖。我问，她具体会干什么？乔灯说，她什么都会干的，谁也不是天生就会。我问，村里找不着对象吗？话说出来，立刻意识到这个问题会伤着他。果然，那一坨一坨的红暗淡下去，他垂下头，我是死也要死在苦水淖的，但不想让果果也这样。

我听出乔灯的伤悲，怕被他的情绪传染，忙点了支烟。然而，我的手还是抖了几下。

乔灯继续说乔果果。好多他先前没讲。说着就唏嘘起来。马公子，这一天我盼得心都长毛了，你就帮帮她吧。

我很好奇，你为什么选中我，就不怕我把她卖了？

乔灯说，你有这个本事，又是正派人，老马常说你呢。

我冷笑，别听他胡扯，我没本事，更谈不上正派。难道他没告诉你吗，我被劳教过？

乔灯说，我当然知道，你是因为义气才……

我说，城里没那么好混，你看，我不是回来了？

乔灯露出一丝不会被我蒙骗的狡黠，你是干大事的，营盘镇咋拴得住你？你不过是城里待腻了，回来瞅瞅吧？

我问，棺材铺的活儿能干吗？镇上离家近，你也可以常来看她。

乔灯反问，你会留下来吗？

我纳闷道，这和我留不留有什么关系？你是怕那些棺材吓着她？

乔灯摇头，那倒不是。我西厢房常年备着棺材，她不怕的。

我问，那又为什么？

乔灯顿了顿，你父亲这个人什么都好，就是那个毛病不好。

我明白那个毛病指什么，乔灯对老马还真是了解。你信得过我？我是老马的儿子，他的毛病我都有。

乔灯说，我自然信得过你。

我追问，凭什么？

乔灯说，不凭什么，反正信你，若你肯娶果果……

我叫，越扯越远了。

乔灯讪讪地，我也就是说说，吓着马公子了？

我说，你是当父亲的，怎么能乱讲？

乔灯说，不乱讲了，这个忙……马公子，求你了。

我忽然想到一个问题，你不怕她水土不服？

乔灯咧咧嘴，果果才不会呢。

头隐隐地疼了，我揉捏几下，说，我考虑考虑。

乔灯突然立起，像要扑我身上。我以为他要使暴力，他的目光比胳膊还长，要击射我的样子。他被凳子绊了一下，于是软软地垂下去，整个身子垂下去。他伏在我膝盖上，抓住我的胳膊，软软地摇了摇，马公子，我乔灯求你了。

不知是被他的神态搞得紧张还是被他的恭维冲昏脑袋，也可能是乔果果惊慌的脸闪出来，抑或，我喝多了急欲离开。好……吧，我说。

恩人呢！乔灯长号一声，整个酒馆都跟着抖了。

夜里渴醒，我这才发现睡在老马的楼里。老马为了诱我回来，在县城和镇上各买了一套楼。县城的租出去了，镇上这套一直空着。配套设施没跟上，不是停水就是停电，所以我宁可睡在棺材铺。果然又停水了，我不由得暗暗骂娘。我看看表，已是凌晨两点，嗓子火辣辣的，骂都骂不出来了。有二十一个未接电话，二十个是青雨的，一个是小武的。另有青雨一条短信。我怕她再打过来，将手机关了。昨天真是喝多了，青雨的电话也未将我吼醒。但昨天的事还记着，我和乔灯从酒馆出来，劝他住一夜，乔灯不放心乔果果，坚决要回。我站着，看他跨上那辆破自行车消失在黑暗中，方摇晃着往回走。后来看见老马，再后的事就想不起了，想必是老马送我回来的。

我想耗到天明，可喉咙的火熊熊燃烧，似乎能听到嘴角爆裂的声音。这么下去，天亮我怕就烧成灰了。

走出楼道，被寒风撞个倒仰。我咧大嘴，任凭寒气灌入。似乎好了点儿，但也没好太多。小区黑黢黢的，街上也只有风在乱窜，店铺的门全部紧闭，怕是踹都不会开。我在街上疾行。还是北京好，即便是我住的西五环外，也有二十四小时营业的便利店。

终于瞥见一盏昏黄的灯。我大喜过望，凑近才发现是老马的棺材铺。整个营盘镇，只有棺材铺亮着灯。门从里面反锁着，打不开。我擂了七八下，老马才拉开门，他眼睛瞪得灯泡似的，怎么是你？我顾不上说话，撞开他，接了水一顿猛灌。

我打了几个嗝，水快从喉咙返出来了。老马披了褂子，赤腿站在当地。喝多了？我说不多，就是渴了。说着瞄瞄里间的门。老马忙道，不早了，回吧。我说天都要亮了，回去干什么，凑合一下吧。老马哧溜滑过来，挡在我面前。还没见老马如此紧张过。我故意问，你怎么了？老马推搡我，回头再说，快走吧。我说你这样可不像我亲爹。老马说别捣乱，硬是将我推出去，然后隔着门喊，好好睡一觉。

我瞅瞅那盏昏黄的灯，沿来路返回。没那么着急了，腿便重了许多。大街空空荡荡，只有风在穿行。骑着破自行车，又是坑挨坑的路，乔灯或许还没回到苦水淖。想起对他的应诺，还有他那声长号。一切历历在目。可是，我为什么有虚幻的感觉？

4

堵车了，还没到北京人往外跑的季节，想必又出了车祸。只有两条车道，很容易堵死。

我熄了火，看着熟睡的乔果果。她歪着脑袋，半个脸被长发盖住。胳膊松松垮垮的，但仍护着那个花书包。她怕是一夜没睡。我告诉乔灯一早去苦水淖接乔果果，虽然我心疼已经开了三年的现代，但那么远的路，怎么也不能让乔果果步行。谁知黎明时分乔灯和乔果果便赶到镇上。随身东西倒是不多，一个花书包，一个装行李和衣服的编织袋。我责怪他，他不安地搓着手，哪能再给马公子添麻烦呢。乔果果低头不语，似乎这一切与她无关。乔灯仍在嘱咐她，她一声一个嗯。三天前我又去苦水淖一趟，我必须弄清乔果果的态度。我问她同不同意去北京时，她也这样嗯。乔灯有些伤感。我看得出，虽然这是乔灯渴求的，但乔果果没有，她很平静，只是上车后抹了下眼睛。我想看她是否流泪了，她却把头撇过去。

我伸出手，想摸摸她的长发。快触到时，骤然缩回。这会惊着她。我把自己的爪子搁在方向盘上。我抽烟不凶，可双手已经失去本来的颜色。

终于挪动了，没几步又梗住。我打开后备厢取水，又看到那个鼓鼓囊囊的编织袋。乔果果的东西都在里面，那是她的家。乔灯以为跟着我，乔果果就可以在北京安营扎寨了。我是应诺了他，但那是被酒精吹的，老马一番话，我又改了主意。

我回北京，老马很是不快，认为我还是看不起这个行当。你知道我存了多少钱？你留下来我就告诉你。老马百般引诱，我不为所动。其实，我回来只是躲一躲，风声已过，我不想再缩在这个小地方。老马提起那个夜晚把我推出门外的事，说不是不心疼我，实在是没办法，他就这点爱好，如果我能继承大业，他可以把女人戒掉。我笑笑，母亲辞世后，我就再没计较过他的个人生活。待知道我不仅要走，还要带乔果果，老马急得脖子都粗了。他骂我疯了。他见过乔果果也就两三次，但一看就知道和正常人不一样。谁肯花钱雇她？在苦水淖好歹有一口饭。乔灯是她亲爹，不能不管，你算什么呀？我讲了些理由。老马说我被乔灯算计了。乔灯老了，知道养活不了她，所以把这个累赘甩给我，而我居然接了。你脑袋真是进水了。被老马一通轰，我意识到确实有些棘手。可已经应了乔灯，怎么也不能马上反悔。拧了半天眉，我想出个变通的法子，带还是要带的，三五日，最多半月二十天，就把乔果果送回来。

堵了三个半小时，到北京已是下午。乔果果醒了，我把矿泉水递给她，她接了，却没有喝。你不渴吗？我问。乔果果摇头。饿了吧？安静了一路，总得说点什么。乔果果仍然摇头。那书包，是你自己缝的？我不死心。她离开苦水淖，现在归我管，我至少有问话的权利。她嗯一声。装了什么东西呀？她不说了。目视前方，像没听见。一路上我心情都不错，虽然堵了那么久，可此时突然有些懊恼，大声喝问，我问你话呢，你没长耳朵吗？乔果果慌慌地看看我，我的脸硬得石头一样。乔果果尖叫一声便要逃离。她用力撞门，因为系着安全带，她撞得不是那么猛。然后她挥着手擂门，砰砰砰。

我惊出一身汗，这可是高速。我喝令她安静，反让她更加躁乱。

终于停在路边，乔果果的动作也慢下来。

对不起，我几乎要虚脱了。

乔果果又擂一下，终是停住。

我不是故意的，真的对不起。

乔果果窥测我。

你父亲让你叫我什么？你还记得吧？我以为她要嗯的，没料她轻轻吐出哥。对。我是你哥，怎么会吓唬你呢？和你开个玩笑。你不喜欢这样，我就不了，好吗？

乔果果嗯一声。

我长长地舒出一口气，若不是天晚了，真想掉头回去。我就是好奇，你不想告诉我就算了。我一百个和颜悦色。

车启动后，乔果果却从花书包掏出一张张纸让我瞧。我轻轻扫了一眼。画了些乱七八糟的东西。想起乔灯说她会画画，那么该是她的作品了。我以为什么宝贝呢，真是的。乔果果以为我没看到，又往我这边伸伸，说，这个。老天，她居然说两个字了。我嗯一声。她慢慢缩回去，说，我画的。要不是怕惊着她，我真会叫出来。我以为她还要说什么，等了一会儿，侧脸瞧她，她的嘴巴已经关闭。

小武、嘎子、六指几个已经在门口候着，车一停他们便围上来。我给他们介绍乔果果，然后对乔果果说，这是我的弟兄，他们都很能干。乔果果嗯一声，明显有些紧张。我说别怕，他们不是坏人。哥儿几个均龇了牙，我也笑了。乔果果竟然也跟着笑了笑，虽然稍纵即逝。

青雨回来了，她一手拎包，一手拎食品袋。看见我，她紧跑几步。这女人也不分场合，上来先吊住我脖子啃了一口。弟兄们熟视无睹，嘻嘻哈哈开着玩笑。我推了推，青雨松开。我担心乔果果有什么过激反应，还好，她仍站着，只是低了头。这就是果果妹子吧？青雨并不待我介绍，径直搂住乔果果。她松开时，乔果果的脸红了。青雨将食品袋塞给她，糖炒栗子，还热着呢。

接风地点与小区隔一条街，青雨的美容店就在这条街上。包厢不大，但很有个性，墙壁皆是逼真的竹林，进屋便有鸟语响起，仿佛真的置身竹林之中。乔果果四处张望，显然在寻找鸣叫的鸟。青雨喊了两声，她回过头。在哪里？她问。青雨说人进来鸟就飞了。乔果果的目光不甘地绕了一圈。青雨拍着椅子，让乔果果挨她坐。乔果果却看着我。我指了指，乔果果绕过青雨，坐在我右边。青雨冲我吐舌头，我略带得意，她只认哥。

我给乔果果要了饮料，替她倒上。青雨让乔果果陪她喝啤酒。乔果果摇头。青雨怂恿，跟水一样，喝几次就习惯了。乔果果便看我，我说别听她的，就喝饮料吧。青雨小声说，喝点酒就不拘束了。我说喝你的吧，青雨不吱声了。

数日未见，喝得有些猛。弟兄们敬青雨，也敬乔果果。乔果果每次都要看我，我点头她便站起来，带着慌乱。这里不是苦水淖，有些东西是要适应的。后来见她鼻尖都冒汗了，我拦住弟兄们，没人再理她，只有我不时给她夹菜。乔果果自是不习惯这样的场合，不过倒也安静。对我们的高谈她没有反应，外边每有鸟鸣，她便竖起耳朵。之后低下头，看着盘子和盘子周边那一块。

又一道菜上来，仍然先转到我面前。我习惯性地夹了一筷子。

乔果果突然一声尖叫，蹦跳而起。她要逃的，可又忍不住瞥瞥盘子。结果她的脸都变形了。她速度快，我试图拽她，落空了。小武敏捷，拦她的去路。她像一只受惊的鹿，小武没拦住。她撞开小武跑向门口，然后蹲下去吐起来。

青雨跑过去轻轻拍着她的后背。我示意小武，小武将那盘炸竹节虫端走。竹节虫高蛋白，青雨最喜欢吃的。

吐过之后，乔果果镇定了些，脸上的白却没有散去。她不逃了，但也不肯回到座位，虽然我一再说已经端走了。

我让青雨送乔果果先回。乔果果看着我，似有话说。我说我还没吃饱呢，陪他们喝会儿。她乖乖跟在青雨身后。走了几步却又回过头，她仍然不踏实。我大声说，我一会儿就回去了。几分钟后，我给青雨打电话，又嘱咐了几句。

我是一小时后回去的。乔果果洗过澡了，正在收拾她的东西。青雨说还真让你说对了，马桶、热水器什么都不会用，得手把手教。我说她不笨，就是不爱说话。青雨问都在咱这儿住吗？我说空着也是空着，怎么也不能把她安顿到旅店。青雨说多个人怪别扭的。我说凑合几天吧，待不了多久的。

还好是两居室，可以让乔果果占个单间。若在以前，租住的平房，还真没法弄。虽在西五环外，租金也不便宜，而且年年涨。临行前，乔灯硬是塞给我一千七百块钱，可能是他全部积蓄了。对于他，那是不小的数目，在北京若住高档宾馆，怕是半日的费用也不够。老马说乔灯精明，单就这一点，确实。但我绝不认为被乔灯算计了，说到底我是自愿。而且，就在到京的这数个小时，我有了之前不曾有的感觉。我知道与乔果果瞟我询问我有关。是的，她的眼神触划了我的敏感部位。

青雨给乔果果抱了被子，但乔果果执意要用自己的被褥。青雨向我告状，说好心当了驴肝肺。我说哪有那么严重？随她去吧。青雨没再说什么。毕竟这么久没见了，我们有更重要的事做。

没几下青雨便叫起来，而且特别放肆。我忙捂她的嘴，这是她的风格，我喜欢并习惯了。但那晚我如惊弓之鸟。乔果果就在对面，青雨怎么能大呼小叫呢？我没捂住青雨，只得停下。青雨明知故问，怎么了？我压低声音，姑奶奶，轻声好不好？青雨抓被子盖住我和她的头。

5

我和弟兄们合开一家收购站，收购废品也收购一些别的。除此，帮人讨讨账什么的。我们没那么规矩，太规矩难讨饭吃。算不上好货，但也没坏到哪儿去。不抢不拐不坑不骗，有自己的分寸。比如帮公司或个人讨账，都要签正式合同，对欠债方动一些粗，吓唬吓唬什么的，对老油子也使些损招，谁让欠债不还呢？赖账自然要吃苦头。基本可控，卸胳膊挑腿筋那都是胡说八道。也许别的讨账公司会，但我们不那么干。当然，常在河边走难免湿鞋，但湿鞋与半条腿掉进河里有极大差别。偶尔有个闪失，不至于撞到监狱。

收购站在福田公墓南侧，旁边有一条河，但常年无水。当然，这对收购没什么影响，那一块全是收购站，没有谁在意河里是否有水。收购站主要是六指管理，这个补习三年、每年只差三分的高考落榜生数学极好，我们叫他铁算盘。六指表面腼腆，心计却深。嘎子人高马大，满脸横肉，适合讨账。而小武手脚勤快，所以常跟着我。他们的分工都由我安排，我是他们的头儿，用小武的话说，相当于 CEO。

六指已将近一个月的账目整理好，我翻了翻便丢下。六指不会在账目上作假，如果作假能让瞧出来吗？我过目不过是形式。我更喜欢六指自己说。纸上的数字是死的，就像封冻的河，要窥见冰层下的秘密，得有特殊本事。而嘴巴和眼睛是活的，更像河水，尽管鱼仍在下面，窥视就容易多了。我盯着六指，就能判断六指有没有说谎。这是六指的短处，他的腼腆哄管理员可以，哄我不行。我不是信不过六指，但必须验证过才踏实。毕竟我们是一个拳头，若哪根手指萎缩，拳头就成馒头了。

临近中午，我们去西黄村吃大盘鸡。吃什么并不重要，但我喜欢被簇拥的感觉。若说挣钱，未必有老马开棺材铺挣得多。老马说有两种人永远不会失业，一种是接生的，一种是做棺材生意的。有人生就有人死，而且做棺材生意利润丰厚，即使是卖给乔灯，他也赚钱。我不怀疑老马存折上的数字。可被簇拥被需要的感觉老马哪里体会得到？我是弟兄们的头头，更是他们的大脑。我回去卖棺材，弟兄怎么办？一年下来，他们未必攒多少钱，生活是没问题的。当然，没有我，他们也饿不死。不过，与我这个大脑还是有些关系吧。不然，他们何至于马哥马哥地追在身后？我没逼过谁，他们自愿的。

在餐馆坐下，我给青雨打电话。我让她领乔果果出去玩了。一听青雨正做面膜，我顿时急了，乔果果呢？我的声音有些高，周围的人纷纷侧目。当然，我不在乎。青雨说还没出小区，乔果果说什么也不去了。哪儿也不去，就要在屋里待着。她是什么性子，你知道的，我能拗过吗？青雨很委屈。我没再说什么，狠狠掐了电话。

大盘鸡正好端上来，吱吱啦啦地响。我站起，六指随即让服务员端回去。我摆摆手，你们吃，不用管我。嘎子劝，哥你好歹吃一口。嘎子饭量大，饿得也快，但我说等，他不会说别的。我是头儿，却不霸道，这是他们愿意跟我的一个原因。我说你们吃完各忙各的，有事会给你们打电话。小武要跟我，我制止了。我是有些着急，但不能因为一个乔果果折腾弟兄们。

我几乎是跑上去的，虽然四层，却气喘吁吁的。

乔果果在。正在画画。她很专注，似乎没听到开门声和我的喘息。我在门口站了有四五分钟，她才抬起头。画画呢？我问。她点点头，略带羞涩。是的，只是羞涩。我没看到不安、慌乱和紧张。

能让我看看吗？我问。

乔果果默默把画作递给我。一片黄灿灿的向日葵，却是长在河里的。鱼在葵秆间游戏，有一条大眼睛的鱼居然跃到葵盘上，像蜜蜂一样。我不禁笑了。长在河里，葵花还不得泡烂？我想开个玩笑，但终是没说出口。我问她还画了什么，还想看看。她便从书包里掏出她的涂鸦。路上我瞄过，但没仔细看。

乔果果是有绘画天赋的，我不得不承认。只是，她的画很可笑，甚至怪异。比如田野上的母牛，却是四蹄向天，像踩着空气在走，牛脊背下面是大片的麦田。马长着翅膀，像蝴蝶一样翩翩起舞。蝴蝶则像猴子一样长着长长的臂，荡来荡去。枸杞一嘟噜一嘟噜的，跟红葡萄一样。土豆状如蘑菇，长着长长的腿。还有一幅显然是集市，但水果、蔬菜、衣服、器具都摆在云朵上，行人的脚均踩着风火轮一样的东西，轿车则在悬空的钢索上滑行。

看到这里，我的嘴巴张开，突然间想起什么。然后，我又把前面的画看了一遍。是有些怪，但不再觉得可笑。我觉得心上有东西渗出来，顺着血管游走，像大盘鸡一样吱吱啦啦地响。

我愣了好一会儿才想起来，你饿了吧？

乔果果点点头。

没走远，就在小区门口，各要了一盘炒饼。青雨发短信，说这就回来给乔果果送饭。我回说不用了，已经和乔果果吃上了。青雨问我是不是生气了，我说刚才有点儿，现在没事了。确实，若她领了乔果果游玩，我恐怕不会注意到乔果果的画。至少今天注意不到。

能告诉我，在哪里见过长翅膀的马？原打算回去问的，可她放下筷子我就迫不及待了。

乔果果稍怔了一下，指指头，这里。

声音嘈杂，乔果果吐字极轻，但我听清了。我大喜过望，追问，谁教你画的？

乔果果一脸茫然。

我问，你父亲吗？

乔果果摇头。目光像浸过河堤的水，缓慢流动。很吃力的，终于爬不动了，停住，只是水汽在氤氲。

我竖起大拇指，你画得棒极了。

乔果果的脸颊有红晕飞起。

我强调，真的，我不骗你。只是……我看着她，小心翼翼地，马为什么会长翅膀？

乔果果偏过头，然后突然反问我，为什么不能？

我愣住。好一会儿才拍拍脑袋，哥真笨，为什么不能呢？

乔果果微微一笑，我随她笑了。

还想问些别的，又担心密集的问题难住她，她重又封住嘴巴。一个人在黑暗中久了，不能突然见光。慢慢来吧，我已经找到开启她的钥匙。

午后，乔果果继续作画。没有画板，她已经习惯，在哪儿画哪儿就是画板。我欲看她作画的过程，乔果果捂着，神情里竟然有一丝调皮。我说好吧，好吧，不打扰你了。过了一会儿，我忍不住，蹑手蹑脚走过去，乔果果没注意到我，也许觉得我不会碍事，反正没抬头。她在画一只报晓的雄鸡，虽然还是一个轮廓，但大框架已经出来了。雄鸡既不是站在石头上也不是立在屋顶上，而是踩着高跷。高跷的底端像一把扫帚。边报晓边扫街，真有创意。

那个下午本来还有别的事，但我临时改了主意。我没出屋，当然不全是为了陪乔果果，她作画，不需要陪。我只想安安静静待一个下午。一个月准有那么一两天，我会躲在一个地方，翻翻书或仅仅是为了一个人不受任何打扰地发呆。

我是一个有梦想的人，这么说有些滑稽。像我这种货色，似乎不配有。但我确实有，尽管梦想躲躲藏藏，如偷油的老鼠……我想成为作家。美丽的语文老师经常鼓励我，还送我一本谈写作的书。她说你最大的缺点就是坐不下来，当作家是要坐下来的。为让自己坐下来，我曾用稻草缚住双腿。那时，我不明白，一个人能不能坐下来其实与脚无关。在一个寒冷的黄昏，我的梦想被一把水果刀击碎。劳教期满，我随人去深圳混了一年，然后是北京。那个叫梦想的东西似乎又回来了，但也就是些碎片。那是我的秘密，弟兄们不知道，青雨也未窥知。弟兄们和我混饭吃，但他们与我终究是有区别的。我没有蔑视过他们任何一个，但我确实与他们不同，尽管在歌舞厅我和他们一样搂着小姐的细腰乱吼，尽管在大排档我和他们一样喝得烂醉，然后冲来往的车辆撒尿。

我想把看了一半的《鳄鱼街》看完。我回营盘镇就带着，但断断续续的，读几页就放下了。不怎么好读，那些奇诡的想象弄得我很头疼。也可能那些天我有些躁烦，读小说要心静的。现在好了，乔果果在那边作画，我关掉手机。读了几页又放下了。我想到了作者，那个叫布鲁诺·舒尔茨的家伙。他是犹太人，波兰籍，写作还画画，年轻轻的就被盖世太保枪杀。我没见过布鲁诺·舒尔茨的画，难道也如他的小说一样与众不同？天才都是不寻常的，乔果果是不是呢？这个念头冒出来，我几乎被惊着。我在地上一遭又一遭地转着，像拉磨的驴。后来，我点了支烟，强迫自已静下来。乔果果怎么能与布鲁诺·舒尔茨比呢？她不过是个把自己封闭起来的普通女孩。可是，她终究是有些不同，那些画作令人惊讶。如果有人指导一直画下去，没准就是另一个布鲁诺·舒尔茨。她活在太平盛世，没人会动她一个手指头。又有一些想法冒出来，我激动不已，几次才把烟点着。

青雨回来，我仍在烟气腾腾的屋里坐着。青雨打开窗户，连声问我出了什么事。我不言，拉着她的手去乔果果那屋。雄鸡已经完成，乔果果在画另一幅。乔果果慷慨地把画作递给我，我一张一张翻给青雨。怎么样？是不是很特别？我问。青雨说你真是大惊小怪，这不是动画片吗？我没因她的粗鲁生气，甚为兴奋地说，她会成为了不起的画家。青雨反应倒快，你是说，她的画能卖很多钱？要真是那样……她的眼睛被电击一样闪着火花。我知她想什么。她一直想在北京买套完全属于自己的房，哪怕三十平方米。不错，青雨也是有梦想的人。她可是你发现的呀，青雨整个人都被电击了，痉挛得有些失控。

6

先去植物园，还是先去动物园？

乔果果看看我，又看看青雨。青雨说听姐的，先去动物园，那儿有大象、长颈鹿、猴子，你们苦水淖肯定见不到。我说动物都关着，跑不掉，哪天都在，植物园那些花就不一样了，今天盛开，没准明天就凋谢了，就再也看不到了，明白吗？

植物园。乔果果没再犹豫。

我得意地瞟青雨，青雨噘噘嘴，你就是个忽悠精。我没有和青雨赛口才的意思，她一向听我的。至于乔果果，植物园也好动物园也罢，她没概念，带她去哪儿她就去哪儿。我和青雨的分歧不过是演双簧，让乔果果选择，其实是让她开口。乔果果选择植物园，与我的理由有关，还因为她更信赖我。当然，乔果果也相信青雨，不然就不会跟青雨逛商场了。

还没到西下庄就堵上了。清明节快到了，至少一半的车辆是去福田公墓的。因为收购站傍临福田公墓，我走了无数次，哪个时期堵什么时间段堵，摸得透透的。该一早起来就走的，而不是等青雨磨磨蹭蹭化妆。我的娘哎，这得猴年马月到啊。青雨抱怨。我没接茬，浪费唾沫毫无意义。平时我也会急躁，嘴上不说并不等于心里不急，但那天挺有耐心的。

我窥乔果果。她安安静静地坐着，整条路上，她肯定是最平静的。脸上不急，心里不急，她的时光从来都是缓慢的。我给乔果果买了画板、画笔、颜料，光纸就抱了两卷，够她用一阵了。她的衣服从里到外从上到下都换了新的，那是青雨的杰作。青雨不吝啬，但也没见对谁如此慷慨过。她的娘舅从老家赶来借钱，她也就借了三千，就这还抱怨好几次，说她娘舅好赌，生生把家里败光，那三千怕是打水漂了。青雨还给乔果果买了化妆品。她用什么牌子也让乔果果用什么牌子，好像她与乔果果是一个人。昨天晚上，她教乔果果涂口红，还让乔果果戴了假睫毛。我不得不喝令她停止。青雨喜欢戴假睫毛，就像蝴蝶的翅膀一样翩翩起舞。她还试图隆胸，征求我的意见。我说可不愿意摸着假乳房睡觉，她才作罢。蝴蝶到夜晚就休息了，若弄两座假山，还能拆掉吗？不破坏基础，青雨爱怎么折腾就怎么折腾。可乔果果不同，不能任由青雨折腾，即便乔果果愿意。青雨说她每次戴假睫毛乔果果都很好奇，说明她心里喜欢。我说喜欢也不行。青雨挺委屈，说这可是北京，土里土气谁看得上。她还提出包装之类的词。不是没一点道理。嘎子的形象是我给设计的，当然也没特别的创意，平头墨镜，脖上挂一条筷子粗的金链子。当然是假的。往那一站，还真能唬住人。有一次我开玩笑，说脸上有道疤就更牛了，没想这愣货背着我，自己在脸上划了一刀。凶是凶了，找女朋友却成了难题，为此我自责至今。乔果果是画画的，不是去讨账，不是去当演员，没必要打扮成另一个人。我不同意，青雨不会说别的。但就这样，乔果果还是有变化，这才四五天工夫呢。

走了两个多小时，到植物园十点多了。青雨一路抱怨，进了大门脸也松弛了，说真他妈的好。我碰碰她，能不能文明点儿？这是青雨的表达方式，直接通俗，我已经习惯。可乔果果就在旁边呢，她得有个姐姐样。青雨做个怪相，小声道，这就不文明了？我说这是植物园，可不是床上。青雨拧我一把，你才粗呢。

乔果果不会在意青雨说什么。不，她根本就没有理会，大片盛开的花已经把她的目光掠了去。我叫她三次，她才接过矿泉水。她或蹲或仰，一凝固就是一刻钟，仿佛不是她来看花，而是让花欣赏她。我一再催促，果果，往前走，前边的花更多。在另一个花园，她的腿又钉住，青雨拽她，她才恋恋不舍地离开。在苦水淖当然见不到这么多的花，而这个季节，杨柳还未发芽，田野灰黄。乔果果不被勾魂才怪。只是，照这个节奏，三个月也未必逛得完。

斜里有一条小径，指示牌上写着蝴蝶馆。我问乔果果要不要看蝴蝶，乔果果点点头，说，要！这是她强调的方式，在动作之外，一定要加上词语。我说不能耽搁太久，不然关门前咱就逛不完了，我走你就跟我走，行吗？乔果果嗯一声。

进蝴蝶馆乔果果的脚立马又生根了。不要说喊，拽她都难。她的脸紧贴着玻璃，几乎要钻进去了。蝴蝶是世界各地收集来的，小的如蜜蜂，大的如拳头。我和青雨到植物园游玩过，但没进过蝴蝶馆，也很新鲜，不过转一圈也就淡了。蝴蝶形态各异，但也就是蝴蝶而已，幻化不出聊斋故事，没那么大吸引力。乔果果则不同，她被施了魔法般，要变成蝴蝶了。

一小时后，我和青雨一个拽一个推，终于把她弄到门口。我长长松了口气，乔果果的心仍在蝴蝶馆，目光黏丝一般，拉拉拽拽。我说一会儿就闭园了，闭园就出不去了，咱可说好了的，你忘了吗？乔果果终于看我了，但她不说话。说话必须算话，对不对？不然下次就不带你出来了。我哄小孩一样连吓带哄，其实在好多方面，乔果果就是小孩，甚至比小孩还小。乔果果不说话，咬着嘴，低着头，不知在想什么。走啊，青雨又拽她一把，她才慢慢挪着。走了几步又站住。她看着我，目光满是乞求。我的心突然就软下去。既然她愿意看蝴蝶，就由她好了。我说咱们去吃点东西，吃完再回来，好吗？乔果果摇头，我不饿。我和青雨的目光撞在一起，妥协了。

青雨随乔果果返回蝴蝶馆，我去买吃的。已是下午三点，青雨早就喊饿了，我何尝不是呢？

我买了烤肠面包矿泉水，还有一罐啤酒。返回时，青雨独自在台阶上坐着，我问果果呢，她抬抬手，指了指蝴蝶馆。我叫，你怎么不陪她？青雨说她又不是傻子，还能丢了？就这一个出口，快给我！青雨真是没力气了，不然会扑过来和我抢夺。我拿出烤肠，把袋子丢给她。青雨见我往门口走，软软地说，你就是烤龙肉她也没心思吃。我没理她。我都饿得前胸贴后背了，果果吃得又少，当然更饿，我放心不下。

果果张着双臂，像只巨大的蝴蝶吸附在玻璃壁上。她的嘴唇在动，似乎和蝴蝶说悄悄话。我几乎惊呆。喊了数声，果果回过头。她的目光是虚的，并未将我摄入视野，而是看着更远处的地方。我摇了摇手，果果，我是你哥啊。果果的目光这才和我对接。我说，烤肠，趁热吃吧。我不饿，果果轻声道。同时扭转头，重又吸附在玻璃壁上。无论我怎么喊她都不理了。

我被晾在那儿。参观的人本来就少，那一阵更是看不到人，似乎只有我和乔果果。而乔果果已成了蝴蝶的同族，如果可能，她肯定会把自己和蝴蝶关在一起。苦水淖虽无珍禽异兽，却不缺蝴蝶，我不明白乔果果何以如此着迷。蝴蝶有伴，乔果果有伴，只有我孤零零的。

显然没有陪乔果果的必要，她已忽视我的存在。我的腿有点软，在门口竟然绊了一跤，烤肠甩出老远。我站起来，捡了烤肠，摇摇晃晃走到青雨身边，挤靠住她。

怎么样？我说她没心思吃吧，青雨一嘴酒味。我被唤醒，再次被饥饿攫住，大大咬了一口烤肠。

夕阳西沉，风大了，已显出凉意。三月的北京，温差还是不小。我和青雨都没有动。蝴蝶馆门口空空荡荡，没人进也没人出。守门的妇女更像个模具。

你刚才怎么了？好像让人打了，怪吓人的。青雨说。

我说，我挨了打，你扑上去撕咬才对。

青雨说，敢打你，那得是什么人哪？除非我长三头六臂。

我揽住她，逗你呢，哪舍得让你扑。

青雨拱了拱。你说，她的画真能卖大价钱？

我点头，当然，不过现在还不行。

青雨说，我知道，种土豆也得三季呢。

我哈一声，这句话好哲学。

青雨说，那你该是她的经纪人对吧？

我想了想，算是吧。

青雨叫，什么叫算是？你就是！要不是你把她从苦水淖带出来，她怎么会……到时可别忘了我的功劳啊，起码要给我弄个副经纪人。

青雨的口气，好像乔果果已经怎么着了。我说，放心，到时给你记头功。乔果果吸附在玻璃壁上的样子突然闪出，我的心莫名地颤了一下。

乔果果几乎是被驱离蝴蝶馆的。这么说也不准确，真实的情形是，守门的妇女要驱逐她，但没有奏效，只得向“家属”求助。乔果果身体僵硬，我几乎是夹着她离开的。

青雨把留着的矿泉水和烤肉给她，乔果果不接，青雨硬塞她手里。乔果果不吃也不喝，也不左右顾盼，机械地跟着我和青雨。青雨小声问我，她怎么了？我说人出来了，心还在蝴蝶馆里，你扶着她，别让撞着。

回去的路上，我试图和乔果果说话。她要么不理要么嗯一声。我放弃了努力，她却突然说，可怜！

声音很轻。但她一直不出声，冷不丁来一句，我和青雨都是一惊。喜悦是后来冒出来的，我保证，开始只是惊愕。

谁……可怜？我问。

蝴蝶！

怎么就可怜了？我想乘胜追击，拧开她的水龙头。

乔果果不再开口，直到入睡也没有。

夜里我起来方便，乔果果那屋还亮着灯，灯光从门缝流出来，把那一块地面浸得油光发亮。我推推青雨，让她去瞅瞅。青雨迷迷糊糊地问，你怎么不去啊？我掀掉她的被子，你个猪头，我能过去吗？青雨这才哈欠连天地坐起来。她仍带着睡意，差点撞到墙上。

片刻，青雨踢踢踏踏返回来，说真是大惊小怪，大画家画画呢。我说，这么晚了，怎么还不睡？青雨说你问她去，有本事你摁着她的头让她睡，我困死了。青雨真是属猪的，躺下没两分钟便睡过去。没有别的事就好，我放心了。可我没有青雨那么容易入睡。翻了几番，终是爬起来。《鳄鱼街》就在床头。

天明，我叩开乔果果的门。一夜未睡，她毫无疲倦，眼睛里昨天暮气沉沉，现在有了几分亮色。她没有捂，而是主动递给我。她似乎明白我迫不及待敲门是为了什么。

什么呀？我明知故问。

蝴蝶。

她画了一群蝴蝶。不是飞在空中，而是在海底畅游。青草葳蕤，鲜花盛开，有一对蝴蝶在鱼背上歇息，像划船的情侣，在说悄悄话。

还没等我发表意见，乔果果就说，蝴蝶不会被逮到了。我想起不久前看到的屠杀鲸鱼的纪录片，血流成河。当然，我不会跟她说这个。我笑笑，蝴蝶会感谢你呢。

7

乔灯来电话是在夜晚，我们刚刚吃过饭。葱花油饼，乔果果烙的。当然，她自己不能完成，需青雨这个帮手。她害怕燃气点火时急促的嗞响，害怕那嘭的一声。起先她要躲出厨房，在青雨的演示和劝诱下，终于肯站到青雨身边。点火那一刹，她仍会下意识地偏躲，如临大敌。接下来乔果果就成了主角。青雨为乔果果哀叹，就这样子，将来可怎么嫁人呢？我给她讲某作曲家的故事，从来没有饥饿感，不会主动吃饭，家人喂才吃。天才都这样。你见过哪位画家亲自下厨？你开个美容店，一个月还要叫二十次外卖。我这么说，青雨就犯了大忌似的，说以后不让她做了。随后又说，我也没让她干这干那的，是她自己走进厨房说她来。我说她硬要干，你也不要阻拦，她没那意思，你千万别指挥。我一本正经，青雨连连点头。我时常不在，担心乔果果受委屈。乔果果是个谜，难以解开，你猜不到逆着她会有什么后果。高速那一幕至今让我惊恐。而青雨虽不是反复无常，但心绪不好的时候，脾气特别大。我不在的时候，她俩万万不能掐起来，而这个预防针只能给青雨打。

乔灯还是第一次打电话，我给他打过两次都没通。到北京这么些天，乔灯才来电话，我很是诧异，难道他不牵挂乔果果？还是觉得我把乔果果带到了天堂，他从此可以不闻不问？马公子，是我呀，我是乔灯！伴随着他粗直的声音是呼呼的风声，至少五六级以上。我脑里闪出乔灯在房顶佝着腰的样子，这货，非要挑这么个大风天打电话，在平地上也把人推着走的，何况是屋顶。我问他是不是在房顶，完后觉得问了废话，除了房顶，他就得去爬树了。乔灯的声音透着惊喜，我是在房顶，马公子什么都知道呢。我心里笑笑，想这算个屌啊，我说风大，你注意点儿。乔灯几乎在喊了，没事的，我抱着烟囱呢。

乔灯问了问乔果果的事，晕车没，路上吃东西没。我那个来气，都是猴年马月的事，难道他的时光比乔果果还缓慢，彻底定格在那一天吗？但我还是耐心回答了他。他又问工作的事。本来想说说乔果果的画，还有些问题想问他，可想到他被风卷掠着，根本说不清，便简短告诉他，正在找，快了。乔灯叫，马公子，小女就交给你了。我生怕他长号，忙问他为什么现在才打电话，他说手机坏了，一直没顾上修，今儿才鼓捣好的。我哑然失笑，这也太巧了吧。不知果真如此还是不愿道出缘由，但不管怎样，都没那么重要了。我让他和乔果果说，毕竟和我是序幕，重点是乔果果。

我敲开乔果果的门，说她父亲要和她说话。乔果果迟疑着，似乎反应不过来。我说拿着，你父亲惦记你呢，然后按了免提。我不是想偷窥什么，只是好奇，这对父女如何交谈。

果果，我是你爸呀。风似乎更大了。

…………

喂，果果，是你吗？乔灯又在吼了。

是。乔果果声音很轻，乔灯未必听得见。

你吃饭了吗？

吃了。

你还好吧？

好。

突然之间静默了，只有风呼呼地响。不知乔灯说不出话了还是不知该问什么，而乔果果茫然地站着。我就在门口，都快急死了。我冲乔果果打手势，让她张嘴，但乔果果根本不看我。

我也好着呢。卡了壳的乔灯终于活过来。

嗯。

你要听马公子的话呀。

嗯。

记住没有？

嗯。

那我挂了，别记挂我。

刺啦声消失，房间突然安静下来。不知青雨什么时候把电视声音调低了。这女人，还算懂事。乔果果仍然站着，蒙蒙的，好像还没有从刚才的世界里出来。也可能她根本就没进去，她的脸上没有任何感伤。抑或，是我窥不到。

那天夜里，青雨说她替换下的手机还好好的，改天给乔果果弄张卡。我说算了吧，她不需要这个。即便她愿意，除了乔灯，她打给谁，谁又会打给她呢？这么想着，我一阵伤感。

在我的某个角落里，一直住着这种东西，或许与我的梦想有关。但我绝不让青雨看出来，更未在弟兄们面前表露。那会让他们觉得我像个娘们儿。他们未必因此从我身边离开，可那会让他们失望或在身体之外长出别的什么。跟在狼后有肉吃，谁会跟一只绵羊呢？虽然我不是狼，但必须装出狼的样子。因此我更喜欢让他们看到我阴狠的一面。有几次我几乎是踩着死亡的边缘，比如帮小四川讨重庆面馆那次，我何尝不怕？怕死了。但只能挺，必须挺。

次日，我带着小武到 798 艺术区。她画得怎么样，得懂行的说了算。我挑选了十幅，有她在苦水淖画的，有来北京画的，是我认为的上乘之作。我手里还攥了一张纸片，上面写满画家的名字，是网上搜来的。每进一个展厅，我盯的不是画作本身，而是瞅着落款处的名字。小武跟在身后，不时评论，画得还挺像呢。人各有长，小武有这样的评价也不简单了。

我没想进那个工艺品展厅，可站在门口的女孩挺像小武喜欢的章子怡，就进去了。三个车轱辘横在中央，呈三角状，一朵花从车轱辘斜生出来，当然花是金属做的。旁边吊一个小牌，牌上标价三万八。小武叫，什么破玩意儿，三万八呢。同时踢了一脚。这是他的习惯，看不顺的就想踢。小武声音不高，但还是被角落忙活的矮胖男人听到，他大步过来，很不客气地让我和小武出去。他三十几岁，络腮胡子。小武叫，凭什么啊，这是你家？络腮胡说，不凭什么，请你们离开。小武说，我就是不走呢，你还能赶我？络腮胡说你们不走我就报警了。我正要制止小武，可男人这句话让我恼火。我说我们没砸没抢，你凭什么报警？男人掏出手机就拨，小武眼疾手快，夺了男人的手机，揪住男人拖转了一圈。站在门口的女孩跑过来，转而又跑到门口，大嚷大叫的。我喝一声，小武随我就跑。警察来了未必能把我和小武怎样，小武不过说了粗话，但那要浪费好多唾沫。在这样的地方，我和小武这样身份的人绝不会占上风。男人没有追的意思，他不屑和粗人纠缠吧，不然我和小武难以逃脱。那个地方太大了，跟个迷宫似的，花了半小时才找到出口，真是狼狈。

吃过饭，我和小武再次进去。来一趟怎么也不能无功而返。只进画廊，不再看实物展。小武老实许多，连“画得挺像的”这样的话都不说了。没寻到纸片上的画家，只好让两个看上去像高人的画师看了看。其中一个摇了摇头，说不便评说。第二个颇感兴趣，说画作想象大胆，但缺乏基本的功底，线条啊色彩啊等，须专业化训练。我当即问他收不收弟子，并表示学费多少都可以。画师摆手，说倒是可以给我推荐一个人。我的眼睛顿时亮了。画师翻翻抽屉，找出一张名片。他没给我名片，但写了一个电话，这个许老师是招徒弟的，让我试试。我如获至宝，回到车上立刻拨通许老师电话，得到许老师同意后，我和小武立刻前往。

许老师在颐和园那一带，我以为就在旁边呢，转了老半天，天快黑了，才在一个村庄边上与许老师接上头。这里距颐和园少说也有五公里。当然，北京的村庄与营盘镇的村庄不同，公交车不比市区少。

电话里的许老师声音沙哑，我以为是个老者，没想也就四十上下。人极瘦，长脸长发长鼻，让人想起饥饿的马。这么想着，觉得实在是不敬，赶忙笑了一下，喊声许老师。许老师穿着对襟褂子，老北京布鞋。长相与打扮异于常人，符合我对画家的想象。若长成嘎子那样，我怎敢相信？

我和小武跟在许老师身后，穿过一条窄街，转了两条巷子，进入院落。院里没什么东西，一辆破旧的自行车，一把撑开的已经破损的伞，屋内却是另一番景象，让惴惴的我陡然生出敬意。屋正中一面宽大的画台，上面是画了一半的竹子，四壁皆挂着画作。在我看来，不比 798 的画作逊色，甚至可以说，因为在一个其貌不扬的院落，这些画就像黑暗中的光，不但照亮了屋子，也照亮了走进屋子的每个人。连小武也半张了嘴，我怕他评头论足，悄悄捏他一下。

我把乔果果的画拿出来，许老师慢慢翻看着。我的呼吸几乎停止。

有意思，嗯，有点意思。许老师终于说话了。

有意思是什么意思？等了半天，许老师没往下说，我只好问他。

我说了你未必懂。许老师漫不经心地瞟瞟我，明天把作者带过来。

我小心翼翼地问许老师能不能收作者学徒，并强调学费由他定。许老师目光里有几分冷，你把作者带过来我才能告诉你，干这行需要天分。

我甚是诧异，难道这些画作不能说明乔果果的天分？怕许老师生气，我没敢再问。

8

事实上，我是第三天才领乔果果去的。就在那天夜里，六指打电话，一听他急惶的声音，我立马穿衣服。六指媳妇快生了。生孩子没什么大不了，可六指媳妇过于肥胖，据说难产概率偏高，所以六指岳母半个月前就过来了。若不是紧急情况，六指不会在深更半夜烦我。好在夜里不堵车，十多分钟便到了首钢医院。

六指媳妇被送进产房，六指陪岳母在长椅上坐着，我到门口抽烟。离天亮还早，正是黎明前最黑暗的时候，可夜空中，就在树梢上方却有一抹淡淡的红。那是被霓虹灯染了的缘故吧。

半晌午，青雨也来了，竟然还把乔果果领了来。我呵斥她，她说你得让她接触社会，画画也不能关在笼子里。似乎有几分道理。我想起与许老师见面的事，忙给他发短信。等了一会儿，许老师没回复，我只好打电话解释。如果许老师生气了，还可以找李老师王老师，这么大个北京城，不信找不上教画画的老师。乔果果的事自然重要，可六指更为急迫。我不会告诉六指，但六指总有一天会知道。

下午三点多，六指媳妇终于生了，是个男孩。六指喜疯了，抱着岳母转了三四圈，若不是青雨扶着，六指岳母就晕倒了。

六指喜得贵子，我们也该沾喜气吧。对于和许老师的见面，我陡然多了几分信心。我让乔果果画幅新画，青雨说干脆画生孩子好啦。我认为她胡说八道，生孩子喜是喜，但有什么可画的？果果，你想画什么画什么，别听她的。青雨说，姐对你这么好，你就当替姐画一幅呗。乔果果没摇头也没点头，对我和青雨的争执没有任何兴趣。但第二天一早，她把画作给我，我忽然明白，在她面无表情时，她的心其实在听。

果果，老师问你话，你要回答，不能只嗯嗯的，听见了吗？虽然提前嘱咐过了，我还是不放心。

乔果果嗯一声。

我笑笑，怎么又嗯了，听见了吗？

乔果果说，嗯，听见了。

我问，想不想当画家？

乔果果说，想。

我说，老师收你学徒，你画得会更好，比现在好，那时你就是画家了，所以……你懂了吗？

乔果果说，嗯，懂了。

许老师让十点以后去，我们到那儿九点五十分。小武要敲门，我制止了。艺术家都是有个性的人，细节上还是要注意。我和小武抽烟，乔果果安安静静地站着。她在房屋的暗影里，阳光照不到她，她的脸略有些青。

十点五分，小武敲开门。许老师仍是两天前的打扮，他眼皮都没抬，只是做个“请进”的手势。我很不痛快，他至少要注意到乔果果。直到进了屋，目光方从长脸上扬起，你就是？乔果果怕见生人，进门就躲在我身后。我闪开，赔了笑说，这就是乔果果。你那天看到的画都是她画的，还有这幅。我把乔果果昨晚的作品呈给他。是一条分娩的美人鱼，卧在莲花中间。

许老师的目光在美人鱼上停了许久。

你画的？

乔果果点点头。

我想推她一把，提醒她，可又怕她更加慌乱，伸出的手又缩回去，替她补充，昨天夜里画的。

画几年了？

乔果果似乎被问住了，她看着我，显然在求救。这是个简单的问题，但没有那么好回答，我说不好，她也说不好吧。可是，许老师在问，总要说话呀。我正欲回答，许老师说，让她说！但我还是说了。我说她不爱说话，只是不爱说。许老师没生气，眼神里有那么一点点好奇，一直这样？我说一直这样，熟惯[1]就好了。我还想告诉许老师，九岁她目睹了母亲的车祸，就不怎么说话了。十年了，都这样。特别想说，但终是忍住。在这样的场合，不怎么合适。

许老师的目光终于柔和下来，起身沏了壶茶。那是个紫砂，暗红的壶身隐隐闪亮。他讲乔果果的画有爆炸感。我不知什么是爆炸感，只能从他的语气里猜测这个词是好是坏。但许老师没往下说，转而讲起塞尚、凡·高、莫奈、达·芬奇、马蒂斯，什么野兽派、印象派等。我略知一二，乔果果还有小武哪里听过这个？但许老师兴致甚高，不敢打断他。一壶茶喝尽，他再次起身续水，方结束了天书，回到乔果果的画上。这次我听明白了。乔果果有天赋，是否可塑，凭这么几幅画难以判断，他可以带乔果果半年，半年后视情

[1] 熟惯，指熟习。

况再定。也许乔果果是天才，也许什么都不是。谢天谢地，他这是答应带了。虽说只有半年，也许三个月乔果果就用不着他了。我问学费的事，许老师说以往带学生都不收费，但也有给的，一月五千上下。我已经明白。怕他反悔，下午便将三万块钱给了他。

按照许老师的意思，乔果果一星期去两次。和陌生人相处，乔果果难免紧张，我不得不陪她。她在那儿画，我在角落的沙发上窝着，实在闷得不行就到院里抽支烟。抽完赶快溜回去，像犯人放了片刻风。好在许老师没把我当回事，忽视我的存在，他只对乔果果讲。感觉他还是挺有耐心，比如讲构图，他亲自演练，乔果果画完，未能令他满意，但也只是皱皱眉，让乔果果重画。乔果果偶尔朝我这边瞭瞭，我马上冲她笑笑。我在呢，我在心里悄悄说。两次之后，乔果果就适应了，没了紧张感，也专注多了。这样，我就可以在车里等她或者办完事再接她。我抽不开就让小武送。

那天，我和小武把她送到巷口便离开。有档子事等着我们。实说了吧，除了要账，偶尔也替人解决一些纠纷，但只限于熟人与朋友。所以只是帮忙，绝不是生意。当然，有酬谢也会笑纳。这点与许老师倒是挺像，不收学费，但你要给是另一码事。解决完，我马上往回返。像有一根绳子拽着，我一刻也待不下去。小武定是从我脸上窥到什么，问要不要从路边买几个包子，并提醒一会儿忙起来没机会吃。我摇头。我没解释，没什么可解释的。小武甚至问要不要让嘎子多带几个人过来。我说回去接果果，带人干吗？小武小声说，马哥开这么快，我还以为……我意识到确实快了，忙减了车速。我也说不好怎么回事，可能是绳子拽得过于紧，我不能控制自己。

返到许老师附近，我把车停在常停的那个位置。小武跑到前面买了两袋包子。他问，我去？我说，你吃吧，我来。我拎着包子，穿过窄街，转过几条小巷，叩门时我有些焦躁，虽然我竭力镇静自己。乔果果学画时，许老师打电话叫外卖，这我知道，我想刚刚中午，许老师或许还没来得及叫呢。但许老师看到我拎着袋子，就说已经吃过了。我说不出的失落。许老师要关门，我支了一脚，乞求，她早上嚷着吃包子，要不让她加一个吧。许老师眼神凌厉，肯定看穿了我的谎言，沉下脸说，她正在作画，最好不要打扰她。许老师用的是最好，而不是不能。我说好歹让她吃一口。许老师闪开，我抢在前面走进去。

乔果果确实在画画。她极其入神，竟然没察觉我。我喊一声，她抬起头。我问她吃不吃包子，她摇摇头便又伏下身。那我在外面等你，我说。乔果果似乎没听见，没有任何回应。我问许老师吃不吃，许老师用拎走回答我。

我怎么了？我再次自问。我不知道。似乎不见乔果果魂就飞了，虽然早上才和她分开。不，我不认为那是对乔果果的迷恋。后来回想那天的情景，觉得是被她母亲附体了。那是唯一合理的解释。

回到车上，我正常了许多。两人吞完包子，小武说，马哥，你对果果真是太好了。

我嘁一声，怎么，对你不好吗？

小武急忙申辩，我不是那个意思，你对我，对弟兄们都好，对嫂子更好。可比起来，好像都不及果果。

我想起青雨。小武都瞧出来，自然青雨也会。青雨竟然没有嫉妒。给许老师那三万，其中一万是我的，另外两万是青雨的。

乔果果的未来，青雨的指望，我的梦想是一致的。否则青雨不会这么大方。我了解她。但并不是说她多么自私，她有自己的打算，也没什么不对，谁的钱也不是大风刮来的。资助也好投资也罢，受益最大的还是乔果果。

果果的画真能卖大钱？小武问。

我说，弄好了，一幅画顶两个收购站。我明白小武朝这方面想了，就顺着他说，毕竟，那不是胡说八道。但小武绝对不明白，我图的不是这个，至少不仅仅是这个。我懒得与他讲，因为我自己也未必说得清。

小武吧唧几声，像大口吃蘸了醋的肥肉片。

我说，所以，你要好生护送她。

小武响亮地，马哥一万个放心。稍顿，不无向往地，谁要娶了她，不等于娶了个银行？

我本来半仰着，闻言突然竖起，被利剑刺了一样。

9

已是第三次到蝴蝶馆，只有我和乔果果。青雨没来，她“不愿受那份洋罪了”。其实，我也不愿来，但乔果果提出来，我必须顺着她对不对？从未见一个人如此迷恋蝴蝶，我曾提议去动物园，毕竟她还没去过，但她只想去蝴蝶馆。这几天，她的画有一半是蝴蝶主题。那幅蝴蝶拔河，青雨特别喜欢，我装裱了挂在我和她的卧室。

我照例没有进去，仍旧坐在台阶上。北京的四月不冷不热，很适合在户外待着。仍带着《鳄鱼街》，看第二遍。我总觉得乔果果与舒尔茨有几分相似，撬开了舒尔茨的世界，没准就弄懂了乔果果。虽然乔果果相信我，在一些事上也和我交流，但她仍是一个谜。在她紧张、慌乱、躲闪的神情背后究竟藏了什么，我想知道。太想知道了。

看看表，两个小时过去了，不知乔果果改变姿势没有？忽然想起乔灯，有好多话想问他。拨了他的电话，照例没通。这家伙也真够狠的，乔果果来这么久，只打过一次电话。如他所言，把乔果果交给我，他一百二十个放心。我知道他相信我，可为什么相信一个他并不了解的人？他说过，但难以令我信服。换作老马，换作任何一个人，都不会这么……赌的。如果是我，更不会把女儿交给他人而不闻不问。母亲临终没留给我别的，只有一句话：不要轻易相信人。那个人自然包括父亲在内。她被父亲伤透了心。其实，无须她叮嘱，吃那么多亏，我怎能不长记性？

在我胡思乱想的时候，老马打来电话。乔灯被拘留了。

我彻底蒙了。咋……咋回事？我第一次结巴。老马并没有回答，而是对我进行轰炸式的训斥，嫌我瞧不上他的生意，嫌我不听劝说把乔果果带到北京。老马肯定输了钱，拿我来出气。要不就是被哪个女人耍了。他身经百战，却不是屡屡得手，走麦城也是常事。

有完没完？我问你话呢！我猛喝一声。老马戛然而止，哈，你倒冲老子发火了？我压制住怒气，担心老马摔了电话。到底怎么回事？老马没再绕。清明节那天，乔灯给女人烧纸，引发大火，把苦水淖仅有的一片杨树林烧了。

清明节过去三天了，就是说乔灯已被拘留三日。我问老马为什么不早告诉我，老马甚是不满，说他也是刚刚知道。我不相信，营盘镇巴掌大个地方，两口子夜里吵架早上就传开了，失火这样的事传得更快，老马怎么现在才知？

我为什么要告诉你？乔灯和你有什么关系？老马似乎刚刚反应过来我在埋怨他，言语间夹了火气。

我没有说话。我和乔灯是没什么关系，若不是替老马守棺材铺，我和他认识都没有可能。可我把乔果果带进城，我发现了乔果果的绘画天赋，而他是乔果果的父亲，怎会没有关系？

我料得没错吧，你让狗日的乔灯算计了。说不清老马恼火更多还是得意更多。

我明白他为什么给我打电话了。但同时也把我整糊涂了。乔灯何以要算计我？何以用这种方式算计我？我没问他，不想听他胡说八道，老马也懒得和我废话了。

我走进蝴蝶馆，这个事该让果果知道的。

果然，乔果果仍在玻璃壁上吸附着，不同的是，她换了姿势，两只手在耳朵两侧，像怕旁人听到蝴蝶与她的悄悄话。我突然心生不安，此刻打扰她实在是罪过。可是……听到父亲被拘留的消息，她会是什么反应？茫然、摔倒、尖叫、号啕？我僵了一会儿，走近她，轻轻唤了两声。她没理我。她不会听到的。我只好站定，盯着她。她没动，我的脚却有些麻了。然后，我一步一步后退，在墙角歇了歇，离开展厅。我决定不打扰她和蝴蝶的秘语。也不打算告诉她父亲被拘。她知道了又能怎样呢？又不能帮他。

但我再看不进去，安安静静坐着都有些困难。有什么东西跑到手背上，我狠狠拍了一下，却没看到任何残留的东西。也许是错觉，这个季节没有蚊子的。

乔灯这个村长其实很尴尬的。村民虽然搬回了苦水淖，但行政隶属上归别的村，也就是说，营盘镇的版图上已没了苦水淖。上面动员劝说，但没有一户肯搬离，还选出乔灯当村长。这个村长自然名不正言不顺。只是几十户人家住在那里，政府不得不操心，对乔灯也就默认了。乔灯名义是村长，其实更像管家。那些外出离乡的，总是将家中事宜托付给乔灯，包括买棺材这样的事。在自己的西厢房放置几口空棺材，乔灯这样的村长恐怕是独一份。我不知乔果果每天进进出出，看见那些棺材会是什么感觉。乔灯被拘对乔果果没什么影响，倒是那些苦水淖的人少了说话的嘴和办事的腿，该是慌了神吧。我承认，我的心也被搅乱了。他毕竟是乔果果的父亲，还有，我觉得和他有相似处呢，我是弟兄们的头儿，他是苦水淖的头儿。他不过比我正式了些。

在蝴蝶馆外徘徊一个下午，我决定回趟营盘镇。就当是为了乔果果吧。反正有小武送她，回家有青雨，她这儿是可以放心的。

走的早上才告诉乔果果。我以为她会问些什么，可她什么也没问，只是嗯一声，脸上也没有不舍之类的东西，我有些淡淡的失落。

10

老马是被我从麻将场上拽出来的。他老大不情愿，说今儿手气好得不行，眼看摸到手的一条龙被我搅了。回到棺材铺他还嘟囔。我说赌场得意情场失意，是不是哪个女人给你气受了？老马装出生气的样子，你就这样跟老子说话？没大没小的。我说你成天关着门，就这么做生意？老马说死人的事又不是天天有，别看我打麻将，什么都没耽误。突然醒悟似的，你怎么回来了？想通了？我说你哪里用得着人手，我回来不是多余吗？老马说有人守着铺子总是好的。我说你干脆雇一个，没事的时候还能替你点点烟泡泡茶。老马哼一声，我知道你不是为我回来的，为乔灯？我没有否认。老马惊呼，你真为了乔灯回来的？我说这有什么大惊小怪。老马的目光在我脸上探究好一会儿，你不会真喜欢上乔灯的女儿吧？我说喜欢又有什么不可？她又不是魔鬼。老马叫，她不是傻子，不过和傻子差不到哪儿去，娶这样的女人咋过日子？我不无恼火，别傻子傻子的，她聪明得很呢。老马嘁一声，老子还没老眼昏花。仿佛验证似的，他的目光闪跳几下，然后突然问，你是不是已经把她办了？要是——我打断他，别说得那么寒碜！不是你想的那样。老马嘿嘿着，什么年代了，这有什么害羞的？老子当年——我狠狠瞪他，老马立马改口，好，不说了，我不管了，我去买一卷羊肉，晚上涮。我一把拽住他。老马问，怎么，不吃了？

我的口气软下来。乔灯的事得老马帮忙，他在营盘镇的地面混这么多年，方方面面的人都认识，有我知道的关系，也有我不知道的关系，而我虽然在北京西五环有一方天地，在营盘镇是吃不开的。老马耷拉着脸，说自己就一卖棺材的，没人拿他当回事。老马认拍，特别喜欢我拍。我连恭维带恳求，老马终于答应试试，但一定要我给出理由。我就讲了如何发现乔果果的绘画天赋及她的前途。当然我夸张了许多。老马叽叽嘎嘎地笑，腮帮子的肉要从脸上飞离了。他戳着我，小公鸡日哄[1]老公鸡，老子吃这么多年咸盐，能让你糊弄了？一幅画上百万，鬼票吧。我说那是艺术，你不懂，

[1] 日哄，方言，有欺骗、忽悠的意思。

黄庭坚一幅字值几个亿呢。老马说我是不懂，可懂得土鸡变不成凤凰，你要是这么哄我，趁早——无奈，我只好承认，喜欢上乔果果了，乔灯没准就是我未来的岳父。老马说，你终于招了，而后叹息，你到底是让乔灯算计了。

老马说清明失火每年都有，但乔灯一案没那么简单，不只是烧毁一片林子，他可能还有别的企图。我惊得嘴都合不上了。老马斜着我，别这么瞅我，我没胡说，乔灯不是笨人，年年清明给老婆烧纸，为什么偏偏今年失了火？我说那肯定是意外呀，他还故意纵火？老马说，问题恐怕就在这里，如果是无意，拘留几天罚点款就完事了，若是故意，可要判刑呢，凭我这点能耐根本救不了他。纵火？除非他是疯子。老马说，我知道你不信，其实我也不愿意相信，可我了解他，这家伙干得出来。为什么？我问，为什么呀？老马说，自然是有缘由的。

不知道什么人竟然相中苦水淖，要在那儿建造纸厂，据说厂址就在苦水淖唯一的那片杨树林边。虽然没正式建，但那片荒地已经被圈住。我甚是不解，谁疯了，跑那么个地方建厂？老马说苦水淖建厂，好处多着呢，因为是荒地，基本是白用，也不用担心污染什么的，至于交通，到营盘镇的路不好走，可往西北几公里有一条国道。

我的心突然下沉，你是说，乔灯以纵火阻止建厂？人家要建，他也阻止不了呀。

老马说，我和他打过多年交道，知道他是什么人。能否阻止，那是另一码事。

我说，真要这样，那他可够疯的。

老马说，你现在知道他为什么把闺女托给你了吧？这样，他进去就不用担心了。

我问，那你早就猜到了？

老马摇头，我要猜到不成诸葛亮了？我知道乔灯那么做肯定有用意，绝不是让闺女离开苦水淖那么简单，这事一出我就明白了。你说，你是不是让他算计了？

我没吭声。我想起乔灯转过半个写字桌握我的手，他拎走我的鞋强留我吃饭，还有那一声长号。果真如此？他早就谋划好了？他的心像古井一样？好一会儿，我问，他真会入狱？

老马说，这要看公安有没有证据怎么定性了。怎么，你是替乔灯担心，还是怕他闺女彻底砸你手里？

我使劲控制，没朝老马发火。

晚上，老马约了林业公安的人吃饭。老马果然有些本事，那场酒收获颇丰，我想知道的都弄清楚了：一、乔灯尚属行政拘留；二、根据烧毁的树林面积和程度，罚款三万；三、若有更严重的情节，行政拘留或转为刑拘。转为刑拘就麻烦了，但他们没提故意纵火，至少还没有证据吧，也可能没朝那方面想，纯是老马的猜测。

回到棺材铺已经九点。我没喝好，跑出去又买了几瓶啤酒一包花生米。老马没好脸色，我知他因为我提出替乔灯交罚款而生气。我说不就三万块钱吗，乔果果一幅画少说也几十万。老马不屑地嘘一声，听你的口气，吃糠都要屙金子了。我笑嘻嘻的，说不要怀疑你儿子的眼力。

老马喝掉一瓶啤酒，说不早了，他得走了。他看了几次信息，想必有人催他。我说再坐一阵嘛，你又不是没见过女人。老马抢瓶佯装揍我，我没有闪避。老马缩回，没好气地说，大好时光让你毁了。我揶揄，今儿男人不在家吧。老马说你小子别胡说，这一个单身呢，我和她可是认真的。我问既然认真，为什么不扯个证，住在一起多方便。老马又来了气，你真糊涂还是装糊涂？老子这样还不是为你好？我像老马一样叽叽嘎嘎地笑，为我？你这是老公鸡日哄小公鸡。老马狠狠地瞪着我，我要和她结婚，一半财产就归她了，到时你只能分到一半。老马果然老谋深算，还真是替我着想。顿了顿，我说，你可以公证呀，婚前可以公证的。老马摇头，那不妥，咱是男人，结了婚就要尽义务。我明白了，老马始终把自己的财产当作诱饵。

机会就这样来了。我说今儿才懂得父爱如山的含义，一句话说得老马泪涟涟的。我让他先给我三万。老马醒悟过来，点着我的脑门，差点让你小子绕进去，你有钱替乔灯交罚款我不拦你，可别指望我。我笑嘻嘻的，反正早晚也是我的。老马脸板得紧紧的，早晚归你不假，可现在不行，画值钱，你卖画去呀。我说秋天才收割，你见过一长苗就收割的人吗？老马一边摇头一边往外走。我试图拽他，老马硬邦邦的，你就是把我绑了，我也不会掏一分钱！

老马逃了。我抓起啤酒，挥舞了一下。仅仅是舞了一下，我没那么驴。坐下来，我又开一瓶。我答应一两天就把罚款交了，不能失约。我确实挣了些钱，但多半挥霍了，卡上仅有的一万给乔果果交了学费，另外两万还是青雨出的。那么，再跟青雨张口？纵使不痛快，她也会应的。可我不想成为吃软饭的，再说她也没有太多存款，美容店的生意没有想象得那么好。让弟兄们凑就更不忍，他们手头并不宽松。也只有在老马身上想办法。怎么才能攻下老马呢？

青雨来电话了，我当然不意外。她问我干什么呢，我说喝酒。她问和谁，我说自己。青雨叫，你的舌头都硬了，一个人喝成这样？我说这是第二场，第一场没喝好。青雨问，办完了？我说哪有那么利索，不过还顺利，所以想喝点。青雨并不知道我回来干什么，我只说办事。青雨嘱咐我少喝点，别喝醉。黏黏糊糊，好像分别几千年似的。我和青雨说话，那三万块钱猴子一样游来荡去。我终是忍住，除非万不得已。

果果干什么呢？我随口问。青雨说画画呢。我问她还好吧。青雨不悦，你走了才一天，这个担心，我现在对她比对自己还好。这我相信，我并不是怕青雨给乔果果气受，可总是有那么一点点……担心，也可能是牵挂。

老马喝了一瓶，其余的全被我干掉了。我不是故意想喝醉，虽然喝了一顿，这五瓶酒也不足以把我撂翻。只是烦得不行，一个人守着棺材铺，不喝酒还能干什么？是的，我绝对没醉，只是脑袋有些沉。我摇晃着出了棺材铺，沿着街往东走。没有目的，只想走走。走出百十步，可能是冷风吹的缘故，忽然灵光一闪。老马肯定和那个女人睡得正酣，这会儿摸到楼上，没准会堵住他们。母亲在的时候，常跟踪老马，甚至让我当奸细。她是想"人赃俱获"，可老马太过狡猾，母亲没一次得逞。现在，我该替她完成未竟的事业。只要把老马堵住，不愁他不出钱。如此一想，我顿时精神抖擞。

我终是没那么做，走到中途便返回来。在冷风里扑腾一阵，酒散去许多。脑袋不沉了，只是有些涨。我不能那么浑蛋，很多时候老马还是不错的。

次日清早，我被老马拍醒。老马怪我不锁门，睡得又死，亏得没来小偷，不然连我一块儿偷了。我懒洋洋的，除非是穷疯了，才会打棺材铺的主意。老马毫不掩饰自己的不满，怎么，你这么瞧不起棺材铺？瞧不起还冲我要钱？我说，是借，不是要。老马哼了哼，还不是肉包子打狗。我听出老马语气松动了，忙说，我保证还你。老马说你就忽悠我吧。然后将一个纸包摔我怀里，你点点，全是新票子。

11

乔灯打来电话，我正在车里等乔果果。我在营盘镇待了四五日便返回北京。那时，失火案已基本定性，乔灯很快就可以放出来。他是在棺材铺打的，没有呼呼的风声，他的声音竟有些失真。马公子，大恩人，谢谢你呀，那钱我会还的，你容我些时间。我说没那么当紧，以后再说吧。然后讲了乔果果的绘画天赋。乔灯似乎不敢相信，她能当画家？你是宽我的心吧。我又讲了一些，告诉他绝无问题。乔灯哽咽了，马公子，我没看错你，我……我……我说这是乔果果自己的福分，没必要谢我，但有一样他必须答应。乔灯的声音又像他自己了，马公子，你讲，要我的脑袋我也会割下来。我说不要你的脑袋，但你必须保证，别再出什么乱子，那会连累果果。乔灯停顿一下，保证了。他是聪明人，应该明白我指的是什么。他不过是一个没有正式任命的村长，能抗拒什么？

乔果果出来了。今天换了一身衣服，米黄色褂子，牛仔裤。膝盖处有几个窟窿，跟乞丐似的。自然是青雨出钱替乔果果挑选的，她认为这样才能显出艺术范儿。乔果果目不斜视，径直朝车走来。某天，我故意把车换了一个地方，当然也没多远，乔果果仍像往常那样走到车边，待发现不是我的车，她慢慢扭转头。其实稍走几步就可以看到，但她没有。似乎认为我的车就应该在她的视野范围。我忙跑过去，乔果果目光翻抖，脸上是被遗弃的仓皇。自此我再不敢做那样的试验，车位被占，就站在一边等她。

乔果果开门，上车，先轻关一下，再猛地一拽。每次都这样，必须用两个步骤关车门。不知是怕惊了我，还是怕惊到她自己。

怎么样，果果，收获不小吧？

嗯。

大，还是小？我略略提高声音。

大。

许老师没训你吧？

没。

好好跟他学，用不了几个月，你就比他画得好了。

知道了。

你父亲刚才打电话了，你要和他说话吗？我想乔灯可能还在棺材铺。

……不了。

好吧。我发动了车。

六指的儿子满月那天，请我们在喜凤楼撮了一顿。六指领着胖媳妇和岳母，抱着满月宴的主角。我让六指一家坐正中，六指坚决不肯。我便坐了，青雨照例挨着我，乔果果坐在青雨旁边。乔果果再不像第一次吃饭那么拘谨，自然多了。六指已经把菜点好，我让服务员报了菜名，以往我绝不这样。六指问还点些什么，我说够多了。小武解释，是他和六指一起点的。小武明白我让服务员报菜名的缘由，我也清楚他为何解释。这些弟兄，小武最会猜我的心思。

照例，我要说点儿什么。不是讲话，我没那么大的谱，虽然六指用的是讲。我提了三杯酒，第一杯自然恭贺六指喜得贵子，我们这些人中，六指是第一个有儿子的，六指的福气也是我们大家的福气。第二杯是向乔果果祝福。我的目光挨个划过，说乔果果是吉星，自她来了北京，我们一顺百顺。确实，最近几档子生意都极其顺利。她和我们不一样，她是未来的画家，以后你们见她可不像见我这么容易。不是故意夸大，那是极有可能的。乔果果自然听懂了我在说什么，众人和她碰杯时，她带了点儿窘迫和羞涩。第三杯是为乔灯，但我没说那么细，卖了个关子。也许永远不会说，虽然算不上什么秘密。

喝了多少，我记不清了。白的红的啤的。他们敬我，我喝；敬乔果果，我替她喝。我喝多过，但从未烂醉如泥。不等我醉，别人先趴下了。那天我喝了双倍的酒，实实在在醉了。我不知道怎么离开饭店，怎么回去的。

醒来时，我摸到脑门上的毛巾。青雨坐在一侧。她显然困得不行，脑袋微垂。我辨了一会儿，意识到睡在自己的床上。怎么回来的？我问，青雨睁开眼睛，你总算醒了。她把滑下的毛巾敷到我脑门，忘了是怎么回来的吧？就不告诉你。我说，我喝多了？青雨哼了哼，多没多，你自己还不清楚？你真是疯了，到后来直接拿起酒瓶灌，一半让你灌脖子里了。青雨比画着，学我的狼狈样。她的胸鼓突起来，像揣了什么。我浑身炸热，猛将她拽倒。青雨没提防，啊了一声。她要捶我的，被我箍住了。青雨没像以往那样配合，奋力推拒。

别……窒息的青雨吐出一个音儿。我立刻堵住她的嘴。这妮子，竟然咬我一口。我松了胳膊，青雨趁机跳起，惊喘着指指门口，果……果果。

我瞪住她，果果怎么了？青雨嘘一声，胸起伏不定，果果……在外面。我问，她没睡吗？青雨平息下来，幽怨的眼神儿勾勾我，你喝得死猪一样，她担心你呢。

我趿了鞋出去，乔果果果然在餐桌边坐着，双手托腮，不知在想什么。她慢慢站起，迟缓的目光爬过来，从头到脚，似乎在丈量我的身高。我没喝醉。我故意转了一圈。我没事的，你去睡吧。乔果果仍然看着我。我笑了笑，你看，我好好的。乔果果眼里有雾状的东西散开，浸过来，将我氤湿。随后一言不发地进了卧室。

燥热褪去，我没了刚才的疯狂。青雨拱拱我，再拱拱我，我只好揽住她。

你想什么呢？青雨噘了嘴。

没想什么呀。

让你感动了？青雨没等我回答，自言自语，她挺有心呢。

我嗯一声。

你该不会喜欢上她吧？

我甚是不悦，胡说什么呢。

青雨坐起来，死死盯住我，我可警告你，她只能是你妹，你不许打她的主意。

我皱皱眉，脑袋疼得厉害。行了吧你！

青雨骑到我身上。

我无动于衷。

你当真想她了？没了美睫的掩饰，青雨的眼睛出奇地大。

我要给她弄个画室，她个人的画室。我拍拍青雨的腰，我谋划正事，别把我当花花公子看。

青雨伏下来，紧紧抱住我。

12

天阴着，偶尔飘几丝雨。街上的花开得正艳，白的玉兰，红的海棠，黄的三角梅，将北京的春天染得喜气洋洋。我把车停在苹果园停车场，坐一号地铁，直奔西单图书大厦。

我买不了几本书，但喜欢这里的环境。青雨来电话时，我正翻着一本画册。虽然大厦里回响着音乐，铃声还是有些刺耳。我下意识地压低声音。

马晓龙，你这个混账东西！青雨几乎要从手机里跳出来。

我突然蒙了。她很少骂我。混账、无赖、流氓，那都是在调情的时候，她的责骂常常让我的荷尔蒙狂涌甚至泛滥，而且她的声音水水的。此时她的牙齿像咬着沙粒，要把我嚼碎。我快步走至角落，用更低的声音喂了一声。

你在哪里？青雨仍硬邦邦的。

我问，怎么了？

青雨大喊，你他妈在哪里？

这是要反水了啊，我喝了一声，你管我——有人看过来，我控制住。我尽量地耐心，但青雨已经挂了。连拨几次，她始终不接。

属于我的日子就这么被青雨搅成烂泥。

雨终于飘下来，给懊恼的我平添了几分郁闷。路滑，快到美容店时差点和另一辆车剐蹭。及时刹住，两辆车只差两厘米就亲嘴了。青雨不在店里。我真是气糊涂了，青雨怎么会在店里当着别人的面撒泼呢。

我进屋先朝乔果果的卧室兼画室瞅了瞅。门关着，她肯定在作画吧。另一间卧室半掩着，我轻轻推开，竟有做贼的感觉。青雨本在床头偎着，突然竖起，我以为她要撞过来，但她只是立在地上，目光从散乱的美睫射出来，抽打着我的脸。

发什么神经哪！我伸出手，想把她的假睫毛揪下来。

滚！春雨偏过头。

你这是怎么了？我盯住她。

混账东西，你干的好事！青雨指指床头柜，怒气里夹着悲愤。

那是孕检试纸盒，黑字蓝图标。我不陌生，青雨曾经买过。我明白她何以生气何以撒泼了。她有这个资格。我们一直采取措施，可去年青雨还是怀孕了。没有要孩子的打算，青雨自然“遭了一场罪”。

我松了口气，转而嬉皮笑脸，想抱住她。别怪种子，主要是土地太肥沃。

青雨推开我，你装什么糊涂？不是我，是果果！

我的呼吸突然停止，心脏在撞击，咣咚，咣咚。胸骨不堪重力，嘎嘎吧吧地叫。好一会儿，我才问，你说谁？

果果，青雨跺跺脚，是果果！

我猛扑上去，没掐她脖子，掐的是锁骨和肩。你他妈胡说什么？你怎么这样编派她？

青雨面色惊恐，几乎要哭出来了。是她，是她呀！

我瞪着她，恨不得将她刺穿。我倒是盼着她胡说，可她的眼角有液体溢出。她没撒谎。我慢慢松开，这怎么可能？这是怎么回事？我难以相信。

青雨讲，她出门时乔果果在呕吐。这样的情形出现过两次，她起了疑心，便买了孕纸，没想她的怀疑验证了。我问乔果果知道不，青雨摇头，还没告诉她，不清楚她自己是否知晓。青雨没了刚才的气势，小心翼翼地问，不是你，那会是谁呢？

小武！我震颤一下。肯定是这小子！他有前科。他喜欢哄女孩子开心，也会哄女孩子开心。除了我和青雨，他接触乔果果最多。六指儿子的满月宴上，小武老是给乔果果夹菜。别人或许没注意，但他每夹一次，我都会注意到。狗日的知道乔果果爱吃什么菜。乔果果坐在他和青雨中间，由着他细心照料，我都有些嫉妒了。

下楼时，我看了看乔果果。她没有任何变化，神色如以往一样安详。可这安详再一次击痛我，下楼梯差点跌倒。

雨仍然在下，淅淅沥沥。今天没什么事，狗日的现在正睡觉吧。他竟然对乔果果下手，我可是救过他啊。那次在大排档因为一把椅子与对方起冲突，那个愣头青拎着刀砍他，是我推开他替他挨了一刀。如果刀往上半寸，没准我就不在这个世界了。肩膀骨多肉厚，但也缝了十几针，到阴雨天便隐隐作痛，就如现在。这厮竟然如此回报我！

小武在南辛庄租了间平房，与我相隔不是很远，开车也就二十分钟。停了车，我疾步穿行。阴雨绵绵，一男一女竟然在超市前撕扯。这世界有多少人被暴戾挟裹着啊。我再度被刺激，从墙角捡起半块砖头。一洼水横在路中央，我犹豫一下，将砖头垫进水坑。

小武果然在睡觉，他拉开门的同时，我将他踹倒。马哥，他惊叫一声。我瞥见墙上的画，那是果果画的。他竟敢挂果果的画！又一脚，踹向他的脸和嘴巴。他立马说不出话了。然后一顿乒乓乱揍。小武慢慢地缩，一直缩到墙角，再无处躲逃。起先还试图抬胳膊挡，后来就如身体一样缩着了。

我喘息时，小武蚯蚓般扭动几下，哭叫，马哥，我犯了什么错？我骂，你他妈犯什么错还要我告诉你？我要接着踹的，小武呜呜着，马哥救过我，命是你的，杀了我都成，可你让我死个明白啊。小武说得凄惨，我平静了一下，指着墙上的画。小武叫，是我和果果要的，这……这……我还给她不行吗？我问，还有呢？小武说，只要了这一幅啊。我审视着他，他躲躲闪闪，但并不像装的。我便道出果果怀孕的事。小武大呼冤枉，就是借我一百个胆子我也不敢啊，马哥，她是你妹，我怎么会呢？我才交了女友，就在巷口的超市上班，我不缺——啊，马哥，真的没有。小武的声音混杂着悲怆。我愣住，不是你，那又会是谁？小武和我的目光对撞了几下，像电流一样突然接通。

再次经过水洼，我看到躺在那里的半块砖头。好险！以我刚才的怒火，真是控制不住的。小武脸部青肿，我心生歉意，而这块砖头让我冷静许多。我该问清楚的，小武没这个胆子，除非不想跟我混了。

许老师拉开门，就被小武踹倒，一如我踹他那样。小武还要踹的，被我制止。许老师爬起来，污水满脸。显然生气了，他在抖。小武拖拽着将他扯进屋。许老师大嚷，大白天的，你们抢劫啊？

不能再那么鲁莽。我坐在沙发上，审视许老师片刻，缓缓开口。没料许老师没有丝毫伪装，承认得非常痛快。只不过强调，他没有强迫乔果果，她自愿和他好的。他甚至有些不屑，似乎我少见多怪。他说他带的弟子还有给他当模特儿的都这样。我说乔果果怀孕，他仍没有丝毫吃惊，轻描淡写地说做了就是，我会补偿她的。老东西，真说得出口。我示意小武，小武一拳砸到许老师鼻子上。鼻血喷溅，他的脸顿时花了。砸了几拳，我再次制止了小武。小武显然没出够气，他想把我那一顿揍还给许老师。我清楚，但不会由着他。许老师没他那么禁打，况且，打一顿太便宜了。

我让小武回去把乔果果拉来，并让他带上东西。他知道我指的是什么。小武揍他的时候，我一直考虑如何惩办许老师。废了他从此亡命天涯？这念头只是闪了闪，毁了我和小武不说，也会累及乔果果。报警也不妥，许老师咬定乔果果自愿，警察也没辙。而且警察还要问讯乔果果，我不敢想象那个场面，那会把乔果果逼疯。最稳妥的办法是让乔果果和他对质，把证据录下来。我会引导乔果果，她信赖我，会听我的。

许老师洗掉脸上的污泥和鼻血，泡了一壶茶坐我对面。他神闲气定，眼底甚至有几丝倨傲。

情欲是艺术创造最主要的根源，他不紧不慢的，要开始上课了。他也是这么骗乔果果的吧？我喝了一声，他闭住嘴。我和他在寂静里对视着。我那么想撕了他，但理智一次次阻止了我。必须等乔果果来，我清楚这个法子不牢靠，但一时想不出更稳妥的办法。

青雨陪乔果果来的，晚了一些，但还是来了。乔果果意识到什么，看看我再看看许老师，有些不安。是的，是不安，而不是仇怨。如果她扑上去在他刚刚洗净的脸上抓两把，那该何等痛快。可她没有，寂静让她的紧张发酵，她的身子微微抖颤。

果果，哥在这里，你不用害怕。我故作轻松。

乔果果点点头。

这个人，许老师，他欺负你了，对吧？我循循善诱。

不。乔果果低下头，但她说话了。

果果，你看着我，你别紧张，咱不跟他学画了，他不会把你咋的。你只告诉我，这个许老师欺负你了，他……我顿了顿，对你耍流氓。

不！乔果果用更大的声音说。

你不用害怕，哥在呢，他就是欺负你了。我的声音提高了。

不！！没有！！！乔果果筛糠一样抖着。青雨从后面抱住她。青雨和她一样抖。

一直沉默的许老师说话了，别逼她，你们不懂她，永远不会懂她。我扑过去揪住他的头发。乔果果尖叫一声，我松开他，夺过紫砂壶，狠狠砸到墙上。壶水四溅，乔果果又尖叫一声。

乔果果的尖叫挫败了我的计划。不，何止是计划，她把我彻底击垮了。我的骨头我的肌肉我的血管我的呼吸在她的尖叫中化为齑粉。我明明坐着，却摸不到自己。就这么僵着，直到小武唤醒我。我摆摆手，让他把乔果果先送回去。青雨说她就可以。青雨怕我对许老师做出什么事，一脸担心。而乔果果，因为可以离开这个紧张的地方，似乎长舒了一口气。她倒是瞟过许老师，但我不认为那是留恋，当然，也不是我期盼的仇恨。

果果不懂事，我艰难地开口。许老师说她已经是成人了，有权利决定自己的一切。我大叫，你他妈住嘴！她是成人年龄，可她的心智还是个孩子，你丫欺骗一个小孩，你个老畜生！许老师说，我没骗她，更没强迫她，再说，你怎么认定她的心智是孩子？你确实不了解她。小武踹了他一脚。

我掏出烟，小武立刻打着火。我悠悠地吸了一口，将烟吐在空中，看起来镇定自若，只有我清楚，此刻的自己乱如残麻。小武伏下身，让我交给他处理。我没理他。不用嘎子帮忙，他自己就可以解决。劁了、割了或砸断许老师的双腿，你猜得到。我也想这么干呢，可不能。小武几个跟着我常走钢丝，但从没掉下来，就因为我掌控着大局，始终惊而无险。走险棋？不行啊，况且，对乔果果有什么益处呢？

你说怎么办吧。我舒缓了语气，但表情冷硬。

许老师拉开抽屉，然后将三万块钱丢到桌上。学费不要了。回头我再补偿她五万。这狗日的真是不缺钱，那对他仿佛只是个数字。

我冷笑，五万？你他妈打发叫花子啊。果果，那可是……我说不下去了，脖子被勒住似的。顿了顿，仍然用平缓的语气说，五十万！

许老师叫，五十万？一条人命值多少钱？

小武又是一脚骂道，没抽你筋算便宜你了，还他妈嚷嚷。我没说话，冷冷地看着他。

能不能少点儿？许老师的目光在我脸上盘旋。

不能！！

那多缓我几日，这个数太大了。他虽有埋怨，但一点儿不心疼。

三天，只给你三天时间。到时凑不到，别怪我无情。我站起来，不想再和他废话。

你们这是敲诈！许老师脸上竟然有鄙夷，我懒得计较。好像我和小武是垃圾，他恨不得马上清理掉。

还有……他却又喊住我。

我瞪着他。

还把她送过来吧，她该继续学的。

我狠狠啐了他一口，正好击他脑门上。白色的黏液从鼻翼一侧流下来，缓缓地。我等他再开口，我有的是唾沫，但他合拢了嘴。

回去的路上，小武问要不要盯着他。我想起他倨傲的神色，说不用。如果跑，他早跑了。他不把对乔果果的玩弄当回事，至于钱，他更不在乎。小武问，就这么算了？我说先把钱拿到手，后边的事，那得要看乔果果。小武说，还是盯着他好。他的脸有三分之二泛着青，我心有不忍，搭搭他的肩，你就辛苦点吧。

次日一早，我接到小武的电话，许老师不见了。

13

送乔果果回苦水淖已经是六月底了。她的妊娠反应越来越厉害，脸上也有了细微的变化。

一切都糟糕透了。为了让乔果果流掉孩子，我和青雨可谓绞尽脑汁，但没有一次成功。青雨劝我也劝，有时一左一右同时劝说，可谓苦口婆心。未婚妈妈拉扯孩子的艰难，没有名分的尴尬，她的前途她的未来，她可是要成为国际画家的。我恨不得在她脑袋上打个洞，将大道理小道理统统灌进去。总之，这个孩子绝不能生下来。她不为所动，一次次地尖叫，不！不不！这个字如一把锋利的刀，每次都会在我心上扎个窟窿。我引诱她，如果她听话，就天天带她看蝴蝶。蝴蝶肯定想你了，你不想那些蝴蝶？她终于动心，眼睛里有东西在生长，我可以捕捉到。但她随即摇头，拒绝与我交易。我甚至威胁，她这样不懂事，我会把她丢在街头，让她像野猫一样流浪。她脸上有恐惧闪过，缩到角落一动不动。我不敢再吓唬她，还得好好劝慰，因为她不吃饭。

我和青雨商量一番，决定改变策略，不再提流产之类的话，而是哄劝她去做检查。每个生小孩的妇女都要检查的，青雨抛出一些她听不懂的词。乔果果半信半疑，青雨趁热打铁，她可以去医院看看，可以亲自询问医生。终于把她弄到医院。只要上了手术台，就由不得她了。诊室门口的长椅上坐了几个孕妇，青雨悄声说，她们都是来做检查的。我以为计谋得逞，正想找地方抽支烟，乔果果夺门而出，一路狂奔。从首钢医院追至北方工业大学门口才赶上她。无论我和青雨用什么借口，她再不进医院的门。有两次已经到了门口，也没把她拽进去。她死死抱着一棵树，半步都不肯挪动。不能捆绑，她适度的配合才行。青雨提议找个私人医生，直接来家里做。我考虑几天，放弃了。那过于残忍，而且，估量不到可能的危险。

我劝乔果果把孩子打掉确实是为她着想。她自己还需要人照顾，怎么可以带孩子？当然我亦有私心。首先没法向乔灯交代，还有她画画就此终止，会毁掉我的计划，青雨的梦想……

把乔灯接到北京，让乔灯劝她，这怕是最后的办法了。青雨也提过两次，我说再等等，等小武他们把许老师找到。我把乔果果带到北京，工作没找上，对象没找上，倒让她多了个孩子，这算他妈的什么事？如果拿到那五十万，或许还好说些吧。

我疏忽了。不，小武提醒过我，是我被许老师脸上的倨傲迷惑了。小武说那小子不见时，我并未着急，以为他弄钱去了，三天期满自会回来。他还等着乔果果学画呢，被我啐了一口。而且小武进屋检查过，他没带什么东西，墙上的画还在。他是那么地不在乎，女人和他睡觉都得排队，这样的人怎么可能为了区区五十万逃跑呢？三个三天过去了，他也没有影，我这才急了。除了做乔果果的工作，我所有空余时间都在寻找许老师。能撒出的弟兄也全撒出去了。798，宋庄……凡是打听到画家聚集的地方一处也不放过。我想找见给我电话的那个画师，他该和许老师很熟，但转遍798也没寻见。小武把许老师留在墙上的画取下来，加上别处的，有二十几张。找了个画廊想估估价，孰料每幅只估三百。这怎么可能呢？又换个画廊，那个人气定神闲地翻了翻，说所有的画加在一起最多值五千。

许老师必须要找到。我没气馁，把乔灯接到北京之前，一定要把那五十万弄到手。但是，毫无所获。

我没有放弃，此时小武正在婺源。据说画家常去那里写生，我把小武打发过去。我终是没敢把乔灯接来，现在接来他恐怕也无济于事。我并不想把乔果果送回苦水淖，可没有别的选择。她需要人照顾，而青雨忙着挣房租，我呢一边做生意一边要寻找许老师。

一路无语。我不主动，乔果果永远不会说的。从官厅服务区出来，我瞄瞄她，果果，再有几小时就到家了，想你父亲吗？

乔果果嗯一声。

我努力挤出些笑，怎么又嗯了，想吗？

乔果果说，想。

我说，他这么久没见你——鼻子猛然有些酸，看见你没准会乐疯呢，你……别惹他生气，好不好？我不知说什么，可总得说些什么。

乔果果说，好！

我问，你还愿意到北京吗？

乔果果犹豫一下，愿意。

我怔了怔。我说带她回家，她是那样顺从。

你喜欢北京什么呀？

蝴蝶！

我突然不敢问了。

拐上通往苦水淖坑坑洼洼的路，我不由得放慢车速。那些坑仍张着嘴巴，我生怕颠着她。更重要的原因是，我说不出地紧张。我似乎听到乔灯的长号，如荒漠上孤独的狼。我斜了眼乔果果，她脸对着窗外。我把画板带回来了，又买了些纸笔颜料，不知她还能不能画下去。

稀稀拉拉的房屋进入视野，我慢慢停下来，熄了火。我越来越紧张，乔果果一路醒着，此时终于困了，长发盖住她的脸，睡得极其安详。与去北京正好相反，那次她睡了一路。

如果迷了路那该多好。可隐隐的狗吠、牛羊的叫声，提醒着我，被遗忘的村庄就在前面。我掏出烟，点到一半又放弃了。我咬了一截，又咬了一截，慢慢嚼着。黄昏已经来临，我的紧张没有丝毫减弱。一只鸟斜歪着飞过，似乎受了伤，急于归巢。两侧的枸杞林有什么在起落，不知是蝴蝶还是蛾子。暮色从四周洇过来，眼前渐渐模糊。乔果果睡得更酣，我仍在咀嚼。

终于，现代轿车、我、乔果果，还有她肚里的孩子，与苦水淖的夜色融为一体。

容 器

你们一定搞错了。我不是有钱人，也没得罪过谁。王姐？什么王姐？不，我不认识什么王姐。我是有个姐姐，结婚第二年就难产死去了，现在连她长什么模样都记不清了。其他的……哦，市场卖鱼的红姐我倒是认识，她脸上的褶子比我还多，不知为什么别人都喊她红姐，可她……你们肯定搞错了。你们要干什么？把我大卸八块？开肠破肚？我不怕死，我寻过短见，要不是老婆及时发现，早见阎王了。我不想活，没意思透了。你们想怎么着就怎么着吧，别管我是不是你们要找的人。想从我身上取零件，也没什么当紧。虽说四十好几的人了，零件都好用着呢。利索不利索也不打紧，但最后一定要结果了我，别留半条命，那就成了我老婆的累赘。求求你们……要狠一点儿。不过，动手之前，先听我说道说道可以吗？我没别的要求。憋这么多年，快憋疯了。不知该对谁说，也不敢说。再说，谁又愿意听我说呢？

1

我叫赵川，人们也叫我驼背老赵。

我有个八岁的儿子，不不，算起来二十好几了。我没胡说，我保证。哦，先说我老婆吧。我老婆刘小艾，长相一般，但干活很利落。我家的地和她家的紧挨着。锄地时，我还在半当腰，她已经到了地头。割地甩我更远，我割一程，她能打个来回。有天傍晚，她割完了，我还弓着虾腰。她走过来，问要不要帮助。明天没准儿要起风，一起风，籽就会甩脱，一年的汗就白流了。我当然求之不得。

割完，天彻底黑了。回村的路上，我把没说出口的谢意拎出来。割了一天的地，刘小艾似乎一点也不累，走得真是快。她腿又长，一步顶我两步。为了跟上她的节奏，我一溜小跑。我说多亏了你，要不我现在还在地里。我说你腰不疼吗？我都快断了。我说别走那么快好不好，又不是赛跑。刘小艾突然回头，你哪来那么多废话？不等我回应，她已经转过身。我紧跑几步，只想和她说话，没注意脚底的石块。跌倒的同时，我叫出声。磕得挺重，我半天没爬起身。刘小艾返回，伸过胳膊，我抓住她的手。第一次抓她。她的手全是茧子，但手掌特别绵软，好像没有骨头。一种奇异的感觉袭击了我。她拽起我，问要不要紧。我哆嗦着说没事。刘小艾未必感觉到，可我知道自己在哆嗦。剩下的半截路都在哆嗦。

刘小艾的父亲是村里的赤脚医生，有时也去外村行医，挣着现钱，还吃香的喝辣的。也把人治死过，但家属没找过她父亲的麻烦。又不是故意的，也想往好治的。乡村有自己的逻辑。刘小艾的弟弟还小，赤脚医生让刘小艾跟他学医。刘小艾没兴趣，她更喜欢镰刀锄头。赤脚医生逼她看书，逼她在南瓜上练习打针。她的窗台摆一长溜南瓜，都是练习打针用的。南瓜毕竟和屁股不同。刘小艾在南瓜上打了几百针后，看到真正的屁股还是不敢下手。我去买头痛药，赤脚医生正训刘小艾。赤脚医生包了药，却又突然撤回去。他劝我打针，吃药得三天，若是打针，一针就好。我明白他是想让刘小艾拿我实验，不由得看了她一眼。刘小艾急得直冲我摆手。她黝黑的脸竟有几分白，目光像遭遇暴风的麦秆，横七竖八的。听说她怵打针，没想到会紧张成这个样子。抑或有心疼我的意思，当她的实验品可不是闹着玩的。刘小艾没能制止我，反而促使我决心和赤脚医生配合。

刘小艾有些恼，我假装不懂。我趴在床上，老实说，还是有一点儿紧张。她要是打偏，扎到神经上，我没准就残了。刘小艾靠近我，但迟迟没有动作。虽然背对着她，但我能感觉到她在微微发抖。显然刘小艾的迟疑让赤脚医生生气，他催促，打呀，就当是南瓜。我也鼓励她，来吧，拿出割地的劲儿。刘小艾的手指终于触到我的臀部，先画一个十字，然后用手指戳了戳。那种奇异的感觉再次袭击了我。我哆嗦了一下。刘小艾肯定感觉到了，她再次迟住。赤脚医生喝令，打呀，愣着干什么？刘小艾一咬牙一闭眼——若不是这个样子，她下不去手。但针并没有扎进去，准确地说，只是扎进针尖。还好她没有拔出去，继续用力——我能感觉到针小心翼翼行进的过程，还能感觉到她剧烈的颤抖。

没什么难的，肌肉比南瓜好扎，赤脚医生显然长舒一口气，有了第一次，以后就容易多了。刘小艾背对着我，依然在抖。赤脚医生也许感觉不到，但我能。我没有马上离开，磨磨蹭蹭的。刘小艾终于转过脸，目光揣着探寻。我表扬她，挺好的，一点儿不疼。刘小艾的脸突然就红了。

我回家不久，刘小艾追上门。我本来坐着，从窗户望见她，立马躺下去。刘小艾进屋，我正在床上呻吟。有什么东西掉在地上，刘小艾的声音带着慌，咋……咋啦？我说疼，疼得要命。刘小艾上前一步，手老远就伸过来。我以为她会让我解开裤子，她柔软温暖的手指再次触摸我的肌肤。距我尚有一尺多远，很气人的，她竟然立住。可能我过于夸张，露了馅儿。刘小艾问，你真的假的呀。我龇牙咧嘴，真的，疼得快喘不上气了。刘小艾让我忍一会儿，她去喊她父亲。我刚说个“别”，刘小艾一只脚已经跨出门槛。我急了，大叫，不要喊他！刘小艾慢慢转身，再次盯住我，目光锋利许多，你到底有事没事？我说，本来挺疼的，看见你一下就好了。刘小艾绷着脸，你再吓唬我，我就不理你了。我连声说，不疼了，不疼了。随即站起，跳了几跳。我挠挠头，真邪门了，刚才还疼得要命呢。刘小艾凌厉的目光狠狠刮我一下，四下乱瞅，然后蹲下去，从面柜和水缸夹缝处抓出一个红扑扑的苹果。我咧开嘴，口水都要流出来了。刘小艾没把苹果递给我，而是放到炕沿边。我抓起就啃，边嚼边瞄她。刘小艾的眉毛很浓，像种上去的。她被我盯得不自在起来，说没事我就走了。我抢先一步拦住她。刘小艾皱眉，干什么？我说还有话说。嘴里嚼着东西，口齿不怎么清楚。我猛咬几口，想快点儿吃完腾开嘴巴。嚼得过快，差点噎住。刘小艾舀半瓢水递给我。我咳了几声，狼狈地冲刘小艾笑笑，说没吃过这么甜的苹果。刘小艾说没看出来呀，你还油腔滑调的。我说平时不这样，你一针下去，我性格都变了，要怪就只能怪你。刘小艾笑了笑，忽又沉下脸，这怎么怪我？谁让你同意的？我说你帮我割地，我怎么也得为你做点儿什么吧，天天扎南瓜，扎烂也没用。刘小艾说，别指望我谢你。我笑嘻嘻地咂咂嘴，苹果的余香还在。刘小艾说，你要没事，我就走了。我说，别价，又没人等你去打针。刘小艾似乎不耐烦，语气加重，你到底要干什么？我吞吞吐吐的，我遇到点儿麻烦。刘小艾眼睛瞪得老大，麻烦？什么麻烦？我沉下头，故意停顿片刻，然后直视着她，我上瘾了。刘小艾没反应过来，追问，上什么瘾？我重重强调，打针上瘾了。

2

我娶了刘小艾。当然不是一帆风顺，中间好多曲折，差点就黄了。我不多说了，免得耽误你们时间，反正她成了我老婆。刘小艾最终也没成为医生，成了我老婆后，赤脚医生就没再逼她。刘小艾热爱劳动，两家的地她一个人包揽了。我本是个木匠，或者说半拉木匠。有了刘小艾这个贤内助，我把心思全用在木工活上，技艺大有长进。打出全村第一套组合柜，我就不再是半拉，而是正式木匠了，可以像赤脚医生那样吃香喝辣。我和刘小艾的日子说不上多么好，但绝对是红红火火，令人羡慕。那是我的黄金岁月，每天二两小酒，夜晚搂着刘小艾，感觉自个儿跟神仙似的。

第二年，我们的儿子赵小川出生。这名字咋样？我起的。赵小川眉毛像刘小艾，又浓又长，但眼睛比她的大，又黑又亮。赵小川综合了我和刘小艾的优点，比周润发帅多了。除了帅点儿，他和别的孩子没什么不同，偶尔闹个小毛小病的，三两天就好。是的，那时看不出他有什么奇特。五岁那年，赵小川整出事故，把顶针吞进肚里。知道顶针吗？女人做针线活儿用的，金属器物。我和刘小艾吓坏了，赤脚医生说若卡在肠子的某个弯弯里，就得做手术。我不停地捋赵小川的肚子，暗暗祈祷，刘小艾抓着赵小川的手，默默落泪。次日，我儿子赵小川把那枚顶针屙出来了，真是奇迹呢。除了那一次，赵小川再没闯过祸。那也算不得什么祸，不像赵六的孩子玩火，烧了自家的房子和柴垛不说，还殃及邻居。

一晃到了上学年龄，入秋，我把赵小川送进学校。赵小川记忆力惊人，别人几遍都记不住，他过目不忘。老师向我夸奖赵小川，你儿子是神童呀。老师满脸兴奋，挺激动的。我觉得老师有些夸大其词，因为夸过赵小川之后，就让我给他做个方桌。我当然满口应下来。但不可否认，老师的夸奖让我的血直往上涌。我私下考了考赵小川，他没让我失望。我告诉刘小艾，刘小艾也很高兴，那天她本来要蒸馒头，临时改主意，炸了一盆油饼。夜晚，赵小川的鼾声一起，我便迫不及待地钻进刘小艾的被窝。折腾到天亮犹不足，咬着她的耳朵说了好些肉麻的话。

那年夏日，赵小川和邻居小孩在院里玩弹球游戏。我在距他们不远的地方刨一根木头，刘小艾则在做磨擦擦。磨擦擦是一种面食，即把土豆磨成糊糊状，与莜面掺拌蒸熟。刘小艾擅长用土豆做各种美食，土豆烙饼、土豆糕、土豆鱼、磨擦擦等。如果有机会，我请你们……算了，估计你们不爱吃。言归正传，还是说我儿子吧。

刘小艾突然呀一声，虽然很轻，但我捕捉到，问她怎么了，她说没怎么。我走过去，她的两个指头已被染红。锋利的摩擦器咬掉她一块肉，那块肉掉进土豆糊糊里。我替她包扎过，叮嘱她小心些。刘小艾怔怔地，没有搭理我的意思。我打趣，疼得话也说不出了？

刘小艾这才转过目光。我感觉到异样，问她怎么了。她努努嘴，我随她望过去。赵小川和那个孩子玩得正欢，笑声响亮。我不知刘小艾什么意思。刘小艾压低声音，你发现没有？我愈加愕然，发现什么？刘小艾说，小川比人家矮一大截呢。我突然笑了，瞧你神神秘秘的，吓我一跳。赵小川是比那个孩子矮些，但长个儿有快有慢有早有晚，用不着大惊小怪的。刘小艾并没有因我的话轻松，反而显得忧心忡忡，小川这半年就没长。我嗤一声，半年不长，一长顶半年，别乱猜疑，做你的饭。刘小艾追问，你觉得正常吗？我有些恼火，你什么意思？刘小艾也有些不悦，我就说说，你哪来这么大脾气？

我确实没注意赵小川……不，是打心眼儿里不觉得这是个事。赵小川是神童，用脑自然比别的孩子多，长得慢点儿有什么不对？可是，刘小艾忧心忡忡的目光戳痛我，我坐到板凳上，感觉身体重了许多。坐了一刻，我掏出卷尺，把两个孩子招过来。先量邻居的孩子，再量赵小川。生怕不准，又量了一次。两个孩子齐声问，谁高？我笑眯眯地，差不离呢。当然是假话。赵小川和那个孩子同龄，确实比人家矮好多。但我仍觉得这很正常。人的个子有高有矮，生长速度更不会相同。可是，虽然这么想，心里仍然被塞进东西。刘小艾的目光是很好的尺子，但还是想从我嘴里得到证实，她的声音里满是忐忑，是矮吧？我说，没矮多少，是你多心。

晚饭后，我们一家三口去刘小艾父亲那儿。老实说，我心上有了阴影，虽然那么一抹，但也是阴影。我不是让赤脚医生给赵小川治病。赵小川没病，何谈治？不过是想让赤脚医生剔掉心底那抹阴影。赵小川常到赤脚医生那儿玩，他对赵小川的了解不比我和刘小艾少。我刚说半截就被赤脚医生制止，胡说八道，你两口子要没事干就歇会儿，乱动什么心思？然后讲解一通人的生长理论。不过……赤脚医生拿出一瓶钙片，说儿童成长期补点钙，没坏处。

赤脚医生够抠的。既然补钙对赵小川没坏处，怎么不早点儿拿出来？当然喽，我没当面抱怨，也没背着他和刘小艾说三道四。嗯，不管怎么说，问题解决了。而且那根本就不是问题。回去的路上，我哼了一曲乡间小调，带荤的那种。刘小艾用胳膊撞撞我，也只是撞了撞。

赵小川吃完，刘小艾又去赤脚医生那儿拿了一瓶。转天我去镇上办事，从药店买回两瓶。赤脚医生也许不会心疼几瓶钙片，让刘小艾一趟趟去要，总觉不自在。咱也是有脸面的人。谁能想到赵小川吃钙片上了瘾呢？某天，我做木工中途歇息，突然发现赵小川骑在墙头上，往嘴里扔东西，以为他吃炒豆子呢。我嘿一声，说给老爸来几颗。赵小川让我张开嘴。他距我几步远，第一次丢到别处，第二次不偏不倚丢进我嘴里。我咬了一口，感觉不对劲儿，吐到掌心瞅了瞅，喝问他吃的是什么？得意忘形的赵小川，突然一吐舌头，迅速把手藏到身后。我大步过去，掰开他的手。那几粒钙片有些污脏。我沉下脸，摸摸他的衣兜。兜里装个钙瓶子，里面剩了不到三粒。我问他吃了多少，他被我震怒的神情吓住了，先说一瓶，之后又承认吃了两瓶。我一把揪下他，拽到屋里。放钙片的地方空空荡荡。我火了，狠狠扇他一掌，当然打的是屁股。

刘小艾从外边回来，赵小川脸上尚挂着泪。听我说过，刘小艾也急了，照赵小川脑门连戳三下，你呀你呀你呀，然后拉着赵小川就走。我明白她要去哪里，忙跟上去。我脚底发软，像踩在黄米糕上，想和刘小艾说句话，可始终追不上她和小川。

刘小艾的父亲不愧是医生，淡定自如，他摸摸赵小川的头，说钙片不比别的药，吃得多不见得吸收的就多，身体只需要很少的量，其余的都排泄出去了。刘小艾的脸渐渐恢复正常，手指轻轻碰碰赵小川，再偷着吃，就缝住你的嘴，听见没有？赵小川看着她，没有惧怕的意思。刘小艾喝问，听见没有？赵小川慢吞吞地点点头。明白没有大碍，我开始和稀泥，劝刘小艾别嚷嚷。赤脚医生也说，别把药放在他够得着的地方。完后突然想起什么，快步过去，拉开其中一个药屉。赤脚医生的药柜是我做的，上面是双开门，下面四个抽屉。赤脚医生没了先前的淡定，脸被拖拉机的黑烟熏过似的。他问赵小川是不是偷了抽屉里的钙片。赵小川往后挪，赤脚医生一把揪住，赵小川立时被吊起来。我又急又心疼，但阻拦显然又不合适。赤脚医生一通审问，赵小川承认他拿光了药屉里的钙片。赤脚医生崩溃了一样，狠狠跺了几脚，二十多瓶呢，二十多瓶呢，你这个……他突然扬起手，但没落到赵小川身上。刘小艾抢先一步，挡在他和赵小川中间，气呼呼地叫声爹，你咋不锁药屉呢？赤脚医生怔了怔，你倒怨我了？我从来都不锁，你又不是不知道。刘小艾推了一把，赵小川跌进我怀里。刘小艾拽过椅子，赤脚医生视而不见。刘小艾说，亏的是钙片，要是别的药……她飞快地掠掠小川，又掠掠我，没往下说。赤脚医生叫，钙片就没事了？什么东西吃多都会中毒。他的话无疑是药捻子，我和刘小艾没被炸碎，但也晕头转向。尤其刘小艾，哆嗦得话都不利索了……不……是……不……吸收……吗？赤脚医生踉跄一下跌坐到椅子上，勾下头。刘小艾猛摇数下，你倒是说话呀，有事没事？赤脚医生缓缓道，我也说不好。

我和刘小艾带着赵小川连夜去了镇卫生院。镇卫生院有仪器，医生的水平也高。村里有人喝农药，赤脚医生基本束手无策，唯一的办法就是灌大粪。若是农药喝得少，这招也管用，喝多就没辙了。一番询问检查，那个戴着黑框眼镜的女医生告知，赵小川没有中毒症状和迹象，但训斥了我和刘小艾一番。只要小川没事，甭说挨训，就是大巴掌扇过来，我也谢天谢地。

虚惊一场。

回来，我就给家里的面柜、衣柜上了锁，包括我的工具箱。小偷要是光顾，非气出鼻血不可。赤脚医生的药柜自然也是大锁小锁，自此他屁股后吊一嘟噜钥匙，走路叮当乱响。赵小川今儿偷钙片，没准明儿会往嘴巴里塞别的药。一旦闯祸，必定惊天动地。我们被赵小川弄怕了，必须防备。你们是不会怕的，因为那与你们无关。

日子又恢复平静，至少表面是这样。赵小川在学校的表现仍旧突出，老师碰见我就拔不动脚。他夸过小川，我总要小心翼翼地问，小川没搞别的吧。老师叽嘎一笑，只当我是谦语。问过几次，老师似乎生疑了，问，你担心他闯祸？我说他挺淘的，怕给老师添乱。老师说淘是孩子的天性，放心吧。

但我不敢掉以轻心，我，刘小艾，还有赤脚医生，俨然成了秘密警察，暗中留意赵小川的一举一动。钙片停了一阵，又开始服用。还是一天两片。他没有任何机会和可能偷整瓶的钙片，也没表现出来任何嗜药的异常。

某天中午，赵小川告诉我房檐下住进一窝麻雀，问我能不能掏一只给他。我当然应下来。我提起钙片的事，他说好吃。我问比糖还好吃吗？他看着我，迟迟疑疑地说，是比糖好吃。我说再好吃也是药，不能乱吃。他懂事地点点头，说我早不乱吃了。我说你是老爸的乖儿子。我掏了只麻雀给他，作为奖励。我很想知道，如果把钙片放到赵小川看得见的地方，他还会不会偷吃。我和刘小艾商量，刘小艾坚决不同意。你疯了？他可是你儿子，你要害他？我说堵不如疏，总有防不住的时候，关键还要看他自己。刘小艾仍不同意，骂我脑袋让驴踢了。

我放弃了实验，毕竟刘小艾的担心也是我的担心。成年人都经不住诱惑，何况孩子？

3

那年冬天，异常寒冷，没有雪，是干冷。一瓢水泼出去，还未落地上就成了冰溜子。鼻涕流下来，拭得慢点儿鼻孔下便多了两个冰柱。鸡鸭也不敢轻易出窝，饿急了才跳出来胡乱啄些谷粒。当然也有不怕冻的，光棍三癸和一个女人钻柴垛，快活过头，多抱了一会儿，被发现两人已经硬了，倒是抱得紧，分都分不开。

木匠活儿也没法干了，除了给牲口添草料，我基本窝在家里。我没赌博的毛病，赢了别人不痛快，输了自己不痛快，没什么意思。我倒喜欢套个野兔抓个野鸡什么的，那得有雪。不下雪，兔毛也揪不到一根。

距过年还有一个月，刘小艾带赵小川去裁缝那儿做新衣。我和刘小艾有时做有时不做，换双鞋就算过年。但赵小川必须做，从头到脚都是新的。不是炫耀，谁家孩子都如此。

那天我记得清清楚楚，因为我和刘小艾干了一架。我家有两只老母鸡，早就不能下蛋，在那个早上结束了她们光荣的一生。刘小艾烧水，我杀鸡。蒸汽大，跟想象中的仙境差不多，我不小心踢翻了地上的碗。盛鸡血的碗。我蹲下去试图将鸡血收起来，当然是徒劳。赤脚医生爱吃鸡血，几日前还嘱咐过我。刘小艾极不痛快，骂我草包。我不是故意的，当然也不会和她计较。刘小艾见我没反应，又骂，猪脑子，一点儿不长记性。我火了，叫出来，不就是点儿破鸡血吗？嚷嚷什么？我奔出去，冲到鸡窝口，胡乱抓了两只，都是下蛋鸡。刘小艾喝了一声，我没理她。眼见我举起屠刀，刘小艾突然撞过来。虽然有防备，但她力气大，我仰面跌倒。手松开，两只鸡乘机逃走。刘小艾单膝抵住我，夺过刀丢在一边，瞪着我叫，不过了？我喘着粗气，你不是心疼吗，再杀两只不就得了？刘小艾毫不示弱，你踢了碗，还奖励你啊？

不知赵小川什么时候爬起来的。他没有拉架的意思，只说我饿了。刘小艾马上松开我，拍拍胳膊，灌水去了。我坐起来，觉得脸上沾了东西，一摸，是血。当然是鸡血。

早饭后，刘小艾领着赵小川去裁缝家，我独自煺鸡。我和刘小艾没干过架，那是第一次。两只鸡，血也就半碗，刘小艾也用不着骂我吧，就算赤脚医生好这口。不过，我也够愣的，她拦得慢点儿，那两只鸡就成刀下鬼了。刘小艾不是碎嘴女人，骂也没什么，毕竟是我不小心。这么想着，我心底生出几许歉疚，煺得格外认真，鸡爪都刮得干干净净。似乎这样能弥补些愧疚。

刚把灶台清理干净，刘小艾和赵小川回来了。刘小艾的脸不再那么冷硬，但也没软和多少，像烤得半生不熟被揉捏过的土豆，鼓突与凹陷极不自然。我以为她仍然生我的气，讨好地说，一会儿送只鸡给咱爹。刘小艾瞟了瞟，目光缩回去，似乎瞬间受了惊，突又撞出来，飞快地掠掠正准备用废书纸叠玩具枪的赵小川。我的心突然一跳，没开口，只盯住她，满是询问。她靠近我，压低声音，还那样。我问哪样？其实我已经明白，马上说不会吧。刘小艾横扫我一眼，裁缝都瞧出来了。我说，她能瞧出什么？别紧张兮兮的。虽然这么说，我还是拿出盒尺，量了量赵小川的身高。与上次结果一样，就是说，这半年多，赵小川半厘米都没长。我不甘心，又量一次。没有误差，更没有奇迹，我的心突然就坠了石头，但仍故作轻松，别担心，说长也快。刘小艾看看盆里的两只鸡，说，一起去爹那儿吧。我明白她的意思，重重地点点头。

赤脚医生的语气没有上次那么坚定，他说应该没什么问题，但如果担心，转过年去县上查查也好。他没留那只鸡，硬是塞给刘小艾，说小川正是长身体的年龄，留给小川吃。刘小艾有时比我有主见，出来便提议明儿就去县里。我说，又不是病，不在这一时半会儿。刘小艾说，你不去我就一个人带小川去。其实，我仍期待着奇迹。刘小艾主意已定，我也不好反对。

次日，我们一家三口去了县城。那个医生出奇地瘦，像是在骨架上裹了层皮。他问了问小川的吃饭睡觉排泄，开了两张化验单，一张化验血，一张是拍片。结果出来后，我双手抓着单子交给医生，感觉心都要蹦出来了。医生随便一扫，说挺正常的。知道我当时什么感觉吗？直想给医生磕两个头。我连声说谢谢谢谢，恨不得拉着刘小艾飞出诊室。刘小艾甩脱我，仍然忧心忡忡的，可他不长呀。医生用目光量量我，又量量刘小艾，说，长也得有个过程，急不得。

刘小艾说，同龄的孩子都比他高——别的患者早就不耐烦了，挤坐在凳子上。皮包骨医生便收回目光，懒得再搭理我们。刘小艾仍不死心，问，不用吃药吗？医生没抬头，口气极平淡，买几瓶钙片吃吃。

我几乎是将刘小艾拖出诊室。我没好气地训她，你非要他说有病吗？刘小艾说，我就是……我打断她，别就是了，吃饭去。刘小艾说既然来一趟，干脆找个中医看看。我拗不过，只得随她。

又挂了个中医的号。刘小艾把化验结果推至中医面前，中医毫不客气地拨开，好像那只是两张废纸。中医把过脉，瞅瞅赵小川的舌苔，问吃饭香不。赵小川抢着回答，香！确实，赵小川不挑食，吃什么都香。医生说赵小川体内有湿气，随即开个方子。刘小艾问什么是湿气，能不能除掉。中医说湿气就是湿热之气，当然能除掉，要不医生还有什么用？刘小艾长出一口气，目光不像先前那么重了。待我拎药出来，刘小艾夺过去搂在胸前，如获至宝。阴霾虽未散去，但已有散去的迹象。我提议吃馅儿饼，刘小艾说挺贵的吧，不过还是搂着宝贝跟在我和小川身后。刘小艾那顿饭吃得心不在焉。那几服药放在刘小艾一侧，每次抬头，她都要觑觑，似乎担心这个宝贝长出翅膀，随时飞走。

腊月二十三，赵小川吃完七服药。刘小艾迫不及待地让我量量小川的身高。我说又不是仙丹，药只是排废气，不是长个儿的，长个儿还得吃好东西。刘小艾纠正，是湿气，不是废气。我说既然除掉，肯定没用，没用就是废气。刘小艾显然不想就这个问题争论，说别管是什么，反正排完了，应该长了啊。我劝刘小艾不要每天盯着小川的个头儿，趁冬日休闲，多做些好吃的给他。

刘小艾倒是听劝，没再让我量。在村里，我家的光景不是数一数二吧，也算中上等，五黄六月都不缺荤腥。自刘小艾在吃上动了心思，那基本天天过年了。现在提什么小学生营养早餐，我跟你们说，二十年前小川就享受这个待遇了。他一天至少吃两颗鸡蛋，早上一颗晚上一颗。至于零食更是从来没有间断。只要他长个儿，割我的肉都行。

几个月一晃就过去了。那天刘小艾从外面回来，赵小川和邻居的孩子在门口玩耍。刘小艾的神情，怎么说呢？哦，像发现敌情的侦察兵，目光几乎带血。邻居的孩子比赵小川高出一头半，我早就发现了。邻居家的光景我知道，过年也就买个十斤二十斤肉。刘小艾说，小川不但没长，似乎比先前还矮了。我骂她乌鸦嘴，胡说八道。刘小艾也意识到话不吉利，叉开五指反扣住嘴巴，要撕自己的样子。但她眼里的疑团没有消散，反越聚越大。我心下不忍，说目光是最不可靠的。刘小艾的反击倒快，那你说什么可靠？我碰碰她，没说话。

我量过赵小川的身高，长了一厘米。我的声音几乎是喷出来的。为让刘小艾相信，我让她亲手量。刘小艾的脸亮了亮，随即又暗下去，这么多天，就长一厘米呀。我说一厘米是不多，但意义重大，小川开始长了，谁不是一厘米一厘米地长？刘小艾终于有了一丝喜气，乐颠颠地向赤脚医生禀报去了。

曙光已现，我在心里给老天爷磕了二百个头。

自此，刘小艾在饮食上更加尽心。只要赵小川提出来，只要她能做到，绝不让赵小川失望。有一阵，小川不想吃煮鸡蛋，想吃烤的。她便用泥包了在灶里烤。我在别人家干木匠活儿，得挣钱呀，照顾小川的任务多半落在她身上。她没抱怨过，更没叫过苦。咱得说，这样的女人打着灯笼也难找。

但是。

哎呀，真他妈的。到了年底，我又量一次。赵小川的身高没有变化。这就是说，整整一年，赵小川仅长了一厘米。肉菜饭食有几马车，鸡蛋就不止一千颗，可所有这些，让他看起来更矮了。知道我和刘小艾当时的感觉吗？她瞪我我瞪她，血红的眼睛几乎要把彼此吃掉。

又去了蔚县医院。转年，我和刘小艾领着赵小川去了张家口市251医院和附属医院。医生让做的化验，小川做了，医生没让做的，小川也做了。在251医院，刘小艾一定要给小川做个全身CT。那个赤红脸医生竟然有些生气，说不用做的，但最终开了单子。化验结果是一样的，赵小川不缺钙不缺微量元素，身体里也没长多余东西。

半年之后，我们带小川去了北京。

又一年过去了。

再一年，再两年……

赵小川的身高没有变化，他好像停止了生长。

不是好像，是彻底中止。

4

那些年，我和刘小艾的时间多半扔在医院，要么是去医院的路上。除了北京，还去了上海、广州、武汉、成都、西安，国内的大医院几乎跑遍了。我和刘小艾发誓，就是跑断腿跑烂脑袋，也要治好赵小川的病。尽管医生说赵小川身体健康，身高与基因有关，并不是病，可不是病又是什么？不是病为什么停止生长？在医生面前，我恭恭敬敬，像个虔诚的教徒，可……有时候突然狂躁得不能控制。在武汉某医院，那个嘴巴长了黑痣的医生劝我不要再胡乱折腾，我吼出来，掐住他的脖子。他不是法官，不该随随便便宣判。刘小艾还有护士费了好大的劲儿才拽开我。我在保卫室待了两个小时，又被带到派出所，天黑才出来，据说还是那个医生给派出所说情。刘小艾责备我犯浑，我恶狠狠地说，谁让那龟孙胡说八道，就该掐死他！刘小艾骂我昏头，我和她对骂，就在街边，距派出所不到一百米。后来就撕扯在一起。在杀鸡那个早上，我和刘小艾干过架，准确地说，是半架，因为我没还手。在远离村庄的武汉，我和刘小艾干架是货真价实的，围观者的惊呼足以证明。滚了多长时间不晓得，反正我和刘小艾都没了力气。有一刻我俩默默地躺在墙角，像一堆垃圾。但我抓着她她也抓着我，生怕谁逃掉。先是刘小艾叫声小川，直跳起来，我随后追上去。真是该死，只顾得撕扯，把我们的小川忘了。几乎喊破嗓子，赵小川没有任何回应——在车来人往的大街，那喊叫就是扔进大海的石子。转过两道街，终于看见赵小川。他立在石头上，扒着垃圾桶边沿，从里边翻搅抓挠。刘小艾抱住他，打掉他手里的食品袋。赵小川腮帮子鼓鼓囊囊的，刘小艾让他吐出来，赵小川没理会，一伸一缩，很快咽进肚里。刘小艾拍他一下，你不嫌脏呀，什么都吃！赵小川看看她，又看看我，吐出一个音儿：饿。

我和刘小艾都挂了彩，我脸上留下抓痕，她的眼窝也略略发青。我觉得自个儿挺浑蛋的，不该这么对她。我不是故意的，确实是控制不住。那一刻，脖子上像安着别人的脑袋。还好，刘小艾没和我计较，也没工夫计较，当天夜里便商定下一站去哪家医院。

我和刘小艾的积蓄像丢进筛子的米粒，很快就漏光了。医生没开过什么昂贵的药，但化验费不便宜，加上住店、坐车、吃饭，不是小数目。每次回来，凑够路费就算不错。还好刘小艾有个有钱的老子。但几次借下来，赤脚医生不那么利索了，要么翻出账本让刘小艾看，要么劝刘小艾趁年轻再生一个，死胡同走不通就不要走。赤脚医生肯定盘算过了，虽说是借，有去无回的可能性大，那基本就等同割肉了。割一次两次可以，来回割，谁不心疼？所以，我没怪过赤脚医生。

跑过多少趟已经记不清楚，也不想再絮叨那些过程。我和刘小艾一直揣着希望，但奇迹没有发生。

终于灰心，也终于死心了。那一年，赵小川已经十六岁。从青海返回途中，在火车上听说皮城有个民间医生，擅治疑难杂症，有绝症病人被他起死回生的。我和刘小艾商量一下，决定去皮城碰碰运气。两天后到达皮城，四处打听，终于找见高医的住所。邻居告知，半个月前，高医因为治死人逃得不知去向。最后一丝光亮彻底熄灭。

当然也没有白跑，我们一家三口从此在皮城落脚。之所以停留在皮城，是钱所剩无几，不够回去的路费。另一个原因，我们不知回到村里怎么生活，不如躲在陌生的地方。谁知一躲就是十多年，口音都皮城化了。刘小艾在医院寻了打扫卫生的活儿，我则逮住什么干什么，后来情况好一些，我弄个推车在学校门口卖煎饼。我住的地方距市场不远，又在市场最大的粮店兼了个差事。算起来，我和刘小艾是我们村最早到城里打工的。实在是被逼无奈。小川就那样了，我和刘小艾打算养活他一辈子，等有条件再生一个。那时刘小艾觉得父亲无情，现在也得这么盘算着。

人一旦认命，没有多余的想法，日子会变得简单。我以为，我和刘小艾从此风平浪静。

但是，树欲静而风不止。不，不，这什么乱七八糟的。我不兜圈子了，实话实说吧，赵小川不是凡胎，他来到这个世界，注定要掀起风浪。

主角正式登场，你们有个准备，别吓着。

5

还记得老师的话吗？赵小川是个神童。此言不虚。那些年，我和刘小艾带着赵小川东奔西走，并不都是假期。上学重要，治病更重要。每次离家，赵小川都将课本带上，借着小旅店昏暗的灯光，一看就是大半夜。有时我和刘小艾能帮他，多数情况帮不上，他就回去问老师。老师挺喜欢他，也愿意给他补。赵小川落的课程虽多，但每次考试准是年级第一。有一次老师拿着赵小川的试卷让我瞧，惊叹得眉毛都跳起来了，我没见过这样的卷子呀，一个改动的字都没有。随后劝我别急，说了些“天将降大任于斯人也，必先苦其心志，劳其筋骨”之类云遮雾罩的话。

确实，除了不长个儿，赵小川别的方面都很省心。曾偷吃过钙片，但那时他还不懂事。至于他偏要把鸡蛋烤了吃，我认为也不过分，煮的吃腻了，换换口味呗。况且也是为了让他长个儿，等同于药。赵小川还很仁义，和邻居孩子常在一起玩，没吵过架也没动过手。玩八眼儿枪、狼吃羊之类的游戏也总是让着，他赢三次，一定要邻居小孩赢两次。如果小川不让步，那孩子一次也赢不了。在北京，我给赵小川买过一个魔方，他半天就玩熟练了，无师自通。看他这么牛，我暗暗惊讶，那玩意儿我弄过，憋出两头汗也没弄出个所以然。那时我就有预感，小川早晚会成为了不起的人物。

赵小川第一次闯大祸是读五年级的时候。那些孩子比他高出许多，常戏弄他。比如故意分派他擦黑板，待他登上凳子，他们就踢凳腿。赵小川吓得惊呼，他们则乐得哈哈大笑。他们叫赵小川小矮人，也有的叫他矬子。有时他们把小矮子抱起来往女生怀里丢，女生红着脸落荒而逃，赵小川就被丢在地上。赵小川告过老师，只告过一次。老师的训斥只起几小时作用，几小时后，那几个调皮学生便想出别的招戏弄他。

有个叫吴北斗的，个子最高，是那些学生的头儿。他常玩恶作剧，往女生怀里丢赵小川的就是他。吴北斗的鞋带开了，总是让赵小川给他系，鞋带不开也会招赵小川过去检查一番。赵小川总是恭恭顺顺的。那天吴北斗又叫赵小川检查，而他自顾自和别的孩子说话。赵小川蹲下去，掏出早已准备好的推刨刀刃，猛地刺向吴北斗的脚踝。吴北斗惨叫一声摔倒，周围一片惊呼。赵小川不慌不忙，把刀对准吴北斗的鼻子。吴北斗哇哇大哭，差点吓昏过去。就在学校大门口，若不是老师及时跑过来拖走赵小川，吴北斗的鼻子可能就报销了。鼻子是保住了，但吴北斗的脚踝受重伤，在炕上趴了几个月。赤脚医生贴进不少药钱，我和刘小艾说了几箩筐好话。自此，没有哪个孩子当面叫他小矮子，更不敢戏弄他。

我问过赵小川，若不是老师阻拦，他会不会真的铲了吴北斗的鼻子。赵小川不说话，嘴巴紧紧抿着，也不看我，我扭正他的脸，他又偏开。他不敢和我对视，小家伙害怕呢。我说铲掉吴北斗的鼻子，他就得去坐牢，赵小川瓮声瓮气地，坐牢就坐牢。我拍他一掌，你再胡说？赵小川没再顶撞我，目光却没有闪躲地刺过来，尽管挂着泪，但我还是捕捉到他眼底的挑衅意味。那不是十多岁的孩子应该有的。当然我也没有太多吃惊。我随后将他揽在怀里，有些心酸地叮嘱，可别这样了，你坐牢，爸得伤心死。

第二件惊异的事发生在南昌。出火车站的时候，发觉下了小雨。我们没带伞，两个大人淋点没什么，不能让小川淋感冒。在广场对面的巷子里，我们寻见一家卖雨伞的铺子。铺面不大，门外糊满广告。这样的店铺，自然要比大商场便宜。果然，一把伞十一块钱。待刘小艾掏出钱，那个女孩却说不是十一，是四十一。刘小艾不悦，你明明说十一吗，怎么成了四十一？女孩说，我说的就是四十一，是你听错了。刘小艾飞快地瞄瞄我，我说，不可能两个人都听错，你说的就是十一。女孩还带着微笑，一定是你们两人都听错了，十一块钱怎么可能买一把伞？她长得挺漂亮的，笑起来嘴角画出两个圆弧。刘小艾说那就不要了。女孩突然横眉立目，我已经打开包装，你说不要就不要？刘小艾抗议，你太不讲理了吧？我劝刘小艾不要吵，欲拽刘小艾离开。还没出门，几个光头后生冲进来——似乎他们就在门口候着，进门那阵儿还真没发觉——一个抓了刘小艾，两个扭了我，威胁再敢捣乱，就让我们爬着出去。我明白进了黑店，示意刘小艾忍了，让她掏钱。赵小川抓其中一个后生的腿，被狠狠搡开。赵小川弹到墙角，哎呀一声，缩在地上不再动弹。刘小艾喊声小川，撞开抓他的后生扑过去，抓我的后生也吓坏了，松开手。我掐赵小川的人中，赵小川没有任何反应。我抱起小川就往外跑。那几个后生忽然消失了，卖雨伞的女孩好像也没了影儿。我抱着小川跑出巷子，想拦出租，突然听到赵小川轻声唤我。我低下头，赵小川已经睁开眼睛，很冷静地吩咐。是的，吩咐。爸，我没事，抱着我往前走！我愣怔数秒，突然明白过来。走出几十米，放下小川。刘小艾趺撞着追上来，赵小川咧开嘴，妈，我好好的呢。为了证实，他还就地转了一圈。没料赵小川有这样的计谋，他装得可真像，把我和刘小艾吓坏了。没被迫买伞，没当冤大头，都是赵小川的功劳。不只如此，住进旅店后，赵小川掏出一张五十元的票子。原来抓那个男人腿的同时，顺便掏了那人的兜子。我沉下脸，刘小艾却不以为然，骂，活该那帮孙子。我也就没说别的。那几个家伙确实可恶，赵小川也是偶尔为之。那天晚上，我们用五十块钱好好吃了一顿。

如果有什么征兆，这便是了。但我没意识到，不，根本没往别的方面想。那时，赵小川的智力已经在我和刘小艾之上，当然令人惊喜。若你们的孩子是神童，难道不高兴吗？后来又发生了一些事，我不一一罗列了。我没有丝毫不安，相反，赵小川的不凡举动每每让临近窒息的我突然呼吸到大口新鲜空气。我盼望着奇迹发生，如一道闪电一声惊雷，赵小川的个头儿突然注入神力，或者遇到一位得道高僧，稍加点化，压在他肩头的魔影便如风消散。我听过各种各样的传说，常把这些和赵小川联系在一起。自然，庙宇进过，头也磕过，香更是没少上，心虔诚到什么程度，只有我自个儿清楚。但是奇迹并没有发生，不过是梦幻而已。赵小川的身高沉睡不醒。

个头不长，但赵小川不再是孩子了。嗓音变粗了，喉结突出来，上唇长出黑须。饭量也日益增大，大到不可思议的程度，比我和刘小艾加起来吃得还多。而且消化快，傍晚吃过，睡觉前就饿了。有时饿得睡不着，刘小艾就给他加夜宵。我很是奇怪，赵小川吃进那么多喝进那么多，都跑哪儿去了？他没长高也没变胖，倒是敦实了一些，但体形的宽度是合理的。还有他的目光喜欢在女孩脸上停留，有时候就焊住一样，转都不转。我想起过去的自己，但没赵小川这么胆大，做贼一样，偷偷瞄瞄，还心跳好半天。赵小川不避不让，不怕被发觉。某次在公交上，一个姑娘发现赵小川看她，笑笑，摸摸赵小川的头。如果她包里有糖，肯定会塞一粒给赵小川。她并不晓得赵小川馋的可不是她的零食。

是的，赵小川异于常人，从小便如此。虽然不免惊讶，大体上还能接受。不接受又能如何呢？若只是如此也就罢了。可，赵小川有更异常的地方……

在皮城趴了几日火车站，我租了一处民房。皮城的房租不贵，但对于捉襟见肘的我，并不是小数目。那几日，我四处寻房，刘小艾也没找见合适的活儿，我们的钱包基本是有出无进。若不是赵小川，或许我们真得喝西北风。赵小川把一张皱巴巴的百元大钞交给刘小艾那一刻，我和刘小艾同时瞪大眼。我问他哪儿来的，赵小川略显得意，反正不是偷的也不是抢的，你们别问了。不问怎么可以？我想起在南昌的情景，心中怀疑，逼住他，让他交代。刘小艾抓住赵小川的肩摇了几摇，小川，你可别吓妈呀。赵小川没有丝毫紧张和慌乱，甩开刘小艾，镇定自若地踱了几步，说是赢的。原来车站外有许多摆残棋的，赵小川赢了那些人。赵小川会下棋，但没见他与高手对弈过，怎会有这样的棋艺？我和刘小艾都不相信，可想到他的超凡，又觉得有一点点可能。赵小川说，就这样，你们爱信不信。第二日，我和刘小艾尾随赵小川，证实了赵小川没有撒谎，他的钱确实是赢来的。当然，到现在我也不认为赵小川的棋艺有多高，那些摆残局的人输给赵小川，肯定是没把赵小川当回事。

赵小川是不是很奇？不，我说的异和奇还不是这个。

住进民房的傍晚，收拾妥当，我领赵小川去澡堂洗澡。好久没洗过澡，感觉都要酸了。自然不会去那种洗浴中心，是两元一位的大众澡堂。赵小川免门票，一如他坐公交。房间不大，六七个水龙头。我和小川站在相邻的水龙头下，我打算淋一会儿给赵小川好好搓搓。

有人惊呼一声，我没在意。随后，另外一个声音叫，妈呀，真厉害！我不知发生了什么，但下意识地感觉可能与赵小川有关。我抹抹脸，睁开眼睛。几个人都不洗了，只顾盯着赵小川。我顺着他们的目光望去……我以为自己看错了，蹲在地上。我与赵小川基本平着了，看得清清楚楚。赵小川的阳具骄傲地勃挺着，石杵一般。我目瞪口呆。奔波加上忽视，已经许久没见过赵小川赤裸的身体，绝没有想到，他个子不长，阳物却是不可一世，与身体反差这样大这样不协调。与赵小川比起来，那几个人包括我在内，实在是羞愧。也难怪他们惊呼。难道他吃进去喝进去那些东西都跑这上面了？

赵小川并不理会他人的目光与惊呼。他仰头闭目，享受着沐浴的舒适。那几个人惊叹一阵，都掉身背对着赵小川。我仍然蹲在那儿，盯着赵小川，盯着他的阳具。不知如何形容当时的感觉，我有些怕，又不是纯粹的怕。我像被那根石杵击晕了，脑里飞快闪过一些杂乱的念头，想抓，却怎么也抓不住。

6

那几日，我不知自己怎么熬过来的。我没敢对刘小艾说，不知如何开口。我想带小川看医生，他是不是患了什么病。可数年的奔波，我已经患上求医恐惧症，若真的是病，该怎么着呢，再一趟趟往医院跑吗？老天，还不如把我的脑袋割了。

拖了些日子，没发现赵小川有什么症状，我慢慢认定，任何罕见对于赵小川都是正常的。他的许多异常在我眼里早已变得平常。没必要大惊小怪杞人忧天，习惯了就好。

刘小艾干活的地方远，早上去傍晚回，中午自己带饭，我自由一些，照顾赵小川的任务自然是我。我没有把自己搞得脱不开身，也是为了照顾赵小川。其实，赵小川并不需要照顾，他个子不长，但与成人没什么区别。我不过负责做早中两顿饭，晚饭留给刘小艾。我曾想把赵小川送进学校，他那么聪明，不念书怪可惜的。可赵小川对学校已经生出厌恶，说什么也不去。我没强迫他，再者也是担心，他乐意怎样就怎样吧。我对赵小川有愧疚感，随着他年龄的增长，愧疚与日俱增，如灰尘聚在我身体的隐秘角落，挥之不去。这不是我的错，我也劝解自己，但这样的劝导不但没有减轻愧疚，反有被剐割的疼痛。可能正是由于这些原因，我没违拗小川。

起初赵小川挺省心的。吃过早饭，他便坐公交去火车站，中午基本按时回来。他每早吃两个煎饼，每个煎饼放两颗鸡蛋一根火腿肠，就这样也仅能撑到中午。午餐吃得不比早餐少，一锅米饭，我铲一碗，剩下的包括锅底的渣，都吃得干干净净。买馒头我从来要二斤，一斤五个，二斤十个，我吃俩他吃八个。如果你们看到赵小川吃饭的样子，肯定会惊着。他一次抓两个，用力一捏，两个大馒头转眼成了面丸，他一口就能咬掉半个。当然，我不觉得吃惊，习惯了嘛。午饭后，他睡一觉，下午，他不去火车站，在附近街上溜达。渐渐混熟了脸，赵小川加入聊天的行列，也有下闲棋的，赵小川不怎么参与，他只对赢钱的对弈感兴趣。别人喊他小矮人，赵小川也能接受了。嗨，我有名字呢，我叫赵小川，他对他们说。但他的强调不起作用，或者只起反作用，他们故意提高声音喊他小矮人。赵小川没在袖子里揣刀或凿子什么的，顶多说，你们欠抽。他的回应常常激起大片大片的笑声。他由着他们叫，他们反而叫得少了。

赵小川每天有进项，有时几十有时上百。开始他回来就交给我，后来自个儿装了。我和刘小艾并不指望赵小川挣多少钱，因此也不在意。皮城火车站外摆残棋的有十几号，自从赵小川参与其中，残棋摊位日渐稀少，后来只剩下四五个人。那几个人领教过小矮人的厉害，不再和他对弈。赵小川早已摸清摆残棋的门道，他变成他们中的一员。挣钱反比先前难了，没有挑战，意味着没有收入。那天，一个剃着阴阳头的青皮去收钱，赵小川才知道，摆残棋不用交税，却要给一个叫三爷的交保护费。赵小川不交，他没耍横，只说刚弄，还没挣上钱。青皮拍拍赵小川的脸，说一把能捏出他的骨头渣来。赵小川自我作践，说我一个小矮人，你们用得着费这份心思？青皮说正因为你是小矮人，才对你客气，别人这么啰唆，早让老子踹飞了。赵小川咬定没钱，一分还没挣到呢。他有些怵，轻易屈服又不甘。毕竟两人的个头儿悬殊，可能觉得青皮会放过他。他错估了形势。青皮点支烟，吸了几口，赵小川刚说这烟不赖，脑袋上就挨了一脚。青皮一顿猛踹，完后并没有马上走开，直到吸完烟，把烟头丢到地上狠狠踩碎，说明天别让我看到你，扬长而去。

有人报了警，赵小川被送往医院。我赶过去，几乎认不出他了。赵小川面目青肿，两个手背也全是瘀青。我不敢想象，若不是他死死护着头，会是什么结果。我抓着赵小川的手，眼泪狂涌，泣不成声。赵小川安慰我，没事的，没有马蜂蜇得疼。童年时，他被马蜂蜇过。他如此说，我越发号哭起来。

刘小艾请了假照顾赵小川，我则一趟趟往车站派出所跑。我要求查办青皮。虽然没人做证——那几个摆残棋的都哑了，但赵小川被暴打成这样是铁的证据。好几天过去，警察说，寻不见青皮，寻见青皮自会告知我。老实说，警察态度不错，每天大大小小那么多案件，也够烦了。但只是态度好有什么用？我要的是结果。有一次，我没忍住，几乎在咆哮了，警察仍没与我计较，只是再次教育我有些耐心。后来，终于有一个摆残棋的人说话，但只是对我耳语。他说火车站这一带是三爷的地盘，三爷不穿警服，但比警察牛几百倍。所长是三爷疏通关系才当上的。我明白为什么逮不住青皮了。

我只好认命。认命，这是我的药我的法宝。只要认命，什么都可以解决。

赵小川在医院躺了三天，在家养了半个月，又可以出门了。我暗自庆幸，赵小川只是皮外伤，没伤着骨头。我不让赵小川再去摆残棋，赵小川没坚持，很响地吹了声口哨。

赵小川仍是吃过早饭出门，中午回家。他学会了上网，多半时日要么泡在网吧，要么游戏厅。上网打游戏都得花钱，赵小川每次出门都要钱，我极不痛快。赵小川日常的开销比我和刘小艾加起来还多，日子本已紧张，再供他上网打游戏，真有些吃不消。可想到赵小川受那么多罪，又刚挨一顿暴打，我也就忍了。

没多久，赵小川便“自食其力”了。玩游戏居然也能挣钱，这是我没想到的。赵小川也没想到吧，否则就不去火车站摆残棋了。而且玩游戏挣得还多，刘小艾过生日那天，赵小川送她一条金项链，弄得刘小艾半夜还抹眼泪。我很惭愧，这么多年，没给刘小艾买过任何首饰。倒是买过一个发卡，还是结婚前买的。我们的儿子终于……出息了。不过，我心里挺发虚的，玩游戏毕竟不是正经行当，但对于一个身高不足一米二的男人来说，哪有正经饭碗给他备着呢？有去处有玩伴，还能弄几个零花钱，这其实就是赵小川的天堂。

赵小川的生活不像过去那么规律，中午很少回来，自个儿解决肚子问题。晚上倒是回的，但越来越晚，那天我和刘小艾快睡了，也没等到他。我沉不住气，跑出去寻。刘小艾也要跟，我没让。半路遇上赵小川。他抓一大把羊肉串，边走边吃。我责备他，赵小川腾出手拍拍我的臂，说，我又不是小孩子，你们睡你们的。那声调那语气连同做派，我很熟悉，又十分陌生。赵小川我行我素，到后来常常夜不归宿。我和刘小艾渐渐习惯，最久的一次赵小川两晚未归。习惯，多么像慢性毒药啊。是的，赵小川已经不是小孩子，我们不能紧紧抓在手里。就连他抽烟，我口头反对，心里却为他开脱，别人可以抽，他为什么不可以？他也是男人，虽然是小男人。我没有放纵放任他的意思，只是觉得，他可以有自己的选择。

这样的光景持续了大半年，赵小川再遭不测。他被扔出游戏厅，并且威胁不准再踏进半步，否则就剁了他的脚。赵小川从剪得整整齐齐的灌木丛爬起来，一瘸一拐地离开。脸上划出好几道伤，耳颈处也破了。他妈的，我早晚烧了这破地儿。赵小川咬牙切齿，双目燃烧着仇恨的火焰。那是男人的火焰。

我害怕了，生怕他干出什么极端的事。跟踪赵小川几日，还好，他只是在街上没有目的地转，经过游戏厅门口，停停便走开。这么下去肯定不行，还是要找个像样的营生。营生倒是很多，哪些适合他呢？

那天，我经过某洗浴中心门口，看到海报的内容，心中一顿。晚饭后，我和赵小川聊天，说还没洗过桑拿，想去见识见识，问他去不去。赵小川应得挺痛快，行啊，我还有几个钱，请你吧。

我和赵小川洗完澡，上到二楼大厅休息。没有床，大厅四周是软沙发。八点半，舞蹈表演开始。所谓的舞蹈不过是衣着半露的女子搔首弄姿，挑逗客人。我偷窥赵小川，他嘴巴半张，目光直定定的。最后一个节目叫武大郎三戏潘金莲，是表演的高潮。那个小矮人戴着帽子，比赵小川胖，也笨了许多。所谓的戏就是小矮人撩潘金莲的裙子，要么往裙底钻。而潘金莲不止一个，十几个裸露女子全在场上。小矮人钻来钻去，也被推来推去，场上场下不时响起哄笑。我又觑赵小川，恰好他正望我，不，应该说是审视才对。也许不该带他来的，我的心一阵一阵缩着。每当看到小矮人被推来推去，就觉得那是我的小川。全场突然喝好，原来小矮人从裙底钻出来，手上抓了一个花裤头。潘金莲恼羞成怒，追打小矮人。我再看不下去，喊赵小川离开。赵小川纹丝不动。表演结束，客人们开始点牌，然后与被点的女子上三楼。赵小川仍然端坐着，我推他一下，他才慢吞吞起身。他没看我，仿佛我不存在。

一路无语。我心里愧着，想说什么却又不知从何说起。快到家门口了，赵小川立定。黑暗中，我看不清他的脸，但能想象出他的愤怒。我没把他当作包袱，只想给他寻个营生。可是，我不敢说。

等了好半天，赵小川却不开口。

我沉不住气了，说，其实——

赵小川打断我，你不用解释。

我说，你知道——

赵小川再次打断我，我明白。你想把我送进那里对不对？

我说，我以为……没想到……

赵小川说，我乐意去。

我愣住，甚至有些紧张，小川——

赵小川说，我真乐意去。

我急了，可是，我不能——

赵小川盯住我，虽然看不到他眼里的内容，但能感觉那里面混杂着嘲讽，我明白你是为我好。

我叹口气，算了，还是别去了。

赵小川提高声音，不容置疑，我想清楚了。能挣钱养活自己就行，别的无所谓。

我小心翼翼地，你真的愿意？

赵小川说，当然。

我被不安噬咬着，说，我和你妈商量商量。

赵小川冷冷的，有什么商量的？我又不是小孩子，我决定了。

他越这样说，我越不踏实，可……

就这么定了。赵小川拍拍我的臂——这是他的习惯性动作。然后撇下我，摇向黑暗中那一抹灯光。

7

赵小川被招进洗浴中心。吃住都在那里，自此很少回家。有那么几天，我不敢经过洗浴中心，即便经过，也低着头匆匆离开。我脑里晃动着小矮人钻裙子被推搡的景象，晃得脑门疼。我挺难过，可又想赵小川总有一天要独立生活，我和刘小艾不可能陪他一辈子，更不可能养他一辈子。滑稽演员虽算不上正经行当，总比摆残棋打游戏强，至少没人把他像小狗一样扔进灌木丛。愧疚像发霉的面饼，被我掰得粉碎。再经过那里，我会停下站一会儿，有一次还摸了摸淡黄色的花岗岩外墙。

两个月后，经理把我叫去。我的心扑扑乱跳，赵小川又被打了？进了经理室，看到赵小川好端端站着，我暗暗松口气。赵小川似乎瘦了些，但也没怎么瘦，可能是头发过长的缘故，脸缩了许多。他冲我点点头，并捋捋头发，沉稳笃定。

经理姓邱，曾给过我一张名片，赵小川来那天，也是他接待的。我满面堆笑，谦恭地喊声邱经理。邱经理板着脸，让我把赵小川领走。我急了，问赵小川干得不行吗？邱经理说我们养不起他，另谋高就吧。我说他是能吃点，可也不至于——邱经理打断我，能吃点？我肏，一个人顶五个人，如果光是能吃还好，你这个儿子……接着陈述赵小川的不是，抽烟烧了被子，表演时故意抓女孩的腿，给搓澡工的水杯里撒尿。我的额头开始冒汗，我知道赵小川干得出来，邱经理并没有夸大其词。

赵小川像个局外人，既不在乎邱经理罗列罪状，也不在意我屈身恳求。他低头拭着手指头，有时还吹一下，竟然挺潇洒的。

我说了一大堆好话，邱经理没有任何商量余地。辞就辞吧，有什么办法呢？我说邱经理这么为难，就不给你添麻烦了。问他能不能结了赵小川的工资，毕竟两个月呢，不能白干。邱经理哈一声，突然怪模怪样的。他翻开夹子，拿出一沓欠条。邱经理说扣掉工资，赵小川还欠三千五。

我有些傻，急问怎么回事。邱经理努努嘴，问你儿子。我瞪住赵小川，是你写的？我多么希望他说，不，不是我写的。但赵小川承认得干脆痛快。我加重声音，到底怎么回事？赵小川没有躲避，没有惊慌，说，没怎么回事，就是欠了。我怒不可遏，狠狠踹他一脚。赵小川倒下去，马上就爬起来，旁若无人地坐到沙发上。我欲再动作，邱经理制止了我，然后告诉我欠条的缘由。赵小川几乎把洗浴中心的女孩睡遍了，欠条是给那些女孩的。我抓起欠条一一翻看，果然债主都是女孩的名字，什么阿芳小青的。我说肯定是她们骗他写的，她们在哪里，我要找她们对质。邱经理沉下脸，写得明明白白，你看不清楚吗？这不是你撒野的地方！是的，这不是我撒野的地方，我没糊涂。我软下来，说就是想问问，求证一下。邱经理说她们都在睡觉，要问就问你儿子好啦。我瞟赵小川，他跷着二郎腿，像欣赏自导自演的戏。

邱经理问我自己把钱送过来还是派人跟我去取。我听出他话里的火药味。干这行当的都不是善碴儿。我说先带赵小川回，改日我一定送过来。邱经理说你回去拿钱，他留下，限你三日。三日后没信儿，别怪我不客气。

从洗浴中心出来，我还气呼呼的，谁让那个兔崽子胡来呢，活该他！可回到出租屋，我的气便消去大半。赵小川是我儿子，不能不管啊。当天晚上，我便赎出赵小川。

赵小川没有丝毫羞愧，仿佛所有的事与他无关，该吃吃该喝喝该睡睡。刘小艾心疼钱，但仍偏袒赵小川。说现在到处是陷阱，赵小川肯定被骗了，又说花就花点吧，咋也比挨打强吧。是的，那时刘小艾还偏袒赵小川。我没反驳，她心底生长着和我一样的东西。我明白。

我数日没搭理赵小川。某日吃过早饭，赵小川跟我要钱，说出去一趟。我问去哪里，他说随便转转，在家憋着太闷了。我慢腾腾掏出十块钱，赵小川夹了，笑一笑，不够，再给十块，当我是乞丐呀。我很不痛快，问他要钱干什么，赵小川说买盒烟抽。我说十块还不够买盒烟？那玩意儿不是什么好东西，还是少抽好。赵小川说万一有别的用处呢？花不了再还给你。烟嘛，喜欢就是好东西。去洗浴中心混两个月，赵小川除了练就嫖客本事，还变得油腔滑调。我盯他片刻，又摸出十块钱，你听好，这钱都是我和你妈辛辛苦苦赚来的。赵小川说，我知道，等我有了钱给你俩买套别墅。我哼一声，略带挖苦，我能等到那一天吗？赵小川拍拍我的臂，活得足够长，你就能等到。他的话似乎带有刻毒的意味，我突然浑身冰冷。这还是我的神童儿子吗？

赵小川没有找事做的意思，我也没催促他，一想到他在洗浴中心干的那些事，我便控制不住打摆子。也许是因为我送他去那里，心怀怨恨而报复我，也可能正中他下怀，我正好成全了他。毕竟他也是个男人，是个特殊的男人。无论怎样，我都不能让他再胡来。如果有可能，我和刘小艾卖血也要给他娶个老婆。最好能找个和他相仿的女矮人。可能性很小，但也有可能。在此之前，但愿赵小川能老老实实的。我没别的办法，不能把赵小川拴在身边，只能控制他的钱。

还好，赵小川没引发什么祸端。他迷上了公交，有时坐半天，有时坐一整天。不坐公交时，他如以往那样在街头与一帮人闲聊吹牛。晚上他也常出去，但午夜之前总会回来。

某天深夜，我和刘小艾没等到赵小川，却接到警察的电话。赵小川涉嫌嫖娼，被警察扣住。我匆匆赶过去。赵小川蹲在地上，越发矮小，表情和目光却平淡如水，没有任何畏缩痛悔。我抬抬脚又收回，担心一脚下去他会更矮，也可能是他瞬间冷硬的目光阻止了我。与邱经理的办公室不同，赵小川不是与已不相干的态度。我在他眼底读出执拗，心里一阵剧痛。

警察讲了经过，在街边的理发店抓到他的，他们不敢相信，可那个女孩承认了，不由得他们不信。赵小川咬定只是去那里逛逛，并没和女孩发生过关系。警察办了二十多年案子，首次碰到这样的奇事，如果赵小川老实承认，就放过他。我明白警察心里存着疑团，很想告诉他们，赵小川个子矮，却是个雄壮的男人。但不敢说，不知说出来会有什么后果。

我问赵小川，你干了什么？赵小川摊摊手，我什么也没干，去那里看看，看看也不行吗？谁规定看看是犯法的？既然你们认为理发店不能去，为什么不查封？赵小川不该这么咄咄逼人，这是什么地方啊？我急得跺脚，赵小川根本不理会。

警察呵斥他，说他态度恶劣，要严惩严办。赵小川越发镇定自若，他看着我，把你喊来，是想告诉你，别为我担心，今晚我可能回不去了，明晚也可能回不去。他们爱咋样咋样，我不怕，不怕！那口气，完全是无赖啊。我的心又是一阵刺痛。我的神童儿子，我耗费无数心血无数精力无数金钱的儿子！我不知说什么好，不知该为他的沉稳笃定庆幸还是该为他的自暴自弃难受。反正我是个累赘，到哪儿都是。他指指警察，就让我做他们的累赘好了。

耗了一个多小时，警察摆摆手，让我带走赵小川。或许，警察认为理发店的女孩说谎，也可能怕赵小川成为他们的累赘。

离开派出所，我问赵小川，你真去那里了？赵小川显然明白我想问什么，他没有正面回答，但说出来的话几乎刺穿了我，听说罚款要五千呢，今儿省下了。

8

某日，我坐公交去南站，半路上一位妇女突然哭嚷着钱包被偷了，喊司机停车。司机并没有停，旁边的乘客说刚才下车的两个后生分明是贼，也摸他来着，幸亏被他发现。贼跑远了，停车也追不上。那位妇女号啕大哭。

我突然想到赵小川。早该想到的，赵小川并非迷恋坐车。赵小川近日跟我要钱明显少了，花钱却很大方。我拍拍脑袋，真笨，怎么就没想到呢？

回来，我便询问赵小川。赵小川几乎跳起来，他指着自己的鼻尖，问是不是我的儿子。我说当然是。他说是就该护着他，没见过哪个父亲往儿子身上泼脏水。我说你甭装，我清楚呢。相比他之前的那些事，扒手于他实在是小菜一碟。他还有一个优势，容易被忽略。赵小川点了一支烟，不紧不慢地说，既然你认为我是贼，就去告发我。他知道我的软肋在哪儿。我又怒又痛，浑身战栗。赵小川似嫌不够，我是个累赘，把我甩掉，你们就清静了。我实在忍无可忍，狠狠掴他一掌。赵小川有些愣，大概没想到我会打他。数秒之后，赵小川忽然笑了，我是个没用的累赘，能让你出出气，也不枉生我一场，还气吗？我不说话，只是瞪着他。赵小川走到墙角，待回转身，手上竟然抓着菜刀，要是还生气，你就剁我吧。我胸口堵着麻团，双腿不能自控，神经质地颤抖。赵小川说，看来你下不去手，那我自己来。他把左手放在床栏，右手高高举起。菜刀发暗，锈迹斑斑，可被赵小川举起时，竟闪过凛冽的寒光。我踉跄一下，抓住赵小川的胳膊。也许赵小川仅仅是吓唬吓唬我，可万一……他是个矮人，再少几截指头，就是彻底的废人了。我不敢赌，更赌不起。小川，就当我没说还不行吗？我投降，我求饶。赵小川松了手，我知道你为我好，但也不能污辱我，什么屎盆子都往我头上扣，对不对？

第一次和赵小川正面交锋，我惨败。毕竟是我儿子，我不能由着他胡来。夜晚，我和刘小艾商量，让她辞了医院的活儿，每天跟着赵小川，这样赵小川就不会有机会干别的。刘小艾忧心忡忡，就算小川由着她跟，我一个人怎么养活她俩？她的担心是实情，我确实没那个能力。另外，赵小川怎么说也是成人了，严密看管终不是长久之道。商量半夜，觉得还是让他学一门技艺。

在石岗市场两侧各有一长溜修理摊位，电器、缝纫、钉鞋、修自行车、配钥匙等。我和赵小川商量——绝对是商量，而且刘小艾在场。赵小川不屑，那能挣几个钱？我克制住不快，说挣钱不多但每天都有收入，也不怎么累，活着，还得有个正当营生。刘小艾也在一旁敲边鼓，你有个正干[1]，妈就不用天天为你提心吊胆了。赵小川说我怕干不了。刘小艾说你脑袋瓜好使，肯定干得比别人好。赵小川总算点了头。

几天后，市场门口多了个配钥匙摊。上午，我帮赵小川摆开，黄昏替他收起。赵小川无师自通，像我预想的那样。生意不是很好，但确实每天有进项。开始就对赵小川说过，挣多少钱都是他自己的，我和刘小艾绝对不要。我在粮店兼着差，每次出入市场，都朝小川的摊位瞭瞭。可以这么说吧，他置于我的监视掌控之中。我暗自欣喜，身有一技，便可存活于世。如果成个家，赵小川这辈子也就全活了。他有缺陷，我不奢望他轰轰烈烈惊天动地，平安正当地活着就是最大的幸福，也是我和刘小艾最大的心愿。

那天午后，我看到赵小川蹲在红姐的鱼箱前拨拉鱼，突然一阵不安。不知赵小川说了什么，红姐哈哈大笑，肥胸往四个方向漫溢。红姐四十几岁，不管年龄大的年龄小的，都叫她红姐。我第一次到市场就注意到她，实在太胖了，起码有二百斤。她胃口好，每次见到她，她的嘴都不闲着。据说红姐过去没这么胖，和男人离婚后，没节制饮食把她吹胀了。不过，红姐作为市场的名人并不是因为胖，而是她与男人那些故事。红姐来者不拒，不只市场，周围工地的男人也往她那儿跑。这些故事真真假假，左耳听右耳出，因为那与我没什么关系。现在不同，赵小川和她起码是熟识了。那又怎样呢？我不能阻止赵小川和他人交往，不能阻拦赵小川和他人说话。他是我儿子，不是囚徒。但我的担心也不是自寻烦恼。我想起邱经

[1] 正干，指正当营生。

理的话，你儿子人不大，却是十足的嫖客。

黄昏帮赵小川收摊，见旁边放了一条鱼，想他也许只是跟红姐买鱼，但还是明知故问，哪儿来的？赵小川很直接，说跟红姐买的。我没吱声。几天后，赵小川又买回一条。我说吃鱼费事，以后少买吧。赵小川说，我喜欢吃，反正我妈做。我欲言又止，赵小川瞧出来，直视着我。我索性直截了当，红姐名声不怎么好，少跟她来往。赵小川说，我买的是鱼，不是名声，她又不缺斤少两。我说，还是离远点儿好。赵小川反问，她是炸弹？声音不高，但是充满火药味。我怕说僵，改口，我也就是提个醒儿。赵小川说，我知道怎么做，你不用操这个闲心。

那天晚上，赵小川喝了十瓶啤酒。赵小川酒量大，不像我，一瓶啤酒脑袋就晕了。难以相信那么大的体积，怎么会装进十几斤啤酒？是的，他不只能吃还能喝。我没敢劝，生怕他赌气把剩下的酒全灌进去。他会那么做，他敢，也有量。

赵小川自此开始频繁往回拎鱼。

半个月后，我听到赵小川与红姐的传言。红姐与男人的故事不是秘密，也早已失去言说的兴趣，可赵小川不同，他是矮子。粮店老板给我说顺心话，他们是作践小川呢，就当没听见，让他们嚼去。我苦苦一笑，没作答。他若看到赵小川的下体，定会大吃一惊。

赵小川晚上出去，我悄悄跟在后面。赵小川在小卖部买了盒烟，便往菜市场走去。穿过空荡荡的市场，有一道几十米的坡，往左有一条巷子，顶头便是红姐的住处，我白天就打听清楚了。赵小川没有回头，走上缓坡，竟然吹起口哨。我在巷口驻足，待赵小川消失在尽头，大步赶过去。红姐住的是平房，院墙不高，顶端密密地插着玻璃碎片。我试着推推铁门，从里面反锁了。愠怒迅速包裹了我，虽然早有心理准备。我举手欲拍，想把赵小川拽出来。触到乌黑的铁门，突又缩回。我不确定能否拽回赵小川，更不知如何面对尴尬的场面。立了一会儿，缓缓离开。

我并没有远去，走出巷口，靠在电线杆上。约莫两小时，赵小川出来了。他没吹口哨，但哼着小曲。我喊声小川，赵小川怔了怔，嘿了一声，你在这儿干什么？并不等我回答，背着手走开。我没有感觉到他的不安，也没有感觉到他的羞耻，倒是我的脸有几分烫。

我追上去，你去找红姐了？我尽量小心翼翼地，也不知自己害怕什么。

赵小川没有马上回答，盯我一会儿，反问，你为什么跟踪我？

我说，我不是跟踪，我是——

赵小川打断，不是跟踪，那是什么？

我竟然有些慌，继而羞恼，本来我是想审讯，两句话不到，我反倒站到被告的位置。

赵小川说，你不会也是去找她吧，放心，我不会告诉我妈。

我再也忍不住，猛喝，小川！

赵小川左右瞅瞅，似乎被我镇住，但他的语气轻松自如，不知道的人还以为你要抢劫我呢，老爸，别这么凶好不好？

我揪住他的领子，攥了攥，又松掉。他被打过好多次了，我不能——我控制住情绪，冷声警告，你不能和红姐混。

赵小川问，和谁混？女明星吗？我倒想，可人家没一个看上我。红姐人挺好的。

我说，她是个烂女人，她和很多男人……

赵小川接过我的话，和很多男人上过床是不是？那又怎样？那是她的自由。

我恨铁不成钢，咬牙道，那些男人是臭狗屎，你也是吗？

赵小川说，我连臭狗屎都不是。然后丢下我径直走开。我两腿筛糠，一屁股坐下去。

我的跟踪与戳穿没能阻止赵小川和红姐来往。相反，成了助推器，赵小川竟开始在红姐那儿过夜。刘小艾终于知道了赵小川和红姐的事，天塌地陷般，这可怎么办呀？这可怎么办呀？羞死人了呀！我怕刘小艾闹出毛病，反过来劝慰她。小川已经是成人了，红姐就是比他年龄大点儿，没什么羞的。他这个样子，你觉得哪个女孩会跟他？女明星倒是好，可谁看得上咱小川呢？小川受了那么多罪，吃了那么多苦，人活一世图什么呢？随他去吧，只要他乐意。又不是杀人放火，没什么好担心的。刘小艾渐渐被我说服，不再失魂落魄，只是动不动就唉声叹气。

并不是所有的劝导都口是心非，更确切地讲，也是自我安慰。但这绝不意味着我认可赵小川和红姐的关系。绝不。红姐的背景太过复杂，我担心赵小川惹上祸事。

我又和赵小川谈过几次，赵小川要么冷着脸不回应，要么油嘴滑舌搪塞。我对他毫无办法。既然从赵小川这儿撬不开缝隙，就只有从红姐身上想办法。

某天傍晚，红姐收摊不久，我敲开她的门。红姐当然知道我是谁，她露出一丝惊讶，而后淡淡地说，进来吧。我闪身进去，她插上门，听见门闩咔嗒落下去，我突然有些慌。我暗骂自己熊包，该慌的是她啊，而不是我。

屋内陈设简单，一个立柜一个饭桌，饭桌后一排磨破边的棕色沙发。淡粉色门帘隔开里外间，里间自然是卧室，也是她和男人寻欢作乐的场所。我坐在沙发上，红姐坐在椅子上，钢管椅咯咯吱吱的。红姐问喝水不，我摇头。红姐抛给我一支烟，我犹豫一下，摸起来。我不是烟民，加之发慌，半天也没打着火机。红姐帮了我。抽了两口我就呛着了，连着咳嗽起来。红姐不说话，就那么盯着我。我不知怎么开口，是的，我害臊。红姐一声不响进了里屋，片刻，她说，进来吧。

我怔了怔，挑帘进了里屋。红姐坐在床沿，褂子已经脱掉，正撩背心。她粉白的腹肌重重叠叠地挤在一起，如千层饼。我的脑袋登时涨大，喝喊，你这是干什么？红姐说，来我这儿的男人只有一个目的，用不着害羞。我大嚷，你他妈给我穿上！我的暴怒可能让红姐意外，她不解地看着我。我转过身，我是赵小川的父亲，是为他来的，赶快穿上！

我转过去，她已经把褂子穿上，仍旧坐在床沿。我冷着脸，我是小川的父亲。她说我知道。我说我知道小川来过，顿顿又说，过去的就算了，以后不要……他还是个孩子。红姐说，他二十四岁了。我叫，二十四岁他也是孩子。红姐摇头，不，他是男人。我骂，你真不要脸。红姐并不生气，是，我不要脸，我喜欢男人。我挥舞着胳膊，我他妈不管你的烂事，可你不能和小川……红姐没有丝毫退缩，她努努嘴，外屋有菜刀，有水果刀，你可以杀了我，但你没有权利干涉我。我没勾引他，是他自个儿来的。所有的男人都是自己找上来的。

我不是来杀人，红姐当然明白。红姐的话再次激起我的愤怒，我破口大骂。我在叫嚣中杀了她一千次剐了她一万次。但红姐神色平静，似乎我辱骂的是另外一个人。她不再看我，直到我住嘴，她的眼皮才翻起来，说我累了就先歇歇，她该做饭了。

我突然就泄了气。她的脸已经修炼得刀枪不入。我问，你能不能不理他？虽然我瞪着眼，可口吻已经露出乞求。红姐说，不能，除非我死掉，我不可能不理男人，更不可能不理赵小川。找过我的男人不够上百吧，也好几十了，没有哪个男人像小川那样……与小川比起来，那些根本就算不上男人，只是安了颗男人的脑袋，小川才是真正的男人。我知道你看不起我，我不要脸我是烂女人。我不是故意要这么烂的，我……我很少告诉人，今儿跟你实说吧，以前我不是这样，后来我患上失眠症，安眠药对我不起作用，有一次我吃掉一整瓶。我想吃死算了。可我没有死掉，反失眠得更加厉害。不怕你耻笑我，和男人睡觉我的失眠会好些，如果哪个男人够爷们儿，我会睡得死沉沉的。你以为我是图男人的钱吗？才不是呢。他们想给我就留下，不带钱也无所谓，就是这样，登门的男人也没我期盼的多，而且，几次之后他们就不愿意再来。他们害怕我，和我在一起，我会不停地要求他们和我做。没有哪个男人有这份功力，直到遇见小川……他是个矮子，可就是比那些男人强。我不知道自己为什么患上这该死的病，小川……他简直是上天派来拯救我的。我需要他，但绝不勾引他，其实他也需要我。你虽然是他父亲，但你不会明白。

我惊得嘴巴怕是都歪了。世上还有这种奇病？红姐不像胡扯，没这个必要。我想起赵小川没有止境的食欲，他和红姐多么相像啊。如果红姐是病，那赵小川也是病了？

我狼狈逃离。

9

我几次在医院门口徘徊，但最终打消念头。医生没治好赵小川，又怎么能治愈红姐——想来她的病更加古怪，说不定医生会把我像疯子一样赶出来。可是若她病着，就会抓着赵小川不放，虽然她说绝不勾引赵小川。赵小川对她很重要，是治疗她顽疾的良药。那么，她也是赵小川的药了？或许是。他们彼此需要，是一对奇怪的患者。但作为父亲，看到儿子和比他大近二十岁的女人胡搞，心就被针戳了似的，丝丝缕缕地痛。而且，内心深处，我始终不认为赵小川有病，因为医生也这么说。他不过是个矮子。

我一筹莫展，不知如何是好。赵小川我行我素，越来越滋润。早饭依然是两套煎饼，不同的是，还要给红姐带两套，标准一样，放两颗鸡蛋夹一根火腿。他总是提前预备好钱，抖一抖，丢进放钱的盒子，用意不言自明。中午他和红姐搭伙，就在市场边，卖油饼的说，两人一顿能吃五斤油饼，算他的大主顾。晚上，赵小川有时回来，有时吃住都在那边。若赵小川是累赘，我倒真可以松口气，可他不是。他是我儿子。

赵小川和红姐是很滑稽的一对，难免遭受嘲笑。赵小川还击过几次，那些人尝到赵小川的厉害，不再当面嚼舌头。不当面嚼并不意味着他们对赵小川和红姐的怪异组合视而不见。那一道道目光里挂满内容。赵小川可以我行我素充耳不闻，我不行，常被那些枝杈划得鲜血淋淋。

刘小艾的父亲就是这个时节找来的。没有提前告知，突然袭击。当然不是来看闺女，我和刘小艾心知肚明。

在皮城定居后，我和刘小艾分头回过村，留一个人照看赵小川。虽然赵小川已经不需要我和刘小艾在身边。没带赵小川回去过，彼此心照不宣。后来回去少了，回一趟老家花费挺多不说，每次回去赤脚医生三句话不离钱，也烦。赤脚医生曾是我和刘小艾的后援，那一笔笔账他都记着。我绝没有赖账的意思，只是实在没有能力一次还清。一个月前，赤脚医生说刘小方吃了官司，要我和刘小艾弄十万块钱回去。刘小方是刘小艾的弟弟。赤脚医生在刘小艾身上的工夫基本白费，但把儿子培养成了医生。他可是你亲弟弟啊，赤脚医生在电话里大叫。我不要利息，还本准行吧？

我和刘小艾勒紧脖子凑了三万块钱。赤脚医生没再急吼吼地打电话，我以为暂时应付过去了，没料他竟然寻到皮城，堵到家里。

我有些慌，毕竟欠人家的钱。可拿什么还呢？我和刘小艾没有积蓄，上次那三万中的一千块，还是跟粮店老板借的。看得出来，刘小艾比我还紧张，几次都没打着火。赵小川拎回一条鱼，我买了一块猪头肉，赤脚医生好这口。我搬回一筐啤酒，借口喝不惯，让赵小川陪赤脚医生喝。我不是喝不惯。我少喝一瓶，赵小川就能多喝一瓶。

一瓶啤酒下肚，赤脚医生绷着的脸略有些松动。两年没见，他的皱纹又添了不少，脸松下来，皱纹显得更深。他叹一口气，说灾难说来就来，防都防不住。那个人抬来的时候肯定不行了，若他在家就不给治了。恰巧他不在，刘小方没经验，输液不到二十分钟，那个人就过去了。那家人兴师动众，张口就要五十万。经过一番协商，降到三十万。三十万也不是小数目，他求爷爷告奶奶，才凑了二十七万，还缺三万。说到这儿，赤脚医生抬起头，额头挤满沟壑般的深纹，说刘小方关在看守所，再有三万就可以回家。赤脚医生没有嚷也没有叫，声音不高，但每个音儿都如锤子砸在我心上。

我和刘小艾悄悄交换眼神儿，结果被彼此眼底的哀愁撞开。

刘小艾说，爹，我不会不管。我也说，就是砸了骨头也要救刘小方出来。能怎么说呢？说钱是没有，爱怎么着怎么着吧，不能啊。别说他是咱老丈人，还是咱债主，就是普通关系也说不出那话。赤脚医生环顾一圈，说知道你们也难，但不管怎样，明天必须给我弄三万块钱。

赵小川不说话，从坐下去，嘴巴就没停止咀嚼。他不用杯，抓着酒瓶往嗓子里倒。赤脚医生很少动筷子，偶尔捏几粒花生。那一条鱼一大盘猪头肉几乎全被赵小川吃掉。我瞄瞄他油乎乎的嘴巴，暗骂，没心没肺的吃货。吃饱喝足，他站起来，招呼也没和赤脚医生打一个，只说走了。往常他还说我走了，那天连“我”都省略了。

赤脚医生已近半醉，问小川干什么去了，我说去看朋友。赤脚医生的心思显然也不在小川身上，只是哦一声。刘小艾劝他别喝了，他说我又没醉，几瓶啤酒你就心疼了？刘小艾咬咬嘴，示意我别再开了。

赤脚医生彻底醉了，鼻涕眼泪都跑出来。实话告诉你们，我治死过人，不止一次了，没有谁告过我，不但不让我赔钱，还喊我吃白席。他们清楚我不是故意的，我不是华佗，总有失手的时候。小方其实是冤枉的，他们把人抬来就是想讹诈，事故？去他妈的，人早就不行了。三十万，可是我一辈子的钱呀，我白他妈……干了。吐出最后两个字，赤脚医生一头扎在桌子上。

我和刘小艾一夜没睡，都要愁死了。三万块钱就像三座大山。天亮后，刘小艾强打精神，张罗着给赤脚医生做饭，他昨晚喝多了，几乎没怎么吃东西。赤脚医生的脸再次缩紧，说什么时候拿到钱他就吃饭。若我和刘小艾凑不到钱，他就饿死在这儿。他就差这么说了。

赵小川回来了。我以为他是回来吃早饭，告诉他自己解决。我窝着一肚子火，他若生事，正好发泄到他身上。但赵小川一声不吭，将手里的纸包拍在桌上。裹得不严实，报纸的两翼慢慢向外展开，一团粉红色的光扑出来。赤脚医生眼疾手快，一把搂过去。可能担心吧，又一摞一摞地抓起细瞅。赵小川说，三万，一分不少。赤脚医生又往怀里揽了揽，发着颤音，小川，你救了你舅舅，姥爷谢你了。

我呆着，刘小艾也傻傻的。赵小川要走，刘小艾才想起来，问，哪儿来的？赵小川头也不回，说和红姐借的。

送赤脚医生去车站的路上，他问小川干什么营生，随后猛夸一顿。我想到红姐，还有她不可思议的病，有心问问，拎到嘴边又咽回去。

因为那三万块钱，我在赵小川面前突然矮了许多。我不敢再劝赵小川离开红姐，除非马上还红姐那三万块钱。可凭我和刘小艾的能力……还是忍忍吧。每天出入菜市场，看到赵小川蹲在红姐的鱼池前，心里依然疙疙瘩瘩的。某日，我对赵小川说，我会还的。赵小川瞄瞄我，说不用。他轻慢的语气格外令我气恼。我说，我肯定会还她！赵小川说，当然，你现在还我也没意见。我立时哑了。赵小川知道怎么还击我。

那些疙瘩没有安静地窝着，而是不停地繁殖撕扯挤压，胀得我极其难受。我不能沉默，必须给红姐一个信号。不要说三万，就是五万十万，我也不会认可她和小川的关系。她有病，小川没有，不过矮了一些。一次经过她的摊儿，我蹲下去挑了一条鱼，递钱给她的同时，我说，那钱我会还你。红姐看着我，满脸困惑。我突然就醒过神儿。

我大步过去。赵小川正在配钥匙。他看见我了，但并不抬头。顾客拿到钥匙，有些疑惑，能行吗？赵小川嘿一声，不信你找我干什么？我天天在这儿，还怕我骗你？顾客走后，赵小川才将目光搭过来，嬉笑一声，丢钥匙了？我压低声音，那三万块钱哪儿来的？赵小川说，和红姐借的，怎么了？我往前凑凑，到底哪儿来的？赵小川瞅瞅我手里的鱼，哈一声，老爸，你这心思动得够大的，好吧，我抢的，我拦路抢劫，杀了三个人……怎么样，这答案行吗？你把警察喊过来，还是直接把我交给警察？我喝一声，够了！赵小川摊摊手，是你让我说的，说了你又生气。我痛心疾首，你就不能正经一点？赵小川马上板了脸，除了红姐，你认为谁还能帮我？我盯他一会儿，黑着脸离开。

后来回想，赵小川和红姐在一起也没什么不好。她需要一个像他这样的男人，而他也需要一个像她那样的女人。可当时，我实在受不了枝枝杈杈的目光，而且，总觉得赵小川应该有更好的归宿。即便不能娶妻，也比和红姐鬼混强。她会害了他。

可能我自私一些吧。但我是父亲，哪个父亲不盼望儿子好？

赵小川油盐不进，我只能从红姐身上动脑筋。既然那三万块钱不是她的——赵小川撒谎了，这个可以肯定。那么，我就不用顾忌那么多。

我去找了红姐，在她的屋子。那个过程……我不说了。你们饶了我吧，别让我说了。我很无耻，也很悲壮。我不知自己更无耻还是更悲壮。该说的说了，该做的做了。我记得红姐最后说的话：好吧。软绵绵的，像虚脱了。但，也可能是解脱呢。

我出来的时候，在巷口碰见赵小川。我和他对视片刻，各自闪开。

次日，红姐仍旧出摊。中午，她和赵小川吃掉三碗凉粉，五斤油饼。

几天后的夜晚，红姐割腕自杀。

10

你们肯定不是为了红姐来的对不对？没人在意她，除了赵小川。

红姐死后，赵小川变得暴躁易怒。他不再出摊儿，整日赖在床上，除了吃就是睡，食欲也更加疯狂，一顿饭至少吃三斤馒头，喝二十瓶啤酒。我和刘小艾挣那点儿钱，哪经得住他这么吃喝？饭也就罢了，不吃会饿，不能看着他饿死，酒可以不喝吧，没听说世上有馋酒馋死的。我决定断掉，不能由着他。那天他没瞅见酒，把盘碗摔到地上抗议。我说酒不会有了，我没钱。然后快步溜出门。我害怕赵小川大嚷大叫，他动不动就骂我凶手。站了一会儿，没听到任何动静，我感觉不对头，冲进去，他已经把手背戳红。我抱住他，感觉天都要塌了。

我妥协了。不敢违拗他，稍不如意，他就摔盘子砸碗，要么举刀自残。去过好几次急诊了。

这么下去肯定不行，我让刘小艾和他谈谈。他对刘小艾的态度还好些，起码没骂她是凶手。刘小艾说现在还供得起他，等供不起再说吧。我恶狠狠的，那咱们三个人就只有死路一条。刘小艾说，死就死吧，他不开心，我还不如死了呢。我突然就哑了。赵小川始终是刘小艾的心病，仿佛他不长个儿是她造成的，流了多少眼泪，只有天晓得。她不是故意纵容赵小川，她只是想弥补他。

赵小川如此沉沦颓废，拖垮的绝不只是我和刘小艾，还有他自己。刘小艾不肯说，我只好硬起头皮。其实，我也有愧疚感，有对小川的，也有对红姐的。没想到红姐会用那么极端的方式了断。

我说了没两个字，赵小川便射出来：凶手。张口就来，像吐痰一样。我下意识地抹抹脸，感觉脸上不怎么利落。我说，你真的不能——赵小川打断我，你对红姐说了什么？赵小川本来半仰着，跷着二郎腿，此刻他身子竖直，完全是审讯的架势。我知道终究绕不过去，目光没再游移，尽可能停在他脸上，没说什么，就是让她离开你。赵小川问，就这？我悄悄咽口唾沫，就这。赵小川大吼，你胡说！你杀了她，你就是凶手！我竭力忍着，你认为我是凶手，让警察抓我好了。这话显然激怒了赵小川，他抄起喝了一半的水杯，还好没砸向我。水杯在身后的墙角碎裂，有一片飞进我的后颈。凶手凶手，你就是凶手！赵小川狂躁地连声大喊，完后很无助地垂下头。我以为他哭了，但没看到眼泪。我说，再这么下去，你就毁掉了。赵小川抬起头，凶和怒不见了，满脸的鄙视。我说，我是你父亲。赵小川答得极快，我知道！我说，我是为你好。赵小川以更快的速度说，我明白！我说，我……赵小川掐断我，我什么都知道，什么都明白，这行了吧？你还有什么话要说吗？我的喉咙突然被勒紧。

我和赵小川谈话十多天后，刘小艾出事了。她擦玻璃从窗台摔下来。还好是二楼，只是摔折小腿。若是再高几层……不敢想象啊。其实，她的工作范围只是清扫地面和卫生间，并没有包括擦玻璃。刘小艾生怕医院辞退她，一些不归她的也抢着干。医院倒还人道，医治得很及时，并且免除全部医药费。

我在医院陪床一周，走的时候，给赵小川丢下两百块钱。那几天，我的心始终悬着。两百块钱自是不够，可若只是填肚子，也足够了。刘小艾当然不放心赵小川，催了好几次，我咬牙挺着，中途没有回去。一周，也足够长了。那天，安顿妥刘小艾，我想看看赵小川怎样了。一路忐忑，下了公交，一溜小跑回去。

赵小川不在屋里。我四处瞅瞅，没有吃饭的迹象。桌上的烟灰缸塞满烟头。我揭开暖水瓶盖子试了试，水尚有温度。赵小川没有离家。是啊，这是他的家，他不会离开。况且，他能去哪里？我长吁一口气，等了一会儿，没等到他，往桌上放了一百块钱，反身去了医院。

就在我回家的那几个小时，赵小川去医院看望了刘小艾。赵小川像故意和我捉迷藏。刘小艾从枕头底下抽出一个信封，说小川给她留下的。我数了数，两千块，不多不少。难怪刘小艾满目都是担忧。刘小艾压低声音，他哪儿来的钱？我笑笑，安慰她，别这么紧张，他还会抢劫啊。其实，我比刘小艾还紧张。

我又回去两趟，终于堵住赵小川。大白天呼呼大睡，他肯定熬夜了。被我摇醒，赵小川显得很恼火。我没兜圈子，问他钱哪儿来的。

赵小川极干脆，抢的。我噎个半死。赵小川打个哈欠，点了一支烟。我往后缩缩，他模糊了许多。小川，我听出自己的声音有些颤。赵小川斩断我，我没向公安告发你，你也不会告发我对不对？当然你告也可以，我无所谓，只要你不怕麻烦。完全是死猪不怕开水烫的样子。但又隐隐透着威胁。是的，威胁。我几乎是乞求了，你别这样，好不好？赵小川反问，这样是哪样？我说，咱得走正道。赵小川冷冰冰地盯着我，我还没尝过监狱的滋味，听说那里一日三餐都不要钱。我痛心道，就因为那个女人？赵小川断喝，别提她！我哆嗦一下。赵小川的脸鼓胀着，要破裂的样子。过了一会儿，复归平静，别老把我往坏里想，我倒是想当个恶人，可惜没那本事。我说，我是你父亲……赵小川皱皱眉，我从来没有忘记，父亲大人，我老大不小了，是不是该给我娶个女人呢？没女人，实在是难熬。我不知怎么接话，他又一次击败我。赵小川嬉皮笑脸的，我打光棍，你也不好受是不？光不好受不行，得落实到行动上，好歹弄个女的回来。我喜欢大闺女，弄不来大闺女，寡妇也行。这么说吧，聋的哑的瘸的，年龄大的年龄小的，只要跟我就行，我不挑。再熬下去我会疯掉。弄一个咋样？我哑着。我弄不来。赵小川的话麻绳一样一圈一圈缚着我，我不由自主地缩着。赵小川说，如果为我好，就给我带个女人回来。

我慢慢转身，还好，腿还能动。如果再说一会儿，我没准得爬着出去。

刘小艾出院了，但至少得静养三个月。我一边照顾刘小艾，一边干那点儿小生意，里里外外忙得团团乱转。刘小艾摔伤，赵小川最大的改变就是不再赖在床上等我侍候。他一天天地在外晃荡，有时两三天也不回家。省心许多也担心许多。他都干些什么？刘小艾这么问我的时候，我说爱干什么干什么，反正饿不死。至少有一半，我说的是心里话。与他在家摔盘子砸碗相比，我更愿意他在外晃荡。他正干当然好，破罐子破摔也随他去吧。我养不起他，只能由他。

我这么想也有点破罐子破摔的意思。不过，终究还是有些担忧。赵小川不是凡人，总要闹出些动静。

数日后的夜晚，我被派出所叫去。自然是赵小川的事，他在洗头房和按摩女胡搞，被警察当场抓个正着。人赃俱获，当然要罚款。我哪里有钱交罚款？不交赵小川就要被拘留。我说了十箩筐好话，天亮，派出所终于高抬贵手。两天后赵小川又被抓住。警察的脸像抹了锅底黑，我的央求不起任何作用。我横下心说，我不是他父亲，我没这个儿子，你们看着办好了。警察怪我耍赖皮。就算是吧，不耍赖皮怎么办？我离开不久，赵小川也出来了。没几天，赵小川又进去了，警察打电话，我说没空。警察爆了粗口，你怎么和你儿子一个德行？我说，你说对了，有什么样的老子就有什么样的儿子。赵小川被拘留两天，也就这样。赵小川习惯了，根本不当回事。我也习惯了，是不是很滑稽？

再一个夜晚，我接到警察的电话。心里一阵乱扑腾，我没敢耽搁，破天荒拦了出租车。

赵小川入门盗窃，被主人抓了现形。这和嫖娼的性质不同，警察不说我也明白。我想起赵小川带给赤脚医生的那三万块钱，那时，确切地说，很早他就开始了，只是我从来不敢正视。赵小川会配钥匙，自然能练就开锁的本事，他的脑子那么好使，只要他想，什么都不难。警察说皮城发生过多起入室盗窃案，但有个共同点，窃贼会把冰箱里的食物扫空，从现场的残渣分析，那些食物都是当场吃掉的。那夜，赵小川若不是贪吃冰箱里的烧鸡，也不会被发现。警察由此断定赵小川参与了皮城系列盗窃案，之所以说参与，他们觉得赵小川还有同伙。可赵小川嘴巴硬，既不承认在别处作案，更不承认有同伙，咬定饿了，只想找些吃的。警察不是傻子，岂能由赵小川搪塞？但赵小川这么特殊，他们似乎也没什么更好的办法撬他的嘴巴。他们询问我一些问题，并让我劝赵小川主动坦白，争取宽大处理。

我脑门上的青筋嘣嘣乱跳，紧张、害怕，还有一点儿不可告人的兴奋。我处在一个十字路口，站在警察一边还是站在赵小川一边？如果站在警察一边，我会就自己所知如实相告，赵小川定会有牢狱之灾，我可以乘机甩掉这个包袱。如果站在赵小川一边，可一推三不知，证据不充分，赵小川就不会有太多问题。毕竟，他是我儿子，我和刘小艾的儿子。

面临抉择，我左右为难。如果只是包袱，或只是儿子……可他是儿子和包袱的混合体。

我在审讯室见到赵小川，只有我和赵小川。但我知道，我和赵小川的一举一动一言一行，全部在警察的掌控中。

出乎我的意料，赵小川没有丝毫紧张和沮丧。他很平静。我嘴唇哆嗦着，不知如何开口。他突然说，给你添麻烦了。我的心一阵痛。他难道没意识到等待他的是什么？我想装出无情的样子，可我做不到。我哽咽道，小川呀，你闯下大祸了。赵小川愣了愣，走过来，拍拍我的肘部——他好久没拍我了。他咳一声，别为我担心，我不会有事的。我实在是饿极了，想找点吃的。相信我，我不是惯犯，皮城丢一百家，也跟我没关系。赵小川突然变得愤怒，凭什么让我承认那些案子是我干的？我一个侏儒，有那么大的本事吗？哼，我才不怕屎盆子呢，就是担心你和我妈受不了。不过，他们吃国家俸禄，都是正派人，最终会给我一个公道的说法，不会冤枉好人。

我明白赵小川是说给那些警察听，他知道他们在看在听。他这一通轰炸，也是阻止我问他。他很贼，很自信，可他的眼里分明有什么东西。不知道警察读懂他的眼神没有，我读懂了。我颤了颤，心底一片车轮碾过的声响。

11

我选择站在赵小川一边，自私占了上风。他是包袱，但更是我儿子。如果红姐尚在，他或许不至于这样，我心底埋着负疚感。

不过，赵小川还是被关了几个月。出来后，仍是无所事事地晃荡。他抽烟、喝酒、吹牛、赌博、搞女人，当然还盗窃，那是他的经济来源。半年之后，赵小川又进去了，原说关一年，半年不到就被放出来，用他的话说，那地方不待见他。牢狱生涯没给他留下阴影，反而成了他的资本。

就当没这个儿子好了，我这么劝刘小艾，刘小艾也这么劝我。也就是嘴上说说，不过是自欺欺人。赵小川是我儿子，这无法更改。他闯了祸，我就得一趟趟跑，哪怕是去签一个字。

我觉得日子和死胡同没什么不同，越走越堵，想看到尽头，又怕看到尽头。焦虑、失眠、疲惫不堪、心不在焉，干活总是出错。石岗路小学门口有三个人摊煎饼，我自认摊得最好，出过几次错后，顾客远离了我。粮店老板数落过我几次，终是辞退了我。他人不错，实在是我不争气吧。

我觉得没意思透了。吃没意思喝没意思睁开眼没意思睡大觉没意思，我好久没碰刘小艾了，有时刘小艾把脚伸过来，我不理不睬。我提不起兴趣，实在是没意思透了。

但是，与赵小川相关的事，依然躲不掉。我垂死的细胞只有赵小川能激活。很可悲是不？

那天晚上，赵小川带回一万块钱，我当然知道怎么来的，让他把脏东西拿走。赵小川不在意我的愠怒，说不能让你们白生我一场。刘小艾也劝，快送回去吧，要不又得坐牢。赵小川说，坐就坐，那地方没你们想象的那么差。我威胁如果他不拿走，我就烧掉。赵小川说随你。我扑过去抓起来，刘小艾死死抱住我。烧毁不过是宣泄一下愤怒，并不能改变什么。赵小川或许早就看穿我的虚弱，所以才会有恃无恐吧。

我辗转反侧，怎么也睡不着。外屋赵小川的鼾声倒是很响，这小子！有什么东西从脚底冒出来，由下而上，蹿至头顶。我躺不住了，爬起来跳下地，本来想推赵小川一把。站在床边，一个念头突然闪出来，几乎把自己吓着。终于稳住。如果赵小川少一只脚或少一只手，就不会再乱折腾。我和刘小艾也能省掉许多麻烦。赵小川没有防备，待我摸了刀凑近，他仍沉睡着。一刀下去，一了百了。我握刀的手先是微微颤抖，很快就抖得不能自控。他本就比别人矮了许多，若少一截腿少一截胳膊，就彻底成了废人。还有，凭我和刘小艾，怎么养得起他？

良久，我退回里屋。

我自杀过，被刘小艾及时发现，没死成。刘小艾哭得很伤心，边哭边骂我狠心。如果我不在了，所有的麻烦都得刘小艾一人承担。我想起结婚前对她的承诺，万分惭愧，向她保证不再这么自私。

后来，我想赵小川变成这样，与我们在皮城居住大有关系。我后悔当初的决定，为什么要留在皮城呢？当然，现在回去也不晚。回到宋庄，回到乡下，赵小川英雄无用武之地，自然会消停。我和刘小艾磨破嘴皮，赵小川终于同意回老家看看。回去就由不得他了，捆也要把他捆住。

多年没回，我几乎认不出村庄的样子。宋庄三分之二的人家都搬走了，剩下的就像报纸说的，都是老弱病残。我们的房已经塌了，只得在赤脚医生的空屋住了一晚。上次事故后，赤脚医生搬到县城，开了家中医诊所。中医不会出事故，赤脚医生一朝被蛇咬十年怕井绳。

第二天赵小川就闯了大祸。他去小卖部买烟，竟然和小卖部女主人达成性交易。说来她与我还沾点儿亲，小川该喊她姑姑。男主人本来去镇上进货，半路发现忘带手机，返回将女人和赵小川堵在床上。

丢人丢到宋庄，这丑永远抹不掉了。除了返回皮城，似乎没有别的选择。

我和刘小艾互相埋怨，而故事主角赵小川事不关己地欣赏着沿途的风景，每次列车员推着货车过来，他都要几样，在桌上堆出一个小山包。

日子没有任何变化。某天深夜，我大叫着坐起来。刘小艾问我做什么噩梦，我说没什么，是怕吓着她。赵小川要生吃我，我的胳膊像草绳，他一揪就断了。又一个夜晚，我梦见赵小川在吞吃皮城广场的雕像，他的牙齿极其锋利，咀嚼的声响传出老远。

每次醒来，我都像从水塘爬出来。我害怕，担忧，不知这是什么征兆，不知还会发生什么。我无力阻止，只能等待。我的儿子，小矮人，曾经的神童，他要掀起什么样的风浪呢？

你们能猜到吗？你们能告诉我吗？你们是不是也害怕了？

12

我说完了，你们动手吧。

双向道

1

孟灯接过那几百元钱，手掌被划割了似的，钻心地疼。数了一遍，又数一遍。秃子说，你可数对啊。孟灯再数一遍，一张一张举过头顶，对着如血的夕阳照了照。孟灯刚一点头，秃子便大步跨向羊圈，撞开栅栏。黑头羊惊了一跳，还未来得及逃，一条腿已经被秃子扯牢。黑头如一卷破行李，被秃子夹在腋下。孟灯嗨一声，慢着点，别弄疼它。秃子不理，径直把黑头羊丢到车上，然后回过头，它要是女人，我现在就肏了它，你信不信？秃子话糙理不糙，羊已经归他，他想怎么着与孟灯都再无关系。也许不出一日，秃子就把黑头杀了。只是看到秃子如此粗暴，孟灯不忍。孟灯挥挥手，让秃子赶快走。秃子却没有马上离开，走到墙角，解开裤带，滋得那个响。

听到脚步声，孟灯转过头，看见咬着雪糕的孟燕，心立刻悬起来。孟燕是被孟灯支走的，孟灯估摸着怎么也得半个钟头，没料她这么快就回来了。孟灯叫秃子赶快把车开走，秃子从孟灯惶急的声音听出内容，提了裤子往车边急迈。还是晚了。孟燕瞅见黑头羊，丢下雪糕飞奔过来。秃子开的是厢式小货车，但后挡板不高，孟燕一跃便跳到车上。秃子已经拉开车门，见状翻上去，抓住孟燕双肩，试图把孟燕拖离。孟燕力气大，秃子摔了两个跟头。羊是我的了，你这个傻子。秃子气急败坏地骂。孟燕不说话，紧紧抱着黑头羊。秃子再次拽住孟燕，冲孟灯嚷，你他妈别傻站着啊。孟灯醒过神儿，手脚忙乱地帮秃子拧住孟燕的胳膊。

孟灯和秃子合力把孟燕拖进院子，孟灯死死抱住孟燕的腰。孟燕紫着脸，哭叫，黑头，我的黑头啊。孟灯说，黑头就是串个门儿，过两天就回来了。孟燕欲往前挣，孟灯用更大的力气箍住她。秃子发动车的刹那，孟燕的脑袋突然往后磕，挣脱孟灯。扑出去两步，她便摔倒了。孟灯趁机压住她。孟燕拍着地大哭，黑头，我的黑头啊。闺女，明儿要进城了，咱不能带着黑头。闺女，你六年没见他，记不得他的模样了吧。闺女，他想忘掉咱呢，咱不能让他得逞。孟灯的嘴一瘪一瘪的，像被敲掉了牙。

孟燕哭声渐弱，仍间歇性地抽泣。孟灯挪开，她仍在地上趴着，眼神已经迷离。孟灯忙扶抱起她，孟燕的眼睛睁了睁，眯得更细了。孟燕本就嗜睡，疲劳睡得时间更久。孟灯把孟燕扶到炕上，轻轻盖了被子。孟燕沉睡，动作轻重都不会影响她，孟灯只是不忍。她脸上尚有泪痕，他叹口气，抹了抹，竟然黏糊糊的，像掺了胶。脖上戴的枣红色玉坠滑到外面，孟灯轻轻抚了抚，塞进去。那是孟燕叫哥的人给她的，那年孟燕十三，也可能十四岁。

孟灯站了一会儿，出了屋子。天已经暗了，门口光秃的柳树突然间肥厚许多。羊圈的栅门敞着，像一个看不到底的洞。黑头羊是孟燕的伴儿，她每天牵着黑头羊出入，有时她靠着墙就睡了，那种时刻，黑头羊就在旁边静静守着，像一位宽容的母亲。

再没有黑头羊守护孟燕，孟燕再听不到黑头羊的叫声了，孟灯一阵心痛。当初他抱回黑头羊并不是给孟燕，而是预备年底杀掉，因为孟鹰说年底要回来。可一年过去，又一年过去，黑头羊渐渐衰老，都掉牙了，孟鹰也没有影儿。去年年底，孟灯打了几次电话，孟鹰说除夕夜肯定回到村里，孟灯差点把黑头羊杀了。初一清早，孟灯在震耳的鞭炮声中给孟鹰打电话，孟鹰讲了没回去的缘由。孟鹰每次都有理由。孟鹰说清明要回来看看，可清明过了，孟灯连个电话都没等到。既然孟鹰不回来，孟灯就不客气了，他要带着孟燕到城里。不管孟鹰承认不承认，他都是他老子，孟燕是他妹子。如果孟鹰不让进门，他和孟燕就在屋外打地铺。黑头羊只能处理掉，虽然它是孟燕的伴儿。

坝上的四月寒意甚浓，特别是早晚，孟灯摸摸脸，冰凉冰凉的。可孟灯不想进屋，他固执地站着，跟自己较着劲儿。黑乌乌的柳树传来扑棱声，孟灯知道是那只夜鸟。光秃的枝丫就是鸟巢，栖息好多年了。真是死心眼儿，我要走了，孟灯默默地说。

孟灯打算次日就带孟燕上路。孟燕睡得死沉沉的，直到中午才醒。她仍惦记着黑头羊，冲孟灯又嚷又叫的。孟灯哄了好一会儿，并承诺给她买两瓶鱼罐头，她才起身梳头洗脸。

孟灯让孟燕老实待着，他这就给她买。小卖部在村南，也就十分钟路程。孟灯步履匆匆。顺利的话，赶到镇上，还能坐上到市里的客车。因此进了小卖部，孟灯没有废话，让吴老三拿两个豆豉鱼罐头。吴老三顿时眯了眼，呀，发财了？孟灯说，我把黑头羊卖了。吴老三说，就剩三罐了，你一并拿去吧，少收你一块钱。孟灯迟疑一下，点点头。

吴老三接过钱，像孟灯曾经做的那样，举过头顶照了照。孟灯已将三个罐头搂在怀里。吴老三突然扯住孟灯的胳膊，让孟灯换一张。孟灯愣了愣，问吴老三什么意思。吴老三蓦地冷了脸，麻雀还想啄鹞鹰的眼！孟灯急了，问吴老三凭什么说他的钱是假的。吴老三说我没说是假的，但你得换一张。但孟灯清楚，吴老三肯定认为是假的。他又掏出四张让吴老三看。吴老三笃定地说这四张没问题。孟灯嚷，都是秃子给的呀。吴老三的目光意味深长，孟鹰和孟燕不都叫你爹吗？孟灯脸色突变，抓起钱就走。吴老三冲孟灯喊，还要不要了？孟灯没理。

孟灯没回家，大步流星赶往赵庄。赵庄距宋庄十里左右，几十分钟就到了。秃子给钱，孟灯一一验过，那个过程他记得清清楚楚。磨蹭得有些久，秃子都不耐烦了。孟灯自觉没问题，可他识辨的能力毕竟不如吴老三。吴老三的手天天摸钱呢。吴老三认为是假的，就一定是假的。五百块钱倒有一张假币，秃子心够黑的。孟灯可是认识他的，虽然没有多么熟，他怎么可以……若不是孟燕要吃鱼罐头，孟灯就揣着假玩意儿上路了。

孟灯询问了两个人，便找到秃子家。宽宽正正五间砖瓦房。没看到秃子的厢式货车，八成收羊去了。孟灯拍几下门，又拍几下，没人应，便从墙头跳进去。院子西南角是羊圈，一只羊也没有。孟灯仍扒着栅栏瞅了好半天。

身后呀一声，孟灯惊了一跳。一个穿着酱紫色衣服的女人站在门口，略显紧张，大白天的，你要……干什么？孟灯忙着解释，我不是贼，我来找秃子。女人的脸顿时沉下去，那也不能翻墙头呀！！孟灯说，我看看黑头还在不在。女人被孟灯说愣了，你到底是找谁呀。孟灯说，就找秃子，也找黑头……黑头是我的羊，昨个儿卖给秃子了。女人宽步往里走，说秃子收羊去了，孟灯跟在身后，问几时回来。女人说没个准儿，问孟灯找秃子干什么。孟灯迟疑一下，说，说说话。女人走至屋门前，掏出钥匙正要开门，又突然回头，你还要跟进来呀？我可不认识你。孟灯咧咧嘴，我是宋庄的孟灯。女人往孟灯身后瞅了瞅，仿佛他藏着同伙。孟灯退后两步，连连摆手，我不进去，我在院里等。

孟灯先是蹲着，后来双脚酸涩麻木，就坐下去。女人出出进进，偶尔瞅瞅孟灯，但始终没和孟灯说过话。

黄昏时分，孟灯听见汽车的声响。可能坐的时间太久，腿不听使唤，结果重重摔倒，然后迅速爬起，一趔一趔往门口走。秃子推开院门，愣怔住，你怎么来了？孟灯不说话，越过秃子，扒住汽车厢板。车上六只羊，没有黑头。

孟灯问黑头哪儿去了，秃子问孟灯要干什么。孟灯说闺女舍不得，我不卖了。秃子嗤了一下，似乎在笑，但眉眼却如僵硬枯干的树枝。他说一早就送到收购站，现在早成了白条。孟灯喘息有些重，杀了？秃子说，又不是女人，我还留着睡啊？

孟灯半张着嘴，似乎被卡住了。秃子叫孟灯让开，他要把货车开进院。孟灯没理，秃子推孟灯一把。孟灯突然揪住秃子，死死地。秃子火了，嗨，嗨，你干什么？孟灯意识到下手重了，马上松开。杀就杀了吧，孟灯低语，早晚也要死。他摸出秃子给的那五百块钱，让秃子换几张。秃子问孟灯什么意思，孟灯说没什么意思，就是让秃子换一下，并特意强调这钱是秃子给他的。秃子明白过来，咋，有问题呀？孟灯说，有没有问题你心里明白。秃子骂，昨天你数了又数照了又照，咋？眼睛进油了？孟灯说，我的眼睛又不是验钞机。秃子扫扫孟灯手里的钱，谁能证明这钱就是我给你的？孟灯说，我能证明，就是你给的。秃子阴阴地盯孟灯一会儿，我他妈收了十多年羊，还没碰到你这种碴儿，想讹我？你他妈找错人了。孟灯没被秃子吓住，再次抓住秃子的胳膊，你得给我换。秃子冷声问，我要是不给换呢？孟灯说，我要到城里去，你不换，我就不能上路。秃子竟然笑了，你进不进城，和我有什么关系？孟灯说，若不是因为这个，我这会儿就在路上了。秃子口气带着嘲弄，我耽搁了你？……这么说，我的罪过大了？我没工夫和你废话，你告我去好了。孟灯拽着不让他动。秃子骂，妈的，放开！孟灯说，换一张，一张就行。孟灯的语气并不硬，相反，带出些恳求，但两只手抓得死死的。秃子似乎被孟灯触动了，抓过那张钞票，举着手机照了照，忽又丢给孟灯。秃子说这一百块钱绝不是他给孟灯的，你敢说没让别人摸过？

吴老三谢顶的脑袋突然闪过，孟灯被撞了似的，晃了几下。秃子捕到孟灯的神色，我说对了吧，这钱经过别人的手。孟灯说，就在我眼皮底下呢。秃子说，你的眼睛要那么厉害，早就成精了。孟灯回想买鱼罐头的过程，他似乎偏了偏头，看货架上的洗发水来着。袋装的，花花绿绿的一长串。孟燕特别喜欢那些鲜艳的袋子。难道就这么个工夫？秃子抽出胳膊，拍拍孟灯，别愣着了，你昨天看得那么仔细。孟灯没说话，脑里的泥浆缓慢地滑动着。秃子推他几下，孟灯退到远处，秃子把货车开进院子，关住大门。

孟灯在寂静的黑暗中傻立着。

羊的叫声甩进耳朵，孟灯突然惊醒。他还没这么久地把孟燕一个人丢在家里。孟灯大步流星往回赶。

电话是在路上打的，没拨通。孟灯再顾不得这些，在暗夜中狂奔起来。

2

那一整天，孟鹰都不怎么痛快。

清早和崔小莉闹了点别扭。也不是什么大事，不过是他买回的煎饼夹了脆皮，崔小莉虽不是公主，非山珍海味不吃，但一向挑剔。比如牛奶只喝三元的，小米只吃红谷的，咸菜只吃六必居。她吃煎饼从来不加脆皮。孟鹰两年前认识崔小莉，在她家住过百十次了，自然知道她的臭毛病。但那个早上，孟鹰心神不定，左顾右盼，走到楼梯口才想起忘了提醒摊贩。孟鹰看了下表，时间来不及了，就没重买。偶尔加一次也没什么要紧吧，因为崔小莉不接受脆皮，但是吃油条。脆皮和油条是一个家族，不过形状不同而已。

崔小莉展开煎饼，将碎开的脆皮一块一块挑出来，扔进垃圾袋。谁料煎饼里还夹了蛋壳，崔小莉放在孟鹰面前，目光带着额外的重量，什么也没说。待夹起第二片，她举得高高的，问，这是什么？没等孟鹰回应，崔小莉已经摔了筷子。你厌倦了吧？我知道就是，她冷冷地说。怎么会呢？我恨不得挖出自己的心……如果这么说，兴许什么事也没有，反正一次是哄两次也是哄，多费点唾沫罢了。这个花招对崔小莉还是蛮有效的。可那个早上，孟鹰也不知自己怎么了，反恶狠狠地吼出来。或许那才是他的真面目？他不想再伪装？崔小莉显然被孟鹰的粗暴惊着，整个人都直定定的。孟鹰的身体鼓胀着，不就几片蛋壳吗？还能毒死你？孟鹰期待崔小莉扑上来，两人干一架。可崔小莉定着，只是指指门。孟鹰抓起褂子离开，没有任何迟疑。

上午，孟鹰和主编又吵了一架。起因是一个字。孟鹰的稿子用的是“呆”，主编认为用“待”而不是“呆”。错一个字，孟鹰就要被扣掉五十块钱。问题不在于多少钱，他并没有错，孟鹰认为主编因过去的事有意刁难他。孟鹰翻开《现代汉语词典》第203页，让主编看“呆”的解释，两个字是可以通用的。可主编说即使有二十个选项，也要用第一选项，“待”是规范用语。主编被烟熏焦的牙齿东倒西歪，牙缝极宽，足以塞进手指，显然性生活过度，肾气不足。孟鹰想起那个来报社闹腾的白脸女人，骂他被女人整得变了态。主编瞬间血往上涌，脸像煮熟又冻硬的猪肝，指着孟鹰，嘴唇哆嗦得没有章法，终是什么也没说出来。孟鹰知道彻底闹翻对他没什么好处，毕竟主编是顶头上司，可那天情绪彻底失控。

是的，那一天孟鹰焦躁、不安。固然和崔小莉闹别扭有关，但他知道根由不在这儿。

孟鹰勒令自己不碰手机，可隔一阵子，他总是忍不住，生怕错过什么重要电话。当然不是等崔小莉。他提心吊胆，又隐隐地期待。

下班时，孟鹰再次查看手机。没有任何显示。孟鹰嘘了口气，把手机关掉了。

他等了整整一天，不是故意要躲。孟鹰安慰自己。

一个同事说有某烧烤城的券，问他去不去，孟鹰不假思索地点头。到了烧烤城，才知同事还喊了朋友，都是陌生面孔。雅间已经满了，他们坐在大厅一角。有些乱，空气里混合着复杂的气味。但这不影响喝酒。每个人都是大嗓门，比赛似的，声音一个比一个高。和同事的朋友怎么就较上了劲儿？孟鹰忘了。彼时，他已经喝下几瓶啤酒，晕晕乎乎的。后经同事劝和，他和同事的朋友互搂着脖子，各自灌下一瓶啤酒。

从烧烤城出来，孟鹰有些摇晃。同事问他行吗，他咧咧嘴——这一整天他的嘴巴第一次咧开，猛地合上出租车的门。

孟鹰没打算去崔小莉那儿，关车门那一刻还没有。司机问他去哪儿，他却报出崔小莉家的地址。可能绷了一整天的神经松弛了，也可能酒精的刺激让他想她了，抑或，他有些歉疚，崔小莉的毛病或习惯他又不是不知道，真不该冲她吼的。管它什么原因呢？反正，他要见她。他想见她。

崔小莉住六楼，孟鹰走到一半，停下来喘息片刻，顺便掏出钥匙。每次都这样，孟鹰早早就掏出钥匙。崔小莉起先不给孟鹰钥匙，说你来我肯定在的，要钥匙干什么？孟鹰知道她担心什么，只是笑笑。不过顺口说说，钥匙对他真的没什么用。后来崔小莉丢给他一把，或许是开门腻烦了。

孟鹰转了一下，没转动，知道崔小莉反锁了。她还真生气了？孟鹰笑笑，摁了门铃。她反锁过一次，几个月前。他摁了三分钟门铃，也可能五分钟，总之后来进了门。

可那个晚上，没等孟鹰摁第二下，门便开了。准确地说，是开门缝。

你找谁？崔小莉穿着睡衣，冷冰冰地问。

孟鹰欲抬脚，崔小莉使个眼色。她的嘴角夸张地扬着，要把他顶开的样子。孟鹰当然感觉到她的异常，可能喝了太多酒的缘故，他有些迟钝，没彻底读懂她目光中的暗示。

我……孟鹰话未说出口，一个男人出现在崔小莉身后，同样穿着睡衣。光头，细眼。

找错门了！崔小莉恶狠狠地，咣地合上门。

3

屋门大敞，孟燕没在家。

孟灯的心立刻缩紧，整个人突然被抽干水分，瞬间就小了一圈。他抹抹脑门的汗，扑出院门，大声呼叫。孟燕晚上不敢出门，孟灯也不让她出去，每天早早就把大门锁了。孟灯在脖子上抓了一把，那里不疼不痒，他突然就来那么一下。

转到小卖部，孟灯看见孟燕。她趴在柜台上，睡着了。孟燕脑袋偏着，一只手斜着伸出去，旁边是咬了半截的火腿肠。吴老三见孟灯的目光停在火腿肠上，就说，真是邪了，吃着吃着就睡着了。孟灯边问多少钱边翻兜，吴老三摇摇手，算了，我送她的。孟灯说，我有的是钱。随后拍在桌上。吴老三也不多言，抓过去，回找孟灯三块。孟灯死死盯着吴老三的手。吴老三干活少，手指细白。这双手或许会变魔术吧，孟灯想。

背孟燕回去的路上，孟灯走得很慢。孟燕睡得沉，就是拿鞭子抽，她怕也醒不过来。她的瞌睡没有规律，有时走着走着就睡过去。她脸上的伤多半是这么来的。跑过很多医院，但没有一家医院把孟燕脑里的瞌睡虫赶走。自然，她离不开孟灯的背。只是他越来越吃力，毕竟她不是当年那个小女孩了，已长成大姑娘，而他一年年衰老。

孟灯不担心孟燕睡过去，最久的一次她睡过两天一夜。只要睡在家里或他的背上，那就没有妨碍，孟灯该干什么干什么。背回屋，安顿妥当，孟灯也睡了。跑了一天，实在累了。只是他没睡多久，因为孟燕醒了。孟燕摇着他，说她都快饿昏了。孟灯不由得乐了，说你还昏得不够啊。他爬起来给孟燕做了碗揪面片。孟燕吃完，又嚷着要她的黑头。孟灯说黑头进城了，过几天咱进城把黑头领回来。孟燕似乎不相信，她偏着头——她思考总会偏头，你就骗我吧。若往常，孟灯会高兴得跳起来。她冷不丁冒出来超常的话，孟灯都要兴奋许久。但在那个夜晚，孟灯突然间泪眼婆娑。黑头是她唯一的伴儿，却被他卖了。可是他要带她到城里，不卖怎么行呢？孟灯说我怎么会骗你呢？黑头真的是进城了。哄了好一会儿，孟燕似乎信了。她四下寻她的花布。她要干针线活了，她会缝沙包，也会缝扣子。只要不嚷着要黑头，她干什么都行。

孟灯又困了一会儿，天刚刚放亮，便去找吴老三。把孟燕唯一的伴儿卖了，却弄了张假币，这让孟灯窝火，也让孟灯愤怒。小卖部还没开门，孟灯笼着袖子蹲在门口。孟灯自嘲地想，真是一天不如一天，活得快成一条狗了。他也风光过，那时只有别人在门口候他的份儿。他像秃子一样走村串户。没有哪户人家敢拿假钱糊弄他，当然，那时假的东西也不多。

孟灯听到脑后的声音，可能蹲得久了，脚有些麻，还没来得及起身，吴老三已经拉开门，孟灯向后仰倒，碰到了吴老三的腿。吴老三呀一声，叫，你这是干什么？孟灯没有马上答，他笨拙地爬起，嘶了口气，说，等你！吴老三骂，妈的，让你小子吓一大跳！买什么？孟灯摇摇头，吴老三没好气，那你堵我门口干什么？

孟灯的手伸进兜里，摸到假币，但并没有掏出来。我找过秃子了。

吴老三掏出烟，点了，重重吸了一口，慢悠悠地呼出来，问，抽不？

孟灯摇摇头。秃子不承认是他的。

吴老三嗤一声。仅仅是嗤了一声。

孟灯说，我数了三遍，又一张一张照了，不可能错吧？识辨假币的方法还是吴老三教给孟灯的。

吴老三的目光聚在孟灯脸上，你什么意思？

孟灯的心跳有些加快，但并没有躲避吴老三的目光，这咋说呢？

吴老三粗声粗气的，你别像个娘们儿绕来绕去的。

孟灯说，我一张一张照了。

吴老三说，你的意思是说，你收的是真的，我一摸，就变成假的了？

孟灯没吭声。

吴老三突然笑起来，笑得过急，呛着了，连咳数声。突然间就冷了脸，似乎有一把锋利的刀，齐齐整整把那串笑割下去。那你告我好了，我他妈还没戴过手铐呢。

孟灯张张嘴，却不知说什么。

吴老三说，你要缺钱，我给你一张，两张也行。我的钱也不是大风刮来的，可给你一张两张也伤不着筋骨。乡里乡亲的，你直说嘛。我知道你过得不容易，半路死了女人，拖个爱睡觉的闺女，只要你张嘴，我吴老三这点同情心还是有的。可你要是损我，就动错了心思。吴老三的声音冷下去。

孟灯说，我就是说说嘛。

吴老三把烟头丢在地上，一阵风刮过，烟头跳了几跳。吴老三大步过去，狠狠踩了一脚。

去秃子家的路上，孟灯想，或许不该找吴老三。没有证据证明吴老三做了手脚。况且，低头不见抬头见的，吴老三不至于为了一百块钱坑他。差点被秃子忽悠了，是秃子误导了他。这么想着，孟灯就更生秃子的气。不错，他是一张一张照了，但或许看走眼呢？吴老三与秃子，秃子坑他的可能更大一些。只能找秃子。

孟灯紧赶慢赶，还是没堵住秃子。秃子一大早就走了。秃子女人冷言冷语，孟灯没问出秃子的去向，只好折返。黄昏时分，他再次去找秃子，带着孟燕。夜晚不能把她一个人丢下，昨儿也是急昏了。

秃子的厢式货车停靠在门口，孟燕呜一声，蹿过去，跃进车厢。车里没羊，只有散落的羊粪。黑头，黑头，孟燕四下里叫着，仿佛黑头夹在哪个缝里，正跟她捉迷藏。孟灯说，黑头不在这儿，黑头进城了嘛！孟燕说，黑头上了车，我看见了。孟灯拽她一把，她抽扯几下，终是下了车。

进屋，孟燕指着秃子说，他抢走了我的黑头。孟灯怕孟燕做出惊人的举动，忙说，黑头坐他的车进城了，他没抢。孟燕不依不饶，就是他抢的。孟灯说，燕儿，听话，别人吃饭，不能大嚷大叫的。孟燕的目光这才落在方桌上。桌上摆了四盘菜，一盘锅巴山药饺子。孟燕说，饺子好香。孟灯说，咱刚吃过饭，还不饿呢。孟燕吸吸鼻子，饺子好香。秃子女人便夹了两个饺子给孟燕。孟灯抓住孟燕的手腕，你刚刚吃过饭呀。孟燕没再往前冲，但也没缩，看着饺子，恋恋不舍地。一直没吭声的秃子插话，不就两个饺子吗，你让她吃！孟灯松开手，孟燕抓起碗。

孟灯有些难堪，解释，她平时不这样。秃子已经喝了一会儿了，桌上竖着一个空啤酒瓶，另一瓶也喝下大半。他抓起，一口气灌下去，重重将空瓶砸在桌上。孟燕吓了一跳，有些惊慌地看看秃子，又看看孟灯。嘴巴停了一会儿，又慢慢咀嚼起来。

孟灯静默着，等待孟燕把饺子吃完。

秃子似乎忍不住了，问，白天就来过？

孟灯说，那钱……我没动。

秃子问，没去小卖部买东西？

孟灯说，去了，就在我眼皮底，我看得清清楚楚。那钱是你的。

秃子问，你一张一张照了，是不？

孟灯说，我是照了，可……

秃子打断他，你把钱装了没？

孟灯说，装是装了……

秃子的手突然扬起，凌空一劈，我不想跟你废话，你也别跟我磨牙。我的钱是真的，到你手里变成假的，那是你的问题，与我有什么关系！想讹我？你是不是想钱想疯了？

孟灯急了，我发毒誓，那钱就是你给我的。

秃子说，那你就去起诉我，好吧？秃子跳下地，抓起褂子要走。孟灯问秃子去哪里。秃子不耐烦，我去哪里，还用告诉你？孟灯抓住秃子的胳膊，你不能走！秃子有些气急败坏，怒冲冲地盯着孟灯，咋？你还想撕我？撕啊！猛一甩，孟灯的手松开。秃子走到门口又回头，我去打麻将，带你闺女过来？

孟灯没有跟着去，他不想带孟燕去那种地方。况且，孟燕已经有睡觉的迹象。孟灯拉了孟燕离开，走到一半孟燕就不行了，步子一点点慢下去。孟灯忙把她背起来，不然她会摔倒。

孟燕没摔倒，孟灯却绊了一跤。他栽倒，孟燕从他背上滑脱。他摸摸她的脸，生怕被石子硌破。再次背起，孟灯小心许多。夜长，路也不远，慢慢走吧。只是酣睡的孟燕比半醒时重了许多，走一段，孟灯就停下喘息一阵。就这样，进屋时他的背彻底湿透了。孟燕的颧骨还是磕破了，不怎么重，孟灯依然一阵心痛。还有，孟燕丢了一只鞋。不知什么时候掉的，天亮再去寻吧。

孟燕遭罪了，不该带她去的。孟灯暗暗自责。可把她一个人丢在家里又不放心，他能怎么办呢？

看着沉沉昏睡的孟燕，孟灯动了放弃的念头。五百元，倒有一张是假的，是有些憋屈，况且卖的是孟燕的伙伴黑头。但让孟燕跟着遭罪，那就不划算了。他心疼那一百块钱，更心疼孟燕。

孟灯不打算再去找秃子，确实说不清楚的。他要到城里去，见那个孟燕叫哥的人，那才是最重要的。想到孟鹰，一个奇异的念头突然冒出来。是呀是呀，这是老天在帮他呢。怎么早没想到呢？兴奋袭过，孟灯两腮微微颤着，像意外中了大奖。

4

孟鹰以为不快的一天会在夜晚，在酒后，在崔小莉的床上结束，哪想到夜晚才是狼狈的开始。孟鹰忘了自己是怎么逃离的，那情形更像逃窜。崔小莉卧室墙上有男人的照片。每次和崔小莉做爱，孟鹰都会瞟瞟墙上的光头。他没有心理障碍，相反，光头的注视让孟鹰更加勇猛疯狂。

可真正直面光头，尽管只是惊鸿一瞥，看得不是很清楚，孟鹰却败得一塌糊涂。他是崔小莉的合法丈夫，而孟鹰不过是个填空的。虽然崔小莉说他们早已名存实亡，但那一纸证明仍闪着锋利的光，不然崔小莉就不会那么惊恐。

半小时后，孟鹰闪进街头的大排档。他需要压压惊，整理整理脑子，需要把自己淹没在人群中。没有比大排档更适合的地方，喧哗嘈杂，却没有谁注意他，除了那个戴着无檐帽的服务生。孟鹰要了一瓶啤酒一盘毛豆。他没有吃的欲望，也没有喝的兴致，但东西是要点的，这是大排档的入场券。

崔小莉的丈夫在深圳做生意，第一次上床她就告诉他了。光头两三个月回来一趟，待个三五日。她和丈夫早就出了问题，但孟鹰才不管那么多呢。离异后，他和女人的交往很少超过三个月。孟鹰以为和崔小莉也就几个月的事，没想一来二往两年过去了。一度有过虚幻的感觉，他才是她的丈夫，而光头倒像匆匆过客。孟鹰没想过和崔小莉有结果，虽然她说早晚要离婚。他没有娶她的打算，当然，她也没许诺要嫁给他。他和她不过是互相填空。两年里，孟鹰大半时间住在崔小莉那儿，如果她丈夫回来，她会提前告知。

孟鹰混沌的脑子突然闪过一道光亮，忙掏出手机。开机的过程有些慢，孟鹰不由得性急，拍了几下。崔小莉的信息跳出来，还有许多个未接电话。是的，她发出指令，可他关机了。偏偏关机了，事情就这么巧，真他妈该死！还好没有硬闯，不然……孟鹰晃晃脑袋，不敢再想。

其实，他并不害怕光头男人，他担心的是影响崔小莉。不是她和光头的婚姻，不是她和光头的感情，她老早就告诉他了，那与他无关。他真正担心的是离婚时，她对财产的分割权。她虽然没有很直接地说过，但他能猜个大概。她没有主动提出离婚，就是因为这个。光头有多少钱，崔小莉也不是很清楚，就像她不清楚光头在深圳的生活。

孟鹰反复滑看着手机，期待着她发来某个信号，或直接骂他也好。等了很久，什么信息也没有。她没有时间。她和光头已经上床，毕竟他们还是夫妻。抑或，有另一种可能？孟鹰猛地打个冷战，甚至站起来，想返回去。服务生以为他要结账，孟鹰摆摆手又坐下去。总不能再去敲崔小莉的门吧。

孟鹰满脑子都是崔小莉和光头，几乎忽略了来电提醒中还有别的号码。待再次坐下才注意到。他的目光久久停驻。他下班时关掉手机，就是为了躲避这个电话。而他一早起来就心不在焉，也是因为这个号码。

号码的主人是劁匠，而不是孟灯。但孟灯就是劁匠，劁匠就是孟灯。孟鹰不是故意这么设置，那是事实，很多年人们就是这样叫的。有一次来电话，崔小莉恰好在旁边，问劁匠是谁。他说一个采访对象。崔小莉没问过他的家庭，从来没有，当然，即便问他也不会讲。他的过去是丢在角落已经发霉变硬的窝头，绝不会示人。无从说起，也没人会懂。

他要来了。孟鹰无法阻止他，就像他无法阻止孟鹰一样。孟鹰说我可能不在，我在的时候你再来。虽然孟鹰知道不会起什么作用，但还是这样说。而他也并不打算得到孟鹰的允诺，只说他要来。

根据时间推断，这个早上他该到了。从张家口到石城，只有这一趟火车，清早到石城。他到了，孟鹰还是要接的，虽然一万个不情愿。可是，为什么到晚上才给孟鹰打电话呢？

孟鹰犹豫着，是否回拨过去。这么晚了，他住在哪里？小旅店？火车站？他不会是一个人来的，孟鹰知道。太晚了，或许会惊着孟燕——孟鹰的心突然被削掉一半，一阵痉挛。孟鹰抓起啤酒瓶顶住胸口，还是回个电话合适，毕竟他是他名义上的父亲，尽管他和他之间很少用称谓，毕竟还有孟燕——孟鹰用了更大的力气，啤酒瓶几乎要顶进胸腔里去。

孟鹰拨了，但没拨通。他松了口气，这不怪他。他不是一个冷酷的人。很多时候，他强行给自己注射冷血针。

孟鹰从大排档站起，只有旁边桌上还有一对男女。孟鹰看了看时间，午夜已过。这就是说，孟鹰泥泞的一天终于结束了，新的一天即将开始。也许明天会好一点，但谁知道呢？孟鹰不抱期望，因为他的人生就是一个泥潭。他从未从那里走出来。他曾经以为走出来了，后来明白，那不过是时钟暂停的错觉。

5

孟燕十三岁那年，孟灯带她到省城。第一次坐火车，孟燕极其兴奋，手舞足蹈的。看到高耸的烟囱和直入云霄的白烟，她大叫着指给孟灯；看到对面奔驰的列车，她的嘴巴半张着，不时发出呼喊。火车钻隧道，孟燕吓着了，惊叫着往孟灯怀里钻。孟灯告诉她火车不过是钻洞，并没有掉进井里。但再钻，孟燕仍然紧张。孟灯抱着她，轻轻拍着她的后背。孟燕的依偎让他暖洋洋的，可想到她一生都需要被照顾，他的心突然坠入无底深渊。

孟燕的一惊一乍，扰得四座不得安宁，哪个人皱眉，孟灯都会赔个笑，生怕对方说出什么难听的话。孟燕可能也感觉到了，她脑子迟，可不是什么都不懂。孟灯想上厕所，让她老实坐着，他去去就来。孟燕不应，非要跟着。孟灯没办法，只好领着她往车厢连接处挤。到了厕所门口，孟燕非要跟他进去。在家里她不这样的，陌生的面孔让她紧张。孟灯不忍，采取了折中方案，敞着门，让她站在门口。她并不是一定要进去，而是怕他从她面前消失。就这么个工夫，孟燕靠着睡着了，嘴巴外还淌着口水。

孟燕是被孟灯背下火车的，出了站口，她醒过来。她扭着头，看着广场上来来往往的人，问孟灯是不是来了马戏团。孟灯不由得笑了，她以为人多就是赶集会。

哥哥在哪儿？孟燕的眼睛突然亮起来。孟灯愣住，好半天嘴巴才动了一下。平日，孟灯经常把“哥”往她耳里灌，她没有什么表情，仿佛哥不是一个人而是一阵风或一声鸟鸣。孟鹰几年没回来，孟灯对他的模样都模糊了，何况孟燕。孟灯之所以使劲灌，不是怕她忘了，更多是怕孟鹰忘了。他始终固执地感觉，他不停歇地提起，孟鹰就始终是这个家庭中的一员。

还记得你哥？孟灯追问。孟燕点点头。孟灯拍拍她的肩，仿佛要给她传送功力，见了他，嘴巴甜一点儿，嗯？只要说话就叫哥，懂了吗？孟燕点头，懂了，我又不是傻子。孟灯嘿嘿笑了，你当然不是傻子。孟灯周身的血液欢快地流淌着，孟燕的表现超出他的想象。毕竟她和孟鹰是一母所生——这个完全肯定，不会假，还是有感应的，她的神情就是最好的证明。

孟鹰偶尔把电话打到村部，孟灯问他住在哪里，孟鹰极其警惕，说只是租房，并不固定，什么时候有了固定住所再告诉他。转过一年，孟鹰仍然这么搪塞。孟灯清楚孟鹰是害怕他找过去，暗骂着白眼狼，却小心翼翼赔着笑，仿佛孟鹰就在对面站着。孟鹰疏忽了，还是轻视孟灯的智商？他每月寄给孟灯的钱，汇款单上都写着地址。

转了几趟公交，有一趟坐反了，中间吃了一顿饭，孟燕还睡了一小会儿，找到孟鹰工作的地方，已经是下午。门卫拦住孟灯和孟燕，拨了一个电话，过了一会儿，一个穿花格衬衫的男人朝他们走来。孟灯的目光在男人脸上停了停，跳开，男人后面又有一个人出来。直到穿花格衬衫的男人走到跟前，孟灯才认出来。孟灯慌了一下，没想到孟鹰变化这么大。之前孟鹰单薄瘦弱，脸上有两个深坑，营养不良的样子，而面前的孟鹰厚实了许多，坑不见了，脸也阔了。难怪一下没认出来。看来混得不错。他的眼神没变，沉郁，阴冷。即使就在跟前站着，也感觉遥不可及。

你们怎么来了？孟鹰声音不高，显然很恼火。

孟灯没回答，猛推孟燕一把，这就是你哥，叫哥，叫呀！孟燕不叫，惴惴的，直往孟灯身后躲。孟灯揪住她，你不是整天嚷着见哥吗，叫呀！

孟鹰的口气软下去，算了……吃饭了吗？

孟灯仍不回答，他红头涨脸的，催促孟燕叫哥。孟燕被捏出眼泪，但没有出声。她往后撤着，仿佛怀着天大的恐惧。

孟鹰拉开孟灯，揽过孟燕，没让她跌倒。没事的……不用怕，孟鹰的神色温和许多。孟燕往后撤着，跳到孟灯身边，和孟灯站在一起。只有这样她才感到安全。

孟灯讪讪地，似乎怕孟鹰难堪，解释，她一路都喊着哥呢。

孟鹰把孟灯和孟燕带到旅店，登记了房间。他自是意识到孟灯的目光，说，家里地方太小，住不开。反身出去给孟燕买了一堆零食。孟燕哪见过那么多吃的，目光都不知往哪儿搁了。她问，都是给我的？孟鹰难得地笑笑，都给你的，快吃吧。

一时无语，好半天只有孟燕撕裂塑料包装的声音和咀嚼。

你是……记者？孟灯终于找出话题。

孟鹰含糊地唔一声，有些冷淡。

孟灯奉承，你妈知道你这么有出息，肯定会高兴的。

这句话惹恼了孟鹰，他突然沉下脸，不许提她！你配吗？

孟鹰声音略高，孟燕吓着了，她停止咀嚼，看看孟灯又看看孟鹰。孟鹰冲她笑笑，问她好吃不好吃。孟燕嘴巴里显然还有东西，点头时抿着嘴。孟鹰说，那就好好吃。她又小心翼翼地嚼起来。

孟灯仍浸在此前的不安中，说，我是对不起她……他顿住，揣测着孟鹰的神情。

孟鹰沉了脸，钱收到了吗？

孟灯说收到了。孟鹰和孟灯的联系仅限于每月的汇款单，没有那张单子，他和他形同路人。

孟鹰问，那你来干什么？

孟灯扫扫孟燕，说，她想你了，嚷着要见你。

孟鹰目光硬硬的，几乎将他刺透。显然，这样的谎言孟鹰根本不屑戳穿。孟灯扭过头，似乎这样就可以躲开孟鹰的钢叉。但毫无用处，孟灯的脑袋、身体都被刺出无数窟窿。鲜血哗啦啦往外涌，孟灯感觉全身的血快要流干了。流干，他反而不害怕了。他接住孟鹰的目光，我还想给她看看，省里的医院大，说不定能治好呢。

孟鹰的目光忽地抖了一下。钢叉不见了，更像一张被撕裂的蛛网，摇曳，飘忽。还……那么嗜睡？声音软软的，带了些犹豫。

孟灯说，越来越能睡了，我怀疑那些瞌睡虫跟她一样在长。

孟鹰揉揉脑门，没说话。

次日，孟鹰带着孟灯和孟燕去人民医院，第三天又去了省三院。孟燕不是生来就这个样子，她聪明伶俐，说话走路都比同龄孩子早。四岁那年，孟燕掉入废弃的土豆窖，被杂土、柴火和棍棒掩埋，被救出来的时候奄奄一息。命是捡回来了，从此就变得迟钝、怯生、嗜睡。县里的医院市里的医院都看过，给出同样的结论。孟灯一度死了心。孟燕越长越大，孟灯又动了念头。听说医生都能给孕妇肚里的孩子做手术了，孟燕还让医生犯难吗？

两天下来，孟灯的心凉了许多。省里的医生也斗不过瞌睡虫。孟鹰还要带孟燕去省二院。说既然来一趟，就多检查检查。孟鹰没有敷衍也不厌嫌孟燕，这是唯一令孟灯欣慰的地方。

省二院照样没有奇迹。走出医院大门，孟灯狠狠拍自己一巴掌，声音很响，不止孟鹰和孟燕，周围的人都惊了一跳。

是不是那个巴掌的原因？当天晚上，孟鹰把孟灯和孟燕带回了家。

孟鹰早就结了婚，女儿都五岁了，孟灯是第一次见她们。女人的脸很白，比瓷器还白。他和孟燕进门，她蜻蜓点水般笑笑，便恢复瓷器的样子。她没说什么过分的话，但她的态度涂抹在脸上，还有她的眼睛，简直就是被冰雪覆盖的森林。那个叫丹丹的女孩倒是想和孟燕说话，但“瓷器”喝令她回房间画画，警告她完不成不许吃饭。孟燕痴痴地看着丹丹的房门，想跟进去但又不敢。孟灯当然明白，这么多年，她就是他身体的一部分。他在她膝上按了按，说，别去打扰人家。孟燕便垂下头，反反复复看自己的手指。

孟鹰在厨房帮“瓷器”做饭，他在讨好她。孟灯明白。很显然，“瓷器”是这个家的主，孟鹰不过是配角。孟灯担心吃过饭“瓷器”就会让他们父女滚蛋。孟鹰原本也不是很痛快，就是乐意，敢违拗“瓷器”吗？

出乎孟灯的预料，“瓷器”没有下逐客令。她和女儿进了房间就再没出来。孟鹰陪他坐了一会儿，只是坐着。他们之间基本没有话题。简单几句话也全是废话。睡觉时，孟鹰终于说出还算有用的话，明天他得去单位，下午会领孟灯和孟燕转。孟灯暗嘘一口气，想他必定得到了“瓷器”的授权。

孟灯终于睡了个踏实觉。

但第二天哪儿都没去成。孟燕来红了。第一次，在城里，孟鹰家。被褥染得不成样子。孟灯窘迫得手足无措。“瓷器”没挂脸，很平静地指挥孟鹰卷起来，扔掉。

6

睡到半晌午，孟鹰爬起来。和崔小莉在一起，即便是周末，孟鹰也会早起。并不仅仅是为了给崔小莉买早点。孟鹰觉得过日子，正常日子就该如此。昨天他实在睡晚了，后半夜还在等电话。明知等不到，但还是想等。迷糊着睡过去，那时天快亮了吧。

孟鹰想寻些吃的，可冰箱里只有两个土豆，不知什么年代买的，生的芽足有10厘米。孟鹰愣了一下，奇怪这么低的温度，土豆怎么会发芽。厨房也没什么东西，不过是些干木耳，其中一个袋里倒是装了些挂面，一大截露在外面，上面覆着厚厚的灰尘。不只挂面上，案板上地面上，甚至盘盘碗碗上，全是。孟鹰看着地上零乱的脚印，想不起自己多久没回来了。和崔小莉在一起，他想不起这个地方。这不是他的家，不过是临时栖身的客栈。

在孟鹰三十几年的人生中，他就没有过属于自己的家。之前的家是劁匠的，之后的家是前妻的，所以离开时他什么都不用带，赤条条来赤条条走。

孟鹰下楼买了两包方便面，吃过便坐下等。一个小时过去，手机依然哑着，崔小莉没有，劁匠也没有。崔小莉是可以抽空给他打个电话的，白天她有足够的时间避开光头，难道……孟鹰的心又颤了。就在他胡思乱想之际，崔小莉发来信息：等我电话。暂告平安，孟鹰长出一口气。

孟灯的电话始终没有来。午后，孟鹰沉不住气，拨过去。拨电话的同时，孟鹰起身检查了一下门窗，似乎担心被偷听。这种鬼祟大概是从婚后开始的，现在他又恢复单身，那种感觉仍如影随形。

电话通了，说了三分钟，也可能两分钟，孟鹰竟然出了一身汗。孟灯和孟燕仍在村里。本来要来的，但临时有事。关于一只羊，关于一张假币。孟灯絮絮叨叨的。但后面的话孟鹰没往心里去。孟灯和孟燕没来，他们不在这个城市，这就够了。至于缘由，那与孟鹰无关。

好吧，孟鹰说，我得出去了。

挂了。

终于挂了。

孟鹰在屋里转了一圈。又转了一圈。后背仍湿漉漉的。他觉得该干点儿什么，可不知该干什么。五六圈之后，他终于想起该去看看女儿。他有探视权，一月一次。距上次还不到一个月，但那有什么？毕竟他是父亲，女儿也并非犯人，没有那么严格的规定。孟鹰打前妻的电话，须得到她的许可。画画……钢琴……不等前妻罗列完，孟鹰便明白了答案。不行的，不可以的。孟鹰没恳求，更没和她争吵。她说不行那就不见呗。我想行吗？我想想总可以吧？他大声问。当然，她早已挂机。孟鹰不过是对漂浮在屋里的尘埃呼喊。

但女儿并没有在脑里停留，倒是孟灯的脸重又旋转起来，孟鹰一阵眩晕。

孟鹰苦笑着叹口气。事与愿违，一直如此。想维系的总会断掉，想挣脱的总咬着他不放。

孟灯第一次进城住了五天，那五天却毁了孟鹰苦心经营了六年的婚姻。

7

孟灯骑着自行车沿村庄转。白天孟燕敢独自在家，他可以放心寻找秃子。一百元假币，孟灯本来要放弃了，但那个念头冒出来，他改了主意。他必须追讨。他知道秃子不认账，他需要秃子不认，这样就可以一趟趟找秃子，就可以一次次给孟鹰打电话。他本来要去城里的，现在不去了。他的目的是见孟鹰，如果孟鹰回来，他为什么还要去那个破地方？孟灯去过一趟，伤透了心。要是孟鹰回来，他决不会去的，决不会带着孟燕一起去。

这么多年，孟灯一直等待孟鹰回来一趟，哪怕进门屁股没坐热就走也行。可孟鹰总有这样那样的借口。孟灯被驴踢了，半个月不能下地，孟鹰没回来。孟燕发高烧，差点烧哑，孟鹰没回来。孟灯点过一次柴垛，点着又后悔了，还好没烧到房子，可一半柴火烧没了。他知道孟鹰远在省城，看不到这些，可他需要孟鹰知道，他和孟燕几乎被烧死。孟燕怎么说也是他亲妹子，是一个娘胎出来的。但孟鹰的心像泰山的石头，不过多寄几百块钱。硬招拽不回他，孟灯就继续示好。孟灯像得不到宠爱的妃子，翘首期盼着皇帝的恩泽。可是，等来的除了失望还是失望。

是的，孟灯所有的招都用尽了，实在无计可施，才决定去城里。那个话只能当面说。先前不回来就不回来吧，现在不行，他必须见到孟鹰。

终于有了由头。孟灯想借这个事逼孟鹰回来。这是孟灯最后的战斗，为孟燕。无论胜算几何，都必须拼上全力。

转到第三个村庄，孟灯终于看到秃子的厢式货车，就在街中央。孟灯听到爆起的笑声。秃子和一帮闲人蹲在墙角。三四个妇女，两个老汉。孟灯知道秃子又在讲荤笑话，有妇女在场，秃子特别爱讲荤段子。在宋庄，秃子也讲。若孟燕不在身边，孟灯也会停下听他胡侃。

孟灯刹住车，那几个人才回过头，脸上的笑还未散尽。只有秃子黝黑的脸绷着。他就有这个本事，任凭别人笑破裤裆，他自个儿却绷成鼓皮。看到孟灯，秃子的鼓皮突然松动，仿佛突然间被捣了个窟窿，又怕别人窥见窟窿里的内容，他大步过来，抓住孟灯的车把，声音带着恼火，你怎么来了？

孟灯感觉到秃子的慌，反问，我怎么不能来？秃子压低声音，别影响我做生意。孟灯不买账，大声道，你给了我假钱，还不让我找你？

墙角那些人围过来。乡村没什么乐子，大大小小的吵架就算唱戏。就像一群蚊子，闻到血腥都会追过去。舔不到，闻闻也是好的。涉及钱，还是假钱，戏份就足。

孟灯有些得意，要的就是这个效果。他不回避秃子冷硬的目光，掏出那张假钱晃了晃，看见了吧，我卖一只羊，五百块钱，他倒给我一张假的，合着一条羊腿白给他了呀。有人想拿过去看看假钱究竟什么模样，孟灯晃了晃又装起来，算了吧，小心沾上晦气。

秃子咳了一声，指着孟灯说，宋庄的这个人，我是买了他一只羊，给了他五百块钱。

孟灯说，听见了吧，我若撒谎，就让我撞死。

秃子问，好，你当时数了几遍？

孟灯说，三遍。

秃子问，你对着日头照过没有？

孟灯说，照过。

秃子又问，你看清我才拉羊的，对不对？

孟灯说，我当时……

秃子截断他，你把钱装了对不对？

孟灯说，我是装……

秃子喝叫，那还说个屎呀。和尚头上的虱子明摆着，你是想讹我。我他妈不差这一百块钱，你要穷疯了，我给你一百、二百、三百都行，你要往我身上泼脏水，找错对象了。

秃子一通轰炸，落在孟灯脸上长长短短的目光已经带出鄙视。他们听出了理。孟灯再欲辩解，秃子转身向货车走去。孟灯好不容易找到他，刚刚一个回合，当然不会言败。他猛地抓起自行车丢进车厢。秃子不理会孟灯，迅速发动了车。孟灯抓着车挡板跑了几米，跃上车。街上的人一个个直了脖子，如果有可能，他们会追上来。

孟灯当然不会退缩。他不是给他们看，孟鹰才是他心中的观众。

因此，虽然被秃子颠得肠子都要绞在一起，孟灯并不在意。乡村的路本就坑坑洼洼，秃子显然窝着火，专拣破路走。他忽而加大油门，忽而急踩刹车。他分明想把孟灯甩下车。孟灯死死抓着车厢。有两次没抓牢，整个人被甩起来，但并没有落到车外。头肯定磕破了。他感觉到有液体流淌。孟灯不害怕，他要的就是这个效果，越惨烈越好。

秃子拐进荒滩。竟然拐进荒滩。秃子一定是气疯了。荒滩有明沟也有暗沟，货车栽进去很可能车毁人亡。孟灯不怕死，但现在不能死。脑里晃过孟燕那张嗜睡的脸，孟灯几乎咬破舌头。或许该跳下去。现在跳还不晚。可是，颠来颠去，没有跳的可能。

突然一个刹车，孟灯的头又撞了一下。

刹住了，只是车似乎仍在发抖。

孟灯抹抹脑门，确实在流血。秃子分明想谋杀他呀。孟灯定了定，不见秃子开车门，也听不到秃子说话。他扒着后车窗瞅瞅，只看见秃子一个侧影，像凝固了。

孟灯忍着疼痛跳下货车，想瞧个究竟。走到车头，突然怔住。前方是一个大坑，足有两米深。秃子显然发现了深坑，及时踩了刹车。晚一点点车就栽进去了。孟灯有些后怕，真是悬呢。孟灯再瞅秃子，仍凝固着，似乎看着什么又似乎什么也没看。秃子眼里没有光亮，虽然瞪得溜圆。动物刚刚死去眼睛就是这个样子。秃子的脸也是死的，比惨白还白。

孟灯明白秃子吓坏了。他比孟灯还害怕。看到秃子这个德行，孟灯的心反松弛下来。孟灯拍拍车门，秃子终于醒过神儿，眼底泛起细碎的光。那光慢慢聚拢，合成一股，击到孟灯脸上，妈的，你差点让老子见了阎王。

8

刚进入状态，崔小莉猛推孟鹰一把。孟鹰惊了一跳，一跃而起，想抓却又不知抓什么，像影视里那些仓皇的偷情镜头。身后空空荡荡，卧室的门仍然关着。她又过敏了。孟鹰有些恼火地看着她。崔小莉小心翼翼地，你确信他没安？孟鹰说，我检查两百遍了，你还不放心？崔小莉带了些歉意，好吧好吧，我就是有点害怕。

但孟鹰找不到感觉了，机械地应付一会儿，垂头丧气地倒下去。那个晚上，孟鹰醉酒敲门，男人还是怀疑了，虽然他什么都没问。男人走好几天了，崔小莉仍惊魂未定。她不怕男人怀疑，早就做好离婚准备。她怕的是男人在屋里安窃听器摄像头之类。男人罪证在手，分割财产她就被动了。她没说，但孟鹰清楚她的心思。孟鹰不敢马虎，上网搜了些相关资料，旮旮旯旯检查了个遍。崔小莉多虑了，男人没她想象的那样有心机。但崔小莉疑云未消，特别是和孟鹰做爱时，浓云翻滚，冷不防就会砸些冰雹下来。照这样下去，不只她，孟鹰也得搞出病来。

崔小莉轻轻抚摩着孟鹰的背，对不起，我就是紧张，你没事吧？孟鹰拱了拱，算是回答。他不痛快，但不能冲她发火。他没资格更没资本。其实是崔小莉收留了他，不然他就是一条丧家犬，即使不至于流落街头，也会狼狈许多。况且根源在他身上，若那个晚上他不关机或者打开手机瞧瞧，她就不会变成惊弓之鸟了。

两人平躺着，崔小莉碰碰孟鹰的手，问他想什么呢。孟鹰说我在想第三次世界大战会是谁发动。懒得说话时，他就这副腔调，崔小莉不会听不出来。崔小莉却说，说会儿话吧，然后在他手背拧了一下。孟鹰问，说什么？崔小莉说，说说你呗。孟鹰笑笑，白天黑夜你都见了，还用说吗？崔小莉又拧他一下，不老实，你又不是一个人。

孟鹰明白她想听什么，虽然那与她无关。她可以说她自己，但孟鹰不能。他离异，有一个女儿。仅此而已。他能说什么呢？说他为了迫前妻结婚，曾咬破指头写带血的情书？说他羡慕前妻的家庭，为了融入进去把自己训练成保姆？说女儿出生时，岳父让她跟前妻姓，他像被揉皱的纸团却笑对岳父说自己也是这样想的？说喝醉的小舅子挨了打，他没有帮上忙，如犯大罪，走路都小心翼翼的？说岳母的银行卡丢了，漫不经心的问话中如刺的目光？说即便如此，他还是小心翼翼地经营着，可劁匠住了一晚，他的婚姻就此崩塌？不，他不会说的。那是他的隐私，更是他的伤痕。

崔小莉却不甘心，你以前的家，你怎么从来不说？孟鹰怔怔地，以前？崔小莉说，是呀，你不是二十岁才来到世上的吧？童年搞过什么恶作剧？上学恋过女老师没有？脑中有镜头闪过，孟鹰突然抽搐一下。崔小莉没有看到孟鹰扭曲的脸和脸上滑过的痛。

顿了顿，孟鹰说，我逮过一只跳兔，拴了兔子的腿玩。我喜欢看兔子打洞，我觉得跳兔就是变成孙猴子也永远逃不出如来的手心。可跳兔钻进洞里，我怎么也拽不出来。后来，我费了牛劲儿终于拽出来，竟然只是一条血淋淋的腿。崔小莉哎呀着播孟鹰，你真残忍。孟鹰笑笑，那就说点轻松的。我的女老师没有漂亮的，特别是体育老师，又高又壮又黑，学生都叫她黑大个儿。她肯定特别能吃，每次上体育课都能听到她打嗝，有时还放屁。她以为操场声音杂，我们听不见，哈！而且，她还配合动作，一跺脚……崔小莉捂孟鹰的嘴，别说了别说了，起一身鸡皮疙瘩，恶心死了。孟鹰拽她，不听了？崔小莉有些夸张地说，完了，今儿我肯定要做噩梦。孟鹰说，别再这么好奇了，恐怖的在后头呢。崔小莉问，你真的假的呀？孟鹰说，你还没过瘾啊？崔小莉做投降状，不听了不听了，我怕你行了吧？

孟鹰嘴角滑过一丝古怪的笑。

这些无关紧要的，孟鹰可以说一整夜。他当然要绕开的，除非必须。可必须不等于真实，或者说，那意味着更多的谎言。作为前妻家庭中的一员，很长一段时间，孟鹰的身份是孤儿。谎言被戳破，日子便有了破绽，无论怎么努力，再不能恢复原样。

孟鹰并不想撒谎，他只是想把过去割掉。但一切都是徒劳。这么多年，他没和那个家断开，没和孟灯断开，甚至没和那个村庄断开。每笔汇款都得写上村庄的名字。

崔小莉转过身，很快就睡着了。孟鹰知道她睡着了。或许，她真会做噩梦呢。

其实，跳兔还有续集。

他看着血淋淋的腿，怔了几秒，忽然听到母亲的号哭。他丢下兔腿就跑。果然，劁匠又在打母亲。他扯着母亲的头发，骂骂咧咧，眼睛血红，似乎随时会有血喷出来。八成母亲又和哪个男人说话了，当然也可能是别的什么事，或者根本没理由，他不痛快了。他往家里拖拽母亲，这样就没人能阻拦他。母亲当然清楚，努力后撤，但不敢使大劲儿，没准她的头皮会被拽掉。于是，她大声号哭，似乎这样剃匠就会松手。

孟鹰早已见惯不惊，鄙视渐渐盖过同情。母亲打不过他，也没必要像被杀的猪一样号叫，因为那不但不能让他心软，反成了他暴怒的号角。她为什么不咬紧牙闭住嘴？为什么不让他打死？为什么他打累歇着，她又披着散乱的头发给他做饭？

孟鹰站在人群外，冷漠地看着太过熟悉的场景，似乎跑过来只为证实。与往日不同的是，他脑里还有一条血淋淋的腿在晃。

然后，他奔跑回家，抓起厚重的菜刀。刚刚剁完猪菜，刀身上还沾着几片叶子。听声响，剃匠快把母亲拽至院门口了。孟鹰旋风一样刮出去。剃匠侧着身，没看到一个小小的身影正奔过来，结果大腿结结实实挨了一刀。孟鹰本想再砍，但剃匠飞脚把他踢开。

9

别再折腾了好不好？孟鹰终于喊出来。

孟灯无声地笑了。他听出孟鹰的恼怒，还有些许的无奈。也许不用多久，他就会乞求孟灯。孟灯并不感到得意，扰烦、激怒孟鹰不是他的目的。他严肃地、一本正经地说，这不是钱的问题，明明他给了我假钱，偏说我讹他。孟鹰说，较这个真有什么用？我补你十倍——二十倍！孟灯摇头，仿佛千里之外的孟鹰能看见，这真不是钱的问题，我要他承认，他故意给我假钱，他想糊弄我。孟鹰叫，那你自己解决，别再给我打电话。孟灯说，你是我儿子，是孟燕的哥哥，不给你打给谁打？孟鹰突地挂了电话。

孟灯能想见孟鹰的脸，一定是乌青乌青的。生气，孟鹰的脸就涂了青粉，从小就这样。孟灯至今不清楚孟鹰的脸像谁。整个村庄，还有邻村许多个男人，他都暗中比对过。孟灯走村串户，有这个便利。那时候，孟灯有个恶毒的念头，找见那个人，立马劁了他，那对他实在太容易。但劁刀始终没派上用场，倒是他落下斜眼看人的毛病。

孟灯是在院里打的电话。虽然孟燕沉睡的时刻，两百个高音喇叭也吵不醒她，但每次打电话，孟灯都躲出去。万一惊到她呢？何况电话那端是她的哥哥。她能吃能喝能睡，发起飙来也有股蛮力，可孟灯清楚，她不过是个蛋壳，经不得碰。

白天的风很大，有那么一阵子，孟灯推着自行车走，即便这样，仍被刮得东倒西歪。夜空下的院子异常安静，风似乎比孟燕还惧怕黑夜，躲在洞里不敢出窝了。树枝扑棱一声，夜鸟又归巢了。这只鸟总是夜晚归来，白日几乎不见踪影。孟灯凝望着黑乎乎的枝头，想，若白天鸟也在，倒是孟燕的伴儿呢。

次日清早，孟灯为孟燕准备了两餐的饭，嘱咐吃过就在院里玩，别往远跑。孟燕不高兴，你又要出去呀？孟灯说，我得找人要钱，有了钱才能买罐头。孟燕仍噘着嘴，黑头不在，没什么意思。孟灯说，圈还在嘛，你替黑头打扫干净，说不准黑头哪天就回来了。孟燕的眼睛闪过一丝光亮，继而暗下去，你骗人的吧。孟灯的心被扎了一下，他想摸摸孟燕，孟燕躲开，仍那样看着他。孟灯说，黑头进城了，早晚有一天……会回来的。孟燕问，咱啥时候去城里？

孟灯说，等我把钱要回来，我估摸着你哥也该回来了。孟燕眼底又泛着柔润的光泽，真的吗？孟灯说，只要你听话，总能等见他的。

出门前，孟灯又检查一遍，确认火柴全在身上。孟燕一个人绝对不能生火，所以孟灯备了两餐的饭。孟燕当然会烧火，她常帮孟灯干活。但她一个人不行，那边火燃着，她没准就睡了。发生过一次，好在灶坑柴火不多，孟灯就在院里，没酿成大祸。就是那样，孟灯也吓坏了，半个月心都没落进肚。

孟灯转了两个村庄便找见秃子。已经找过十几趟。秃子嘴巴咬得和过去一样死。孟灯要的就是这个。这样，两个人的戏就能继续合演合唱。孟灯没再当面揭穿秃子，而是在旁边等。但好多人都知道，见孟灯就招呼，又来了？孟灯舔舔嘴唇，说，要自个儿的钱，不怕烦。秃子反不说什么，忙自己的，偶尔冷眼翻着孟灯，恨不得把孟灯吞下去的样子。

黄昏，孟灯背着一身汗返回来。自行车已经骑了十多年，尽管换过部件，上路还是咯咯吱吱响。买一辆新的当然没问题，但孟灯舍不得买，再说也没有买的必要了。孟鹰寄回的钱，他都给孟燕存着。多存一分对孟燕也是好的。

孟燕伏在地上摸索着什么，孟灯问她怎么了，孟燕说丢了一粒扣子，怎么也找不见。孟灯责备，你都是大姑娘了，别动不动就趴在地上，叫人看见要笑话呢。孟燕说，我扣子掉了呀。孟灯说，少就少一粒，别找了！孟燕说，我能找见的，扣子还能长翅膀飞了呀，肯定掉地上了。孟燕没抬头，还四下搜寻着。孟灯叹口气，反正在自己家，由她去吧。

孟灯挽了袖子洗手做饭，问孟燕想吃什么。孟燕心不在焉地说，扣子。孟灯抿嘴笑笑，又有些难过，好吧，你就吃扣子吧。等他把莜面锅饼端上桌，孟燕仍在地上，她抓着一根铁棍，从柜底往外勾。为了能看得清楚，脸几乎贴在地上。

孟灯突然有些恼火，猛地扯住她的胳膊，起来起来，别找了！一拉一拽，孟燕哎呀着，还是立起来。她的脸涨红了，干什么呀？我刚够着。她左脸弄脏了，右半脸倒是干净，只是划了一道伤，不怎么明显。孟灯的心揪了揪，呵斥，你还想不想找婆家。孟燕气鼓鼓的，不想！忽又蹲下去。但她没见着扣子，怎么也找不到了。待再次立起，孟燕泪汪汪的，我快要够到了，都怨你都怨你，这下好了，扣子真飞了呢。孟燕哭，孟灯的心便软成烂泥，怨我怨我，明儿给你买一大把，行不行？哄了一会儿，孟燕总算露出笑模样，怕孟灯反悔，和孟灯拉了钩。

两人对坐吃饭，孟灯发现孟燕衣服上确实少了一粒扣子。孟灯暗暗叹口气，她玩起来没深没浅的。

孟燕问孟灯要上钱没有，孟灯说还没有，那家伙想赖呢。孟燕说，你还是带上我吧，他不给，我抓他的脸。孟灯嘿嘿笑了，燕儿厉害呢，不过，咱不能先动手，动手就理亏了。孟燕说，我就知道，你变着法留我一个人在家。孟灯说，你得看家啊，万一小偷来了，偷走面再偷走油，就吃不成烙饼了，还有，你得等你哥呀，万一他回来，家里一个人也没有，他会不高兴呢。孟燕点点头，突然想起什么似的，我梦见黑头了。孟灯的目光便虚了，是吗？孟燕说，黑头钻我怀里，我一直搂着呢，我以为黑头再也不走了，可醒来黑头就不见了，喊了半天也不应。黑头……孟燕说不下去了。孟灯低下头，快吃吧，饭都凉了。

饭后不久，孟燕便睡了。孟灯端详她一会儿，站起身。腿软了一下，差点摔倒。白天奔波，孟灯像注射了药，一点儿不觉得累，歇下来便累得要命。他定了一会儿，出屋。

一天当然不能就此结束，还有更重要的任务。

孟灯仰望夜空片刻，缓缓掏出手机。

10

你到底想干什么？孟鹰竭力控制，生怕火球炸裂胸腔。

孟灯说，你回来一趟。声音平稳，显然这句话揣了很久。

孟鹰冷笑，你终于露了底儿，这就是你的目的？

孟灯说，我是有儿子的人，不能由着人欺负。

孟鹰说，让我帮你打架？我又不是黑社会。

孟灯说，你是记者，听说县长都害怕呢。你参一下，县长的乌纱帽就丢了。这算个鸟事？你露个面儿就行。

孟鹰恶狠狠地，你就当没我这个儿子，就当他死了！

孟灯说，咒自个儿干什么？孟燕也想你呢，她可是你亲妹妹。

孟鹰的脑袋被电击了似的，突地一阵冷麻，我没空，回不去。

孟灯说，我不信你比总理还忙，你——

孟鹰猛地掐断电话。火球没炸裂，却不安分，横冲直撞，孟鹰用力捂住胸口。前排的小女孩自孟鹰打电话就一直好奇地望着他。孟鹰冲她笑笑，小女孩突然扭回头。他的脸色肯定很难看。他把小女孩吓着了。孟鹰望着她乌黑柔软的头发，有一刻非常期待小女孩回过头，他会给她一个温暖的、不那么恐怖的笑。但小女孩再没回头，孟鹰怅然地闭上眼睛。

这是一辆通往山区的中巴，孟鹰有采访任务。

这些日子孟灯快把孟鹰的电话打烂了。之前孟灯还是有分寸的，要么在他上班之前，要么在他下班之后，小心翼翼地，生怕影响他，惹他不高兴。孟鹰能感觉到他赔着小心地讨好，毕竟孟鹰每个月都寄钱。和前妻在一起时，孟鹰为了每月的开支绞尽脑汁，有时甚至不惜撒谎。孟灯没逼他，他也没承诺过，如果这是契约的话，是孟鹰和自己签订的。所以，孟鹰不是因为孟灯的讨好一趟趟往邮局跑。只要活着，他就会。

可从那天开始，孟灯突然张狂了，他的电话没有规律，似乎想起来就打。开会、写稿甚至和崔小莉做爱的时候。他是故意的。孟鹰清楚他是故意的。那个破事不过是借口，逼孟鹰才是真。孟鹰绝对不会回去。回去干什么？难道寄回的不是钱，他亲自送回才是钱吗？至于他妹妹——妹妹……孟鹰使劲晃晃脑袋，每次想到她，他都有被钢针刺穿的感觉——他不知能做什么，他什么也做不了啊。

山区路况不好，到那个小镇已是傍晚。孟鹰吃了碗面，找了个能上网的旅店住下，掏出笔记本电脑，迫不及待地进入另一个世界。孟鹰从来不打游戏，更不在虚拟时空消费情感。孟鹰耗在网上的时间多半与孟燕有关——偶尔，他会看一部电影。跑完那些医院之后，孟灯彻底死心了，彻底认命了。但孟鹰没有，或者说，他的心死过，但又活过来，虽然气若游丝。医生没有办法，网上也没有仙丹，但万一呢？孟鹰的文件夹里全是关于这方面的病例，有的他还见过面。他还在网上搜到一个天堂梦的 QQ 群，这个世界上，竟然有那么多奇奇怪怪的嗜睡者。其中一个，睡了一个月不吃不喝，和死亡没什么区别，但一个月之后醒过来了。还有一个，平时沉默寡言，摔了一跤，睡了三天，之后变成话痨。

奇迹浇灌着也激励着孟鹰死了又活过来的心。

但孟鹰从未向孟灯透露过丝毫信息。他没告诉过前妻，没告诉过崔小莉。那是他一个人的秘密，是他的黑暗之花。

午夜时分，孟鹰合上电脑，揉捏着酸涩的眼睛。每次上网，孟鹰的血液都被烧沸，翻腾着滚滚浪花。可几个小时下来，血冷得几乎凝固。奇迹总是有的，那与孟燕没什么关系，与孟鹰没什么关系。孟鹰能做的也就这些，像一个饥肠辘辘的乞丐，远远站着，满眼放光地看着他人享受盛宴。他什么都做不了。有时，心灰意冷的孟鹰被绝望笼罩，疯狂地虐待自己，恨不得将脑袋扯下来丢掉。不过，一夜之后，孟鹰的期待和希望又与太阳一同升起。

孟鹰对所谓的暖新闻向来没兴趣，除非头儿派硬任务。但这次不同，孟鹰主动要来的。一个睡了三年的植物人，在丈夫歌声的呼唤中，竟然说话了。昏睡、沉睡、浅睡、醉睡，所有带睡的词汇，都会吸引或灼伤孟鹰。

次日，孟鹰从小镇返回省城。孟鹰没像以往那样熟门熟路地回崔小莉家。崔小莉问他什么时候回来，他回复两天后。他现在不想去崔小莉那儿。当然，他不是讨厌她，想和她分开什么的。他还是需要她的，她的身体，她的家。只是现在不想，他想一个人静两天。虽然他知道一个人也不能清静，但就是想一个人。

是的，不可能清静。刚刚进屋，孟灯的电话就来了。

11

孟灯蹲在饭馆门口看厨子杀羊。厨子很瘦，肩窄窄的，像个竹片，但力气却大得出奇。那么重一只羊，一百九十多斤呢，厨子居然不捆，更不用人帮忙。把羊摔倒，单膝抵住羊腹，左手抓住羊鼻梁，右手持刀。一刀下去，热气腾腾的血便喷进盆子里。羊挣扎抽搐，却发不出声音。待血淌尽，厨子叼住刀，右手扯住羊后腿，像丢破袋子一样扔到窗户底。

孟灯干活也很利索，劁猪劁羊从不用帮手，只有给驴马牛动刀才须捆绑。孟灯也是见惯刀光剑影的人，可看到血喷出来那一刻，竟然有些眩晕。他下意识地抹了抹，仿佛血溅到了脸上。他想起了黑头，有些难过。黑头的血喷得更冲吧。黑头比厨子杀的这只还肥。追了秃子两个月，孟灯对秃子收羊的门道也摸清楚了。一般大羊、老羊，秃子送往屠宰厂，或是卖给饭馆。而那些半大羊则卖给育肥基地，羊在那里吃三个月掺了生长素的饲料，喝三个月添加了生长素的水，然后再挨那一刀。羊的命运都一样，横竖躲不过那一刀。

秃子坐在另一侧的凳子上，手里抓着一只特大号喝水杯。水是从饭馆倒的，刚刚烧开，秃子吹几下，喝一小口。老板娘取钱去了，秃子等着拿钱。这只羊，秃子收入不菲呢。他在秤上糊弄卖羊人，饭馆却糊弄不了他。秃子极贼。这种人什么做不出来？那张假钱绝对是秃子给他的。秃子被他咬着不放，也是活该。

老板娘斜挎着黑皮包，刚刚露面，秃子便从凳子上站起。厨子已经剥掉羊皮，该开膛破肚了。老板娘掏出红花花的票子，抱怨取钱人多。秃子的目光在老板娘胸上瞄了瞄，说，我正好喝口水。老板娘让秃子点点，秃子甩甩便装进兜里，嬉皮笑脸的，没这么点儿交情，咱还做什么生意？

秃子开车门，孟灯已跳到车上。跳得慢些秃子就开走了。孟灯钻过一次驾驶室，其余都蹲在车厢内。有时和羊挤在一起，有时只有他和自行车。为了防备自行车晃荡，孟灯每次出来都带着绳子。秃子再没玩惊险游戏，但遇到沟沟坎坎，仍要顺势颠孟灯一下。孟灯当然明白。以为颠几次就不缠他了？也太小瞧孟灯了。

出了镇，秃子突然加快。孟灯赶忙抓牢，不知秃子又要耍什么花样。几分钟后，货车嘎地一个急刹。孟灯右肩撞在车板上，顿时火辣辣的。秃子跳出来，孟灯立刻恢复了平静。才不让秃子看到他撞疼了呢。

秃子深深地挖孟灯一眼，点了支烟。吸一口，又挖孟灯一下。直到一支烟吸完，才开口，下来吧，还有你的破自行车。

孟灯说，谁说我的自行车破，再骑十年八年都没问题。

秃子骂，少他妈啰唆，快给老子滚下来。

孟灯说，我不下去。

秃子骂，我他妈真恨不得杀了你。

孟灯说，我死也要死在车上。

秃子又骂，你他妈就是一条癞皮狗。他拽出一张百元票子，摔进车厢，恶狠狠地说，我他妈烦透你了，你他妈给老子滚蛋！

孟灯有些呆。剧情陡转，过于突然了。秃子发过誓，秃子说你他妈就是找来阎王爷，也休想让老子当这个冤大头，秃子还说自娘胎出来老子就没怕过谁。秃子这是怎么了？烦了？害怕了？那张百元大钞就在孟灯脚边，是秃子给的。不，是秃子还的。只要孟灯伸出手，就彻底画上句号。从此各走阳关道独木桥。谁和谁都没关系。

可孟灯不想画上句号，不想结束。戏刚唱一半，看戏的人还没露面，怎么能结束呢？不能啊。但秃子已经把钱还了，他再没理由追在秃子后面。他不是癞皮狗。

秃子催促，快点，我他妈还有事呢。

孟灯僵僵地立起，把自行车扔到地上，慢慢滑下。然后挪着走过去，扶起自行车。

秃子嗨一声，把孟灯遗忘在车内的钱捡起，扬扬，挖苦，你不就是冲这个来的？别忘了！

孟灯盯住他，声音有些冷，我讹你了？

秃子嘁一声，似乎不屑答。

孟灯追问，我讹你了？

秃子不耐烦地，别说这些没用的屁话，现在钱给你了，我要走了。

孟灯一把扯住他，你老实说，假钱是不是你给我的？

秃子甩了甩，没甩开。

孟灯问，我只是要自个儿的钱，你说，你是不是故意糊弄我的？

秃子说，我他妈已经把钱给你了，你还想怎么着？

孟灯说，我没讹你，我只是要回自个儿的钱，我不是癞皮狗。

秃子瞪眼，咋？还让我给你赔礼道歉啊？

孟灯说，你说得没错，你必须承认你是故意糊弄我。

秃子劈手把那张钞票抢过去，大骂，你他妈给脸不要脸蹬鼻子上脸，你是阎王还是小鬼？老子不尿你个王八蛋！

孟灯说，你嘴巴干净点儿。

秃子骂，我他妈骂你又能咋的？你就是癞皮狗！疯狗！！

孟灯往前一步，他没有和秃子打架的意思，不过是想捂他的嘴。只是想捂他的嘴。秃子突然出手，猛推孟灯一下。孟灯没提防，向后摔倒。秃子没有进一步动作，骂骂咧咧地驾车离去。

孟灯没有追。货车消失好一阵了，他还在地上坐着。摔疼了，但并不是疼得爬不起来。他有些晕，一个又一个弯，转得太突然了。不过，有一点儿他是清醒的，戏并没结束，他不是癞皮狗。秃子必须把话说明白，只是还钱怎么可以？

孟灯就那么在地上坐着给孟鹰打电话。孟灯不怕孟鹰挂断，就怕他不接。有几次孟鹰不接，孟灯就一遍遍听着嗲声嗲气的歌曲。不过，多数情况，孟鹰还是会接，虽然没有好腔调。

我让人打了！孟灯喊。这句话很有效，一下就把孟鹰夹牢。孟灯知道孟鹰被他夹住了，他几乎能听到孟鹰粗重的呼吸。我让人打了，鼻口流血，这会儿还在地上坐着。狗肏的秃子骂我癞皮狗不算，还打我。你是不是就盼着这个？你是不是很痛快？过去，有些事我是做过了头，让你受了气。可我该做的都做了，要鞋给你买鞋，要袜给你买袜。你想念书，我一百个不情愿，也没阻拦你。学费那么贵，不都是我挣的？你知道劁多少猪骟多少羊才能攒够你一年的学费？小子，说出来吓你一跳，你个没良心的，翅膀刚硬就把我忘了。忘了我也不要紧，咋能忘了你妹子，她是你亲妹子啊。你咋能忘了你躺在地下的娘？你以为每月寄钱就可以了？就什么也不用管了？别人欺负我，和你没一点关系？你就一点不关心不操心？你不待见我可以，由人欺负我也可以，你总不能不理孟燕吧。状元也有还乡的时候，你回来一趟又能咋的？能缺胳膊还是少腿？算我求你，回来一趟！

孟灯一口气说出来。憋了好久了。孟鹰总是突然就挂掉电话，他几乎没有完整说话的机会。

你听到了吗？孟灯问。那边已经挂掉。不知孟鹰刚挂掉还是他刚刚诉说就挂掉了。不管怎么样，他终是说出来了。

又坐一会儿，孟灯站起来。他扶起自行车，摇摇晃晃地走到路边撒尿。解开裤子，他闭上眼。有一段时间了，他不敢看自己的尿。每次撒尿都闭上眼，似乎这样他的尿就会和原先一样是黄亮黄亮的。撒完，他还是忍不住往地上瞅了瞅。草芽已经很高了，但并没有把地皮覆盖住。他能看到的，有些血珠还挂在草上，像一个个小灯笼。

孟灯怔了一会儿，生硬地扭过头。风不大，但他没有骑。他走得极慢，偶尔一个趔趄。几乎摔倒，但终是没有。

12

饭后，孟鹰抓起苹果。崔小莉从来不放下筷子就吃水果，至少要隔半小时以上。和前妻在一起那些年，孟鹰也很精细，比如削皮比如切块，用牙签扎了吃。离婚后，孟鹰很多习惯又恢复到出厂设置。崔小莉的讲究比前妻多了去了，但她没要求孟鹰什么都和她一样，比如这吃水果，只是偶尔皱皱眉。

孟鹰刚咬下一口，崔小莉突然说，去你那儿住一晚吧。孟鹰惊了一跳，几乎噎住。终于咽进去，喉咙竟有些疼，干……干什么？崔小莉瞪着孟鹰，不就是去住一晚吗？你吓成这样？你不会还藏着什么人吧？孟鹰说我那儿是贫民窟，到处是灰尘，还有老鼠，怕惊着你。崔小莉不相信楼上还会有老鼠，你故意吓我的对不对？孟鹰满脸严肃，那是二十世纪八十年代的楼，不要说老鼠，蛇也有的。崔小莉说，你越说越离谱了，蛇是老鼠的天敌，这些常识我还有的，天敌怎么会住到一起？孟鹰意识到说偏了，缓了口气，蛇不常住，饥饿的时候才去……崔小莉直定定地盯着他，孟鹰把后边的话吞进肚。

过了一会儿，崔小莉幽幽地说，我非弄出病不可。孟鹰心说，你已经病得不轻。孟鹰检查过上百次了，每次做爱前，崔小莉仍让孟鹰再仔细察看。万一他偷偷回来装了呢？万一他偷偷雇人装了呢？这样的假设毫无根据毫无意义，若说可能，什么可能没有？你睡在床上，可能遭遇十级地震，吃饭可能噎死，走路可能掉沟里。那还睡不睡了？吃不吃了？走不走路？但劝说仅仅起三五分钟疗效。崔小莉疑神疑鬼，似乎丈夫的窥视无处不在。

孟鹰提议去宾馆住一晚。两人第一次上床就是在宾馆。自她丈夫走后，孟鹰就没和她痛痛快快度过一个夜晚。她快把孟鹰吓成废人了。崔小莉没说话，开始收拾东西。

可上了车，崔小莉却缠着孟鹰，非要去他那儿看看。孟鹰叹口气，让司机掉头。孟鹰确实不想让崔小莉过去，那不只是一个住处，还是一面镜子，他所有的过往，阴暗、失败、伤痛，都在那面镜子里。他不允许他人接近、触碰。但他清楚崔小莉在想什么，他不但没吓住她，反激起她的好奇。

孟鹰不久前打扫过，推开门仍能感觉到扑面而来的尘埃。崔小莉下意识地掩掩鼻子。孟鹰问，还进去吗？崔小莉大声道，就是魔窟我也闯了。五十几平方米，两分钟便转完。孟鹰说，行了吧，还是去宾馆住。崔小莉没说话，目光久久盯着墙上他和前妻、女儿的合影。他没有和女儿单独的合影，这张照片是女儿过生日一块儿照的。那是你前妻？崔小莉问。孟鹰嗯一声，想解释，又觉得没必要。

崔小莉说，挺漂亮的，你眼光蛮好哦。孟鹰说，我的眼光一直不差。崔小莉看看孟鹰，似乎确认他有多少认真成分。不过，她目光有些凌厉呢，很厉害吧……孟鹰看下表，说不早了。崔小莉把包丢在床上，说不走了，小屋挺好的，怎么，还不乐意呀？孟鹰耸耸肩，随便。崔小莉问，真的假的呀？孟鹰一把抱了她，我饿了，吃个大餐吧。

换了环境，崔小莉果然松弛许多，甚至有些放浪，大呼小叫的。蛇和老鼠吓不住她，其实，丈夫也吓不住她，让她害怕的是失去财产分割权。倒是孟鹰有些拘谨，几次试图堵她的嘴巴。崔小莉自然察觉到，问他怎么了。孟鹰装糊涂，什么怎么了？崔小莉说，你心不在焉的，想谁呢？孟鹰说，除了想你还能想谁？崔小莉擂他，给我灌迷魂汤？孟鹰表忠心，骗你是小狗。

崔小莉并未生孟鹰的气，对孟鹰的讨好显然也没上心，不像往常，她会盯住让他重复。孟鹰常常觉得好笑，她和他不过是临时搭伙，又不是爱得死去活来的少男少女。他需要一个女人，一个能把他带回家带上床的女人，而她只需要一个男人，仅此而已。不过，孟鹰还是半真半假地配合她，权当玩游戏。

崔小莉推开孟鹰，说口渴了。孟鹰转了一圈，竟然半瓶矿泉水也没找到，打算烧一壶热水。崔小莉叫，我都渴死了，自来水也没有吗？孟鹰说，当然有。崔小莉不喝自来水，她家一向是纯净水。看这情形，凤凰到了鸡窝，也未必不能适应。没条件讲究，自然就不讲究了。

崔小莉灌下去，却没有睡意，赤裸着身子走来走去，这瞅瞅那翻翻，孟鹰催促两次，她充耳不闻。孟鹰也就闭嘴，虽然心里不是很痛快。他还能金屋藏娇啊，女人的心思真是捉摸不透。

有一阵，孟鹰迷糊着了。梦见自己站在星罗棋布的窖口中间，他想走出去，却始终不能。窖口像巨大的嘴巴，一个个深不见底，随时能把人吞掉。他急得直冒汗，放眼望去，四野空空，一个人影儿都没有。

铃声突起。孟鹰被惊醒，竟然晕头转向的，差点撞到墙上。终于摸到枕侧的手机，但手不利索，几次才点中接听键。他喂一声，感觉一滴汗珠砸到大腿上。

崔小莉站在屋中央，怔怔地看着他。

孟鹰抓着手机，与她擦身而过，几乎撞着她。然后，他躲进卫生间，合上门，气急败坏地质问，你不睡，也不让别人睡了？他尽量压低声音，以免崔小莉听到。

那边静着，仿佛打电话的目的就是半夜三更吵醒他。孟鹰低低地吼，尽可能把愤怒传到千里之外。说呀，不说我挂了。他的威胁起了作用，那边说，我挨打了，你管不管？孟鹰突然窒息似的，整个胸被挤压成竹板。你还有完没完？挨打找派出所。劁匠说，你是我儿子，是我把你养大的，你不管谁管？孟鹰不想说下去，如果没有别的事，我要睡了。孟鹰厌烦他的电话，但哪日若劁匠没骚扰他，他又有些不安。孟灯打过电话他才踏实，虽然这让他愤怒。别——孟灯的声音突然放低，听上去更哑了，我对不起你娘——

孟鹰想制止，他根本就不配提她，但孟灯已经在说。孟鹰嘴唇哆嗦着，那句话没嗑出来。嘴唇不再哆嗦时，脸早已湿漉漉的。泪水流过脸颊淌过鼻翼，汇聚到嘴巴。孟鹰抹一下，再抹一下，怎么也抹不干净。起先孟鹰听着，后来他把手机搁到地上，双手捂住脸捂住嘴巴。他突然想哭一场，大哭一场。他流泪，他并不是在哭。很早，他就不会哭了。现在，哭的冲动哭的欲望浪一样推着他。但崔小莉在外边，他不能。憋着又实在难受，于是孟鹰抓起毛巾死死咬住。

孟鹰扯开毛巾，手机已经没了声音。孟鹰也平静下来。他在马桶上坐了一小会儿，洗了洗脸，涂抹了男士润肤露，又对着镜子照了照。

崔小莉竟然还在地上站着，目光稍有些奇怪。

孟鹰笑笑，怎么还不睡？

崔小莉探寻地，你没事吧？

孟鹰故作轻松，没事啊，我能有什么事？

崔小莉问，谁的电话？

孟鹰漫不经心地，一个采访对象，烦死了。不早了，快睡吧。

崔小莉扬扬手，这是什么？

孟鹰这才注意到她手上的光盘。他把光盘夹在书里，书放在一个并不醒目的地方。她怕是把他屋里翻遍了。他沉下脸，你怎么……放回去？

崔小莉的目光跳了跳，毛片？

孟鹰大声道，放回去！那不是你看的。

崔小莉挑衅地望着孟鹰。

孟鹰往前一步，来，给我！

崔小莉往后退退，扬起手，是什么呀？

孟鹰说，和你没关系。

崔小莉说，我就是想知道呢？

孟鹰直视着她，不说话。崔小莉的眉文得有些长，眉梢快到鬓角了。

崔小莉胳膊垂下来，好吧，有什么呀。

孟鹰把光盘放回原处，崔小莉已经躺到床上。她裹紧被子，背对着他。孟鹰知道她不高兴了。其实她看看也无妨，但那确实与她没有任何关系。她为什么非要知道？真是的！

孟鹰在她身边躺下，崔小莉往边儿挪了挪。孟鹰向她靠靠，她又挪了挪。孟鹰没再动，再挪她就掉下床了。

13

秃子的货车停在门口，难怪转好几个村也没找见他。孟灯扒着车厢瞅瞅，除了几粒干硬的羊粪，什么也没有。院门虚掩，孟灯一脚踹开。

秃子女人正洗菜，旁边的盘子里放着青椒、蒜头，还有切好的羊肚。秃子女人冷冷地刮孟灯一眼，便低下头继续洗菜。孟灯没看到秃子，便问秃子女人。秃子女人像聋了。孟灯说，躲了和尚躲不了庙，我就不信等不着他。秃子女人还是不理。孟灯朝里屋探探头，注意到桌上的盘子里卧了一只烧鸡，还有一只油亮的猪肘子。旁边则是瓶装白酒。孟灯明白秃子这是要请客。跑了一上午，孟灯早就饿了，鸡和肘子的香气漫过来，他听到肚里咕噜一声。这阵儿，孟燕也该吃饭了，如果她没睡觉的话。孟灯出门前给她准备了山药洋洋，半碗炒萝卜。与秃子家比，孟燕吃得寒碜多了。孟灯扫扫秃子女人，她仍低着头。他迅速撕下一条鸡腿塞进兜里。秃子女人没看到，她根本就不看他。孟灯又拽下一条腿，没刚才利索，也没往怀里塞，大大咬了一口，发出很响的声音。秃子女人叫骂着扑过来和孟灯抢夺。女人很凶，孟灯被逼到柜角，半条鸡腿被女人夺过去。

秃子正巧回来，见状大怒。干什么干什么？你他妈想干什么？他抵住孟灯，似乎要像孟灯撕鸡腿一样撕了孟灯。孟灯不敢招架秃子女人，却不怵秃子。孟灯说，不就一只鸡吗？值几个钱？秃子骂，想找老子的碴儿，你他妈活腻歪了。孟灯说，你欠了我的钱，还不兴我要啊？秃子瞪视孟灯数秒，我他妈给你了，是你不要。孟灯说，跑三四个月了，你一百块钱就想打发我？秃子叫，咋？还给你一万啊？孟灯说，我不要一万，只要一百，就算你故意哄我，我也不讹你，但——秃子打断他，谁他妈哄你了？孟灯说，你就是哄我了。秃子问，你他妈到底要咋样？孟灯说，你认个错，叫别人知道我没讹你。秃子的脸青绿青绿的，大骂，你他妈给脸不要脸，滚，给老子滚！孟灯说，我不滚。秃子呼哧呼哧地瞪着孟灯。孟灯说，要不，你把我捆了吧。秃子的目光渐渐变软，但口气仍然很硬，我今天请客，你别给我捣乱。孟灯说，你这是吓唬我还是求我？秃子没回答，他抓起一个塑料袋，把缺了两条腿的鸡装进去，往孟灯怀里一塞，都给你。孟灯说，我不是叫花子，又不是来要饭。秃子又掏出一百块钱，塞进装鸡的袋里。孟灯说，你还欠我一句话。秃子软下去的目光又翘起来，冒着呼呼的火苗。也就是片刻，火苗熄灭。秃子说，好吧，我哄了你，我给你认错，行了吧？

终于等到这句话，虽然秃子说得不情不愿。孟灯胜利了，但心里并不顺畅，相反，有些堵。盛装登台，演了半场，戏突然要结束了。孟灯有些无措，愣怔了半晌，再次盯住秃子，光和我说不顶事，你去宋庄，当着宋庄的人说。

秃子猛地揪住孟灯的领子，拖拽了一圈。秃子似乎要打，手都扬起来了，孟灯直定定地等着，等着巴掌落下。他不害怕，秃子打他才好。打他最好。巴掌没有落下来。秃子捡起掉在地上的鸡和那一张钞票，再次塞进孟灯怀里，我今儿请客，你别砸我的场子。

孟灯没再和秃子纠缠。他拎了装着烧鸡和钞票的塑料袋，走到门口，又回头强调，你得去宋庄，当着宋庄的人说，不然，这事没完。秃子神情冷硬，杀了孟灯的心都有吧，但他克制着，没动也没说话。

我等你。孟灯又说。

孟燕蹲在院里洗衣服。孟灯和孟燕的衣服都是孟燕洗。孟燕手劲儿大，揉搓得很干净，如果中途不睡着的话。孟灯扬扬手，问孟燕闻见没有？孟燕的嗅觉并不迟钝，肉呀！孟灯说，烧鸡！别洗了，进屋吃饭！

一只烧鸡，孟燕吃掉大半，孟灯只吃了鸡头和鸡爪。虽然孟鹰每月寄钱，但除了过年过节，孟灯很少买肉。他得给孟燕攒钱，不攒不行，她和别人不同。孟燕吃相不雅，孟灯始终笑眯眯地看着她。孟燕抹抹嘴巴，说要洗衣服去了。话音未落，目光便迷迷离离的。孟灯知道瞌睡虫来了，忙扶她躺下。她头上的伤还没好呢。

孟燕一觉睡到半夜，醒来便趴在地上找那粒丢失的扣子。孟燕已经补缀了一粒。原先是黑色的，补的是灰色，不过大小基本一样，所以外观也差不多。但孟燕仍念念不忘那粒旧扣子，想起来就乱寻一气。孟灯说过几次，她我行我素。反正在自己家，孟灯也就由着她。自黑头羊被秃子买走，孟燕便没了玩伴儿，白天尚可，总能找些干的。不睡觉的夜晚就很难熬。寻找扣子，于她是新游戏。

孟灯眼睛睁不到十秒便又合上。年龄不饶人，眼皮子越来越沉。孟燕没嚷饿，不用做夜宵了。还是烧鸡管用。孟灯是打算想些事的，可脑子像掺了面粉，运转得异常缓慢，渐渐凝固成一团。

孟灯再次睁眼，天已半亮。他摸摸身边，没摸到，受惊一样弹起。孟燕果然还在地上，已经睡着了。她的头偏着，似乎梦中还在寻找。孟灯哎呀一声，这哎呀是对自己的责备。他睡得太死了！孟灯把孟燕抱到炕上，拭掉她脸侧的灰尘，盖上被子。孟燕含糊地咕哝着，八成是做梦了。孟灯在炕沿边发了会儿呆，天差不多就亮透了。

半晌午，孟燕醒来。那天，孟灯没去找秃子。有些活计等着，不能再拖了。他早就不是劁匠了，自劁死两回小猪，就没人再找他。土地承包出去了，也不用再种田。他在村北的荒地开出半亩菜田，往年会种些豆角萝卜白菜什么的。今年原本没打算种，动了带孟燕进城的念头就没打算种。虽然进城泡汤了，可一日一日追逐秃子，根本没工夫也没心思种。现在想种了，虽然晚了，但种秋白菜还不误时令。

面片早已擀好，孟燕洗脸，孟灯便开始烧锅。孟燕爱吃炝锅面，特别爱听葱花触及锅底的嘶啦声。每次孟灯都要提醒她，而孟燕不管干着什么，都要仰起头有些贪婪地吸着鼻子。那天，孟灯照例喊她。孟燕却没抬头，她背对他，不停地往脸上泼水。孟灯也未在意，催促她别磨蹭。

孟灯把面片端上桌，孟燕仍在拨拉着水。孟灯语气就重了些，叫她别玩了，一会儿跟他去地里。孟燕没像以往那样欢呼雀跃的，孟灯终于觉出孟燕有些不对劲儿，没等他说什么，孟燕突然跑向门口。她是要跑到院里的，但到门口便坚持不住了，蹲下去呕吐起来。孟灯迅速跟过去，轻拍她的后背。

吐了一会儿，孟燕直起腰，脸色有些白。孟灯问她怎么了？孟燕说恶心。孟灯摸摸她的额头，凉凉的，没有发烧的迹象。孟灯愣怔一会儿，脑里放电影一样回想着……烧鸡！他突然顿住。八成是烧鸡有问题，她几乎吃掉一整只。烧鸡变质了？秃子给鸡肉里下毒了？脑里闪了闪，又觉得不可能。秃子原本是招待客人的，怎么会弄一只病鸡？至于下毒，秃子也不至于吧。也许孟燕吃多了，那可是一整只鸡呢。孟灯后悔得直跺脚，该管着她点儿，分开吃就好了。

吐完，孟燕似乎好了点儿，脸色渐渐恢复红润。不恶心，她的胃口如前，不听孟灯劝阻，硬是喝下一大碗。

饭后，孟灯带着孟燕到菜地。孟灯不时瞅瞅她，她没什么异常。孟灯暗暗松口气，是他多虑了呢。孟燕寻见一根水葱，很利落地剥干净，拽成两段，一段给孟灯。孟灯摇摇头，说，女孩子家，少吃生葱。孟燕不解，怎么？孟灯迟疑一下，说，会呛人的。孟燕四处瞅瞅，没人啊，能呛着谁？逗我玩的吧。孟灯笑笑，你真聪明。孟燕抿抿嘴，孟灯看到她眼底的羞涩。他又是怜爱又是心疼，还有些难过。村里像孟燕这个年龄的女孩，早有人上门提亲了。而孟燕……倒是有过一次，邻村的，被愤怒的孟灯轰出去。那个傻子，系裤子都要人帮忙，怎么配得上他的孟燕？

晚上，吃饭中间，孟燕突然又恶心起来。她没来得及往院里跑，蹲下去就吐了。孟灯拍着她的后背，纳闷地想，怎么还反复呢？吐过，孟燕便好了许多。孟灯摸摸她的额头，仍凉凉的。那个时候，孟灯还没往别处想，原本要寻些药片，翻开席布，他的脑袋突然被刀片剐了一下，骤然呆住。半晌，他才回过头，小心翼翼地盯住孟燕，然后又看看席布下摞在一起的纸。孟燕的专用纸。真是大意，孟燕已经连续两个月没来红了，他怎么就？……孟燕不像别的女人，每次都弄不干净，而他又不知怎么帮她，只是提醒她裤子脏了。她所有的裤子都有痕迹。她费力地洗过，但没有一条洗干净。孟灯想起了女人，那个带给他羞辱的女人，也曾这样呕吐过。

孟灯抓起孟燕的专用纸，声音抖着，多久没用了？

孟燕不解地看着孟灯，想不起来……好久了。

孟灯猛地揪住孟燕的胳膊，恼怒让他的音调失控，怎么不和我说？

孟燕哎呀着，好疼……

孟灯忽地松开，目光仍死死盯着她。

孟燕闪着泪，让我说，说什么？

孟灯的心被割了一下，又割了一下，再割了一下。起先他想躲的，但没躲开，便迎着刀片锋利的刃，任由划割。鲜血狂涌出来，遍地哗哗的声响。孟灯合上眼睛，牙齿咯咯响。

孟燕慌慌地，爸，你怎么了？

孟灯吃力地睁开眼睛，我不在的时候，谁来过家里？你好好想想。

孟燕说，谁也没来过呀。

孟灯说，你再想想。你做梦了是吧，扣子被揪掉了吧，就那天，好好想想。

孟燕想了一会儿，慢慢摇摇头。

孟灯大吼，不行，你必须想！

孟燕怯怯地，想……想不起来呀。

孟灯说，你这个……差点就说出口。他及时咬住。怪不着她，她睡着，摇都摇不醒。她说过的，是他疏忽了，不，他根本就没往这个方向想。是他该死！真他妈该死！！

孟燕小心翼翼的，爸生我的气了？

孟灯脸肌抽搐几下，终于榨出一丝笑，爸怎么生燕儿的气呢？刚才……爸逗你呢，没事了……你歇着，爸去院里凉快凉快。他低头寻鞋，好半天才穿上。

站在院里，孟灯抹了一把脸，眉毛鼻子嘴唇都被抹掉了似的，脸软塌塌的。怎么办呢？该怎么办呢？报警？把那个可恶的家伙抓起来？孟燕是记不起来的，她什么都记不起来，没准公安问话会吓坏她。不如他寻出来，把狗日的大卸八块。他把村里的男人过滤一遍，似乎每个人都有可能。他们的丑脸挤在他脑子里，要把脑袋挤破了。

如果不把孟燕一个人留在家里就好了，如果不演那场戏就好了。孟灯骂孟鹰，如果这个白眼狼早一点回来，什么事也不会有的。可如果秃子不给那一张假钱，即便孟鹰不回来也没什么，他会按照计划带孟燕到城里。是秃子耽搁了他的行程。如果不是一次次找秃子要钱，就不会把孟燕一个人丢在家里。根源还在秃子身上。目标一旦明确，孟灯心底的火便燃起来。他转身进屋，从房梁取下帆布包。好久没用过劁刀了。

14

化学老师是外地人，尾音老往上翘，而他的膀子一耸一耸的，仿佛在为发音打节拍。孟鹰不喜欢他，不是因为他的口音，而是说话时他的两个嘴角总悬浮着白沫。化学老师正讲物理变化和化学变化的区别。木头变成桌椅，这是物理变化，因为木头的性质没有变化。如果烧成灰，就是化学变化。几十张面孔没什么反应，化学老师进一步举例说，小麦磨成面粉是物理变化，馒头吃进肚里是化学变化，如果是物理变化，农民就不用种粮了，我们可以吃了屙屙了吃。

孟鹰突然一阵恶心。

有人敲门。化学老师正在兴头上，略有些扫兴地抹抹嘴角——那两团泡沫盛开得越发灿烂，很不情愿地走过去。一张焦黄的脸闪出来，稍又退了一下，似乎经不住几十束目光的注视。孟鹰有些惊讶，他和孟鹰是一个村的，和劁匠沾了点亲。他和化学老师比画着说着什么，声音不高，孟鹰没听清。孟鹰站起来，擦着同学的后背往外挤。孟鹰有预感，那个人是找他的。化学老师回过头，孟鹰已经走到讲台边上。化学老师合住张了一半的嘴，做了个奇怪的手势，似乎要把孟鹰推出去。

焦黄脸说，你母亲病了，她——

孟鹰拔腿就跑。他不需要再听。母亲肯定比病还病，不然劁匠不会派人告知他。孟鹰跑出校园，穿过镇街，拐上通往宋庄的车马道。孟鹰没有自行车，往返村镇全靠两只脚。他走得比别人快，跑得也比别人快，焦黄脸早被他甩得没了影儿。昨天下过雨，坑坑洼洼里还积着混浊的水。孟鹰没像以往那样躲着水坑走，以避免弄湿弄脏母亲为他做的布鞋。他根本就没往脚底看。有几次踩进水坑或水坑边缘，他听到水花四溅的声响。身子稍一歪，马上又竖直，箭一样朝着宋庄方向射去。

孟鹰几乎没有停歇，似乎停歇片刻，母亲就会离他而去。他满脑都是母亲伤痕累累的样子。

母亲躺着。在院里。在门板上。身上盖着白布。白布短了些，母亲两只脚在外露着，鞋上还沾着泥巴。他没有片刻歇停，母亲还是离他而去。

孟鹰怔怔地站着。好半天。时光凝固了，天地凝固了。静得可怕，白得刺眼。半晌，孟鹰才眨了一下眼。目光落在母亲的鞋上。鞋面是黑色的。鞋是母亲的，脚未必就是母亲的。或许是母亲的玩笑，抑或是劁匠搞什么花样。这么想着，孟鹰小心地走上前，捏住白布一角，慢慢掀开。

孟鹰的胳膊被一只手抓住，他并没有彻底掀开。劁匠低声道，别让光照着她。孟鹰顺从地跟着那只手缓缓移动。母亲再次被覆盖住，彻底覆盖住。

孟鹰突然发出一声凄厉的嗷叫，猛撞过去。劁匠毫无防备，仰面倒下，满眼满脸都是惊愕。孟鹰扑到他身上，挥拳就打……

…………

车颠簸一下，孟鹰的头撞到前面的靠背。竟然睡着了。脸有异样，摸摸，湿漉漉的。那么，他是哭了？孟鹰忙把头扭向车窗，虽然同车的都是陌生面孔。

孟鹰昨晚从省城坐火车，凌晨到张市。看到火车南站外发往县里的客车，孟鹰没有多问。中巴驶出市区，孟鹰才知中巴走的是前道。到县里有两条路，中道和前道。前道走山区，比中道要慢一两个小时。可已经坐上去，不好再返，慢就慢吧。孰料前道修路，走一程就得拐到下面的土路。尽管车窗紧闭，飞扬的尘土还是挤进来，在头顶肆无忌惮地游荡。他没买到卧铺，坐了整整一夜。夜里还好，白日反而格外疲累。孟鹰问跟车的胖子，几点能到。他知道询问是毫无意义的，可就是想问问。那个他叫父亲的人，从未像现在这样让他焦急。孟鹰原以为像以往那样，不过是变着说法骚扰他。杀了人？怎么想出来的？可……

中午时分，中巴终于摇到县城，但孟鹰第二天下午才在看守所见到孟灯。

整整六年。自上次他和孟燕离开省城，孟鹰再未见过他，虽然一天好几次听到他的声音。他消瘦了，眼眶深陷下去。

两人对视良久。

一团奇怪的笑从孟灯脸上凸起。你终于回来了！

孟鹰的焦急、牵念顿时化作尘烟，继而升腾起愤怒，你就是为了这？……

孟灯得意地，就算躲到美国，有一样改不了，你是我儿子。

孟鹰厌嫌地皱眉，我不是！

孟灯说，你回来了，你就是。

孟鹰大声道，我不是！他回了下头。制服在几米远的地方。

阴影掠过枯瘦的脸，孟灯剧烈地摇晃了一下。随后垂下头，妥协道，不是就不是吧，可你总是孟燕的哥哥吧？生怕孟鹰否认，他强调，你和她是一个娘胎出来的，她是你亲妹。

孟鹰没说话。

孟灯软绵绵地，我出不去了。突又急切地望着孟鹰，你是她亲哥，你会照顾她对不对？你必须照顾她，谁让你是她亲哥呢？

孟鹰偏偏头，似乎不忍触碰他的目光，那个人没有生命危险，我去医院看过了。

孟灯好像走神了，停了片刻，有些吃力地说，你把她带走吧，我……不行了。

孟鹰询问地看着他。

孟灯悲伤地，老天爷不让我照顾燕儿了……

孟鹰怔住。

孟灯眉垂得越发低了，她就交给你了，你寄回的钱，我都替她存着呢。

孟鹰小心翼翼地，如果——

孟灯打断他，他们说把孟燕送到镇上的养老院了，你早一点过去。她现在不是一个人了，我担心她。

孟鹰大惊，你说什么？

孟灯似乎费了老大的劲儿才挤出来，她……怀孕了。

孟鹰目瞪口呆。

孟灯恳求地望着孟鹰，我想过了，让她生下吧，好歹活一回人哩。

孟鹰的心被一点点掰裂，身体被劈开一个巨大的沟壑。他强力控制，没有摔倒。

从看守所出来，孟鹰直奔车站。通往镇上的中巴一小时后才发，孟鹰没有等，打了出租车。司机长了张猴脸，却没有猴子机灵，开得四平八稳。孟鹰催一次，他油门便踩得大一点，转过弯，速度又慢下来。孟鹰恨不得踹开他替他开。孟鹰两年前就考取了驾照，只是没有自己的车。

猴脸不认识养老院，到镇上先询问路人，走了一段，似乎忘了，又停下来。孟鹰将早已备好的五十块钱丢给他，一路狂奔，像十几年前那样。身体不如从前了，跑了数十米便觉得气不够用，喉咙里全是粗重的呼哧声。他没有停下。他的脚，他的心，被牵着扯着，他停不下来。

穿过林间小道，终于看见敬老院几个大字。太阳斜挂着，大地，树木，房屋，还有白底黑字的牌子被余光镀上金色的涂层。孟鹰突然立定，像误闯了禁地，兀自生出隐隐的恐惧。站了足有两分钟，也可能五分钟，他才小心翼翼挪过去。

大门敞着，孟鹰立时就认出蹲在墙角的孟燕。她拿着一根竹棍，似在戏弄蚂蚁或别的昆虫。她的侧影像极了母亲，只是比母亲略胖一些。

孟鹰再次定住，牢牢地，像被卡在门框。他看着她。只是看着她。锋利的刀剐割着他的脑子，洪水从记忆的豁口喷出，霎时淹没了他……抛起，落下；落下，抛起，他试图抓点什么，树枝、柴棒、窖口、花斑母牛、黄昏落日、游荡的炊烟，还有孟燕纤细的呼叫，可是他什么都抓不住。一波又一波的水扑向他，扑着他的嘴、鼻、眼睛，扑着他几乎要炸裂的心。他想喊，可喉咙塞满了东西，他连半个音也发不出，马上要窒息了。他放弃了徒劳的努力，闭上眼，在昏蒙中渐渐下坠……

哥？

孟鹰打了个激灵。他的身子湿着，滴答不止。

孟燕站起身，仍然抓着那根竹棍。

你真是我哥呀？孟燕露出欢快的表情。她向他走来，竟有些蹒跚。

孟鹰本欲扶她，可脚被切掉似的，倒下去的同时，他听到孟燕的惊呼。

天上人间

1

那个夜晚基本被隔壁的男女糟蹋了。先是枪战片，嗖嗖的子弹几乎擦着头皮飞过，之后两人又鼓捣床上那点事。墙壁薄，没有任何秘密。姚百万和崔荷清楚租的不是别墅，一举一动把声音控制到最小。特别是房事，只有动作，从来都是哑剧。隔壁就不同，打个喷嚏也壮烈得像炸碉堡。那个男人半月二十天换个女人，懂羞的女人还好些，猫猫狗狗的哼唧一会儿，刚领回这位几乎就是猪的冤魂附体。

姚百万瞅瞅床头的闹钟，快两点了。愤怒得直想挥拳头。之前隔壁住的是一对安徽夫妻，什么都好，就是男人的呼噜像火车爬坡。某天深夜，姚百万没控制住，砸了一拳，结果把墙砸出个窟窿。所谓的墙壁不过是劣质的三合板，姚百万花了两晚上才把那个洞补上。

姚百万还敢砸吗？更重要的不是洞的问题。隔壁男人没固定工作，却频繁换女人，肯定不是什么好货。男人眼睛有点儿斜，看人更斜，目光透着阴沉沉的冷。他不比安徽男人，姚百万不敢惹。

姚百万和崔荷租住的房子在城乡接合部，鱼龙混杂。打工的，准备考研的大学生，小偷，妓女，推销员，逃犯。曾经有个男租客，个头不高，总是笑眯眯的，嘴巴也甜，姚百万还抽过他一支烟。两人等着接自来水，姚百万说戒了，男人却往姚百万手里递，打着火先给姚百万点上。某天早上，突然闯进几个警察把男人铐走。后来听说男人背了三条人命。姚百万惊出一身冷汗，再看周围的租客，就动了心思。即便一个院子住着，仅限于点头，不再轻易套近乎。

男女终于消停，崔荷开始穿衣服。姚百万叫她再眯会儿，崔荷说一眯就睡着了。崔荷刚在清洁队找了份活儿，每天三点半就得起身。姚百万清楚自己说的是废话，除了废话，他没别的可用来疼她。崔荷走后不久，姚百万的眼皮焊在一起。却不是享受，除了吵就是打，对手居然是死去多年的父亲。姚百万惊醒，心跳气喘，大汗淋漓。他不敢再睡，但比平时多赖了一会儿。没时间叠被子，匆匆抹把脸，锁门出来。当然，没忘了擦拭他的宝贝地球仪。再忙也要擦拭，那比他的脸重要。

那是个寻常的日子。姚百万穿过巷子，步行七八百米到95路公交站点，碰见的那些人和往常一样，急匆匆的。唯一不同的是，那天姚百万没在家吃早饭，在巷口买煎饼闹出点波折。卖煎饼的女人问姚百万要不要夹火腿肠。姚百万和崔荷刚来城里时，一张煎饼一块五，几年时间就涨到三块五，有些吃人的意思。夹火腿肠要五块五。可能那天姚百万睡得不好，想奢侈一回。女人把火腿肠切开，姚百万又改口了。女人说切开就没法卖了。那意思是不能赖的。姚百万掏出钱，女人嫌那二十元钞票缺角太大，让姚百万换一张。姚百万说只带这些钱。两人争执，后边排队的不干了。女人做了让步，但脸嘟噜得如熟透的紫葡萄，姚百万还没把手伸展，她夹钱的夹子就松了。两枚一元硬币掉到地上，其中一枚滚出三四米。姚百万有些恼火。争吵只给自己添堵，况且也不是什么大事。只是火腿肠有些硌牙，似乎也沾了灰尘。

莞城的劳务市场在东兴街，姚百万到的时候，招工的务工的已经展览一样排开。姚百万转了一圈，招工的还是那几家。招司机和焊工，姚百万没那本事。好位置已经被占了，姚百万找个地儿蹲下去，从怀里掏出展牌铺在地上，用小石子压住四角。其实展牌就是一张硬纸，边沿已经破损，姚百万用透明胶粘裹了一圈。上面写着姓名年龄，还有要找的活计类别。和别人不同，姚百万在硬纸下面标注了一行小字：什么都可以干。

半晌午，姚百万有些困，脑袋微微下垂，眼睛半启半合。但不敢让自己睡着。那团黑影罩住展牌，他立马抬起头，光芒四射。

是个三四十岁的男人，平头，圆脸，下巴泛着隐隐的青光。姚百万没见过那么光洁的下巴，若不是那层青光，他难以相信男人长着很重的胡子。姚百万每天刮脸，怎么也刮不干净，长长短短的毛茬像驻扎在脸上的咒语。男人并没看姚百万，而是盯着展牌。字是姚百万自己写的，这是姚百万的骄傲。男人看不懂似的，略略皱眉，半晌，才把目光移到姚百万脸上。男人含了些笑，几乎看不出来，姚百万是从他嘴角的弧度判断的。男人目光极硬，姚百万赶紧站起来。他没男人那么吝啬，笑得大方而又节制。

姚百万？男人的声音沉而厚。

姚百万啊一声。知道男人笑他的名字。姚百万绰号一百万，自然是戏谑他的。绰号一百万，却是穷光蛋。这是大字不识的父亲干的最牛逼也最搞笑的一件事。

护理会吗？

姚百万嘴巴咧得大了些。他侍候过一个垂危的老人，四个月，工资蛮高，后来再没机会。

你要多少钱？

姚百万知道有戏，狠劲掩饰着喜悦，心里迅速盘算了一下。不能要高了，已经歇了两个月，也不能低了，低了雇主反而生疑。三千……姚百万顿了顿，男人的表情静止不动，他才将躲在后面的“五”拎出来。

跟我走！

男人没问别的，没和姚百万砍价，简单得像在市场买白菜。男人的语气是命令式的。姚百万愣神的工夫，男人已走出十多步。姚百万抓起展牌迅速跟上。

男人后脑勺卧着三个大大的旋儿。俗话说一个旋愣，两个旋硬，三个旋打架不要命。姚百万不由得一抖，大馅儿饼砸到脸上的喜悦被突然而至的疑问扫得干干净净。想起以招工为幌子的传言，有的被骗至黑煤窑，有的被割了肾或摘掉别的器官。姚百万步子慢下来。

男人走到路边，停住，回过头。姚百万距他有十几米远。姚百万迟迟疑疑走过去，男人拉开车门，上吧。依然是命令式的，短促有力。黑色奔驰，乔工头开的就是这样一辆车。

姚百万问，这就去？

男人重重地看姚百万一眼，那怎么可能，先上！

姚百万还想问些什么的，但男人硬硬的注视容不得他张嘴。姚百万几乎是仓皇爬进去的。男人的后脑被靠座挡住，看不到那三个旋了。从侧面望过去，男人的脸是方的，棱角锋利。姚百万紧张地注视着窗外。如果男人往城外开，拼死也要跳下去。

车始终在市区的街道穿行，大约半小时后停在第一医院门外。男人把意图告诉姚百万，姚百万终于松口气。

一个小时后，男人和姚百万再次回到车上。男人问姚百万一些问题，什么地方人，到城里几年了，会不会做饭。姚百万的嘴巴又咧了，他和崔荷在工地做了两年饭，一百多号人，就他俩，外加一个买菜的。男人在驾驶座，姚百万在后面，看不到男人的表情。两人一问一答，很像电视里的特务接头。

男人看过姚百万的身份证，要了姚百万的手机号，说三天后出检查结果，如果合格，会给姚百万打电话。男人提了些条件，如须二十四小时陪护，一周休息一天，没有他的许可不能离开，不能向旁人透露地址，不能和邻居搭讪。男人越说，姚百万觉得自己离特务越近。这些都不成问题，只是二十四小时陪护，病人肯定瘫痪，三千五似乎少了点。但好容易捡到，况且还谈不上捡到，加钱会让男人不悦，说不定活儿就丢了。男人似乎猜到姚百万的心思，说如果姚百万合格，他每月开五千。姚百万简直不敢相信，管吃管住，一月五千，算是双层馅儿饼了。当然，男人说，他也有别的要求，现在没必要说。姚百万不在乎，只要不割器官，什么要求都可。

姚百万想等男人给了准信儿再告诉崔荷。他是个憋得住的人，坏事能憋住，好事也能憋住。如果身体不合格，就没必要说。猪咬尿泡空欢喜，没啥劲儿。可那天晚上，他怎么也没憋住，就像揣着一颗硕大的西瓜，任怎么摁也不听话。崔荷双眼放亮，换了新电池似的。崔荷问来问去，搞得姚百万不耐烦起来。崔荷并不在意姚百万的态度，一月五千,一年就是六万，两年十二万。崔荷脸上放着光，格外迷人，姚百万把持不住，极其粗鲁地将她扑倒。崔荷被兴奋冲昏了头脑，却没忘隔墙有耳，牙关紧闭。姚百万有些扫兴，仗着悬在半空的喜悦，打算放肆一把。刚嗷出没半个音，崔荷一把捂住他的嘴巴。

2

那三天，姚百万度日如年。依然像往常那样，一早就到了劳务市场。馅儿饼砸到头上，还没吃到嘴里。吃到嘴里才算数，不能傻老婆等汉子。可……姚百万像跳到高温铁板上，燥得怎么也待不住。崔荷不过算一次账，姚百万反复算。崔荷嘴上算，姚百万心里算。一月五千,一年六万，两年十二万,三年十八万。这得看那人能活几年。活十年就能挣六十万。当然，姚百万干不到那个时候，他想去毛里求斯，挣得差不多就离开。

第四天中午，姚百万几乎灰了心，突然接到男人的电话。姚百万在劳务市场对面的街摊要了一碗安徽板面，刚吸溜着把一筷子面条捅到嘴里。虽然只见过一面，但姚百万记住了男人深沉厚重的声音。姚百万心跳嘴抖，那一筷子面条又浩浩荡荡地坠到碗里。坐在姚百万对面的妇女迅速起身，换到另一桌。

男人的话依然吝啬，依然是命令式的，问清姚百万的位置，说，等我！姚百万想多问问，男人已经挂断。姚百万预感要咬到馅儿饼了。不知男人多久过来，姚百万有些慌，一筷子接一筷子往嘴里塞。动静大，动作猛，旁边的食客都呆了。不到一分钟，面光了，汤也干干净净，只是两腮和喉咙被烫出泡。姚百万大张着嘴，不住地哈气。

差不多等了一个小时，男人的车停在身边。你可以的。姚百万自然明白什么意思。男人让姚百万跟他走，工钱从今天算。姚百万问，现在？男人反问，走不开？姚百万忙说没问题，只是得回家取几件衣服，还有剃须刀牙具什么的。男人说，我跟你取，那儿没人了，今天你必须过去。

路上，男人除了问怎么走，再没多余的话。直到姚百万拎了包夹着地球仪钻进车，男人才问，干吗带这个？姚百万说一点个人爱好，男人没再说什么。姚百万看不到男人的表情，只能凭着脸的棱角揣测男人。其实什么也揣测不出。到现在，姚百万对自己的雇主一无所知。男人不说，姚百万不敢问，只要挣钱，不欠，没必要知道那么多。姚百万老实，心眼儿还是有的，清楚这个世道人和人不同。有人满天嚷嚷，恨不得全世界都知晓那点破事；有人神神秘秘，父母也未必知道多少。姚百万不是冒失鬼。

姚百万已经在莞城住了差不多五年，对莞城一些街道挺熟的。遇上休息，他爱拉着崔荷坐公交，从起点坐到终点，再从终点坐回。男人的车拐进凤凰城小区，姚百万马上知道对面是城市公园。他和崔荷来过，公园门外广场上塑着七匹马的雕像，其中一匹很像多年前自己养过的，他一下就记住了。

车停到楼下，男人递给姚百万一张打印纸，说要求都在上面。男人这时候才亮出来，更像律令。好在姚百万习惯了雇主的霸道。

姚百万有准备，但看到打不还手，骂不还口时，心里还是敲起小鼓。骂也就罢了，打有轻重之分，打伤怎么办？男人肯定猜到姚百万担心什么，说他脾气不好，打骂难免，如果你后悔，现在就送你回去。瘫痪有几个脾气好的？这么一想，姚百万说没问题。男人说姚百万能做到就签个名，姚百万签了。男人给姚百万两把钥匙，一把从外锁门，一把从里锁门。男人叮嘱一定要把门锁好，姚百万重重点头。

需要陪护的人并没有七老八十，也就六十上下，鬓角夹了些白，眉毛却染过一样黑，更让姚百万意外的是，对方没瘫痪，瘦气了些，但精神得很。姚百万和男人进去，老汉正盘坐在椅子上啃胡萝卜。姚百万喜欢盘坐，但那是在炕上，在床上盘就有些别扭，还是第一次见人在窄小的椅子上盘。两只脚得多受罪。老汉咬的声音极响，目光从姚百万脸上滑到男人脸上，示威似的，嚼得更脆了。显然，老汉牙也好。

男人给老汉介绍姚百万，老汉的目光却缩到萝卜上。剩个屁股了，老汉抠抠尾部的黑污，整个塞进嘴巴。男人突然蹿过去，捏住老汉的腮，老汉猛往后仰，随椅子倒在地上。男人及时松手，没被绊倒。姚百万正想扶老汉，老汉翻个滚，敏捷地跳起。他距男人和姚百万远远的，恶狠狠地嚼着。但没嚼碎就吞下去，吞得急了，脖子抻了几抻。

男人很是生气，没你吃的还是没你喝的？老汉说托你的福，我没饿着。老汉明显有抵触情绪。男人指着姚百万，从现在起，由他照顾你。老汉冷冷的，别说得这么好听，看守就是看守，我自己长着胳膊腿，不要人照顾。男人说让你的胳膊腿歇着吧，我下周来看你。老汉说我不稀罕你看，你早点放了我吧，要不早晚你得让警察逮住。

姚百万的心忽然一沉。难道老汉是被绑架的？如果老汉是被绑架的，他作为看守就是男人的帮凶。从老汉的口气，还有男人的种种要求判断，不是没有可能。但男人抢老汉胡萝卜的样子，有心疼的意思。还有，如果是绑架，要捆了才对，电视都是这么演的，看守也得是男人的心腹，而不是从劳务市场现雇。

男人拍姚百万一掌，姚百万从呆愣中惊醒。男人叮嘱姚百万用心，到时候来替他。姚百万的腰弯出一个大角，老板放心。老板这个称谓礼貌而模糊，男人不会怪罪。

老汉没正眼看姚百万，进门那一瞟也是轻飘飘的，似乎姚百万不值得看。男人离开，姚百万锁上门，回过头，吓了一大跳。老汉距他不足半步，脸几乎贴到姚百万脸上。姚百万迅速往旁边挪了挪，冲老汉笑笑。老汉依然盯着他。老汉黑褐的脸呈三角形，刚嚼东西没觉得什么，此时看上去，脸上基本没长肉，两腮抽巴巴的，像风干的树皮。脸上不光滑，说不出是皱纹还是伤痕。眼睛不大，和粗黑的眉毛极不相称，但出奇地亮。

叔！姚百万被老汉盯得发毛了。

老汉指指自己的鼻子，叫我？

姚百万说，我叫姚百万，来侍候叔的。

老汉的目光掺了东西，不那么亮了。我不是你叔。

姚百万说，叔让我做什么我做什么。

老汉突然给姚百万一个耳光，问，疼吗？

姚百万愣了一下，往后退了退，说，当然疼。姚百万已经在律令上签字画押，可他哪会想到自己的服务对象健壮得能把胡萝卜嚼出满屋子响？

老汉说，一个巴掌就嫌疼，要是落警察手里，你还活不活了？就算你是他雇的，警察也饶不了你。听说犯人打犯人更狠，敲断胳膊打折肋骨是常事。

姚百万满脸狐疑，他不是你儿子吗？

老汉瞪眼，你看他和我长得像吗？

姚百万没说话。男人和老汉没有任何相像之处，除了性别。

老汉又问，他说他是我儿子？

姚百万仍没言语，但用眼神回答了老汉。

老汉说，我没这样的儿子。他若是我儿子，会把我关在这里，还雇人看守？

姚百万瞪大眼，你是被他绑……架的？姚百万有些吃力，嘴唇木僵僵的。

老汉说，你都看到了。

姚百万后背汗湿了。老汉的手脚没被捆着，但关在五楼，和绑架没什么区别。可如是这样，男人怎会把重任交给不相干的姚百万？姚百万问老汉和男人什么关系，男人为什么关他。

老汉神秘地招招手，姚百万靠近，老汉胳膊突然一扬，姚百万有防备，跳开了，但老汉的指尖还是扫到脸侧。姚百万有些火，便终是忍住。老汉似乎比姚百万还来气，我说半天白说了？你就想坐牢？我不会告诉你他和我什么关系，也不会告诉你他为什么关我，你又不是警察。你要么把我放了，要么报警。

姚百万咽口唾沫。他不会轻易相信老汉的话，但也不能一点不信。毕竟，他对男人和老汉一无所知，什么可能都有。放了老汉？

报警？姚百万不会这么鲁莽。男人未必比警察好惹。

他多少钱雇你的？老汉问。

姚百万说，你猜。不能被老汉吓住，姚百万想。得玩点儿心思，从老汉的话中套点信息出来。

老汉不屑，卖什么关子，他给你多少，我给你多少，不，我多给你几倍，只要你把我放了，什么都好商量。你不信？我有的是钱。老汉快步去了卧室，手上抓厚厚一沓钱出来，都是百元大钞。

姚百万惊得眼球都要撞出来。

老汉面露得意，怎么样？放了我，这些钱全是你的。

老汉炫富，反让姚百万产生怀疑。如果老汉是被绑架的，手里不会有这么多钱。男人也不允许老汉有这么多钱。姚百万虽然猜不着男人和老汉的关系，但绝非绑架和被绑架这么简单。姚百万轻松许多，说，买卖是好，不过，我得想想。

老汉的小眼瞪得溜圆，你不就为挣钱吗？有什么好想的？

姚百万说，挣钱也得想想。

老汉大怒，你个烂货，我说半天又白说了，你就想当他的走狗？就想撞大狱门？

姚百万垂下眼皮。骂不还口，打不还手，律令在脑里刻着。

老汉骂一会儿便消停了。姚百万的不合作显然让他备受打击，眉眼耷拉着，犯困似的。他确实困了，姚百万听到鼾声。让姚百万惊异的是，老汉站着睡的，也就半个膀子靠着墙，而且手里抓着那沓钱，没有一张滑脱。姚百万怀疑老汉装睡，鼾声又不像装的。姚百万悄悄靠近，老汉的眼睛突然睁开。姚百万跳开。老汉没有掴姚百万的意思，眼皮又缓缓合上。

五点钟，姚百万问老汉想吃什么，老汉不理。姚百万给菜店打电话，十分钟后，菜店就把菜送上来。男人给号码的同时交代，姚百万只要打电话，怎么付款无须姚百万操心。姚百万做了红烧鸡翅根，清炒一盘菜花，米饭。每餐至少一荤一素，男人这么要求的，老汉吃不吃都要做。姚百万对自己的厨艺有信心，搞定老汉的胃口绰绰有余。

饭菜端上桌，姚百万招呼在椅子上盘坐的老汉，老汉纹丝不动。姚百万试图拽他，老汉反拨一下，跳到地上往卧室走。姚百万追进去，老汉已背对姚百万躺在床上，无论姚百万怎么喊，老汉一声不吭。

叔，你尝尝我的手艺。

…………

叔，你有天大的仇，也不能和饭记仇。

…………

叔，你吃了我就放你走。

老汉腾地坐起，当真？

姚百万装出可怜样，我倒是有这个心，就是不敢呢。姚百万没有戏弄老汉的意思，只想试试这招灵不灵。老汉瞪姚百万一会儿，又倒下去。老汉显然要绝食。姚百万有些慌，躲到厨房给男人打电话，老汉有什么意外，他担不起。男人并不着急，叫姚百万只管吃自己的，饭菜搁桌上就是。

姚百万的心又吊起来，男人对老汉的态度实在费琢磨。独自进餐，姚百万不安而鬼祟，扒拉几口，便回到房间给崔荷打电话。崔荷没多问，只是叮嘱姚百万，侍候好了，别让人家挑出毛病。

姚百万在黑暗中发了会儿呆，听得有动静，悄悄探出头。姚百万的房间靠着门口，老汉若想出去，必得经过。门锁得好好的，姚百万还是摸摸系在裤袢的钥匙。

动静是从餐厅传出的。

姚百万蹑手蹑脚溜过去。老汉立在餐桌旁边，不停地往嘴里填东西。借着对面的灯光，姚百万看到他腮帮子鼓胀成一个包。

3

姚百万没敢脱衣服，睡得也不踏实，听到声响，迅速扑出去。老汉正撅着屁股捅锁眼。姚百万从后面抱住老汉，老汉呜噜一声，抓住门柄，拼死抵抗。没想到老汉清瘦的身躯蕴含着超凡的力气，把老汉拖开，姚百万几乎被汗浸透。他松开手，老汉反脚一踹，姚百万毫无防备，被踹中小腹。老汉用了狠劲，姚百万缩在地上。老汉并未罢休，一顿猛踹。姚百万死死护住头脸。

老汉喘息时，姚百万滚到一边，挣扎两下，竟然没爬起来。老汉出够气，不再理姚百万，姚百万也就懒得再动。

天刚刚亮，从窗外传来的声音像刚孵化的小鸡，透着毛茸茸的新鲜。老汉低着头，来来回回地走，似乎在寻找什么东西。他不看姚百万，扫到姚百万时，故意把头扭开。那样子似乎除了姚百万，他什么东西都稀罕。

姚百万动了动，疼痛难忍。那次为了追堵乔工头，姚百万和二旦还有村里几个人在金山会所门外蹲守了三天四夜。听说先前乔工头常到金山会所。第四个夜晚，乔工头的黑色奔驰停在会所门口，姚百万第一个冲上去。两年的工钱呢。二旦他们是一个人，姚百万和崔荷在乔工头的工地上做饭，就是双份工钱。姚百万比他们急。几个人核计过，要扣留乔工头的奔驰车，所以姚百万拽开车门就往里钻。那次，几个人都挨了打，姚百万最惨。后来才知道，乔工头已经把奔驰抵押给别人。

姚百万挨过不少打，但没这么窝囊过，没这么憋气过。照这么下去，非残了不可，工钱还不够看病的。

有了辞职的打算，姚百万轻松许多。男人和老汉什么关系，陪护还是看守，与姚百万无关了。世界这么大，总有活路的。

姚百万给菜店打电话，问有没有油条豆浆什么的，回复说店里没有，但可以从旁边买。姚百万会炸油条，一顿早餐，图个省事得了。姚百万让老汉吃饭，老汉摇头。姚百万想，你爱吃不吃。姚百万买的双份，老汉吃不吃都得预备着。吃完一份，姚百万忽然想来个恶作剧。老汉想偷偷摸摸吃，偏让他扑空。已经很饱，但姚百万硬是把那份塞进去。撑着了，从桌边站起，感觉两条腿快叉开了。

老汉仍在客厅溜达，他没再把头扭开，而是好奇地打量着姚百万。姚百万挑衅地说，我吃光了。老汉回答得极快，吃光好，我早上从不吃饭。姚百万顿有上当的感觉。

姚百万给男人打电话，说自己干不了，不干了。男人说不行。姚百万愣愣的，竟说不出反问的话来。不讲理的事多了，还没见这么不讲理的。他还把姚百万绑在这儿不成？姚百万喘息之际，男人说不干可以，得等他雇上人。半个月，半个月可以吧？男人用霸道的语气和姚百万商量，姚百万说好吧。

上午九点至十点，是律令要求的散步时间，只限一小时，只限小区内，须寸步不离。答应男人半个月，就得按律令办。老汉不是被绑架的，这点姚百万心里已经有数。但老汉被限制了自由，这是肯定的。软禁？扣押？姚百万猜不透。

或许踹了姚百万，怕姚百万不带他下楼，老汉说时间快到了时，脸上带着讨好，姚百万闪脚，他还扶姚百万一下。出了楼梯口，老汉态度就变了。他欲往小区门口走，姚百万拦住他。他恼怒地瞪着姚百万，我看看大街还不行？姚百万说不行，只能在院里，要不就回。老汉说，我不喊警察还不行？姚百万说不行。老汉悻悻的，但屈从了。

过了一会儿，老汉说，我想自己走走，姚百万不说话，无声地看着他。老汉说，我不跑，跑也跑不过你呀。姚百万摇头，老汉没踹姚百万，照旁边的树踢了一脚。

走了几步，老汉突然回头，恶狠狠的，别跟这么紧好不好？又不是我拉出的屎！

姚百万顿顿脚，老汉起步，又跟上去。他可不敢麻痹。老板长了三个头旋，姚百万惹不起。

老汉挥拳，想挨打？

姚百万退后一些，隔着五六米距离。老汉有往大门口走的动向时，他马上说，叔，回头。

老汉怒冲冲地盯他一会儿，最终按指令做了。

走到前面的花池，老汉坐下，姚百万不远不近地站着。

我像不像坐牢？老汉问姚百万。

姚百万说，不像。

老汉盯住姚百万，不像？坐牢也没看这么紧。

姚百万说，你有吃有喝的。

老汉叫，坐牢也有吃有喝。脖子绷得过紧，反拽出粗粗细细的沟壑，要撕裂的样子。片刻之后，老汉忽然转脸，低声下气地求姚百万放了他。姚百万不答。老汉声音又硬了，你铁了心当他的帮凶？姚百万说，我是他雇的，只管看不管别的。老汉说，好吧好吧，你就等着戴手铐吧。

经过垃圾箱，老汉捡起一个矿泉水瓶，问，只要我不跑，你什么都得听我的对不对？姚百万不知老汉玩什么花样，但律令确实是这么规定的，姚百万点点头。老汉说咱俩玩个游戏吧，一脚把水瓶踢出去，让姚百万捡回来。姚百万目测与空瓶的距离，尽管吃撑，老汉若逃，还是追得上的。于是，慢慢往前踱。老汉催促，快呀，怎么像蜗牛？姚百万捡回来，老汉又是一脚。姚百万站着不动，老汉挥挥拳，姚百万闪开。

老汉没有逃，只是反复踢那个空瓶。姚百万一趟趟拾捡。在老汉的威逼和催促中，姚百万不得不迈开大步，肚子胀，奔跑就显得笨拙滑稽。老汉分明在折磨他。

姚百万以为上楼会费些周折，老汉沉醉在游戏中，不大的眼睛奔跃着兴奋和贪恋。姚百万说时间到了，老汉立马停止，只是语气恶狠狠的，真听话，你是他养的狗？姚百万说，我挣他的钱。老汉还击，我照样给你钱，干吗不听我的？姚百万说，我答应了他，就不能答应你，我倒是想多挣，可不能坏了规矩。老汉说，还一套一套的，你不替他干的时候，甭管他辞你还是你辞他，总有那么一天对吧？你帮我逃走怎样？你看到我的钱了，我可以提前付你。姚百万的心猛一跳，脑里随之闪过男人后脑勺那三个旋。老汉问，咋？怕了？姚百万说，先回先回，别磨嘴皮子。老汉哼一声，你就是怕了，胆子比耗子还小。

中午拌了个凉菜，炒了一盘鸡丁。姚百万喊他，他没耍性子，可能上午玩得挺痛快吧。但老汉并不就座，围着餐桌转了一圈又一圈，像举行什么仪式。姚百万被他绕晕，催促他赶快吃饭。老汉停止，缓缓摇头。姚百万问，你不饿？老汉说饿。姚百万问，为什么不吃？老汉说，怕你下毒。姚百万怔忡片刻，说，我为什么要下毒？毒死你我赔得起吗？老汉说你跑啊，跑远了，谁也逮不住你，等逮住你，你把钱也花光了，坐牢也值。我有一抽屉钱，足够你花。你不帮我逃，不就想一个人离开吗？毛里求斯在姚百万脑里划过，像一道闪电。

老汉跑进卧室，抱出来一个抽屉。这是老汉第二次向姚百万展示他的财产。姚百万是第一次看到这么多钞票，满满一屉。一些散着，一些用皮筋扎着。姚百万眼有些花，呼吸也困难了些。老汉几乎端至姚百万眼皮底下，你验验，没一张假的。姚百万没动，眼更花了，无数碎片在空中舞。老汉问，你是不是想毒死我，卷了钱逃走？你不必冒这个险，放了我这些钱就归你。姚百万从抽屉掰开目光，有气无力地说，我不会毒你。老汉哼一声，鬼才信。老汉昨晚的怪异原来是有缘由的，姚百万摇摇头，自己先吃了。他像昨晚那样躲进房间，老汉如他猜的那样来个一扫光。

老汉杵在门口，嚷着要吃胡萝卜。姚百万戏问，没吃饱？还是吃上瘾了？老汉不答，孩子似的不停地嚷。姚百万说，要是没吃饱，我给你做点别的。老汉说别的不稀罕，就要胡萝卜。姚百万说，想吃可以，早说嘛。老汉说你没问，我跟谁说？姚百万说，非得问你才说？老汉振振有词，你没问我凭什么说？姚百万呼哧两下，只好给菜店打电话。老汉瞧出姚百万不耐烦，眼皮往上仄起，目光像崩塌的山石没有秩序、没有阻拦地滚落，你是他雇的对不对？什么都得听我的对不对？你别惹我，我可不是一般犯人。

老汉吃胡萝卜不避姚百万，还故意在姚百万面前嚼。嚼得频率快，不时有萝卜块从嘴角滑落，他速度极快地捡起，丢到嘴里。姚百万劝他掉地上就别捡了，他不理。又有一小块滑出，恰好落姚百万脚旁。老汉拾捡时，姚百万踩住。老汉突然撞过来，姚百万没有防备，仰面栽倒。老汉捡起沾了污垢的萝卜块，挑衅地往嘴里一扔，嚼得夸张放肆，神情恶恶的，是故意讨人嫌的恶。

老汉终于消停，姚百万长长地舒口气。姚百万在许多地方干过，装卸，守夜，还在私人养猪场喂过猪，到工地做饭是后来的事。相比之下，这个陪护最省力，风吹不着雨淋不着，工钱还高。但是最累。老汉把姚百万当敌人，姚百万何尝不是？姚百万猜不透男人和老汉的关系，但知道男人和老汉之间一定有秘密。那一抽屉钱肯定是男人给老汉的，那么多，够十几万，也可能几十万。男人为什么给老汉这么多钱？难道老汉藏着什么秘密，男人要堵老汉的嘴？或从老汉嘴里套？漆黑的夜，姚百万躺在床上，满脑子电视里的画面。

手机的欢呼把姚百万吓一跳。崔荷喂一声，姚百万重声道，不是让你不要随便打电话吗？崔荷啊一声马上挂了。她肯定以为姚百万不方便。姚百万想起今天忘了给崔荷打电话，快十一点了，崔荷一定等急了。只要不在一起，两人每天都要通个话，好几年了。没有那么多甜言蜜语，年轻时没有，现在更没有，不过报个平安，没从这个世界上消失，彼此都活着。

停了十分钟，姚百万又打过去。姚百万听出崔荷的不安，安慰她不打紧，然后解释没打电话的原因。

4

姚百万摸清楚老汉一些规律。如老汉不吃早饭，午餐必定要吃胡萝卜。吃胡萝卜不避姚百万，咬得轰轰烈烈，气吞山河。姚百万越嫌寒碜，他越往姚百万眼皮底凑。老汉起得极早，但白天会睡许多小觉。那时，姚百万不能靠近，老汉有第六感觉，随时会跳起来，拳脚横飞，似乎姚百万时刻准备加害他。如果老汉像曹操手持宝剑，姚百万的脑袋滚落好几次了。

但姚百万摸不透老汉的脾性。老汉喜怒无常，许多怪癖让姚百万不解。如他从不和姚百万一起吃饭，总在姚百万吃过之后偷偷进食。防姚百万下毒，还是为了收拾残饭剩菜？如老汉不管在屋里还是院里，总低头往四处瞅，像丢了什么东西，寻寻觅觅的。

当然，老汉的折磨也花样百出。他让姚百万搔痒痒，姚百万的手刚伸进他后背，他重重踩姚百万一脚。姚百万问干吗踩他，他说姚百万下手重了。姚百万轻了些，他又说姚百万糊弄他。一天早上，老汉没有低头寻找，而是仰望屋顶，末了让姚百万把屋顶的玩意儿弄掉。姚百万瞅半天也没瞅出有什么玩意儿。老汉骂姚百万眼睛进水，明明在那儿趴着，装什么傻子？忽又叫起来，快呀快呀，它蹿了。老汉大呼小叫，姚百万想可能是昆虫。春天了，昆虫都复活了。搬过凳子，刚踩上去，老汉猛地一踹，姚百万直挺挺地摔倒，还好是膀子先着地，如果是脑袋，没准就开花了。姚百万怒冲冲的，老汉得意扬扬，拍手道，好！活该！姚百万警告他，老汉没有丝毫畏惧，也没有丝毫悔意，反故意激姚百万，你来打我呀，打我呀，不敢吧？告诉你，听他的话，就这个下场。

某天中午，老汉忽然说自己的钱不够数了。姚百万明白老汉又耍幺蛾子，不搭理他。老汉推姚百万一把，我的钱不够数了，你没听见？姚百万说你问我干吗？我又没拿你的。老汉说我没怀疑你，可能进来小偷了。姚百万拒绝报警，并冷笑着戳穿他的伎俩，门关着窗关着，小偷怎么可能进来？就算小偷有穿墙的本事，也不会拿你几张，你就甭动歪脑子了。老汉瞪着姚百万，神情闪过一丝狡黠。姚百万明白中了老汉的圈套，不由得一慌，说你别瞪我。老汉说，小偷进不来对不对？屋里只你和我，我不会偷自个儿的钱，只能是你。姚百万说我和你半步不离，怎么可能拿你的钱？老汉咬定姚百万乘他睡觉时拿了，要搜身。姚百万忍着愤怒说，想搜就搜吧。

老汉毫不客气，从上到下把姚百万的兜子翻个遍。兜里没什么东西，公交卡，手机，还有零钱，加起来超不过一百块。姚百万的神情带了些冷傲，怎么样？你信了吧？老汉围着姚百万转了一圈，又转了一圈，说钱肯定在姚百万身上，让姚百万把衣服脱掉。姚百万叫，你太过分了吧？老汉说，你不敢脱就是有鬼。姚百万咬咬牙说好吧。

姚百万脱一件，抖一抖。老汉的目光奔闪跳跃，但始终戳着姚百万，似乎怕姚百万变戏法骗他。只剩下裤头了，姚百万问，还脱？老汉往前凑凑，突然揪住姚百万的胸毛。姚百万趔趄一下，大叫，你干什么？老汉松开，退后一步道，看看是不是粘上去的。姚百万遭过不少罪，赤身裸体被人羞辱还是第一次。姚百万脸都青了，牙齿叩出轻微的声响。老汉挑衅道，咋，不满意？姚百万呼出几口粗气，把嘴巴咬紧。老汉不过是找借口折磨他羞辱他激怒他。姚百万告诫自己忍住，忍半个月。

就在那天晚上，两人又一次爆发冲突。姚百万从卫生间出来，老汉正抓着姚百万的地球仪。姚百万大叫，放下！老汉惊着了，慌乱突奔，放下去的同时又抓起来。姚百万再次叫，我叫你放下！老汉说，一个破玩意儿，嚷嚷什么？姚百万说，那是我的，放下！老汉问，很值钱？值多少钱？说个数，我买了。姚百万快速道，别废话，不卖！老汉也强硬起来，我就是要买呢？姚百万气呼呼的，把你抽屉里的钱全给我。老汉十分痛快，行呀。姚百万噎住，他不可能拿那钱，老汉真的给他，他也不能。老汉说，怎么样，这买卖划算吧。姚百万咽几口唾沫，说不卖。老汉板起脸，说话不算数？不行！这玩意儿归我了。

姚百万扑上去，两人撕扯在一起。姚百万毕竟比老汉力气大，快要搂到怀里时，老汉猛咬姚百万一口，姚百万手一松，老汉把地球仪拽回去，没等姚百万反扑，老汉重重一摔。地球仪撞在地上，又翻了几个跟头。姚百万脸色瞬间煞白，心跳几乎停止。好半天，他轻手轻脚过去，小心翼翼捡起来。地球仪磕出了坑，姚百万摸一下，抹一把眼，摸一下，抹一把眼。待他转过身，老汉已经溜回房间。

男人替换姚百万那个早上，姚百万又被老汉折磨了一通。男人进门，姚百万依然一阵接一阵咳嗽。男人没问缘由，只说七个字：你走吧，明早过来。昨天晚上，男人打电话说今早替姚百万，不用废什么话，但他至少该问问吧。姚百万差点被老汉掐死。就一个星期，挺挺就过来了。姚百万收拾东西，没忘带地球仪。姚百万打开门，男人的声音从身边追来，你坚持干，我每月开六千。

姚百万被金砖拍了似的，顿时眼冒金花。他看不清男人的脸，男人似乎罩了五彩的面纱。隔着面纱的声音依然厚实，直直地捅过来。怎样?

5

整整一天姚百万都是慌的，仿佛心上长了毛毛草。风吹草动，昆虫叫蚂蚱跳，他说不清楚缘于不安还是因为兴奋，似乎都不是，似乎都有那么一点儿。

姚百万本来想看看自己养的那匹马。马病亡，他想了好多年。以为再也见不到它了，没想它跑到城市，比他还早一步。刚站那儿，就听旁边一个稚嫩的声音说，这些驴真够丑的。一个老头儿牵着一个五六岁的男孩。姚百万笑笑，告诉男孩，不是驴，是马。男孩突然来劲了，叫，是驴，就是驴，一群丑驴。姚百万完全可以当笑话听，不知哪根筋错了位，和男孩较起真。老头儿不干了，叫，关你什么事？我孙子说驴，就是驴，还是丑驴，你想怎么着？老头儿的脖子暴起青筋。姚百万逃了，惹不起。

走了老大一截才想起坐公交，若是走回去，怕得天黑。倒了几趟公交，姚百万到了崔荷负责的那条大街，奔了两个来回，才在十字路口的甬道上找见崔荷。崔荷蹲着，正用小铲子清地面上的小广告。崔荷偏瘦，胳膊用力，肩胛骨便锋利地突起。声音嘈杂，崔荷没有觉察。姚百万的手摸住她的肩胛骨，她啊一声跌坐下去。看清是姚百万，崔荷转惊为喜，你个驴，吓死我了。姚百万说，是马，不是驴。崔荷目光拉长，你怎么了？姚百万说，没怎么呀。崔荷问姚百万脖子怎么回事，姚百万说嗓子疼，揪了几下。崔荷说揪偏了，姚百万说躺着揪的。崔荷表情有些硬，问姚百万到底怎么了。姚百万本来就慌，崔荷追问，就更慌了，没，没……没……怎么呀。崔荷说，不对，你有事。姚百万皱皱眉，我能有什么事？崔荷盯住姚百万，你不是让人家辞了吧？姚百万回答得挺干脆。崔荷依然不放心，真没有？姚百万厌烦地，我说没有就没有，哄你干吗？崔荷问，那你回来干什么？姚百万说，一周放一天假，说好的呀。崔荷拍着胸，吓死我了，那么好的活儿，可别丢了。

中午，姚百万拽着崔荷去吃驴肉火烧。姚百万给崔荷要了两个纯肉的，自己要了两个带焖子的。身上的钱也就能买四个火烧。崔荷嫌贵，她带着饭的。姚百万犹豫一下，没把金砖说出来。

吃饭中间，崔荷告诉姚百万，二旦来找过他。乔工头是二旦的远房亲戚，在乔工头工地上干活的同村人，都是二旦介绍的。乔工头失踪后，大伙怪罪二旦，那天几个人说着说着动了火，把二旦揍了一顿。姚百万下手不狠，也踢了好几脚。他们知道乔工头失踪与二旦无关，乔工头也欠着二旦的钱，但憋了太多的火，总得找个出气的。二旦被揍哭了，发誓不帮大伙要回钱就把他的蛋割了。民工队成了讨薪队，找不见乔工头，就找乔工头的上家，找劳动仲裁。二旦自任讨薪队长。没讨出结果，他们被球一样来来回回地踢。年前，二旦女人中了煤毒，好几天才被邻居发现。二旦回到村里，姚百万以为他不会再来，也不指望他带领讨薪，没想到他又来了。

姚百万去找二旦，那种慌慌的感觉又漫上来。他当然不怕二旦，相反，二旦怕姚百万，怕他们每一个人。姚百万不明白自己为什么慌，可能仍与金砖有关，也可能是想起对二旦那顿揍。

二旦住得比姚百万还远。两人在电话里约了个地方碰面。姚百万和崔荷租的房虽然不隔音，好歹是一个家，二旦的住处说得好听点儿也就是一个窝。

说了没几句话，姚百万就被追着似的往回赶。到家天已经暗了。崔荷包好饺子等他。崔荷问二旦说什么，姚百万叹气，还能说什么。他不想多说，崔荷也没多问。那是他和她的病，他们不想在这个当口把病扯出来。

姚百万声音有些哑，崔荷问是不是没好利索，姚百万说还有点疼。饭后，崔荷就着凉水给姚百万揪嗓子。她离他很近，他闻着她身上的气息，手就不老实了。崔荷打他几下，还是由着他。

演完哑剧，姚百万没听到隔墙有音，问是不是换人了。崔荷奚落，你是不是上瘾了？姚百万说，不踏实，叫完咱好睡觉。话刚落，猪的冤魂又附体了。每个夜晚崔荷都得被噪声骚扰。想象崔荷独自躺着的样子，姚百万又慌了。他低低骂声娘。

那一夜又没睡好，往老汉那儿赶的时候，姚百万不但慌，还有些急。男人问怎样时，姚百万答得不是很痛快，说想想。金砖是诱人的，也许是太诱人，姚百万多了心眼儿，没有马上答应。他觉得早应晚应没什么区别，他得想想，抻抻。男人肯定给他留着。急赶的途中，姚百万意识到自己的回答是愚蠢的，当即就该答应下来，以免男人反悔。他突然明白了慌的原因。

6

男人的皮鞋声还未远去，老汉就给姚百万一个下马威。他丢过马甲让姚百万洗。姚百万刚刚沾水，老汉就骂上了。姚百万耐着性子，不是你让我洗的吗？老汉照姚百万腿上踹一脚，让你洗，不是让你现在洗，兜里的东西还没掏呢。姚百万说他掏过了，什么东西也没有。老汉叫，不可能！撞开姚百万，拎起滴着水的马甲。

姚百万明白了，老汉是故意设套子。老汉掏了几下，凶凶地瞪着姚百万，我的钱呢，我的钱哪儿去了？姚百万问老汉丢多少钱，老汉不上姚百万的当，你管呢？说着就要搜姚百万，姚百万挡着不让他靠近。走的时候，崔荷塞给姚百万三百块钱。老汉毫不示弱，说不让搜说明姚百万心里有鬼。两人扯了几下，老汉的脸被烤了一样，焦黑焦黑的，几乎冒烟。姚百万妥协了，但告诉他身上的三百块钱是自己的。老汉不屑，才不稀罕你的破钱，我只要自己的。

老汉抓着三张钞票，反复端详，然后问哪里写了姚百万的名字。姚百万说没写名字，但就是我的。老汉说你这是耍赖。姚百万几乎被气笑，猪八戒还真是会倒打一耙。老汉让姚百万拿出证据，姚百万说，钱在我身上就是证据。老汉说他的钱都有味道，他闻得出来，这就是他的。姚百万和他瞪视数秒，想不就三百块钱吗？让他拿去好了。

但老汉并不罢休，说马甲里不止三百，姚百万一定藏到别处了。你招吧，免得我动刑。姚百万回答得硬邦邦的，你就是剐了我，我也没钱给你。老汉马上纠正，我不要你的钱，只要我自己的。姚百万发狠，如藏老汉一分钱，出门就让车撞死。老汉说如果他自己胡说八道，他被撞死一百次，骨灰都留不住。

姚百万愣住。老汉竟然诅咒自己。他不在乎自己的死活，不在乎自己怎么死，对于他，最最重要的是折磨姚百万。

坦白从宽，抗拒从严，你还是招吧。老汉语重心长。

姚百万没了脾气，说不就是让我脱光吗，我脱！

老汉轻蔑地哼哼，你以为你是舞女？我不稀罕看你的臭身子。

姚百万转眼脱个精光。老汉始终盯着姚百万，当姚百万赤身裸体旋转一圈后，老汉忽然将目光移开，不耐烦地挥着手，穿穿穿，要多难看有多难看。

姚百万穿利索，老汉却没有放过姚百万的意思，你到底把钱藏哪儿了？姚百万不想理他。老汉说，别是吃肚里了吧？吃进去还能拉出来？说话呀。姚百万说，我没话说。老汉说我没见过你这么黑心肠的，你穷疯了？姚百万不再理他。老汉骂，你是死猪不怕开水烫了？姚百万的目光越过老汉，看着窗外。老汉的叫骂加快速度，肮脏恶毒的词一箩筐一箩筐扬到姚百万脸上。姚百万对自己说，他不是挨骂，这是挣钱的方式。这么一想，姚百万有了隐隐的笑意。

散步时间到了，老汉停止叫骂。俘获三张战利品，老汉反而有些气馁。暂时把老汉的气焰压下去，姚百万心中窃喜。

傍晚，姚百万洗完碗筷，回到房间，突然发现地球仪不见了。地球仪是他的宝，是他和崔荷的宝，不容旁人触碰。

老汉躲进卫生间。姚百万没拧动，老汉反锁了。姚百万让老汉打开门，声音透着恼怒。老汉没回应，姚百万猛踹两脚。老汉嫌恶地，嚷嚷什么，还不让拉屎了？姚百万叫，我的地球仪呢？老汉说，别嚷嚷，谁稀罕你的破玩意儿？姚百万威胁，如果老汉再不开，他就把门踹烂。老汉幸灾乐祸，踹吧，使劲踹，比比门结实还是你的破玩意儿结实。当啷一声，是地球仪磕在地上的声响。

我日……吐出两个字，姚百万突然顿住。老汉不是威胁，他知道什么是姚百万的七寸。姚百万咬咬嘴，口腔一股血腥气。

叔。姚百万的脖子折了几截，你别动地球仪，求求你别动。

老汉说，我不是你叔。

叔呀，你怎么我都行，就是别动地球仪。

老汉说，你和他一伙，不配叫我叔。

叔呀，你有火冲我撒，千万……姚百万突然哽咽。

老汉说，我没火，你听话就行。

姚百万说，叔呀，我几时没听话了？

老汉说，你报警，叫公安来！

姚百万哑住。

老汉叫，怎么？不是听话吗？

姚百万软软地倚着门框，叔啊，不是我不报警，是不敢啊。

老汉说，他能杀了你？还是剐了你？

姚百万说，我不怕死，怕连累老婆孩子。我不知道他和你什么关系，但知道他不好惹。

老汉冷笑，他不好惹，我就好惹了？

姚百万叫，叔啊，你揍我一顿吧。

老汉说，我不揍你，就想砸你的破玩意儿。

姚百万带出哭腔，别呀，叔！

老汉大约有些意外，静了几秒，又问，这玩意儿值多少钱？

姚百万说，不值钱……你别蹿火叔，真的不值钱，是我家的宝贝，可……真的不值钱。

老汉哼一声，什么乱七八糟的，没一句真话。

姚百万道，我说的全是真话，有一句假，不用雷劈，你劈了我。

老汉又哼一声。

姚百万哭叫，叔呀，求你。

门缓缓打开，稀软的姚百万从地上蹿起，劈手夺过地球仪。两个坑。姚百万心疼地抚了抚，狠狠瞪着老汉。老汉嘟囔，我知道你就是个骗子。

姚百万心情沉重，连着两天不怎么搭理老汉。老汉骂几句踹几脚，姚百万没什么反应，他便无趣地走开。但姚百万知道，不会相安无事，老汉会想出别的招儿折磨他。

那天中午，老汉抓着一沓钱要和姚百万玩游戏。姚百万说没兴趣，老汉不干，说姚百万不是来当哑巴的，必须陪他玩。老汉威胁，姚百万侍候好他，他就安分些，若他不高兴，弄出个什么意外，姚百万就闯大祸了。你怎么向他交差？老汉幸灾乐祸，仿佛已经有了意外。姚百万想起男人的三个旋和阴冷的目光，脑袋软软地垂下去。

游戏很简单：点钱。老汉分一部分给姚百万，自己留一部分，规则是点错要受罚。若两个都点对或都点错，算平手。若比速度，姚百万肯定不是老汉对手。姚百万已经知道，老汉常常点钱玩。比准确，姚百万想不会输给老汉。姚百万先点的，二十一张，二千一百块。可能是老汉诡谲的表情，姚百万不怎么踏实，想再数一遍，老汉制止他，说只可点一遍。那一沓钱就在两人的视线范围内，老汉点完，二十六张。他让姚百万验，他点的是否正确。姚百万点完说没错，接着老汉验姚百万那沓，不是二十一，是二十二。姚百万叫，不可能！老汉说，不信你再来一遍。姚百万是数出声的，确实二十二。姚百万想问怎么回事，老汉一个巴掌扇过来，姚百万几乎栽倒。老汉说，别瞪眼，这还算轻的。

姚百万不服气，老汉说接着玩的时候，他不但没有异议，心里摩拳擦掌。姚百万没有看到老汉玩什么花样，老汉的赢不过是偶然。姚百万点得慢，相信自己绝对没有数错。还是挨了巴掌，姚百万这才意识到中了老汉的招。可……姚百万并没发觉老汉做手脚啊。难道老汉会魔术？

玩第三遍，是姚百万把钱分开的，他留一半给老汉一半。姚百万让老汉先点，他验证。老汉正确。该姚百万时，姚百万沉住气，末了笃定地告诉老汉，二十七张。老汉捻完，嘿嘿笑起来。姚百万发毛，不对吗？老汉说对不对你点一下就清楚了。姚百万刚接过来，脸上就挨了一掌。姚百万大叫，老汉说，如果你是对的，还我两掌。点完，姚百万彻底蒙了，钱经过老汉的手，数肯定是错的。无疑是老汉捣鬼，可姚百万看不出他的手有什么奇特。不过茧子比姚百万多些，手背粗硬，凹凸不平，像树的老伤。

老汉激姚百万，还敢不敢玩。姚百万咬咬牙，玩就玩。老汉说，怕输就算了。姚百万恼恼的，废什么话？姚百万知道老汉有鬼，他只想确认鬼是怎么耍的。连着挨了六掌，脸都肿了，也没看出门道。

姚百万想自己真是活该，大睁眼就被老汉耍了。

7

姚百万回家已经是半个月后。男人加了一千块钱，但也提出新的要求，姚百万半个月休息一天。这没什么，多休一天少休一天，在姚百万是一样的。似乎还更好一点儿。脸上的伤半个月之后完全看不出来了，身体上不断增加新伤，但至少，身上的伤可以找借口哄骗崔荷。

崔荷看到地球仪的坑，问姚百万怎么回事，姚百万说不小心摔的。崔荷埋怨，你就不会小心点儿？让你放家里你偏不放。姚百万嘿嘿笑，说以后注意就是，你以为放家里就安全？我看着才踏实。崔荷说，那你就看好。姚百万是一家之长，涉及家庭的重大事项，都是姚百万说了算，但崔荷生气，姚百万也不好过，从里到外拧巴巴的。姚百万抱住崔荷，说若再磕一下，她就在他脸上凿个坑。崔荷没再唠叨，毕竟半个月没见了，何况姚百万现在挣着大钱，是功臣。

两人说了会儿二旦，说了些别的，早早上床了。姚百万说不清哪儿疼，似乎哪儿都疼，所以没等崔荷捂嘴，自己就咬住了。

姚百万回去，老汉很吃惊地，你还来？老汉惊愕的表情含着隐隐的失望，姚百万比他料想的结实。姚百万答得很轻快，我当然要来。老汉瞪视良久，那就好。

这无疑是宣战号令。姚百万不清楚老汉会想出什么新花样，但他知道老汉会变本加厉折磨他。

果然，老汉比之前更加疯狂。除了拳头、脚、巴掌，外加上裤带。有时找个理由，有时没有理由，就是看姚百万不顺眼。那就打呗，那就抽呗。姚百万一声不吭，尽量护住头脸。并不是每次都能护住，他护住宝，就顾不上头脸。宝比脸重要，老汉几次打宝的主意，姚百万没让他得逞。

老汉先撑不住了。一天，掴姚百万两掌后，老汉端详着姚百万，你长的是猪皮？姚百万只是看着他。老汉火了，猛踹姚百万一脚，问你话呢？姚百万依然不理。老汉问，你怎么不生气？

你很享受？姚百万说，是，我很享受。老汉怒道，那就接着享受。连踹数脚，呼哧着粗气瞪着姚百万。姚百万问踢够没有，踢够他就做饭去了。老汉嫌恶地摆摆手。

饭后，老汉捂着肚子，叫嚷不舒服，质问姚百万是不是下了毒。没等姚百万说什么，老汉就抽搐起来。他脸色发暗，嘴角似有泡沫溢出。姚百万滑过一丝疑问，老汉什么怪招损招都想得出来。几分钟后，老汉直挺挺地躺在地上，姚百万这才慌了，喊了两声，掐老汉的人中。老汉没有任何反应。姚百万先拨了120，再给男人打电话。男人没有一点慌张，沉稳得让人吃惊。更吃惊的是，男人听到姚百万打120，非常生气，让姚百万再给120打电话，人没事了，不用他们上门，他现在就赶回来。男人异常强硬，姚百万照做了。挂了电话，姚百万浑身瘫软。似乎不该听男人的，人命关天啊。可男人的口气同样让姚百万害怕。姚百万想起老汉的言辞，难道……姚百万不寒而栗。

时间漫长得像停止了。姚百万不知该做什么，傻了一样，反反复复地叫，叔呀，你可别死。

男人进门时，姚百万被泪涂抹得不像样了，脸上手上袖上湿淋淋的。男人的脸像混浊的池塘，看不到底。他不理姚百万，看老汉一会儿，蹲下去，声音轻得像耳语，姚百万还是听得清清楚楚。起来吧，你闹得差不多了。老汉忽然睁开眼，恼恼地看着男人，好像男人惊扰了他的好梦。

姚百万目瞪口呆。他彻底被老汉骗了。

男人说，有吃有喝的，你这是胡闹什么？

老汉说，我闹什么不用你管，我乐意！

男人似乎生气了，疾步往老汉卧室走。老汉一跃而起。姚百万以为男人要没收那一抽屉钱，惴惴地跟进去。衣柜门大敞着，老汉和男人正争夺一个编织袋。编织袋年代久了，有些糟，不经扯，嘶啦一声拽成两半。易拉罐矿泉水瓶废铜烂铁散落一地。老汉迅速蹲下去，扒拉到一块儿，张开双臂护住。

男人说，别以为我不知道，再往回弄这些破玩意儿，一小时的散步也没了。老汉不语，但显然男人的警告起了作用，老汉身体瞬间缩小一圈。

第二天散步结束，走到楼道口，姚百万要老汉张开胳膊，老汉不但不听，反抱紧膀子。姚百万威胁给男人打电话。老汉呸一声，你吓唬谁？姚百万掏出手机。老汉脸上滑过慌乱，抱着的胳膊缓缓松开，悻悻地骂，狗仗人势。姚百万第一次搜老汉的身，不免有些紧张。但男人昨天离开时交代过，是新的律令。果然摸到了。老汉有些违拗，不过没怎么用力，姚百万轻而易举把那个空易拉罐拽出来。姚百万明白了老汉和他玩踢球游戏的目的，老汉的癖好实在令人费解。人赃俱获，老汉顿时萎缩下去。老汉一脸乞怜，别……姚百万一扬手，易拉罐一路欢跳着远去。

整整两天，老汉没和姚百万说话。第三天中午，老汉喊口渴，姚百万接杯冷水递给他。老汉只喝冷水，肚子似乎是生铁铸的。老汉突然把冷水扬姚百万脸上，骂，凭什么你喝热水给我喝冷水？姚百万愣了一下，说好吧。老汉接过热水，猛又砸向姚百万，亏得姚百万有了防备。杯砸到墙，碎在地上。你他妈想烫死我呀！老汉跳起来，一顿猛踹。故意找碴。姚百万有心理准备，咬着牙任老汉发泄。老汉打得狠，从未有过的狠，姚百万一声不吭。

我看你不顺眼，就是想揍你，你知道吗？喘息的间隙，老汉恶恶地叫。

姚百万换个姿势，整个背对着老汉。

老汉又踹一脚。只踹一脚。半天没动静，姚百万忍不住回头。老汉蹲在地上，眼泪稀里哗啦的。姚百万不解，挨打的没掉泪，打人的倒难过起来。姚百万习惯了老汉的刁蛮和凶狠，一时无措，静了好一会儿，才想起拿毛巾给他。老汉不接，用衣袖一下一下抹着，没抹干净，脸反有些花。

叔，你要是不过瘾，就用皮带抽吧。姚百万试探着哄他。

老汉拗拗地，鬼才是你叔！……你不疼吗？

姚百万老实说，疼。

老汉问，为啥还给他干？

姚百万苦苦一笑，没有回答。谁愿意受这份气？所有的所有都是不得已。

老汉说，来过五个了，最长的一个干了六天。

老汉所有的狠招阴招在姚百万这儿失灵了。没打垮姚百万，自己先垮了。姚百万猜到他流泪的原因。当然也不能乐观地认为老汉输了，姚百万有心理准备。

那天之后，老汉再没虐待姚百万。当然，对姚百万也没多好，没动手脚，言语是冷的。也许老汉在挖空心思想招，但姚百万不怕。先前不怕，现在更不怕了。姚百万对付老汉没别的办法，只有忍。最笨的办法，也最奏效。老汉不说话，姚百万话倒多了。不是多么想说，是想从老汉嘴里套点信息。不敢问男人，可以从老汉这儿打开缺口。

一个晚上，姚百万推开老汉的屋门。老汉懒洋洋地躺着，瞄姚百万一眼，又把头别过去。姚百万竭力让自己的态度显得真诚，叔，你打我几下吧。老汉意外地仄起眼，你挨打上瘾了？姚百万说，是，我痒痒。老汉哼了哼，我偏不打，就不打，痒你活该。姚百万问，不打你不难受？老汉没好气，打你我就好受了？姚百万笑了，打人不好受什么好受？老汉怔了一会儿，气馁地说，你不懂。

姚百万觉得机会来了，说，我是不懂。你有吃有喝有人侍候，还一抽屉钱，咋不痛快？

老汉反问，你被关着，你会痛快？一抽屉钱也没地儿花去。

姚百万说，我要啥也不缺，关着也痛快。

老汉说，真有那个时候，你就不会这么说了。

姚百万说，我倒真想和你换。

老汉说，换？

姚百万说，这种日子多自在，他其实对你挺好的。

老汉激动了，好？这也叫好？

姚百万说，当然好了，就是你儿子也未必这么对你。

老汉叫，他就是我儿子！又虎声虎气地冲瞪大眼的姚百万嚷，他就是我儿子，怎么啦？

姚百万有些兴奋。如果男人是老汉的儿子，许多事就有了解释。但姚百万的疑惑也更重了。这里面肯定埋着事。姚百万告诫自己别碰，那与他没有任何关系。但就像抽了几口鸦片，姚百万有些上瘾，有些管不住自己。老汉似乎后悔了，不愿再说，借口睡觉，把姚百万撵出去。

8

姚百万数完，崔荷接着数，像玩接龙游戏。数是没错的，男人没诓他，也不是验证真伪，姚百万已一张张看过。什么目的，就是想数。两人领过比这多的钱，但一个月挣六千，还不拖欠，从来没有过。如果隔壁声音大点，他们就可以数出声，孰料隔壁偏偏没了动静。崔荷晓得姚百万的心思，说那个女的前几天离开了。

临睡前，崔荷忽然说起二旦。二旦打算三月十五日到市政府门口拦车，让她和姚百万一起过去。数钱激动得冒汗了，崔荷一句话把姚百万推入冰窖。没等姚百万张嘴，崔荷的话就跟过来，你不能去！找份活儿不容易，我和他说了，你走不开。姚百万问二旦说什么，崔荷说，还能说什么？他又不发钱，干吗听他的？姚百万当然不会去，男人未必准他的假，他也不打算请假。折腾那么多趟也没讨到一分钱，拦车又能如何？但崔荷的话让姚百万心上坠了石头，沉甸甸的。上次和二旦见面，二旦讲他的三步棋，第一步他一个人去相关部门追讨；第二步围堵市政府，一个人溅不起浪花，被坑这些人要配合他；第三步以死相争，怎么个死法还没想好，但一定拼命讨个说法。姚百万记得二旦眼睛红红的样子。当时还劝他，大伙虽然责怪他，但错不在他，没有谁想往死路逼他。二旦说大伙没逼他，他不能放过自己，必须给大伙个交代。姚百万劝归劝，并不当真，谁拿自个儿的命当儿戏呢？到了第二步，自然第一步没结果，二旦真会有第三步？姚百万思忖一会儿，觉得还是不说好，怕把崔荷吓着。二旦真要那么做，谁也拦不住，先嚷嚷开了，可能让他没有退路。

自然又没睡好，两人摸黑爬起来，一个朝东一个朝西。

老汉突然变乖了，啃胡萝卜也背转身。姚百万还想从老汉嘴里套些什么，但老汉不怎么搭理他，除了吃饭睡觉，便默默数他的钱。以前晚上数，现在白天也数。老汉不爱看电视，姚百万试着问过几次，老汉说你爱看就看。姚百万不能看，律令有这条，大约是怕看电视分心吧。

老汉像一个谜，偶尔欠条缝，很快便合住。他的话真真假假，姚百万不能确定哪句真哪句假。一天晚上，老汉数钱，姚百万拖地。老汉突然问，喜欢不？姚百万未置可否地笑笑，谁和钱有仇？老汉说，我说话算数，你放我走，我肯定分一半给你。姚百万摇摇头。老汉很纳闷的样子，你不喜欢钱还是不敢？你就那么怕他？姚百万反问，你不怕他？老汉哼一声，我怕他，他就是我爹。怎么？你不信？姚百万不答，怕说错激怒他，老汉有几天没发火了。老汉追问，你信不信？姚百万说我信。老汉说你嘴上信心里不信，姚百万说心里也信。老汉说姚百万睁着眼胡扯，他可没那么好骗。姚百万笑笑，老汉没再纠缠他。

连着数日相安无事。那天，姚百万洗涮碗筷的当儿想起二旦，不由得走神。待有所觉察，地球仪已经到老汉手上。姚百万惊恼得声音都变了，他让老汉放下。老汉紧紧搂着，满脸满眼都是挑衅。姚百万明白老汉的乖巧是装的，他一直蓄谋着报复。姚百万欲冲过去抢夺，老汉凭借餐桌躲闪，灵巧得像只猴子，还不住地戏弄，来呀！

叔，求你，还给我，你怎么抽我都行。姚百万语气瘫软下去，几近哀求。老汉软硬不吃，给你当叔？我怕自己寒碜着。姚百万叫，叔，你行行好。老汉说，你不行好，凭什么让我行好？姚百万说，叔啊，你让我怎么行好，我怎么行好。老汉语速极快，你开门让我走。姚百万僵住，叔啊，我——老汉打断姚百万，你不敢是不？你不敢我敢！猛一甩，地球仪磕碰到餐桌的棱角。

一声巨响，姚百万五雷轰顶。他跳上餐桌，瓶瓶罐罐哗啦一地。老汉还未反应，姚百万已经扑他身上。老汉似乎被姚百万吓傻了，没有丝毫抗拒。狂怒的姚百万抓起他，举至头顶，老汉才叫出来，你干什么干什么？姚百万浑身发抖，但两条胳膊牢牢竖着。

你干什么？老汉的声音小了许多。

姚百万喘着粗气，骨头嘎巴作响。似乎正一截截断掉。

你摔死我好了。老汉声音不再慌乱，平静得像漆黑的夜晚。

你以为我不敢？姚百万怒道。

老汉说，你摔吧。

姚百万的胳膊开始打晃。

求求你，摔死我吧。老汉乞求。

姚百万的喉结快速滑动，好一阵子，缓缓将老汉放下，抱起地球仪，一声不吭回了卧室。

片刻之后，老汉悄无声息地来到门口，怀抱着放钱的抽屉。他有些迟疑，似乎等待姚百万许可。姚百万扫了扫，缩回目光。老汉挪过来，小心翼翼地在床边站定，也不说话，直定定地看着姚百万。

还想咋的？姚百万偏过头，火药味十足地问。

老汉怯生生地，我赔行吗？他把抽屉往前递递，你说赔多少就赔多少，自己拿。

姚百万不说话，就那么瞪着他。

老汉抓起一把，往姚百万怀里塞。

姚百万挡回去。

我赔还不行吗？老汉可怜巴巴的。

姚百万嘶一声，你赔不起！

老汉问，这些不够吗？

姚百万重重地，不够！

疑惑扑出来，老汉的样子有些傻，值多少钱？

姚百万说，不值多少钱，你就是赔不起。

老汉越发迷惑，嘴咧着，一条细小的涎水从嘴角垂落，像突然被姚百万击了一拳。好一会儿，他才问，我赔你个一模一样的，行吧？

也许因为老汉的可怜样，也许因为老汉那句话，姚百万的冷漠像一块巨大的悬冰瞬间碎裂。没了包裹，眼泪不管不顾地往外涌。姚百万落过泪，但没这么放肆过。姚百万生老汉的气，但汹涌的眼泪不只因为老汉。姚百万讨厌眼泪，尤其讨厌自己的眼泪，不到一分钟就停了。

老汉吓呆了，好半天才回过神，惴惴地说，你说咋赔就咋赔。

姚百万说，不用你赔，别提这话了。

老汉揣摩一阵，捏出三张钞票，说，还给你。

姚百万说，我不要了。

老汉讪讪地，我不是真想讹你。

姚百万没理他，老汉慢慢往门外挪。走到门口，站了站，回过头，说，我不碰你的东西了。似乎觉得不够，加重语气道，再也不碰了。

姚百万以为从此风平浪静，岂料第二天老汉就要玩点钞游戏。老汉苦苦央求，姚百万就是不肯。老汉冷了脸，说雇姚百万来不光做饭，还要陪他玩。姚百万没了理由。老汉还威胁让他儿子——他不再避讳儿子，扣姚百万的工钱。姚百万暗暗骂娘，只得让步。

老汉分一半给姚百万，姚百万草草数完。老汉要把戏，姚百万怎么都赢不了的。老汉诡谲的眼神已经亮了底。意外的是，输家是老汉。姚百万不信，又数一遍，没错。更让姚百万错愕的是，老汉不但没有任何沮丧，反透着些兴奋，像中了奖。

老汉把半个脸转过来，示意姚百万掴他。等一会儿没动静，老汉没了耐性，叫，你倒是打呀。姚百万仍然没动。不知老汉葫芦里装着什么药，或许，这是老汉的另一个圈套？

打不打？老汉越发烦躁。

姚百万垂下头，不打了。

老汉瞪着姚百万，凭什么？

姚百万挤出一绺干笑，我不会打你的。

老汉来了火，不能坏规矩，不行，你必须打！

他妈的，还有这么不讲理的！姚百万不敢骂出来，从脑门到耳郭涂的全是讨好。算了吧，叔，咱玩别的。

老汉极其执拗，不行，就玩这个。

姚百万试探着，这一局先免了，下一局正式开始。

老汉寻思数秒，同意了。

第二局，姚百万要了心眼，故意报错数。姚百万怎么敢打老汉？一巴掌下去，不知会惹出多少麻烦。挨打不好受，至少心里踏实。

结果再次让姚百万瞠目，他居然又赢了。钞票经过老汉的手，就中了邪，正好是姚百万错报的数。老汉就是要让姚百万赢，就是要让姚百万打他。

老汉满脸得意，来吧。

姚百万咬咬牙。他妈的，豁出去了。扬起手却又犹豫了。他想起和崔荷数钱的情景。一巴掌甩下去，那六千块钱怕就没了。

老汉催促，快呀！

姚百万扇自己一掌。

老汉似乎蒙了，你怎么打自己？

姚百万的胳膊折了一样垂下去，我替叔挨了吧。

老汉受了愚弄般，脖子涨得红红的，不行，绝对不行！不能坏规矩，重新来。

姚百万几近哀求，别打了，叔，我没打过人。他当然打过人。儿子在超市偷东西被抓，姚百万把儿子领出来，没出院就踢了儿子一顿。另一次是打二旦。两次打人，姚百万后悔至今。

老汉说，那更好，你今儿尝尝打人的滋味。

姚百万说，我不尝，我下不去手。

老汉甚是轻蔑，又不是让你杀人。

姚百万问，非打不可吗？

老汉说，你赢了，就得打。

姚百万可怜兮兮的，我不敢呀，叔。

老汉又恢复往日的霸道，必须打！打不打？

姚百万再次扬起胳膊，但迟迟不肯落下。老汉狂躁得要发疯了，似乎不是他逼姚百万，而是姚百万逼他。他先是抓姚百万的领子，后又抓住姚百万的胳膊，企图让姚百万的巴掌落他脸上。姚百万抗拒不从。两人在地上转来转去，折腾得满身是汗。

姚百万说，叔，饶了我吧。

老汉重重一推，姚百万晃了几晃，站稳了。喘了好一会儿，老汉的口气突然软下去，求求你，打我一下吧。

9

那个午后，阳光犹犹豫豫的，似乎揣着很大的心思。老汉被光晕吞没，布满沟壑的脸犹如残壁，稍稍一捅，便会坍塌掉。而褐色的脖子则如没有燃透的枯木，里里外外透着焦煳味。姚百万别过头。

老汉猴子一样蹿出去，给姚百万端来一杯水，讨好地说，润润嗓子。仿佛姚百万的嗓子和他的脖子一样冒烟。姚百万没理他。老汉说，闲着也是闲着，说说又能咋的？想知道他为什么关我吗？你告诉我，我也告诉你。

姚百万一动，像盘算一桩诱人却没有胜算的交易，眉头拧着结，眼睛却隐隐地闪亮了。

老汉保证，我说话算数。

姚百万问，你要是赖呢？

老汉赌咒，我就是驴。

姚百万的目光在那截断壁上拨拉数秒，说，没什么秘密，那是我儿子的。

老汉问，你有儿子？

姚百万生气了，什么屌话？我不能有儿子？

老汉干笑几声，他和你在一起？

姚百万摇摇头，他在毛里求斯。

毛里……求斯？老汉含着东西似的，舌头僵硬，在哪个省？

姚百万咧嘴笑了，有些酸。儿子告诉姚百万要去毛里求斯干活时，姚百万也以为那是中国的某个城市。姚百万知道鄂尔多斯，据说那个地方钱多得像煤块，全世界的人都往那儿钻。毛里求斯一定像鄂尔多斯一样富得流油，不然儿子去干什么？待儿子告诉他毛里求斯是一个国家，姚百万还挺羞的。姚百万没有阻拦儿子，况且，儿子并不是征询他的意见，而是告诉他自己的决定。因为在电话里，姚百万没和儿子说更多的话。儿子去毛里求斯前，给姚百万寄了这个地球仪。说起来远，其实儿子和他都在这个球上。儿子说好两年回来，但三年过去了，姚百万没见到儿子，也没有儿子任何音讯。

老汉甚是好奇，你儿子也是老板？

姚百万摇摇头。

静默片刻，老汉问，你没钱去是吧？不等姚百万答，老汉马上道，我给你，用多少你自己拿。

姚百万再次摇头。

老汉说，放心，我不会让他知道，也不用你放我。

老汉挺真诚的，可姚百万怎么能平白无故拿别人的钱？不是敢不敢的问题，是不能。

老汉生气了，你脑袋有毛病咋的？我的钱难道不是钱？

姚百万已经平静下来，自己挣到的，才是自己的钱。

老汉嘘一声，带了些轻蔑，你要是挣不够呢？你就不去毛求……斯里了？

姚百万纠正，毛里求斯。

老汉说，毛也罢，求也罢，反正就一名儿，你挣不够就不去了？

姚百万瞪老汉一眼，忽又笑了，老汉的脸苦巴巴的，像几日没进食的饥民。姚百万说，叔让我干下去，我准能挣够。

老汉反问，我要是不让你干下去呢？

姚百万僵了僵道，我去别处挣，总有一天会挣够。

老汉说，难怪欺负不走，你就是一杠头。

姚百万略有些得意，叔，我给你说说毛里求斯吧，有机会让你儿子带你去一趟，岛国，花哨着呢。老汉不屑地哼一声，不知是因为姚百万提到儿子，还是姚百万说毛里求斯花哨。

地球仪被老汉摔磕过几次，已是伤痕累累，姚百万给老汉指指毛里求斯的位置，那一处凹下去了。老汉伸手，姚百万迅速撤开，老汉落了空，讪讪地，我就摸摸。姚百万说，算了吧，它还疼着呢。老汉缩回手，继而把胳膊背在后边，仿佛不这样他就控制不住。

毛里求斯面积不大，两千多平方公里，还没有姚百万那个县的一半大，人口也不多，一百二十多万，当然也不少了，那么一个岛国，再多就挤到海里了。就算天气热，就算水性好，天天往水里掉谁受得了？所以，毛里求斯限制人口，不是想去打工就可以的，得有一技之长。儿子学过电焊，不然去不了。姚百万滔滔不绝，毛里求斯在脑里装着，一半是在书店查的，一半是他的想象。

老汉一脸惊讶，还有些妒忌，听上去就像你自己家。

姚百万笑笑，得意夹着一丝羞涩。他人没去过，梦里天天去。

老汉问，你一个人去，还是带你老婆去？

老汉问得突然，得意僵在姚百万脸上，像一块块不规则的伤痕。崔荷当然想去，她虽然没说，但姚百万知道她的心思。可姚百万更知道，那不大可能。一个人的路费还挣不够，两个人去，得耗多少年？姚百万厌嫌地扫老汉一眼，说，该你说了。

老汉不甘心，你还没说完呢。

姚百万说，那没个完，你别耍赖。

老汉狡黠一笑，想咒我？我就是驴！

姚百万陡然起身。老汉一把扯住他。

姚百万又坐下去。

老汉却不说了，似乎心神不定，先是挠膀子，而后端起给姚百万倒的水。不是喝，更像舔，边舔边翻瞭姚百万。姚百万实在耐不住，叫，你倒是说不说？

老汉似乎吓了一跳，突然呛着了，咳得上半个身子一阵颠簸，脸呈黑紫色。

叔！姚百万的头有些大。

老汉抹抹嘴角的泡沫，白姚百万一眼，你想害死我？

姚百万小声道，你不讲就算了。

老汉嘿嘿笑起来，一脸顽皮，随后板起来，其实也没什么大不了，我是个收破烂的，他跟捡的也差不多，我把他养大，他把我接到城里享福，就这么简单。

你……儿子是老板？

老汉反问，你说呢？

姚百万不过核证一下，如果不是老板，能扔下一抽屉钱由着老汉过瘾？你儿子做什么生意？

老汉说，我不知道他现在做什么生意，过去嘛……老汉顿了顿，忽然又耍起赖，我凭什么告诉你？

姚百万垂下头，不说就算了。

老汉道，我知道一点点，起初他不瞒我，还当我面吹牛，后来他干什么就不让我知道了。过去他挺怕我，后来……他敢冲我瞪眼了，我问都不能问。

姚百万笃定地说，肯定是做大生意的。

老汉脸上有恐惧掠过，闪电般迅速，眼睛也灰暗下去，完全是被遗弃的凄惶和落魄。

姚百万转问老汉晚上想吃什么。老汉木木地摇摇头，姚百万说吃米饭吧。菜店送来几样菜，老汉提议晚饭由他做。姚百万愣了一下，问，叔会做？老汉嘁一声，除了不会生孩子，什么都会。姚百万想想，没同意。他是来侍候老汉的，怎么能让老汉动手？但老汉执意要做，他知道姚百万担心什么，说他儿子不会知道。姚百万还是不同意，老汉被烫着呢？割了手呢？就麻烦了。姚百万不知道那会是什么后果，但清楚后果很难咽的。老汉开始和姚百万扯，露出之前的霸道和刁滑，威胁姚百万，不让他做，就把姚百万的胡乱打听告诉他儿子。到时候就不是克扣工钱那么简单。他会整你的，老汉的牙齿击出巨大的声响。姚百万看来硬的不行，低声下气地求老汉。他就是来干活的，不干活理短气也短，不敢拿工钱。老汉毫无商量余地，拿不拿是你的事，今儿这顿饭我做定了。姚百万可怜巴巴的，叔，你这不是抢我的饭碗，是砸我的饭碗啊。老汉保证他儿子不会知道，除非姚百万自己交代。姚百万说这样犯忌，老汉不客气道，你早就犯了。

姚百万终是妥协。老汉脾气古怪，再争下去，谁知会做出什么事？但姚百万不敢大意，站在老汉身后，防着不测，也准备随时帮他。老汉哼着不成调的小曲，配合着欢快的动作，像打了胜仗。老汉撵姚百万走，说姚百万碍他手脚。姚百万不离开，老汉做个踹的动作。姚百万站得远了些，仍没离开。老汉忽然抄起刀，姚百万跳开。

一个小时后，老汉把姚百万喊过去。酱茄子，红烧肉，饭是扯面皮。老汉没有躲，第一次和姚百万对面坐下。姚百万夹一块肉，老汉问咋样？姚百万夹块茄子，老汉仍问咋样。表情不安中带着几分期待。不得不说，老汉的厨艺超过姚百万。得到姚百万的认可和称赞，老汉兴奋得双眼硕亮，不停地给姚百万夹。姚百万告饶，叔啊，我吃不动了。老汉仍又盛一碗面皮，蛮横地乞求，再吃一碗，咋样？

10

次日散步，姚百万多给老汉半小时。老汉玩得很痛快，除了踢球游戏，还教姚百万打八眼儿枪。姚百万童年玩过，什么八眼儿枪，狼吃羊，样样精通。姚百万暗暗吃惊，在这点喜好上，他和老汉像是同时代的人。姚百万装憨，老汉极有耐性地指点着，没斥责他。风掠过来掠过去，老汉鬓角的白发竟抖出几分豪气。若姚百万“走错”，落入他的陷阱，老汉就会一阵爆笑，像荒芜的土地上突然盛开鲜花。

后来看见那个女人，两人都定住。女人住六楼，每天，至少在姚百万和老汉散步期间，从窗户探出头大声歌唱，一首接一首地唱。村里的疯子黄九被家人铁链拴身，关在笼中，大半时光在唱歌，不同的，女人唱的是六七十年代的老歌，而黄九唱山西梆子。每次经过，老汉瞥一眼就扭开，姚百万也不允许他停留。看看又能咋的？姚百万为自己的宽容辩护。有人观看，女人唱得更加起劲儿。老汉问，我和她谁更开心？姚百万说，她咋能和你比？她——老汉打断他，得了吧，说假话小心狼叼你。

两人第一次没有冲撞，但走到楼梯口，姚百万不客气地叫住老汉。别的可以默许，绝不能让老汉身上藏东西。男人会发现，这样的错误姚百万怎么敢犯？

老汉躲了几下，还是被姚百万抓住。老汉没再扯拽，央求，一次，就一次，行吗？姚百万径直伸进手，从老汉怀里拽出一个空啤酒罐。老汉嘟囔，狗腿子。姚百万没像往次那样狠狠扔出去，而是轻轻丢在楼道外。世上的人有各种各样的瘾，听说一个小偷拥有亿万家产，不忘旧习，常在公交车上掏钱包。姚百万相信老汉捡几十年废品，习惯已经渗到骨头里。

老汉的神色黯下去，直到进屋，再没和姚百万说一句话。当姚百万给菜店打电话，老汉风风火火地从卧室跑出来，让姚百万要一袋鸡腿，几个土豆。挂掉电话，老汉便抢着说，我做！姚百万不同意，但老汉没有回旋余地，说昨儿尝过他的红烧肉，今儿让姚百万尝尝红烧鸡腿。姚百万难为情地，叔饶了我吧，你真砸我的饭碗呀。老汉说，天知地知你知我知，你我不说，老天爷会告诉他？姚百万说关键是他自己不舒服，老汉说放心，工钱一分不少你的。姚百万想了想，还是不同意。如果老汉削了手或有别的闪失，男人那么精明……姚百万不通融，老汉便开始威胁，如果不让他做，他就把昨晚的事告诉儿子。几个回合之后，姚百万还是低了头。既然上了老汉的贼船，就只能先由着他。老汉瞧出姚百万的不安，安慰，又不是做坏事，别耷拉脑袋，就是做坏事，几次也习惯了。姚百万说，就这一次了，好吧？老汉说行行行，真他妈麻烦，一旁歇着去。

姚百万歇着，但是心慌，做贼一样。姚百万出来打工这些年，已经习惯侍候人。被人侍候，这样的梦也没做过。现在不但被人侍候，而且还是被雇主侍候，像皇帝服侍宫女，整个倒过来，没法不慌。姚百万想给老汉当帮手，每次还未靠近，老汉就把家伙举起来，要么是菜刀，要么是擀面杖。姚百万安慰自己，他是被逼的，是不得已，可这样的安慰并不能让他坦然。

像昨晚一样，老汉不住地给姚百万碗里夹，充满期待地等姚百万评价。姚百万看到老汉左脸一块酱污似的东西，示意他擦一下。老汉胡乱抹一把，又紧紧盯住姚百万。鸡腿香酥可口，但姚百万故意皱眉道，不咋的，实在不咋的。姚百万想狠狠打击老汉一下，以阻止他的疯狂。各人有各人的身份，混淆不得。老汉被泼了凉水，脸瞬间板结，他不死心，也可能怀疑自己听错，追问，不好吃？你说不好吃？姚百万说，没吃过这么难吃的鸡腿。老汉怏怏道，不可能，他过去最爱吃我做的鸡腿。姚百万明白他指的是谁，但还是问，他是谁？老汉不答，又夹一块，让姚百万吃。老汉的表情，就像他是一名犯人，在等待姚百万宣判。姚百万心有不忍，还是硬着心摇头。老汉失魂落魄的，怎么可能呢？姚百万说，以后你别做了，还是我来，要不咱俩都遭罪。

老汉猛又盯住姚百万，嘿嘿笑了。难吃也得吃，一人一半，谁也不能剩。姚百万叫声叔，老汉气呼呼的，这饭我是做定了，你甭想和我争。姚百万慌了，叔，你干吗和我过不去？老汉审视的目光敲打着姚百万的脸，说老实话，好吃不好吃？姚百万掩不住，承认了。老汉哼一声，差点让你小子骗了。姚百万乞求，叔，好吃不好吃，你都不能再做了。老汉挥挥手，别扯淡，先吃饭。

老汉怎么会有这样的厨艺？以他的经历，最拿手的应该是熬白菜炖萝卜什么的。疑团越胀越大，搁下碗，姚百万没忍住，绕着弯子问他厨艺是怎么练成的。老汉白姚百万一眼，别瞧不起人，你以为在垃圾桶扒拉，就该天天喝糊糊？要不是我扒垃圾桶，他还发不了呢。姚百万双眼放光，老汉意识到说走嘴，恼恼地，一边剔牙去，我要洗碗了。姚百万和他争，老汉怒道，再废话，你可小心！姚百万只好由着他。

姚百万的担心不是多余。老汉不但霸占了做饭和洗涮，连拖地这样的杂事也不容姚百万插手。老汉软硬兼施，用各种各样的方式逼姚百万就范。那天，老汉竟然以绝食威胁。每次都是姚百万妥协。姚百万惴惴不安，但别无他法。姚百万以为老汉如此，是想多换取散步时间。于是和老汉商量，如果老汉不这么蛮横地抢他饭碗，散步时间可延长到两小时。老汉不为所动，似乎做饭的乐趣比散步更大。姚百万没了辙儿，一边小心翼翼地和老汉周旋，一边祈祷这“颠倒”别被男人发觉。

那天晚上，老汉又提议玩数钱游戏。该他干的，老汉都替了，姚百万也只有在玩上尽力。他怕的不是玩，而是没有规则。自那天开始，老汉就没赢过，输就让姚百万抽他。姚百万揣测，老汉之前虐待姚百万，可能想以这样的方式偿还。但姚百万怎么敢？甭说老汉是他的雇主，就凭那一把年纪，姚百万也不能犯傻。

结果没有悬念。姚百万头晕脑裂，不住地抽凉气，老汉依然中了彩般，喜气洋洋地搁过脸，重重蹋出两个字，来吧！等了半天，见姚百万龇牙咧嘴，左顾右盼，不耐烦了，能不能痛快点儿？姚百万说，叔啊，使不得。老汉瞪眼，有什么使不得？坏了规矩，以后就没法玩了。姚百万说咱玩点别的。老汉说不行，我就喜欢玩这个，你不打，今天和你没完！老汉的样子，活脱脱一个疯子。可姚百万清楚，老汉伶俐着呢。

无奈之下，姚百万抽自己一掌。

老汉火了，又抽那张破脸，你糊弄谁？

姚百万说，就算是抽你了。

老汉断然道，不行！你是你我是我，能一样？

姚百万说，都是骨头上包层皮，没什么不一样。

老汉说，都是一层皮，脸和脸不一样。你和市长能比？和省长能比？

姚百万说，咱不抬杠，实在不行，你自己抽吧。

老汉说，我不是没抽过，自己抽不解气。

姚百万哑住。良久，他摇摇头。

老汉却不让姚百万离开，他还输给姚百万一个耳光。姚百万哭笑不得，叔，你咋还惦记着？老汉问，你欠别人的钱能不惦记？姚百万说，问题这不是钱。老汉说是钱倒不打紧了，他不缺钱，就缺耳光。姚百万不抽，让他自己抽。老汉说自己抽和别人抽感觉不一样，威胁姚百万不抽就甭想睡。瞧着姚百万犯难的样子，老汉很奇怪，抽一巴掌这么难？姚百万的声音几乎碎了，叔啊，咱俩身份不同，我怎么敢？老汉嗤一声，都是人，有什么不同？

崔荷的电话救了姚百万。

11

老汉像个处心积虑的谋逆者，只是他的图谋有悖常理。他一点点夺得了服侍权，把领导权拱手让给姚百万。除了洗衣做饭洗锅刷碗，被子都替姚百万叠，姚百万整个成了闲人。

一周后，姚百万的害怕和不适淡下去，由硬着头皮配合，到渐渐适应。有时，仰在沙发上懒得动，招呼一声，老汉便把水端给他。姚百万看出来，老汉是享受的。姚百万四十多岁的人了，还没被这么侍候过，就算不舒服也领受了。他没想占老汉便宜，实在是老汉步步紧逼。老汉不会告诉男人，姚百万更不会。在这件事上，姚百万和老汉结成同盟。这有点疯，但走出第一步，第二步第三步也没什么区别。姚百万绝没有上瘾，如果老汉中止，姚百万马上回归角色。

姚百万把散步时间放宽到两小时，甚至三小时。只要老汉不离开他的视线，多晒晒太阳没什么不好。老在屋里，姚百万也憋得慌。

那天散步出了意外。经过女人唱歌的楼下，女人出其不意扔出一个苹果，恰好砸老汉脑袋上。是大富士，足有半斤重。老汉哎呀一声，捂着脑袋蹲下去。姚百万慌了神，连声叫叔，你没事吧？他要摸，老汉不让他动。女人唱着大刀向鬼子头上砍去，狂欢得要蹦起来。姚百万犹豫着该不该给男人打电话，老汉松开手说没事了。姚百万松口气，如果老汉有个闪失，祸就闯大了。老汉宽慰姚百万，还逞强地向女人招手，叫她再砸一个。姚百万赶紧把老汉拖走。

仿佛为了给姚百万压惊，那天中午，老汉多做了两个菜，还包了饺子。姚百万想让菜店送现成的馅儿，老汉坚持自己剁，说自己剁的馅儿香。老汉在厨房忙活，姚百万在客厅嗑瓜子喝茶，很像老汉请来的客人。

饺子馅儿咸了，姚百万不由得皱眉。老汉捕到姚百万的神情，姚百万就直言告诉他。老汉啊一声，忙尝了一个。犯了多大过错似的，老汉的脸拧成麻花。他骂自己该死，要重新包。是有点咸，也没到不能吃的份上。但老汉执意重做，并试图把姚百万的碗夺过去。姚百万强调没事的，老汉说用不了多久。

姚百万突然踹了他一脚。并不是蓄谋的，实在是老汉的身子几乎倒过来。

老汉愣住，姚百万也傻了。

叔，你瞧你……姚百万有些慌。

老汉却笑了，带着那么点儿巴结，我是欠揍。

姚百万忙着解释，我不是故意的。

老汉在意的却是饺子，好容易吃顿饺子，馅儿还咸了。

姚百万说，你要愿意，天天做都行。

老汉没再争执，但满脸沮丧。姚百万吃一个，他就催促姚百万喝水，仿佛姚百万是不懂事的孩子。姚百万被他催得不耐烦，冷了脸站起来。老汉慌慌地跟过来，问姚百万是不是生他气了。姚百万冷声说没有，老汉不踏实，说你肯定是生气了。姚百万戳着老汉眼窝吼，我就是生气了就是生气了，你别跟着我好不好？老汉整个人凋零下去，仍木木地跟着姚百万，步态不协调，像中了风。姚百万实在受不了，踢他一下。老汉没躲，姚百万又来一脚。更重些。老汉歪了歪，又贴上来。

你要咋？姚百万几乎抖了。

乞怜从老汉浓重的眉毛下爬出，如哀怨的病猫。你别生气。

姚百万叫，我没生气。

老汉说，你生气了，你肯定生气了。

姚百万跺脚，我没生！

老汉嘟囔，瞧瞧你这样子，还说没生。

姚百万求饶，叔呀，我刚才是挺生气，现在不生了。夸张地笑笑，嘴咧到耳根。

老汉探究的目光碾压过来，不生了？

姚百万说，不生了。你忙你的，我歇会儿。

老汉从姚百万身边剥开，姚百万大大地喘口气。随后贼一样瞅瞅自己的脚，不该踢老汉的，老汉再烦也是他的雇主。可……不但踢了，还踢了好几下。老汉不计较，姚百万不能饶恕自己。

那天晚上，老汉居然要给姚百万洗脚。老汉说他知道姚百万睡眠不好，泡泡脚有助睡眠。姚百万不晓得老汉咋知道他睡眠不好。自儿子去了毛里求斯，姚百万的觉就被偷了。姚百万不同意，老汉执意要洗。姚百万说你这是折我的寿，老汉说睡不好你甭想长寿。

姚百万说我自己长着手，我自己会洗。老汉说你就让我洗吧，还能累坏我？姚百万说不是累不累的问题，实在是不能，要是——老汉抢过去，你是怕他知道？放心，我保证烂肚子里，打死也不说。姚百万头皮炸开，叔啊，你这是上刑啊。老汉说，慢慢就习惯了，洗过一次你还想洗第二次。姚百万厉声道，不行，我说不行就不行。老汉说，你就当是成全我。姚百万让他洗自己的。老汉说洗自己的不过瘾，也轮不着姚百万惦记。

老汉话是软的，动作却带着力度。姚百万抗拒不从，洗脚盆被蹬翻，水浸了半地。姚百万叫，我说不洗就不洗，你还想逼我？老汉蹲下去，擦抹地上的水。受了多大打击似的，老汉动作僵硬，不时用袖子蹭眼睛。他落泪了。姚百万呆住，第一次见老汉流泪。他试图帮老汉，被老汉推开。姚百万小声说，我不是故意的，顿顿又说，我不能糟践你。老汉不理，先是蹲着，后来跪在地板上。

直到端盆离开，老汉始终低着头。他生姚百万的气，生大气了。姚百万也不好受，但终是没被老汉摁在盆里，暗暗庆幸。仿佛守护的是晚节。

当老汉端着水盆再次站到面前时，姚百万的眼珠被铁扦拽着，再也转不动了。老汉不看姚百万，面目沉肃，如深冬的旷野。他径直蹲下去，拽过姚百万的脚。姚百万下意识地抽了抽，老汉摁住。姚百万的脑袋被凿了洞，冷风飕飕穿梭。脚浸到水里，姚百万才哎出声。老汉只是强行摁着他的脚，有很长时间，谁也不说话。无话可说。完后，老汉问是不是舒服些。姚百万终于透上气，叔啊，就这一次，可别这样了。老汉仍问姚百万舒服不。姚百万只好说舒服。

脚是舒服了，心却别扭得要死。老汉的脸有了点儿笑模样，我就说嘛，洗洗会舒服的，睡不着，你梦都做不成。姚百万说，以后我自己洗。老汉断然道，那不成！姚百万愕然，你这是图什么？老汉说，你甭管我图什么。姚百万说，你这是逼我走。老汉说，你不想去毛什么斯，你就走。

男人过来时，姚百万和老汉正吃早餐。准确地说，是姚百万吃，老汉在一旁看。早餐是店里送的，无须老汉动手。即便这样，男人立在屋里，姚百万依然发慌。姚百万说老婆回老家了，回去也没意思，这次就不休了。当然是撒谎，姚百万担心男人在替换这一天发现异常。男人唔一声，没问姚百万任何问题，给姚百万发了饷便离开了。

老汉问姚百万为什么不休息，姚百万说又不累。老汉看穿他，你是怕他知道对不对？姚百万没好气，你知道还问？老汉说，你放心，只要我不跑，他不在意别的。除非你自己跟他说，你不跟他说吧？姚百万说，我是他雇来侍候你的，这整成什么了？老汉说，和他没关系，咱俩乐意换。姚百万说，我不乐意！老汉耍横，这由不得你，他雇你就等于我雇你，你得听我的对不对？姚百万垂下头。老汉拍拍他，安慰，慢慢就习惯了。

还真是。姚百万慢慢习惯了老汉周全的服侍。那双脚丫子，被老汉强行洗了几次后，也变得听话了。或许真如老汉说的，他喜欢，姚百万是成全他。

姚百万绝不抽老汉的脸。老汉服软也好，强硬也好，姚百万始终没有屈从。姚百万踢过踹过，虽然不是很经常，打脸就不同了。巴掌落下去，姚百万就成暴徒了。

老汉自然不甘。又一次点钞，姚百万自然赢了，老汉让姚百万抽，姚百万说就是剁了手他也不会。老汉说姚百万要赖，没意思。抽一巴掌就这么难？老汉很奇怪的样子。姚百万说，难，比登天还难。老汉问，我就要让你抽呢？姚百万说，还是说说你这手跟谁学的吧，想赢就赢想输就输，我想破脑子也没弄明白你咋做的鬼。老汉诡辩，姚百万坚持他捣鬼。老汉终于承认，但不说是鬼，是魔术。姚百万问，你儿子教的？老汉有些意外，但眼神算默认了。

儿子十三岁前，脸上的疮就没断过，常流着黄黄的脓水，衣服又破，没有谁愿意和他玩。与他相伴的，除了那只瘸腿狗，就是扑克牌。有时老汉陪他玩，多数时候他自己变来变去。他也帮老汉点钱。一毛二毛五毛一元两元五元，最大的面额也就十元。几十块钱看起来厚厚一沓。他帮忙，老汉的钱总出差错，若老汉发觉，儿子不声不响地交出来。老汉就在跟前，不知儿子怎么把钱藏起来。儿子说他想学就交学费。

老汉笑起来，你说这小子鬼不鬼？

姚百万说起自己的儿子。儿子自小没闹过毛病，姚百万和崔荷吃树蘑菇中毒，差点没命，儿子也吃了，什么事都没有。姚百万就觉得儿子了不起，将来肯定成大事。虽然儿子寡言少语，但肚里有货。十多岁，儿子绘出村子的地图，房屋树木场院都标得清清楚楚。学校老师都做不出来。

姚百万眼睛放亮，我现在还记得那张地图。

老汉评价，那不算什么。

姚百万沉浸在热烘烘的回忆中，老汉迎头一瓢凉水。姚百万猝不及防，一时无语。

老汉说，我儿子十四岁就会赚钱了。

姚百万对老汉的显摆很反感。老汉明夸自己的儿子，其实想把姚百万的儿子压倒。姚百万撇撇嘴，会赚钱有什么了不起？

老汉问，你的意思是你儿子了不起？

姚百万说，不是我认为，整个村子的人都这么说。

老汉说，我跟我儿子沾光，吃香的喝辣的，你呢？跟你儿子沾了什么光？

姚百万嘘一声，那算个屌？我儿子是有志向的，将来准成大事。

老汉冷笑，他混得好，还往毛什么斯跑？

姚百万僵住。老汉准确无误地点中他的死穴。胸内气流奔涌，姚百万的脸一片乌紫。

老汉吓坏了，你……没事吧？

姚百万僵滞地摇摇头。

老汉说，其实他很浑蛋的，别看他有钱。

姚百万说，算了吧，你也别糟践他。我儿子怎么能跟你儿子比？你儿子是老板，我儿子在土里刨食。

老汉哼一声，老板？老板有什么了不起？……我跟你说，我亲眼看到……突然顿住，仿佛舌头被削掉了。

12

姚百万瞅见蹬着三轮的崔荷，虽然她穿着橘黄色的卫生褂，扣着卫生帽，姚百万还是立刻认出她。姚百万哎一声，才想起自己在公交车上，崔荷根本听不到。崔荷双肩耸突，脖子前抻，很吃力的样子。姚百万鼻腔有些异样，车门一开，他第一个冲出去，往回猛追。

崔荷正夹树丛旁的纸团，姚百万快到她身边时，猛地立住。怕吓着她。崔荷转过身，还是吓了一跳。看清是姚百万，惊慌并没有散去，目光在姚百万脸上扒拉过去扒拉过来。姚百万不解，问她怎么了。崔荷说你胖了。姚百万咧咧嘴，天天吃好的喝好的，还被人侍候，不胖才怪。崔荷捏捏姚百万脸上的肉，不大相信似的。相反，她更瘦了，脸肌被剔去一层。

姚百万拍拍左胸，崔荷眼睛亮了亮，说看来真是咬到馅儿饼了。

姚百万做了一顿丰盛的晚餐：红烧肉，酱茄子，炒豆角。崔荷责怪姚百万攒不了二两膘，有几个钱就胡花。姚百万说就当过年，崔荷说过年也不能这么造。姚百万很想告诉她，他天天这么造。崔荷边吃边啧啧，姚百万知道她心疼，他更心疼。崔荷心疼钱，姚百万心疼崔荷。

一个月没见面，姚百万一副馋相，碗筷没收拾便拥着崔荷躺了。精力旺得出奇，崔荷频频捂他嘴巴。隔壁静悄悄的。崔荷说先前那个搬走了，新来这个看不出年龄，天黑了出去，清早回来，她碰到两次。姚百万的心沉下去，嘱咐崔荷白天晚上一定锁好门。崔荷说你不用操心我，安心把人家侍候好。姚百万说记着呢，再次揽过她。

两人说了半夜话。后来说到二旦，崔荷似乎抖了一下。姚百万没在意。后来，他明白，那晚提到二旦，崔荷确实抖了。他在电话里嘱咐过崔荷，别再告了。不讲理的事多了，甭说欠钱，欠人命还有讨不回来的。姚百万认了，不认又能咋的？如果揪住乔工头，剥了他的皮出出恶气也算回事。乔工头无影无踪，找政府又能如何？屎屁股太多，政府擦得过来？

姚百万可以休息两天，但崔荷劝他少休一天。累就累点吧，崔荷说。似乎多休一天，就有人把姚百万的差事抢了。姚百万不舍，还是听从崔荷。其实，他也担心，另一种担心。

那天晚上，姚百万吃饱喝足，仰躺在床上，想天上也不过如此。不错，他过的就是天上的日子。相比出租屋，这里绝对是天上。姚百万当然喜欢天上的日子。只是撇下崔荷……脑里浮出崔荷蹬三轮车的情景，姚百万很不是滋味。如果有可能，姚百万会待在人间，让崔荷享受天上的福。姚百万没打算带崔荷去毛里求斯，两个人花销更大。在这个夜晚，他改了主意。不能再撇下她。

姚百万和老汉的数钱游戏没有中止，姚百万仍死守底线，不让巴掌造反。那天，老汉改了规则，输一次赔一百块钱。姚百万说带钱就成赌博了，他可不敢。赢不起也输不起。老汉说每天输赢不超一百，算不上赌。姚百万还是不同意，老汉的刁劲上来，威胁砸姚百万的地球仪。姚百万讲儿子的事，喜欢摩挲着地球仪，感觉离儿子更近些。老汉有时也抱在怀里。姚百万不再防他，现在老汉对地球仪近乎谦恭。此时突然用地球仪要挟，姚百万的伤口迅速裂开。他说你敢，你砸一下试试。老汉冷笑，我死都不怕，还有什么不敢？

两人久久对峙着。

姚百万先慌了。老汉喜怒无常，他可以砸地球仪，姚百万不可能把老汉拍成肉饼。叔，赌博是犯法的啊，姚百万小声说。老汉硬邦邦地，少来这套，我不吃。姚百万无奈，你这是逼良为娼。老汉喊一声，当回娼也算没白活。

姚百万赢了。姚百万猜测自己会赢，真赢了，还是有些不敢相信。并不是他赢的，是老汉让他赢的。老汉把一张百元大钞拍姚百万手上，问还玩不玩。姚百万有些结巴，玩……就玩！祈愿输一局，把那张钱还回去。仍然是姚百万赢，连着三局都是。按规则，老汉只赔姚百万一次。就这一张已经让姚百万手心发烫。

连着几天都是姚百万赢。姚百万终于明白了老汉的用心。姚百万说叔啊，我不能白拿你的钱，这和骗有什么不同？老汉不屑，你也太小瞧人了，凭你能骗得了我？姚百万说，咱别再这样了。老汉说，他花钱雇你，就是让你陪我玩对不？姚百万说，叔的好意我领了，没这么个玩法。老汉瞪眼，你什么意思？我故意输给你的？你以为我是疯子？姚百万鼻音重重的，叔啊，你这是何苦？你儿子要知道，还不扒我的皮？老汉哼了哼，我的钱我做主，你硬要让他知道我也不拦你，除非你脑子灌了泔水……没灌泔水吧？姚百万在老汉的威逼下打了蔫。这不妥，可……这样他和崔荷去毛里求斯的日子就会近许多。

姚百万每有退却，老汉不是威胁就是挖苦，刻薄的话几乎剔到骨头。姚百万硬着头皮陪老汉玩，并在老汉的勒令下把钱装起来。可能在游戏中对姚百万过于凶了，生活起居上对姚百万照顾得更加细致。洗脚自不必说，修理手指甲脚指甲老汉也大包大揽，做饭更是变着花样。被服侍，还额外挣着钱，分明就是天上天啊。姚百万虽然不安，但挺贪恋梦里的感觉。

姚百万对老汉的回报就是尽量让老汉在户外的时间多些，还带老汉去了两趟公园。那天，他问老汉想不想坐公交，老汉光芒四射，问姚百万敢不敢。姚百万咬牙道，反正你不会告诉他。这当然是冒险，不过多冒一次也没有什么不同。

老汉说过的，曾经逃过两次，都被儿子抓回来。所以姚百万揣了几分小心，防备老汉背叛。若老汉失踪，他就死定了。老汉的喜悦自不待言，不时指戳着窗外的稀罕。姚百万表情沉静，不错眼珠地盯着老汉。

来回三个小时。进屋，姚百万大大地松口气。老汉察觉了，问，你是不是怕我跑？

姚百万否认，叔不会害我，我有数。

老汉说，你要是有数，就不会紧紧盯着我了。

姚百万说，我得对你负责。

老汉说，算了吧，你是对他负责。

姚百万问，听叔的意思，不痛快？

老汉怔了怔，很难看地笑了。那笑是巴结的，甚至有些下作。你别生气，我就是说说，抽我两掌好不？姚百万强调没有生气。老汉问，真没生？那好，你歇着，我去做饭。

那天晚上，老汉说姚百万累了，非要给姚百万捏捏骨头。推拒一番，终是没拗过老汉。享受还是遭罪？有时姚百万自己都搞不明白。姚百万和老汉商定，每周坐一次公交，去两趟公园。

秘密协议是危险的，但快乐也难以言说。对老汉是快乐，对姚百万是制造快乐的快乐。那是一种复杂的成就感。

意外悄然走近。那天在公园，姚百万想解小手。以往不管谁解手，两人都一块儿上厕所。那天老汉说什么也不进去，要在外边等姚百万。姚百万没强求，连着无事，警惕有些放松。但还是再三嘱咐，哪儿也别去，就在门口等。老汉不耐烦了，废什么话？你不怕尿裤子？

姚百万蹿进去，真快尿裤子了。当然，也还是不放心，恨不得一下排泄完。下边尿，上边冒汗。没抖干净就提上裤子冲出去，从对面厕所出来的女人极其厌恶地瞪他一眼。

老汉不见了！

姚百万脑袋轰隆一响，腿软下去。他喊声叔。急促得像被菜刀剁了几截。姚百万往外急走一段，不敢走远，又折回来，歪歪倒倒的。叔，叔——颤音拉拽得整个公园都是。看见我叔了吗？一个老汉……姚百万急急地比画，没有一个人耐心等姚百万比画完。姚百万的神情过于骇人。

老汉嗨一声，跳到姚百万对面。姚百万猛地扯住他，似乎慢一秒老汉就消失了。老汉喊疼，姚百万不言，夹着老汉猛走。老汉捶姚百万，让姚百万放他下来。姚百万不理，一直把老汉夹到竹林边。竹林茂密，像厚实的墙，再无逃走的可能。姚百万血红的目光戳着老汉。老汉赔着笑，说不过想逗逗姚百万。姚百万叫，你差点吓死我！老汉说你不会这么不结实吧？姚百万吼，我就是铁打的也不经你这么吓！老汉说以后不开这种玩笑了。姚百万说没有以后了。老汉问姚百万什么意思，姚百万大吼，就这个意思！

姚百万把老汉押回去。老汉自知闯祸，惴惴的。姚百万冷着脸不理他，老汉默默地躲开。吃饭时，他没上桌，垂手立在一旁，等姚百万发落。姚百万让他坐，他问，你不生气了？姚百万叹口气，叔，先吃饭吧。老汉说姚百万不生气他才吃，姚百万说那你就别吃了。

老汉仍又垂着了。

过了一会儿，姚百万说，我不生气了，你吃吧。老汉问姚百万还领不领他出去了。姚百万说我哪敢呀，老汉说，你还是生气了，我不开玩笑了还不行？我保证。姚百万道，我怎么知道你的保证值不值钱？老汉问姚百万怎样才能相信他，是不是剁一截指头？姚百万说老汉威胁他，老汉发誓不是，姚百万怎么惩罚他都行，就是别不领他出去。说到最后，老汉眼圈红了，姚百万心中一颤，好吧。

崔荷的电话打进来。姚百万有些慌，没什么事，崔荷不会大白天给他打电话。

崔荷更慌，话自然不顺溜。二旦捅了自己一刀，就在市政府门口。姚百万问人呢，崔荷说救护车拉走了。姚百万问崔荷在哪儿，崔荷说去医院的路上，刚才吓坏了，没跟着上车。

姚百万头皮阵阵发紧。崔荷也在现场。姚百万嘱咐她别跟着去的。

崔荷喂喂着，你倒是说句话呀。

良久，姚百万才撂过去，死不了的，你别慌！

13

姚百万看过二旦几趟。二旦没生命危险，但罪受大了。那一刀捅得猛，还捅偏了，肠子和肝胆都伤着了。警察和崔荷轮流守护，警察上午当值，崔荷下午替换。姚百万问有没有别人看过二旦，崔荷寡寡地摇摇头，随后解释，他们怕是不知道。崔荷说二旦没说他要这么干，否则她会拦住他。二旦倒是和姚百万说过，姚百万以为他会像别人那样爬到电线架上或楼顶上，那会引起关注，如果上电视效果就会更好，拖欠他们的钱或许有人管了。可他不声不响捅自己一刀。就是捅一百次，谁理会你？他这一刀就是换来一个公家警察的守护，没准还等着审讯他呢。

还连累崔荷和姚百万，特别是崔荷。崔荷不住地自责，仿佛二旦受了她的怂恿。姚百万说和她没有任何关系，她不在场，二旦也会那么做。你以为他是为你捅的？姚百万质问。他挺生崔荷的气，但事已至此，只能安慰她。姚百万知道，崔荷和二旦一趟趟往市政府跑，除了心软，还是揣着希望，想把血汗钱要回来。这钱多重要，只有她和他知道。崔荷暗地随二旦去，也是怕他分心。姚百万当然不舒服，不舒服透了。如果崔荷先前是讨薪队成员，现在更像伤员家属。但能怎么办呢？二旦没家人，不能撇下他不管。

崔荷不让姚百万再跑。她担心他丢了差事，姚百万明白。可他怎么可以安心？

姚百万上医院，就把老汉锁屋里。姚百万跟老汉讲了，老汉说你该忙啥忙啥，我不乱来。姚百万急急去，匆匆回，来回都是一身汗。老汉挺安分的，用丰盛的午餐或晚餐迎接姚百万。姚百万也说话算数，一周带老汉坐一趟公交，逛两次公园。姚百万难免疲惫，老汉也更有眼色，只要姚百万往下一躺，他就过来，不是捶腿就是揉胳膊。

那天，姚百万本来要带老汉坐公交。走出楼道，老汉说他想领姚百万看一个地方。姚百万以为自己听错了，偏过头看他。老汉说，咱俩打车去，我装着钱呢。姚百万问什么地方，老汉说常山陵园。姚百万越发惊愕，他听都没听说过。去那儿干什么？老汉诡秘一笑，去了你就知道了。姚百万说老汉不讲清楚，他不会让老汉去。老汉说我不会跑的，你放我跑我也不跑了，这点儿胆子也没有？要不你买根绳子把咱俩拴一块儿？

老汉神神秘秘，又信誓旦旦，姚百万的好奇终是被搅动。

姚百万和老汉第一次跑这么远。出了城，又走了差不多二十分钟，出租车停在山脚下。山不高，说丘陵更合适，顺着甬道走了几十米，姚百万看到牌坊上常山陵园几个字。姚百万疑惑地问老汉怎么知道这地儿，老汉没答，说咱俩别从正门进。

两人绕到另一侧，老汉示意姚百万跟着他。没有路，除了杂草就是叫不上名字的灌木。虽然不陡，但攀爬并不容易。老汉身手不凡，左闪右蹿，很快没了影儿。姚百万有力气使不上，爬一步倒退半步，又着急，叔、叔地喊着。

快到山顶，一只手伸过来，老汉牵住姚百万，我说不跑就不跑，你这么不相信我。老汉很委屈的样子，姚百万问还往哪儿走，老汉说就快到了。

往前不远是墓地，墓碑密密匝匝，似乎因为寒冷，只能挤在一起。有的放着鲜花和祭品。老汉领着姚百万往里走，穿过一片树木，豁然出现一座房子，不，更像一座城堡。城堡前竖立着一块黑色无字碑，有两面炕大。老汉说这是儿子给他预备的墓地，姚百万惊得嘴都歪了。姚百万在坝上草原见过辽代的梳妆古墓，老汉的墓造型和梳妆古墓相似，墓顶也是圆球形的，但老汉的墓似乎比梳妆古墓更有气势。老汉的儿子把老汉接到城里，唯一带他来的就是这个地儿。老汉说可惜钥匙不在他手上，不然带姚百万参观一下墓穴。墓穴四壁全是上好的瓷砖，老汉说。

姚百万被镇住。城里的墓地比房价还贵，这得花多少钱？老汉说整个陵园都是儿子的，儿子给他造几座墓都不成问题。

这里不是人间，也不是天上，是另一世界。一个姚百万还没有想过的世界。姚百万问老汉带他来这儿干什么？虽然震撼，姚百万并不羡慕。活着的事还整不过来，没工夫想更远的事。老汉霜打了一般枯萎下去，你瞧见了吧，我没有伴儿，活着坐监狱，死了接着坐。老汉说他希望另外一个人知道他埋在这儿，如果姚百万能来看看他，他在地下也会感激不尽。姚百万怔了怔，说他会的。老汉猛地抱住姚百万，几乎勒断他的骨头。

老汉对姚百万的服侍、对姚百万的顺从到了难以形容的地步。老汉每天擦拭地球仪，那次正擦拭，姚百万咳嗽一声，老汉慌慌地抬起头，问是不是他做错了什么。姚百万说没有，老汉仍惴惴的，候在姚百万身边，等姚百万发落，直到姚百万勒令他离开。

自参观过老汉的墓地，姚百万便有些躁。其实与参观没有直接关系，这躁在老汉强行给他洗脚时便冒出来。二旦捅伤自己，崔荷来回奔波照顾他，姚百万的躁直往外蹿。只不过从墓地回来，那躁蹿得更亢奋些。姚百万以为已经习惯老汉的服侍，任他怎么努力也无法控制烦躁时，他清楚自己并不真的习惯。表面上舒服，骨头完全不适应。老汉的低声下气无微不至让他更加躁乱。

姚百万撑不住了，他享受不下去了。

老汉很是意外，问是不是他什么地方做得不好，他可以改。姚百万坦言老汉太好了，他本来是侍候老汉的，现在颠倒了，于情于理都说不过去。老汉说他是自愿的，姚百万说自己不适应，如果不掉转过来，他没法待了。

似乎姚百万马上就要离开，老汉有些紧张，有些愤懑，也有些委屈。他不说话，就那么瞪着姚百万。姚百万说，我知道你是为我好——老汉极快地打断，我没为你，只为我自己好！姚百万热热地叫声叔。老汉问，你来陪我，是不是让我舒服的？姚百万说当然。老汉说就是啊，你照顾我我难受，我照顾你才舒坦。姚百万说你舒坦了，我受不了，难受。

老汉带了些挑衅，我要是不应呢？我就是要侍候你呢？

姚百万静默片刻，说，我只能离开了。

老汉问，你不打算去毛什么斯了？

姚百万抽搐一下，当然要去，有的是挣钱的地方。

老汉说，别的地方挣钱没这么快。

姚百万咬咬嘴，他何尝不知，可……我会等到那一天的。

老汉仍不死心，他要是不答应呢？我要是把之前的事告诉他呢？你知道，他什么都做得出来。

姚百万说，你不会那么做的。

老汉掷地有声，我会！

姚百万说，那你告诉他吧，随他怎么处置我。

老汉怏怏的，王八吃秤砣，你是铁心了。

老汉妥协了，答应从明天开始，姚百万像先前一样侍候他。他舍不得姚百万离开。但老汉有个请求，姚百万抽他个嘴巴子。他什么瘾都过了，就是挨抽的瘾没过。求你，老汉可怜巴巴的。姚百万尽管领教了老汉的古怪，但老汉如此念念不忘还是让他吃惊。姚百万不同意，老汉忽而乞求忽而威胁。僵持一会儿，老汉突然冲进厨房，出来拎着菜刀。他把菜刀横在脖子上，姚百万如果不抽他，他就抹脖子。姚百万吓坏了，别呀，叔。

老汉威胁，答不答应？

姚百万连忙道，我答应，答应还不行吗？

老汉说，一个巴掌费二两唾沫，来吧。

姚百万扬了扬又垂下去，叔，我下不去手啊。

老汉说，你闭住眼。

姚百万闭住眼，手却更抖了。

老汉骂，真是饭桶。

姚百万声音哽了，我就是饭桶，叔饶了我吧。

老汉叫，不行，你不能说话不算。

姚百万说，我真下不去手。

老汉说，你当我是不相干的人。

姚百万说，叔，你自己抽一下算啦。

老汉瞪眼，自己抽还用你教？

姚百万搓搓手，再搓搓，手掌烫了，仍没落下去。

老汉倒不急躁了，而是老师那样循循善诱地开导姚百万。老汉说不是每个人都活得那么如意，世上不如意的人居多。他让姚百万想想自己的不如意，谁让他不如意的。

姚百万一下想到村长。村长选举的时候给姚百万送了一袋米，狗日的上任脸就变了，答应批给姚百万的宅基地给了别人。姚百万找他，他边剔牙边问姚百万大米好吃不好吃。姚百万知道村长等礼，送去两袋米，村长才答应替他跑跑。可直到姚百万离开村庄，宅基地的手续也没办下来。但姚百万最恨的不是村长，而是乔工头。村长欠的不过是宅基地，乔工头却骗了他和崔荷数万血汗钱。如果乔工头不骗钱，他和崔荷早就去了毛里求斯。

姚百万抬起头，目光泛着隐隐的红光。老汉变成乔工头。姚百万还记得乔工头的鼻子，那个鼻子棒槌一样直挺挺地插在脸上。如果叼着烟，棒槌就成了高耸的烟囱。妈的！姚百万骂。巴掌甩过去，乔工头突然消失，仍然是老汉立着。姚百万及时刹住，只是手指尖碰到老汉枯瘪的脸。

老汉骂，你挠痒痒呢？

姚百万垂下头，虽然没抽成，但耗了元气，浑身湿软。

老汉缓了口气，你再想想，还恨谁？最恨的那个是谁？

姚百万蓦地想到自己。是的，他恨村长恨乔工头，但最恨的人是自己。如果当初他拦住儿子，儿子就不会杳无音信。他恨透了自己，恨扁了自己，恨烂了自己，恨死了自己。

老汉说，他就在你面前。

姚百万的目光甩出来，带着血腥味。他看到不争气的自己，那张脸要多烂有多烂，要多没出息有多没出息。那是一张早就该抽的脸。姚百万跳起来，巴掌甩过去的同时，挟着呼呼的风声。

可恨的他不见了。

老汉陀螺一样旋转，胳膊大张着，似乎要飞起来。

姚百万傻了，半天才惊叫一声。

老汉倒下去。不，更像折断翅膀的鸟，突然栽落。老汉似乎要对姚百万笑一下，笑容还未张开就如枯萎的花蒂脱掉，脸上只有一束颤颤的白。那两个字几乎是努出来的，尽管微弱，姚百万还是听清了。

痛……快！

父亲和船

1

如果你在宋庄的黄昏听到女人的呵斥，肯定是我父亲又闯了祸。父亲是祸篓子，闯过多少祸他自己都说不清楚。但我母亲记得。斥责父亲，母亲总会翻起父亲的陈年旧账。比如，父亲给母亲磨镰刀，不但没磨快，反比先前还钝。镰刀成了钩子，母亲只得用力拽，一下午母亲的手拽出几十个泡。比如父亲骟羊。父亲给兽医当了一年学徒，首次实战就闹出笑话，骟了四只羊，竟然死掉三只。骟死当然要赔，那一阵母亲提到父亲几乎咬牙切齿。舅妈和舅舅因琐事吵架，躲到娘家，姥爷让父亲去劝和，毕竟父亲见过一些世面。父亲倒是把舅妈劝回来了，但死活要和舅舅离婚。舅舅离了婚，从此破罐子破摔，整日和不正经的女人胡混。每每说到此事，姥爷后悔得心都要掉出来了。那天，母亲本来是派父亲给姥爷送油饼，没想五个油饼毁了一桩婚姻。

那个晚上，母亲捎带着把我也骂了。母亲打发父亲去镇上卖蘑菇，并让我跟着。母亲没长三头六臂，有些事必须支使父亲。可她又不放心，让我跟着是为了监督父亲。母亲把我扯到一边，神色严厉，看住他，一分也不要乱花，记住了？我点点头，又点点头。母亲在我肩膀重重一拍，去吧。

我得承认，跟父亲出门比跟母亲有趣得多。父亲会唱花曲会讲故事，还会模仿百灵鹁鸪猫头鹰的叫声。花曲可不是黄曲，而是一人双声，男女对唱。母亲就是被父亲的花曲迷住的，谁想她跳落的是一口枯井。父亲自然想讨好我，我提什么要求他都应。我笑得肚子都疼了。十几里路一晃就到了。但我并未被父亲收买，到了镇上，母亲的声音便在耳边嗖嗖回响。父亲敲饭馆的门，我紧随其后。父亲背着土黄色的编织袋，袋里是用棉线穿起来的蘑菇。大部分是母亲采的，父亲和我采得不多。采蘑菇可不容易，得跑出村庄几十里远。在第三家饭馆，买卖成交。老板把钱数过，给了父亲，父亲又数了一遍，装进衣服左侧的兜里。出了饭馆，父亲问我，现在就回，还是转转？见我犹豫，父亲说，来一趟不容易，转转也好。我跟在父亲身后，盯着他。后来转到卖棉花糖的铺子前，父亲问我想不想吃，我摇摇头。父亲拍拍右侧的兜，向我宣告，我自己的。我没说话，只是舔舔嘴唇。父亲常背着母亲攒私房钱，这是半公开的秘密。有一次，母亲在鸡下蛋的箩筐底下搜出七十多元赃款。父亲不正干，所以母亲毫不留情地予以没收。

我记得清清楚楚，父亲是从右侧兜里掏的钱。我舔咬着棉花糖，目光却没离开父亲。我没丧失警惕。去了趟五金店，还去了趟兽医站。我才不管父亲去什么地方，见什么人呢，我也管不了，只要他的手不伸进左侧的衣兜。

日落时分，我和父亲回到村庄，依然他在前我在后。有点儿押送犯人的意味，但父亲一点也不在乎。母亲刚把白腾腾的馒头端出锅，出汗，也可能是蒸汽的缘故，母亲的脸柔和而迷人。母亲看看父亲，又看看我，不紧不慢地在围裙上擦擦手，缓缓伸出。父亲不快，吃了饭嘛，我还能跑了？母亲不说话，手又往前伸了伸。母亲身材高大，和细瘦的父亲站在一起，她越发显得壮硕。父亲嘟嘟囔囔的，但没有抗拒。父亲的手伸进左侧衣兜，突然哎呀一声。我吓了一跳。但母亲没有，死死盯着父亲，不说话。丢……了……父亲声音发颤，生怕母亲没有听清，用更重的声音强调，丢了！母亲锋利的目光割了我一下，仅仅一下，然后，她戳紧父亲，甭演戏了，拿来！父亲说，真是丢了呀。他剥下衣服，把兜翻出来。兜底有个窟窿，那么大，几乎能伸出拳头了。母亲仍不相信，扯过父亲的褂子，里里外外上上下下翻了个遍。只有几个钢镚儿，买棉花糖找给他的。母亲不甘心，开始搜父亲的裤兜。父亲双手抱头，呈投降姿势。

一无所获。母亲终于勃然变色，斥骂自然不可避免。父亲是主犯，我是从犯。这怪不得我，我哪里料到父亲的衣兜有窟窿呢？我不敢辩解，像父亲一样垂着头。骂够了，母亲抱起被褥往父亲身上狠狠一砸。父亲对这样的惩罚习以为常，并不多言，夹在腋下消失在门槛外。

稍晚些时候，母亲询问过我，热了一碗菜，两个馒头。我当然明白什么意思，起身乐颠颠地喊父亲吃饭。父亲没有远去，就在船屋。准确地说，就在我和母亲隔壁。

我家三间屋地基，但只盖了两间，另外一间由于这样那样的原因一直没续盖成。几年前，父亲垒了屋墙，盖了屋顶——只是一块遮风挡雨的塑料布，把那里变成他的船屋。他要造一只船。船屋其实就是父亲的造船厂。

父亲光着膀子，挥汗如雨。被母亲贬至船屋，父亲没有丝毫沮丧，十五瓦的灯光照射下，反显得神采奕奕。父亲正在刨木头，每刨一下嘴巴都要呼出一个哨音。父亲似乎没注意到我，我喊了一声他才停住。可能我惊着他了，他略略皱眉，忽又笑了，问我棉花糖好吃不。我没回答，说母亲热了饭，叫他去吃。父亲说顾不上，你给我端过来，而后又埋下头。

母亲有些气呼呼的，以为干了什么了不起的事呢，不吃拉倒！母亲端起碗，我以为母亲要摔到地上，但她略停片刻，杵到我怀里，并没好腔调，给那个疯子送去！

2

父亲曾是县剧团的演员，虽然算不上名角，但绝不是可有可无，场场演出都离不开父亲。那是父亲一生中最辉煌的岁月，走乡串镇，吃香喝辣。姥爷认为父亲见过世面，就是因为父亲在县剧团混过。可惜好景不长，娶母亲第二年，县剧团解散，有去做生意的，有跑到大城市的茶座卖唱的，就连名角一品红也入了一个专门给白事唱曲的草台班子，唯有父亲选择了回村。说实在的，父亲干农活并不是好手。母亲锄到地头了，父亲还在地中央没有章法地乱刨。母亲锄过的地疏松，平整，那些杂草野菜样子还好端端的，但根部早已被锄头割断，不出半日便会发蔫枯萎。父亲用力不均，锄过的地是波浪式的，一个坑挨着一个坑，草除不掉不说，有时还刨出庄稼的根。父亲绝不好吃懒做，他其实很卖力，只是干什么都不在点子上。用母亲的话说，父亲脑里缺弦。

锄地还好，凑凑合合，勉强抵半个劳力。而父亲在场院的表现实在是糟糕透了。他惧怕拉石磙的马，因此虽然拽着缰绳，却控制不住发抖。马是欺生的，想必心里也瞧不起父亲的㞞样儿，不时折腾出点花样，不是走偏套绳绊了脚，就是连连甩头缰绳绷紧，父亲就会跌跟头。那样的时刻，父亲喊母亲多半带着哭腔。父亲磙场是宋庄一景，自然引来围观。父亲又成了演员，只是没有掌声，只有笑声。如果父亲跌个跟头，笑声会瞬间把场院炸裂。母亲有时会替换父亲，有时实在腾不开手，就只能任由父亲出洋相。

对父亲这样的，宋庄有个称呼：架子货。如果只是个架子货也没什么，因为母亲能干，撑一个家基本没有问题，只要父亲不添乱。可不添乱，那就不是父亲，不是祸篓子了，母亲也就不用那么频繁地斥骂他，宋庄的黄昏会安静许多。

如果仅仅是架子货仅仅是祸篓子也没什么，父亲还常有惊人之举。

某天中午，父亲突然宣布，他要造一条船。母亲横扫他一眼，没搭理他，只当他是疯话。父亲提高声音，再次强调要造一条船。母亲将一块面糕丢进父亲碗里，没好气地训斥，咋就堵不住你的嘴？菜汤溅湿父亲的前胸，一片香菜叶粘到父亲下巴上，父亲的样子很是狼狈。但父亲眼神没有任何畏怯躲闪，相反，他迎撞着母亲的目光，不无兴奋和得意，就像刚刚登基当了皇帝，用更大的声音宣告，我要造一条船。母亲是何等人，岂能被父亲镇住？劈手夺过父亲的筷子，吃不吃了？母亲没那么专横，是留有余地的，她没饿过父亲或让父亲吃剩饭什么的。但父亲没有领会……不，他根本就没理会母亲的好意，他把碗往桌中央一推，坚定地说，我要造一条船。

3

父亲是个疯子，他要造一条船。

父亲要造一条船，他是个疯子。

父亲因为疯才造船，还是因为造船变疯，没人说得清，母亲也说不清楚。如果能变个小虫什么的，母亲一定会钻到父亲脑里探个究竟。

宋庄西面是有一条河，叫二女河。可在我出生之前，二女河就干涸了，裸露的河床像掉了牙齿的瘪嘴，气泡都冒不出一个。雨季来临，河床上虽有一缕浅浅的水，不要说鱼虾，小蝌蚪也养不住。不用多久，那一缕浅水便消失得无影无踪。宋庄的破船早就成了灶膛的灰烬，可父亲却要造一条新船。父亲没有造船的技艺，就算造了，有什么用呢？父亲向宋庄造过船唯一还在世的九爷爷请教，九爷爷问了和宋庄人一样的问题。二女河总会有水的，父亲这样回答。九爷爷患了抖颤症，身子没有章法地摇晃，胳膊也不停地抖，他不能当父亲的师傅。父亲不死心，有时间就往九爷爷那儿跑。母亲去找过九爷爷，父亲再去，九爷爷就不怎么理他了。

九爷爷不传艺，父亲消停了一阵。母亲松了口气，她根本不会想到父亲暗中做着其他准备。

父亲是开镰那天离开家的。那个早上，父亲给母亲磨完镰刀，说要去一趟镇上，这一走就没了影儿。父亲不是没磨过镰刀，那天可能由于紧张，也可能是兴奋过头，磨石拉坏了刀刃。母亲没等到父亲，骂着父亲的不着调，一个人下了地。待发现镰刀被父亲弄残，更加来气。本可以返回家中重新换一把，但总觉得父亲该来了，跑腿也是父亲跑。直到日落，也没等到父亲。刀钝，母亲只得用上全力，不是割庄稼，而是拔庄稼。只是庄稼也就罢了，与庄稼混长在一起的沙蓬、粘惹惹都长着利刺，母亲的手被划得不成样子。母亲窝着火，怒冲冲地把门踢开。父亲不在，母亲没有发泄对象，所有的力气都用在菜刀上，满屋子都是愤怒的咣咣声，像机关枪。次日，母亲无论脸色怎样不好，依然会早早下地。秋收不等人，突遇大风或暴雨，庄稼就会脱籽，甚至烂到地里。她顾不上父亲，他一个大男人，还让女人操心？但每次中途直腰，她总忍不住向村庄的方向张望，傍晚收工她的脚步也会急切许多。

那个秋天，母亲穿梭于田野、黄泥小院和场院之间。别人家都是两个人甚至三个人，只有母亲形单影只。母亲要强，别人的粮食装袋，她扬场；别人翻地，她整犁杖。虽说略晚几天，但粮食一粒不少地入了仓，院里的柴火也码得整整齐齐。

父亲失踪几个月后，在秋末的傍晚，终于回到黄泥小院，猛看还以为是要饭的。头发又长又脏，衣服到处是洞，好几个地方都露出肉，鞋面翻开，能看出乌黑的光脚板。除了左肩的黄书包，都是走时的穿戴。黄书包是新的，和他要饭的样子很不相称。父亲灰眉灰脸，眼睛却亮得像洗过几百遍。父亲喊声桂花，母亲愣了几秒。确认是父亲，母亲妈呀一声，我还当你让狼叼了呢。

斥骂得有些累了，母亲审问父亲这几个月躲哪儿去了，是不是让哪个狐媚子勾了魂？父亲起先不说，但母亲是何等人？有的是办法，父亲终于招供。九爷爷不教他，他只好到外边拜师求艺。母亲又骂一阵也便作罢。拜师求艺，总比让狐媚子勾魂好。

冬天的夜晚，父亲一次次将船的图纸铺在小方桌上，这里勾勾那里画画，抑或在本子上计算着什么。那个黄书包成为父亲标志性的配饰，睡觉也放在枕头边。图纸及父亲认为重要的东西都在黄书包里。父亲防着母亲，怕她丢灶膛里烧了。母亲如果想烧，父亲再怎么严防死守都无济于事。母亲没那么做，是不忍，更多是轻慢和不屑，她不相信靠一张废纸就能造出船来。造船需要工具，需要材料。工具可以借，材料只能花钱买。财政大权在母亲手里，她不可能让父亲胡糟蹋。

父亲有父亲的花招。索要无果，便寻机克扣。三块钱的东西非说成五块，五块的东西要加到七块。让他割二斤肉，他能割回斤半就不错了。无疑，省出来的钱被父亲截留了。母亲再怎么骂，也不可能把父亲吃掉的钱骂出来。到后来，涉及钱的差事，除非特殊情况，母亲绝不支使父亲。

克扣不成，父亲就偷。是的，为了造船，父亲成了贼。当然，他只偷自己家。母亲的钱很少存银行，一则存取太麻烦，二则存给公家觉得不保险。她藏钱的地方不出我家院子，也是为了防父亲偷窃，她都散开了藏，这儿三百那儿二百。我曾经亲见她把二百块钱塞到瓶子里再把瓶子埋进羊圈的拐角。父亲得手过几次，也就几次，他不可能找见母亲所有藏钱的地方。再说母亲自己藏匿自己有时还找不到呢。

某天晚上，父亲不声不响地离开，彻夜未归。母亲也不当回事，自父亲失踪过几个月，她已经习惯了父亲抬脚便走。虽然还是会斥责父亲把家当成旅店，可父亲一意孤行，她又能怎么样呢？那么大一摊活儿等着她，父亲甩手，她可不能不管。清早，母亲的一锅水还未烧开，村干部上门了。昨天夜里，父亲偷砍树木，被护林员抓了现形，在镇政府关着呢。交钱赎人，不交钱判刑。村干部撂下话便转身离去，母亲好半天都呆立着，突如其来的消息将她搞蒙了。

判！狠狠地判！在牢里关一辈子才好！母亲终于缓过神儿，恨不得生撕了父亲。那是母亲第一次在早上骂人。骂归骂，母亲却没有坐视不管。其实，骂的同时就开始找钱了。她手忙脚乱心急火燎，满院子乱窜。气恼，也有对父亲的担心——若她晚去一会儿，父亲很可能被送到县里。

终于凑够，母亲一路小跑往镇上赶。

4

母亲领回父亲，穿越村街的那个正午，很多宋庄人都看到了。母亲在前，稳健有力，父亲在后，摇摇晃晃。遇人问话，母亲的头会昂得更高一点，她愤愤地，不就一棵树吗，罚好几百呢，真是活欺负人。父亲一声不吭，只是紧紧护着黄书包。若公家知道祸由子就在书包里藏着，肯定会没收。那样后来的很多事可能就不会发生了。

父亲消停了几日，又开始折腾。没有什么能阻止父亲，父亲已经走火入魔。我姥爷都这么说了。

父亲造起了船屋，买回的木料堆放在那里，父亲也有了自己的第二个家。他虽没和母亲分门另过，但自有了第二个家，在第一个家的时间就越来越少。夜晚他多半会回到母亲身边，当然被母亲责罚除外。母亲将行李丢到门外，那样的夜晚他就只属于船屋了。

工具配齐了，木料也预备了一些，但凭那些东西造一条船是不可能的。父亲当然明白。他贼心不死，不放过任何一次从母亲那里弄钱的机会。母亲的防范更加严密，父亲得手越来越不容易。父亲和母亲，就是狐狸和猎手。有时他们的角色会倒过来，仍然是猎手与狐狸的关系。父亲没再去偷树，母亲威胁，哪怕偷一根树枝，她也会砍了他的手。那样的代价太不划算，父亲还没疯到那个地步。

父亲给白事唱花曲是邻居告知母亲的。母亲并不相信，她还劝过他呢，那与他的老本行差不多，一品红都可以干，父亲端什么架子？可父亲死活不去。他甩出过狠话，就是拽出他的舌头喂狗，他也不会像一品红一样。母亲只好作罢。她骂过父亲，但从不逼迫他。邻居说得绘声绘色，在邻村亲见，父亲扮女声还罩着花头巾。父亲唱女声，跪着磕头的都笑翻了脸。母亲脸色迅速变幻，说不出是喜还是忧。

父亲回来，母亲的目光几乎没离开过他。她等待父亲解释，当然，能同时掏出钱交给她就更好。但父亲只是说我不吃饭了，便去了船屋。出门前，他的手慢慢伸向兜里，掏出的不是钞票，不过是一盒烟，让我去小卖部换糖吃。母亲不怎么痛快，她挣钱支应着全家的开销，父亲挣钱却独自吞掉。虽然她清楚那钱用在什么地方。正是因为清楚，她才更加不甘心。

父亲唱花曲是确定无疑了，事主有时会找上门。如有业务，父亲就说我去了。后面多余的话都省略掉了。回来照例丢给我一盒烟。父亲没有任何交公的表示。母亲终是没了耐性，每次问，父亲都说丢了。母亲瞪父亲一会儿，也只能瞪一会儿。太多时候，母亲对父亲都是束手无策。有时没等母亲瞪，父亲就闪进船屋。父亲自谋造船费用，就不用再挖空心思打她的主意，这么一权衡，母亲便默允了父亲吃独食。

母亲以为从此可以省心了，她几乎忘了父亲是个祸篓子。

树叶发黄时，电工的爹离开人世。电工是有头脸的人物，白事的场面弄得很大。演电影，请鼓匠，自然也要唱花曲。方圆附近唱花曲没有谁比得过父亲，再说又是一个村，父亲是不二人选。可电工请父亲，父亲竟然回绝。

那时我家正在吃饭，电工进门母亲便放下碗，说几天前还看见三叔呢，怎么说走就走了。母亲重重地叹口气，以示哀悼。电工拭拭眼角，说自己也没想到，头天晚上还喝了二两酒呢。然后，电工瞭瞭端着半碗菜的父亲，说别吃了，过去吧。亲切自然，像请父亲去吃酒席。我唱不了——父亲这样说。电工必定以为自己的耳朵出了问题，他身子前倾，追问，你说什么？父亲又重复一遍。电工终于听清，两腮的肉拽下来，几乎与下巴平行。母亲自然也听清了，她骂父亲狗脑子。父亲迅速把碗底的菜扒拉干净，补充，我不在本村唱。电工问，这有什么说法？父亲说，没说法，就是不在本村唱，谁也不行。电工又问，不唱？父亲回答得极其干脆，不唱！电工没再啰嗦，转身离去。母亲追出去，说了一箩筐好话，转回来拿鸡毛掸子狠狠抽父亲一下，让父亲收拾收拾赶快过去。父亲仍是那句话，我不在本村唱。母亲脸色铁青，这有什么区别？父亲说，要去你去，我是不去。母亲猛一跺脚，号出来，老天爷呀，咋给我弄这么个疯子！

不出一刻，村长登门。村长是电工的姐夫，一村独大。村长平时笑眯眯的，一旦变脸，狗都害怕。若哪只狗不小心冲村长吠几声，不出两天就会成为村长的下酒菜。村长和父亲说话也是笑眯眯的，咋？还用轿子抬呀？对我有意见，还是看栓儿不顺眼，你说嘛。栓儿是电工的小名。父亲说他对谁也没意见，只是给自己立了规矩，不在本村唱。村长的笑慢慢收敛，规矩算什么，请你是看得起你。父亲没有和村长对抗的意思，声调水一样稀软，还是那句话，不在本村唱。村长拨开母亲端茶的手，走出老远，丢下的那句话还久久回荡：那就在本村哭吧。母亲将茶泼到还未成形的船板上，揪住父亲的耳朵。揪了一下便松开，纵是把耳朵揪下来，父亲也不会去。母亲比父亲还明白父亲。

接二连三的遭遇落到我家。比如我家的电表跑得比别人家快，像长了刘翔的腿；比如轮到我家浇地，必定停电；比如我家的羊进了树林，也会罚二十块钱，谁让羊啃树皮呢。

母亲遭了罪，她是事主，一趟趟奔走，求人，说好话。当然也会责骂父亲，这都是疯子闯下的祸。父亲由着母亲骂，不做任何反抗和解释。一旦进了船屋，他什么都听不到了。

5

历时五年，端午节那天，父亲的船终于造成。船体不是很大，能坐三四个人左右。周身乌黑，船桨却是暗红色，感觉要飞起来的样子。

院里来了一群人，说着，议论着。疯子父亲造出了船，这是不可想象的，但船在那儿摆着，由不得人不信。可有什么用呢？他们问父亲。划啊。去哪儿呀？河里吗？没水怎么划船？你这是旱船吗？面对连连询问，父亲越发矮小了，他抹一把额头，说，总会有水的。总会有水的，这句话几乎成了父亲的盾牌，被逼到绝境，他就这样回应。哈哈，叽叽，嘎嘎，不同音调不同含义的笑来回摇摆，互相冲撞。父亲的船不但没有为他带来荣誉，相反，成了他发疯的佐证。

姥爷也过来了。他爬进船舱，拍拍船舷。他没用机关枪一样的问题扫射父亲，也没笑话父亲，只是轻轻叹口气。姥爷没说话，但他的疑问不比别人少。姥爷没在我家住夜，吃了母亲的烙饼——舅舅离婚后，姥爷就不吃炸油饼了——便离去了。

日子一如往常，但似乎又有些变化。父亲不再去唱花曲，那些大老远跑来却被回绝的人以为父亲嫌钱少，让父亲开价。有个后生当场拍出百元大钞，后又拍出一张。父亲不为所动，脸比船舷还要硬。后生骂着，以为你是秦始皇啊。摩托冒出愤怒的黑烟，射出院子。母亲埋怨父亲，也仅仅是埋怨。很多时候，她对父亲一点办法都没有。一个疯子，她能怎么办呢？那些话说得太多，把自己都弄麻木了，也就懒得再说。

除了船屋，父亲开始频繁地去二女河。裸露的二女河泛着青光，像老女人干瘪的乳房，挤不出一滴液体。河床的边角倒是长着一丛丛沙蓬和蒿子，枝杈上挂满各种颜色的食品袋，在风中风姿绰约地招展。父亲沿河道走，扯下碍手碍脚的食品袋。没了袋子的抖动，二女河清爽许多，尽管仍旧是干瘪的。但往往头天扯干净，第二天又挂上去。父亲做着重复的工作，不厌其烦。父亲还关注天气，他特意备了个小本子，记录风向、云彩的变化等。他还自制了一个测风速的轮子，就在我家的屋顶上，进门前先瞭过去，出门也必定要瞅一瞅。

就要下雨了，父亲说。他只和我说。整个宋庄，只有我围着他转。

落雨那天，父亲和母亲在锄地。雨丝湿脸，两人便往回走。但很快，父亲便把母亲甩在身后。母亲进院，父亲已把小船拖出船屋。

他让母亲帮他把船抬到胶轮车上，他好拉到河边。母亲没好气，能下多大的雨？别丢人现眼了。父亲一本正经地，这雨小不了，下个两三天没问题。母亲冷笑，龙王爷是你亲戚？父亲说，我测过的。他这么说，母亲更来气了，说他再犯浑，胡乱折腾，她就把他的破船劈了烧火。母亲肯定是吓唬父亲，她真要劈，父亲还不和她拼命？父亲没央求母亲，一声不响地出去了。过了一阵子，父亲带着二傻进了院。二傻是宋庄的头号傻子，能吃能喝一身蛮力。母亲原本绷着脸，突然爆笑，几乎笑出眼泪。整个宋庄，只有二傻愿意帮父亲。一个疯子一个傻子，合作还算顺利。

父亲躬着腰，拉着胶轮车去了二女河。

晌午过后雨就停了，并不像父亲说的会下两三天。母亲让我喊那个疯子吃饭，我的心早随父亲去了。母亲话音未落，我便跳下炕。

父亲背对着我坐在二女河边。小船没卸下来，仍在胶轮车上卧着。河床的坑洼处积了水，也就几脸盆。而略高的地方，沙子褪去水汽，已经泛白。父亲岿然不动，雕塑一般。我喊他，他也没回头，只是耸耸肩。他仍旧望着河面，似乎他望着，河水就会从地下冒出来。奇迹总会有的，不是吗？宋庄有个人装进棺材又活过来，竟然又活了三年。我坐在父亲身边，多一个人，河水或许冒得快些。

那个下午，父亲对我说了许多话。

但河水并没有出来，坑洼的水也已渗漏，整个河床泛着青光。横在天空的云团渐次散开，逃得无影无踪。风刮过来，带着齁鼻的气味。

黄昏时分，父亲拉着胶轮车往回走。他勾着头，脖子弯出很大的角度。我帮父亲推着，那个下午，我成了父亲的同盟。母亲照例